solo el amor puede doler así

Un sello de VR Editoras

· **Título original:** *Only Love Can Hurt Like This*
· **Dirección editorial:** María Florencia Cambariere
· **Edición:** Florencia Cardoso
· **Coordinación de arte:** Valeria Brudny
· **Coordinación gráfica:** Leticia Lepera
· **Diseño de interior:** Florencia Amenedo
· **Arte de tapa:** Emma Grey Gelder
· **Imagen:** © Miguel Sobreira / Arcangel

© 2023, Paige Toon
© 2023 de la traducción del inglés al español por VR Editoras, S. A. de C.V.

Publicado originalmente en 2023 por Century, un sello de Cornerstone.
Cornerstone es parte del grupo Penguin Random House.

-MÉXICO-
Dakota 274, colonia Nápoles - C. P. 03810,
alcaldía Benito Juárez, Ciudad de México.
Tel.: 55 5220-6620 • 800-543-4995
e-mail: editoras@vreditoras.com.mx

Todos los derechos reservados. Prohibidos, dentro de los límites establecidos por la ley, la reproducción total o parcial de esta obra, el almacenamiento o transmisión por medios electrónicos o mecánicos, las fotocopias o cualquier otra forma de cesión, sin previa autorización escrita de las editoras.

Primera edición: julio de 2024

ISBN: 978-607-637-035-3

Impreso en México en Litográfica Ingramex, S. A. de C. V.
Centeno No. 195, colonia Valle del Sur, C. P. 09819,
alcaldía Iztapalapa, Ciudad de México.

Paige Toon

solo el amor puede doler así

Traducción: Laura Estefanía

Para Greg, mi mejor amigo y el amor de mi vida.

Prólogo

Los días como este, me encanta vivir en Bury St Edmunds, días en que las agujas de la catedral de piedra color crema parecen iluminadas contra el cielo azul intenso, y hasta los pedernales negros de los muros derruidos de la abadía brillan bajo el sol como si los hubieran pulido.

Recién estamos a principios de abril, pero es el día más cálido del año por mucho y ya me siento mejor porque salí de la oficina. Acabo de cortar luego de una llamada telefónica con una clienta pesadillesca. Ella y las reformas de su casa bastan para que deje la arquitectura de por vida. La verdad es que necesito esta pausa para el café.

Me paseo entre las ruinas de la abadía buscando un muro bajo para sentarme y beber mi café, cuando veo a mi novio Scott, sentado en un banco. Antes de que llegue a saludarlo y me acerque, me doy cuenta de que está con Nadine.

Scott montó su propio negocio de paisajismo cuando nos mudamos aquí desde Londres hace un año, y Nadine comenzó a trabajar para él poco después, unos días antes de que me pidiera casarme con él en los rosedales de una casa señorial del lugar. Ella tiene veintinueve años, es alta y fuerte, de piel dorada y risa contagiosa. Me cayó bien apenas la conocí y cada vez que volví a verla desde entonces, así que no sé muy bien porque se me ahogó en la garganta el saludo que no llegué a hacer.

Hay casi dos pies de distancia entre mi pareja y su colega, pero hay algo en su lenguaje corporal que me parece extraño. Scott está inclinado hacia delante con la camiseta blanca estirada sobre su ancha espalda y los antebrazos apoyados en los muslos. Nadine tiene los brazos y las piernas cruzadas, la cara inclinada hacia la de Scott y su típica cola de caballo rubia, que rebota todo el tiempo, muestra ahora una inmovilidad casi sobrenatural. La posición inclinada de la cara de Scott es idéntica a la de Nadine, pero ninguno de los dos mira al otro. Tampoco hablan. Parecen congelados. Tensos.

Sobre la pared de bordes irregulares a mi izquierda corre una ardilla. En los árboles cantan los pájaros. En el parque, a lo lejos, hay niños riéndose. Pero yo me quedo parada mirando y siento que me invade el malestar.

Hay distancia entre ellos. No están haciendo nada malo. Y sin embargo... Siento que algo no está bien.

Entonces, de repente, Scott gira y clava los ojos en Nadine. Hay una mirada extraña en su hermoso rostro, una expresión que no puedo descifrar. Siento el corazón en la garganta cuando veo que ella levanta con lentitud la barbilla y le devuelve la mirada. El encuentro de dos perfiles perfectos: las cejas gruesas y oscuras de Scott con los pómulos impecables de Nadine; la nariz recta masculina con la respingada femenina; dos pares de labios carnosos, graves y sin sonrisas.

Pasan los segundos y me sumo en la oscuridad. Paso de sentirme ligera y cálida a enferma y fría, y es horrible.

Siguen mirándose fijamente. Y no han intercambiado ni una palabra.

Me asusto cuando Scott se pone de pie de un salto y se aleja a grandes zancadas en dirección a la ciudad. Nadine lo observa hasta que se pierde de vista y entonces exhala con ruido, se encorva y se agarra la cabeza. Se queda así durante un minuto más o menos, luego se para y sigue lentamente a Scott.

Me doy cuenta de que estoy temblando.

¿Qué ha sido eso?

¿Mi prometido tiene una aventura? Y si no, ¿está pensando en tenerla?

Un momento. Solo se miraron. No hicieron nada malo. Me cae bien Nadine. Confío en Scott. Pero da la impresión de que pasa algo entre ellos.

Mi madre siempre me ha dicho que confíe en mis instintos. Pero es difícil confiar en tus instintos cuando te están rompiendo el corazón.

Capítulo uno

Tres meses después

Nueva York estaba cubierta de nubes. Yo siempre había volado a Indianápolis vía Chicago, así que esperaba ver el infame vacío verde de Central Park rodeado de rascacielos, pero cuando por fin se despeja el cielo, todo lo que revela es un *patchwork* de campos y granjas a la distancia debajo del avión.

Llevo viajando todo el día y cuando aterrice serán más de las cinco de la tarde, que equivale a las diez de la noche en el Reino Unido. Estoy destrozada, pero por suerte papá viene a recogerme al aeropuerto. Sé que mi agotamiento no se debe solo a la falta de sueño. Los últimos tres meses me han pasado factura.

***

Scott estaba sentado a la mesa de la cocina cuando llegué a casa del trabajo aquel día de abril, después de una tarde horrible presa de un vaivén de emociones. De repente me invadía un desasosiego salvaje y enseguida me convencí a mí misma de que la mirada que habían cruzado con Nadine no significaba nada. Pero tan pronto como vi la cara de Scott, supe que mi intuición había sido correcta. Entonces, sí había algo entre ellos, pero era una conexión emocional, más que un asunto físico.

Scott quiso hablar conmigo no bien crucé la puerta principal, lo que me desconcertó, ya que esperaba tener que exigir respuestas, no que me las sirviera en bandeja. Y cuando empezó a confesarme sus sentimientos, yo seguía pensando que planeaba pedirme perdón, algo que sé que le habría concedido. Nos íbamos a casar en diciembre y esperábamos intentar tener un bebé en Año Nuevo. De ninguna manera iba a tirar por la borda nuestro hermoso futuro solo porque él había desarrollado un tonto enamoramiento.

Tal vez estaba siendo ingenua, pero me tomó un tiempo darme cuenta de que me estaba dejando.

Recuerdo los detalles de nuestra conversación con claridad prístina. Incluso recuerdo que en las uñas todavía tenía un arco de suciedad y que olía a aire fresco y a tierra de jardín. Scott me resultaba tan familiar y a la vez tan extraño. Nunca lo había visto tan desgarrado y atormentado.

—Te quiero, Wren —declaró mientras se agolpaban las lágrimas en sus pestañas castañas—. En algún lugar, desearía no haberla conocido nunca, porque creo que tú y yo podríamos haber sido felices. Pero últimamente he empezado a preguntarme si realmente somos el uno para el otro.

Todo lo que había necesitado para reconocer lo bien que encajaban, cómo congeniaban a otro nivel, fue conocer a Nadine y trabajar con ella casi todos los días.

Hasta ese momento, ni siquiera habían hablado acerca de cómo se sentían. Nadine se había pedido días en el trabajo para ir a quedarse con sus padres y Scott había sentido que era porque ella quería distanciarse de él para aclarar sus ideas. Pero cuando ella llegó al trabajo ese día de abril y presentó su renuncia, se dio cuenta de que no podía dejar que se fuera.

Le pregunté, entre lágrimas, si creía que ella era su alma gemela, y cuando me miró a los ojos, su expresión lo decía todo.

Lo había leído en los libros, lo había visto en las películas: el protagonista que tiene una relación con alguien que no lo entiende. Encontrar el amor con alguien que sí lo hace. Nada puede interponerse en su camino. Todo el público está de su lado.

Nunca, ni en un millón de años, me hubiera imaginado que me pasaría a mí, que sería yo quien se interpondría en el camino del amor verdadero.

Me envolvió una sensación de agonía y de completa y absoluta impotencia cuando me di cuenta de la gravedad de nuestra situación. No podía hacer nada. No había lucha que ganar. Ya había perdido al amor de mi vida.

Scott y Nadine están juntos. Los he visto por la ciudad

unas cuantas veces y siempre estoy en guardia por si me los encuentro, pero la gota que colmó el vaso llegó hace dos semanas, cuando estaba tomando algo en mi café favorito frente a la puerta de la abadía.

De repente, salieron por la puerta, de la mano y sonriendo. El sol reverberaba en el pelo rubio de Nadine mientras Scott la llevaba por la concurrida calle. Cuando entraron en la cafetería y me vieron sentada con mi mamá, Scott se disculpó y retrocedió con rapidez, pero cuando pasó junto a la ventana, nuestras miradas se cruzaron, vi su rostro, sombrío y ojeroso, y me hizo sentir mal físicamente.

—Esta ciudad es demasiado pequeña para ustedes dos, querida —dijo mamá con pena mientras yo parpadeaba y contenía las lágrimas.

—¿Por qué tengo que ser yo la que se vaya? —pregunté en voz baja.

—Su negocio de paisajismo está aquí. No se irá a ninguna parte en el corto plazo. Hazte una escapada, Wren, aunque solo sea por un par de semanas —me imploró—. Pon distancia entre ustedes y dale a tu corazón el tiempo que necesita para recuperarse.

Tenía razón. Necesitaba un descanso de casa, del trabajo, de Scott, de caminar por las mismas calles que solíamos caminar juntos, cuando él me tomaba de la mano a mí y era por mí que se ponía delante del tránsito.

Así que esa noche llamé a mi papá y le pregunté si podía ir de visita.

***

Papá está detrás de la cuerda cuando entro en la zona de llegadas. Tiene una camisa a cuadros azul marino y rojo metida dentro de unos vaqueros.

Al verme, se le dibuja una amplia sonrisa en la cara. Tiene las mejillas más redondas que la última vez que lo vi en Navidad. Él y su mujer, Sheryl, se fueron a París de vacaciones, así que Scott y yo tomamos el tren y pasamos algún tiempo con ellos. Este es mi primer viaje a América en dos años.

–¡Eh, tú! –me dice.

–Hola, papá.

Siento una oleada de calor cuando me rodea con los brazos. Respiro el olor familiar a jabón y detergente, y sé que será la última vez que nos demos un abrazo hasta que estemos en este mismo aeropuerto dentro de dos semanas, despidiéndonos. Siento una punzada cuando me doy cuenta de esto.

Su pelo, notoriamente desaliñado, que antes era del mismo tono castaño que el mío, ahora está plagado de canas. Aunque los dos tenemos los ojos color avellana, es muy probable que ahí termine nuestro parecido.

Tampoco tengo mucho en común con mi madre, Robin, aparte del hecho de que a las dos nos pusieron el nombre de pajaritos: Wren es chochín en inglés y Robin es petirrojo. A mi madre le gusta la ropa suelta y los estampados llamativos. A mí, las faldas más rígidas y camisas de colores oscuros. Sus rasgos son cálidos y abiertos, mientras que mi cara es más estrecha y, bueno, alguna vez la describí como "chupada", pero ella lo refutó con vehemencia y me dijo que tenía una estructura ósea fina, como una aristócrata, lo que me hizo reír.

–¿Qué tal el vuelo? –pregunta papá con tono alegre mientras me quita la maleta.

–Bastante bien –respondo.

–¿Cansada?

–Un poco.

–Puedes dormir una siesta en el coche. Tardaremos un par de horas en llegar a nuestra nueva casa.

Mi media hermana, Bailey, que es seis años menor que yo, se casó a principios de este año y se estableció en la ciudad natal de su marido, en el sur de Indiana. Hace poco, papá y Sheryl se mudaron a esta misma ciudad para estar cerca de ellos.

Hay muchas cosas en esta situación que me hacen daño.

Mi padre es un esposo y padre devoto. Sin embargo, yo no experimenté demasiado ese lado de su personalidad. Sé que me quiere, pero nunca sentí que estuviera presente para mí. En realidad, no me conoce. ¿Cómo podría, si vivimos a más de seis mil kilómetros de distancia y pasamos juntos no más de un par de semanas al año?

Cuando salimos de la terminal del aeropuerto siento que me envuelve el aire de julio como si me pusieran una cálida manta sobre los hombros. En poco tiempo, estamos en una autopista de tres carriles camino a Indianápolis. Estamos demasiado lejos de la ciudad para ver los rascacielos, pero los recuerdo de otros viajes que hice para ir de compras. Aquí el paisaje es mayormente llano y extenso, salpicado de enormes graneros rojos y silos.

–¿Cómo se está adaptando Bailey a la vida de casada? –pregunto, y trato de disimular un pequeño ataque de celos.

Nunca he considerado a mi hermosa media hermana una persona especialmente competitiva, así que estoy segura de que no estaba jugando una carrera contra mí cuando decidió casarse en Las Vegas, pero ahora que se canceló mi boda, el anillo que luce en el dedo se siente un poco mortificante.

–Está contenta –responde papá encogiéndose de hombros y baja el aire acondicionado ahora que el coche se ha refrescado.

–¿Te llevas bien con Casey?

Aún no conozco al flamante marido de Bailey. Nos invitaron a la boda a Scott y a mí, pero con una semana de antelación, y no sentimos que nos quisieran allí. Bailey siempre ha sido impulsiva.

–Todo el mundo se lleva bien con Casey –responde papá–. Es un buen tipo.

–Qué bueno.

No quiero que mi voz suene aguda, pero papá me lanza una mirada de dolor.

–Lamento lo que pasó con Scott –dice–. Yo pensaba que él también era un buen tipo.

–Lo era –respondo en voz baja–. Supongo que lo sigue siendo. –Trago el nudo en la garganta y añado con despreocupación forzada–: No eliges de quién te enamoras, ¿verdad?

Papá se aclara la garganta

–Cierto.

Dejamos que eso decante entre nosotros durante un rato.

Mis padres se conocieron cuando eran veinteañeros y viajaban por Europa. Se enamoraron perdidamente y, cuando expiró la visa de papá, mamá se mudó a Phoenix, Arizona, para estar con él. En menos de un año ya estaban casados y conmigo en camino.

Fue un caso típico de demasiado joven, demasiado pronto. Al menos así me lo describió papá cuando, como una adolescente resentida, traté de llegar al fondo de por qué se había sentido atraído con tanta facilidad hacia otra mujer, una profesora de la Universidad de Arizona donde papá trabajaba como jardinero.

Siempre ha sido un misterio para mí cómo alguien como Sheryl podría enamorarse de un hombre como papá. Ella es nueve años mayor que él y mucho más sabia. Entiendo la parte de la atracción. Objetivamente hablando, mi padre era bastante atractivo. Sheryl salía en los recreos a tomar café en los jardines para poder charlar con él.

Más difícil de entender es cómo un romance entre una académica y un jardinero se convirtió en algo tan serio como para que estuvieran dispuestos a dejar a su mujer y a su hija devastadas.

Porque, cuando Sheryl se quedó embarazada de Bailey, papá las eligió a ellas por sobre nosotras. Sheryl convenció a papá de que se mudara a Indiana para estar más cerca de su familia y encontró un puesto en la universidad en Bloomington. Mi desconsolada madre me llevó a casa, a Reino Unido, y a Bailey le tocó crecer con mi padre.

Este viaje no está exento de complicaciones emocionales.

Debo de haberme quedado dormida, porque no parece que llevemos dos horas viajando cuando papá me despierta.

—Estamos llegando a la ciudad —me dice—. Pensé que te gustaría verla.

Obligo a mis ojos doloridos y cansados a concentrarse en la vista que hay fuera de la ventanilla. Vamos por una carretera larga y recta y pasamos junto a cadenas de comida rápida y restaurantes: Taco Bell, KFC, Hardee's, Wendy's. Pasamos un lavadero de coches y un garaje y luego la carretera se transforma en una calle residencial con intersecciones cada pocos cientos de metros. Algunas de las casas son de dos plantas, con buhardillas a dos aguas, techos de tejas rojas y ventanas en el sótano que se asoman por encima del césped bien cortado. Otras son bungalós de madera blanca con contraventanas pintadas de verde lima o azul aciano. Dejamos atrás una pequeña colina y del otro lado hay más de lo mismo antes de llegar a lo que papá dice que es el "centro histórico".

Hay una gran plaza alrededor de un juzgado central con una alta torre del reloj. El edificio emite un brillo blanco bajo la luz del sol y cuando papá lo rodea con el auto, aparecen varias columnas dóricas.

—Allá lejos se ve el bosque nacional Hoosier —dice papá

cuando salimos del centro de la ciudad y atravesamos otro sector residencial donde muchas de las casas tienen pancartas rojas, blancas y azules colgando de sus porches. Me he perdido las celebraciones del 4 de julio por solo una semana.

—Y Bailey y Casey viven por allí —añade papá, señalando por la ventanilla.

Hay un cartel al borde de la carretera que dice: "Wetherill Farm, elija lo que quiera" con una flecha que apunta en la dirección en la que nos dirigimos.

—¿Es tuya? —pregunto.

—Sí —asiente con orgullo.

Debajo de la letra cursiva negra con relleno blanco hay ilustraciones pintadas de frutas y verduras. Reconozco durazno, pera, manzana, calabaza y sandía antes de dejarlo atrás.

—¿También hacen sandías?

—Este año no —contesta papá mientras cruzamos un río revuelto sobre un viejo puente de hierro pintado de rojo óxido—. Solo calabazas para Halloween. Los dueños anteriores cultivaban melones, pero pensamos que sería mejor darnos tiempo para hacernos cargo de las huertas primero. Esperemos que no nos metamos en problemas por publicidad engañosa —bromea.

Mamá se enfureció cuando le conté que papá y Sheryl habían comprado una granja "elija lo que quiera". Ella era recolectora de fruta en una granja de cítricos cuando vivíamos en Phoenix y ahora trabaja en un centro de jardinería. Siempre le encantó estar al aire libre y en relación con la naturaleza, aunque el trabajo en sí no sea particularmente difícil.

Una vez me confió que sintió que papá le había metido el dedo en la llaga cuando la dejó no solo por otra mujer, sino por una profesora. Ahora Sheryl ha cambiado el mundo académico por lo que es básicamente el trabajo soñado de mamá. No es de extrañar que esté resentida.

Al otro lado del puente se extienden ante nosotros las vastas tierras de cultivo. Conducimos junto a un campo de algo verde y frondoso por un tiempo y luego papá gira a la izquierda en un camino de tierra.

—Aquí está mi casa —dice, y toma a la derecha casi de inmediato por un largo camino bordeado de árboles.

Hay un letrero idéntico al otro de "Wetherill Farm – Elija lo que quiera" en el costado cubierto de hierba y el camino se bifurca. Conduce a un granero de madera negra a la izquierda, más allá del cual hay campos de árboles frutales. Al final de la bifurcación de la derecha hay una edificación de dos plantas construida con tableros de madera de color gris claro. El tercio izquierdo tiene una fachada a dos aguas con tres grandes ventanas. A la derecha, tres buhardillas más pequeñas a dos aguas sobresalen del tejado de pizarra gris, bajo el cual se extiende una larga galería. Los canteros con rosas en el frente de la casa rebosan de flores de color naranja rosado y hay tres escalones de piedra que conducen a una puerta pintada de azul noche.

La puerta se abre cuando papá apaga el motor. Estiro la mano hacia la manija y salgo del coche para saludar a Sheryl.

—¡Wren! ¡Bienvenida! —exclama, bajando los escalones.

Una vez vi a Sheryl con los ojos muy abiertos de horror al encontrar un mechón gris entre sus lustrosos cabellos chocolate oscuro, y nunca salía de casa sin la cara cubierta de maquillaje. Pero en los últimos años, ha cultivado un aspecto natural. En lugar de una larga y brillante melena, lleva el pelo corto, recto y gris, y su rostro no lleva cosméticos, ni siquiera el característico pintalabios rosa ciruela.

Su personalidad, estoy segura, no ha cambiado. Seguirá siendo tan audaz y obstinada como siempre y puedo adivinar por la forma en que bajó los escalones que todavía se conduce con un aire de importancia. Pero a pesar de esta descripción que es cualquier cosa menos favorable, no me desagrada. En muchos aspectos, la respeto, e incluso me refiero a ella como "dinámica" ante mis amigos, una etiqueta que siempre me hace sentir que soy desleal con mamá. Nos llevamos bien, pero nos ha llevado años llegar a este punto, y nuestra relación está lejos de ser perfecta.

—Hola, Sheryl.

Le doy un abrazo. Lo hago rápido porque no le gusta que la gente invada su espacio personal.

Mide casi uno ochenta y tres, lo que la hace unos centímetros más alta que yo, y siempre le he tenido envidia porque es más curvilínea y pechugona, incluso más ahora. Papá me dijo que ha estado horneando mucho desde que se retiró de su puesto en la universidad, lo que me hizo sonreír porque él siempre se ocupaba de la mayor parte de la comida. Nunca había imaginado a Sheryl como una chica de campo, pero la imagen es menos borrosa ahora que la tengo delante.

—Qué casa más bonita —le digo.

Sheryl sonríe y se pone las manos en la cadera, mirando hacia el primer piso.

—Nos encanta. Ven a verla por dentro. ¿O te enseño primero las huertas? No. Vamos adentro —decide antes de que papá o yo podamos decir algo—. Debes estar agotada.

El interior de la casa es muy tradicional. Las paredes están pintadas en tonos apagados de verde, gris y azul y detalles acentuados en blanco en los marcos de las ventanas, las cornisas y la barandilla. Reconozco la mayoría de los muebles. Son antigüedades que heredó Sheryl de sus padres cuando fallecieron. El suelo es de madera oscura pulida con alfombras desgastadas, excepto en la cocina, donde es de terracota. Aquí huele a canela.

—Pastel de durazno y canela —dice Sheryl con orgullo cuando miro los productos horneados en el mostrador—. Lo hice especialmente para ti.

—Gracias —respondo, emocionada.

El próximo fin de semana, la granja abrirá sus puertas a los clientes que quieran recoger duraznos. Las manzanas y las peras llegarán más adelante.

—¿Quieres un poco ahora o prefieres echar un vistazo arriba? —pregunta—. Subamos primero, así ves tu dormitorio y dejas tu bolso.

Se va por el pasillo antes de que pueda contestar. Papá y yo sonreímos y seguimos sus pasos.

Puedo soportar los mandoneos de Sheryl estos días, pero hubo un tiempo en que no estaba tan relajada. Cuando era más joven, la ponía contra las cuerdas e intentaba marcar el territorio que ella había marcado hacía tiempo. Eso no era muy divertido para nadie.

Desde entonces he aprendido que es mejor no entrar en conflicto con ella, y sin duda voy a tratar de cumplir con sus reglas durante las próximas dos semanas.

Dios sabe que no necesito más estrés en mi vida en este momento.

Capítulo dos

Me despierto temprano a la mañana siguiente, tras el milagro de haber dormido toda la noche. Me las arreglé para aguantar hasta las diez de la noche antes de quedarme dormida en la misma cama matrimonial con consistencia de malvavisco que tenían Sheryl y papá en la habitación de invitados de su casa anterior.

Vivían en Bloomington, una bonita y vibrante ciudad universitaria a la que se mudaron justo antes de que naciera Bailey. Está una hora al norte, el punto medio entre aquí e Indianápolis, y tenían una casa de ladrillo pintada de color crema en una ordenada esquina en un suburbio lleno de verde.

Una vez fui en otoño y los colores de los árboles que bordeaban casi todas las calles eran impresionantes.

Es lo que tiene Indiana: hace mucho frío y mucho calor y

las temperaturas extremas hacen que el otoño sea la estrella de las estaciones. Me gustaría volver en esa época del año, pero ahora estamos en pleno verano.

Bajo las persianas blancas de las dos buhardillas se cuela luz de un amarillo pálido y, cuando miro el reloj de la mesita de noche, veo que aún no son las siete de la mañana.

Aquí también huele a canela, aunque una versión sintética, por cortesía del popurrí que hay en una de las repisas de la ventana. Me gusta el aroma, me recuerda a los centros comerciales y tiendas para el hogar: cálido y acogedor.

Mamá siempre decía que Phoenix olía a azahar. Decía que el aire del desierto estaba impregnado de ese aroma.

Yo solo tenía seis años cuando nos fuimos, así que mis recuerdos de Phoenix son vagos. Recuerdo los tres cactus altos y gordos de nuestro jardín trasero, la playa que tenía aspersores en la arena porque hacía demasiado calor para caminar por ella y la piscina local que tenía tanto cloro que se me ponía el pelo verde. Recuerdo las arenas del desierto barriendo las carreteras y Camelback Mountain desvaneciéndose en el horizonte más allá de lejanos bungalós. Recuerdo las inmensas capas multicolores del Gran Cañón y las aguas verdes y transparentes y los bordes rocosos del lago Powell. Recuerdo diminutos colibríes que revoloteaban como mariposas y perritos de la pradera a los que intenté alimentar con la mano sin lograrlo ni una sola vez. Y recuerdo a mi padre que me arropaba por la noche y me llamaba "pajarito" –el apodo que se le ocurrió cuando yo era pequeña y que hace tiempo dejó de usar–.

También recuerdo las discusiones. Los gritos. Las lágrimas que se derramaban. Recuerdo las marcas en las mejillas de mi padre cuando me dio el beso de despedida y salió por la puerta principal por última vez.

Apago mi mente cuando llegan estas imágenes porque hay algunas cosas que prefiero olvidar.

***

Bailey llega mientras nos sentamos a desayunar, sin previo aviso ni invitación. Entra por la puerta principal y está en el pasillo antes de que nos demos cuenta de que está ahí.

–¡Eyyyy! –grita como Fonzie, de la serie *Días felices*, solo que ella encarna una versión más alta, con más curvas y más guapa. Todo lo que yo no soy.

Me levanto de la mesa y está encima mío en segundos, vestida de trabajo con una elegante falda negra y una blusa blanca y oliendo a perfume de ylang-ylang.

–¡Me alegro tanto de verte! –grita, sacándome el aire de los pulmones con la fuerza de su breve abrazo.

–Yo también –respondo.

Nuestro padre nos regala una sonrisa, aunque sus dos hoyuelos están ocultos tras la barba incipiente. Los ojos de Bailey son tan grandes, marrones y magníficamente expresivos que se ganó el apodo de "Boo" cuando era más joven.

–¿Qué tal el vuelo? ¿Cómo estás? –me pregunta, echándose el pelo castaño brillante por encima de un hombro.

De adolescente, el pelo le llegaba casi hasta la cintura en rizos ondulados, pero la última vez que la vi lo llevaba a la altura de la mandíbula.

Yo he tenido el mismo pelo lacio, color café rojizo, toda mi vida. Ni siquiera puedo llamarlo castaño o chocolate: es pura sabandija.

—Bien y bien —respondo—. ¿Y tú? ¿Cómo está Casey?

El nudo en el estómago me recuerda que no voy a seguirla por el pasillo de la iglesia en un futuro cercano.

—Genial. Oye, me preguntaba si estarías libre para cenar más tarde.

Miro a papá y a Sheryl.

—Tú no —le dice Bailey a papá y él se queda inmóvil y hace un gesto torpe con la cabeza. Ella se ríe de su expresión de disgusto—. Quiero a mi hermana mayor toda para mí. Es viernes. Pensé que podríamos ir a Lo de Dirk.

—Supongo que Dirk es el nombre de un bar, no de una persona.

Lo miro a papá para ver si le parece bien que lo excluyamos, pero se encoge de hombros y parece de buen humor.

—Las dos cosas. Dirk es el dueño del bar Lo de Dirk. Es como ese bar al que fuimos la última vez en Bloomington. ¿Te acuerdas de aquella noche?

Sí que me acuerdo. Fue hace cinco años: ella tenía veintidós y yo veintiocho y las dos nos emborrachamos. Fue la mejor noche que habíamos pasado juntas, la primera vez que pude ver las posibilidades que teníamos no solo como hermanas, sino como amigas.

No es que no nos lleváramos bien antes de eso, pero era más difícil cuando yo era una adolescente y ella era una mocosa molesta jugueteando alrededor de nuestro padre.

Por desgracia, nuestra última salida juntas fue también la última vez que nos vimos en persona. Se mudó a la Costa Oeste poco después.

—Vendré a buscarte a las siete.

—¿Te parece bien?

Lo consulto con papá, preguntándome si será posible que Bailey y yo retomemos a partir de donde habíamos dejado nuestra relación.

Siento una pequeña oleada de optimismo al pensarlo, pero la duda la ahuyenta enseguida. Han pasado muchas cosas en los últimos cinco años. Han pasado muchas cosas en los últimos cinco meses. La simple verdad es que apenas conozco a mi media hermana y ella apenas me conoce a mí.

—Por nosotros está bien —responde papá—. Tenemos mucho tiempo para ponernos al día.

—No sé cuánto voy a durar —le advierto a Bailey—. Voy a tener *jet lag*.

Si espera que yo sea el alma de la fiesta, se llevará una gran decepción.

—Sí, sí —me dice antes de mirar su reloj—. Tengo que irme. Llego tarde al trabajo. Hasta luego.

—Nos vemos.

Con besos en las mejillas de papá y Sheryl, Bailey, el torbellino, se va.

***

Mi media hermana vuelve a recogerme a las siete.

–¡Te ves estupenda! –exclama.

Llevo un vestido negro ajustado, hasta la rodilla, sin mangas y con pedrería blanca alrededor de un escote en V. Es el tipo de prenda que elegiría para salir una noche en mi ciudad, pero mirando a Bailey, que se ha quitado su ropa de trabajo y ahora viste una falda vaquera y una camiseta blanca, me siento demasiado arreglada.

–Tú también. ¿Pero estás segura de que estoy bien con esto? –pregunto insegura.

–Por supuesto –me tranquiliza con firmeza–. Vamos, los viernes por la noche hay mucha gente. Tenemos que salir ya.

Lo de Dirk está en el lado oeste de la plaza que ayer rodeamos con el coche, en el sótano de un edificio de tres plantas, con tejado plano y aspecto utilitario. Grandes ventanas rectangulares con marcos negros rompen la sencilla fachada de ladrillo rojo. Cuando entramos, suena el riff de *Fever*, de The Black Keys, y el volumen de la música sube a medida que bajamos las escaleras y abrimos la puerta del local. Las paredes son de ladrillo rojo a la vista, con posters enmarcados de bandas de rock, desde los Rolling Stones hasta Kings of Leon.

Es un poco cutre y sucio, pero me gusta y cuando *Fever* se transforma en *R U Mine*, de Arctic Monkeys, me gusta aún más.

Puede que no lo parezca, pero en el fondo soy un poco

rockera. A Scott no le gustaba mucho la música. Si tenía opción, prefería tener la televisión encendida antes que la radio. Me pregunto qué prefiere Nadine.

No. No quiero pensar en Scott y Nadine esta noche. Dudo mucho que ellos estén pensando en mí.

−¿Qué vamos a beber? −me pregunta Bailey cuando llegamos a la barra, enfocando los ojos achinados en la fila de bebidas contra la pared.

Tomo una carta que hay tirada en el mostrador, de repente decidida a pasar un buen rato. Es pegajosa y ofrece una selección de hamburguesas, perros calientes, papas fritas cargadas y nachos. La doy vuelta buscando la lista de cócteles, pero el otro lado está en blanco.

Qué tonta soy. Este no es un sitio que sirva cócteles.

El camarero se materializa delante de nosotras. Tiene expansores en las orejas y el pelo rubio tan fino que se le ve el cuero cabelludo. No sonríe ni habla, solo pone dos posavasos de cartón en la barra frente a nosotras y saluda a Bailey con la cabeza.

−¡Hola, Dirk! −exclama ella con entusiasmo. La expresión de él permanece sin cambios. Bailey me mira a mí−. ¿Ron con Coca-Cola?

−Claro.

Dirk se pone a trabajar y Bailey, riendo, me dice al oído:

−Es un imbécil, pero es parte de su encanto. Conseguiré que me sonría aunque sea lo último que haga.

Le creo.

−¿Quieres que vayamos a esa mesa? Yo llevo las bebidas.

Varios pares de ojos me siguen mientras recorro la sala, haciendo que me arrepienta de mi elección de vestuario. Ojalá Bailey me hubiera dicho que me cambiara. Es mucho más extrovertida que yo. Ir demasiado arreglada no le molestaría. Es una de las muchas muchas cosas en que somos diferentes.

Me siento entre una mesa en la que hay cuatro viejos motociclistas canosos, y otra con tres hombres de mediana edad con camisetas de colores primarios y gorras de béisbol. Bailey y yo parecemos las más jóvenes de este antro, y también somos las únicas mujeres, pero si esto le molesta, no lo demuestra.

—¡Salud! —dice cuando llega.

—Salud. Y, ey, felicitaciones por tu boda.

Para compensar mis inseguridades, sueno demasiado entusiasta, pero ella parece ignorar mi tono.

Se ríe.

—Mamá todavía está enfadada porque la privé de su única gran oportunidad de pavonearse como madre de la novia. Por lo menos avisé, aunque solo fuera con una semana de anticipación.

—¿Por qué tenías tanta prisa? —pregunto dubitativa.

—Nee —responde, adivinando hacia dónde iban mis pensamientos con esa pregunta—. Queríamos casarnos sin complicaciones. Ya tengo bastantes incomodidades en el trabajo.

Bailey es organizadora de eventos.

—¿Cómo va el trabajo? Estás en el mismo lugar que Casey, ¿verdad?

—Sí, en el club de golf —dice y señala con el pulgar por encima del hombro—. Está en las afueras de la ciudad, a unos diez minutos en coche en esa dirección.

Casey es un jugador profesional de golf. La conoció a Bailey en California cuando estaba compitiendo en un torneo que ella había ayudado a organizar. Nunca llegó a las grandes ligas y ahora se dedica a dar clases. Le ofrecieron un puesto aquí y, como sus padres y su hermano aún viven en esta ciudad, le gustó la idea de volver y echar raíces.

—¿Y te gusta tu trabajo? —le pregunto.

Se encoge de hombros.

—Está bien. Ya organicé tres bodas y dos fiestas de jubilación, pero el trabajo no es muy variado. Me preocupa que de aquí a Navidad me aburra como una ostra y si eso pasa, no sé qué voy a hacer. Si Casey y sus padres se salen con la suya, estaré embarazada para entonces.

—¿Eso es lo que quieres?

—Diablos, no, ¡soy demasiado joven para eso!

Se le ponen los ojos en modo "Boo" y no puedo evitar reírme.

—¿Cuántos años tiene Casey?

Bailey tiene veintisiete, pero había oído que él es un poco mayor.

—Treinta y cuatro. Más viejo que la humedad —bromea, sabiendo perfectamente que su marido es solo un año mayor que yo.

—¡Eh! —exclamo mientras mojo la punta del dedo en mi bebida y la salpico.

Se ríe a carcajadas y una burbuja de alegría estalla en mi pecho. Quizá podamos retomar donde dejamos...

De hecho, cuanto más tiempo estamos sentadas charlando y bebiendo, más feliz y relajada me siento. Necesitaba un descanso de todo lo que estaba pasando en casa, pero también estoy contenta por esta oportunidad de estrechar lazos con mi media hermana. No sería tan fácil si estuviera Scott.

Pedimos un par de hamburguesas y más bebidas para bajarlas y Bailey se va al baño mientras yo vuelvo al bar para la tercera vuelta.

¿O es la cuarta? Ya he perdido la cuenta.

Ain't No Rest for the Wicked, de Cage the Elephant, suena a todo volumen por los altavoces y casi canto con ellos porque me encanta esta canción, luego suena *Edge of Seventeen*, de Stevie Nicks, y no hay manera de que me quede quieta.

Dirk nos pasa las bebidas y juro que levanta una ceja cuando lo fulmino con la mirada. Por el rabillo del ojo, veo que han entrado por la puerta dos hombres altos y anchos, pero entonces toda mi atención se dirige a tratar de no derramar nuestras bebidas mientras vuelvo a la mesa esquivando cosas. Cuando por fin me siento y miro hacia la barra, me dan la espalda.

El de la derecha, con el pelo castaño desgreñado, vaqueros azules desteñidos y camiseta gris, es apenas un poco más alto y ancho que el de la izquierda. Su amigo tiene el pelo rubio oscuro desordenado y lleva vaqueros negros y borceguíes con una camisa de cuadros con las mangas remangadas hasta los codos. Pone una mano en el hombro de su amigo.

–¿Wren?

Levanto la vista y veo que otro hombre ha llegado a nuestra mesa.

–¡Casey!

Me doy cuenta tarde y me pongo en pie de un salto.

Lo he visto en fotos, por supuesto, pero su pelo liso y negro antes era más largo y tenía bigote.

–¡Me alegro mucho de conocerte por fin! –exclama Casey en mi oído y me da un fuerte abrazo.

–¡Yo también!

–¡Casey! –grita Bailey cuando reaparece, lanzando sus brazos alrededor de él.

Solo mide unas pulgadas más que ella.

Él se ríe y le palmea la espalda, con las mejillas sonrosadas. Bailey lo suelta y se deja caer en su asiento. Casey acerca una silla con mucho más control.

–¿Quieres una copa, Casey? ¿Te traigo una copa? –Estoy tratando de sonar sobria y no me sale.

–No, no, iré al bar.

Aparta su silla de la mesa y hace una pausa.

–¿Estás bien?

–Muy bien –dice Bailey, levanta el vaso lleno y lo choca con el mío mientras él se pone en pie.

–Le estoy dando una pésima primera impresión a tu nuevo marido –susurro no tan bajo como hubiera querido.

–Para nada. Le caerás superbién. Ya te quiere. Eres pariente mío. Y él me ama. Mucho, mucho.

–Me doy cuenta.

–Y yo lo quiero.

Pronuncia estas palabras con lentitud y deliberación.

–Parece muy adorable –agrego.

–¡Acabas de conocerlo! –exclama, golpea la mesa con la mano y me lanza una mirada acusadora. Sus facciones se relajan y asiente–. Pero tienes razón. Es muy muy adorable.

–¡Me alegra oír eso! –dice Casey mientras vuelve a sentarse.

Bailey y yo lo miramos boquiabiertas.

–¿Cómo lograste que te atendieran tan rápido? –pregunta ella mientras él da un trago de su botella de cerveza.

–Dirk me la tenía preparada en la barra –contesta él, relamiéndose.

–Pero Dirk es un estúpido –dice Bailey con auténtico desconcierto.

Casey se ríe y niega.

–No, está bien. Lo conozco desde siempre. Este es el primer lugar donde me emborraché cuando tenía edad legal. Dirk me llevó a casa para evitar que acabara en una cuneta.

–¿Cómo es que nunca he oído esa historia? –pregunta Bailey con el ceño fruncido.

–No lo sé –responde Casey encogiéndose de hombros.

–Creía que odiabas este lugar.

–No lo odio, pero no quiero venir aquí cada dos fines de semana.

–Cualquier sitio es mejor que el club de golf –dice Bailey con voz monótona.

Mis ojos estuvieron saltando de un lado a otro mientras

ellos sostenían esta conversación, pero entonces mi media hermana parece recordar que estoy allí y me sonríe con entusiasmo.

—¡En fin! —exclama—. A Wren le encanta este lugar, ¿no es cierto, Wren?

—Sí, me gusta. La música es buena.

Los dos chicos del bar se han dirigido a la mesa de billar. Bailey ve hacia donde se dirige mi atención y mira por encima de su hombro, observándolos. Se vuelve hacia mí y me sonríe con descaro, levantando una ceja.

—¿Qué? —le pregunto.

—¿Qué quieres decir con "Qué"?

—¿Qué quieres decir con qué quiero decir con "Qué"?

Se echa a reír.

—¿Cómo puedes decir eso sin tropezarte con las palabras?

—He tenido seis años más para perfeccionar lo de hablar borracha.

—Perfeccionar lo de hablar borracha —repite, poniendo acento inglés. No sé si el ceceo es intencionado, pero suena muy gracioso.

Casey parece desconcertado mientras las dos nos morimos de risa borrachas.

—Perdón, Casey —le digo, cuando más o menos nos hemos calmado—. Te has quedado atrás. Creo que necesitas un *shot* de tequila o algo.

—Pensé que las llevaría a casa. Dejaron el coche en el estacionamiento, ¿verdad? —le pregunta a Bailey.

—Case, ¡NO! —grita Bailey—. Podemos ir caminando.

–Vamos, Casey –le digo tratando de convencerlo–. Acompáñanos con unas copas. Es la mejor noche que he pasado en meses.

–¡Ah! –Bailey parece encantada con mi declaración.

–Es verdad.

Sonríe mirando dentro de su copa, ajena al dolor que siento acerca de por qué hace rato que no salgo.

No me ha preguntado por Scott. Hemos hablado de trabajo y de nuestros padres y de temas livianos como la música y el cine, pero no se ha acercado al tema de mi exprometido.

Lo más probable es que sea mejor así. No quiero hablar de Scott esta noche de todos modos, y no estoy segura de querer hablar de él con mi media hermana. Es evidente que las cosas van bien entre Bailey y Casey y no tengo ningún deseo de arruinar el ambiente.

Hay algunas mujeres más y gente joven, incluyendo algunos chicos con aspecto de ricos que visten remeras polo color pastel, pero los hombres de la mesa de billar llaman la atención. El más alto de los dos está mirando hacia aquí y es guapo de una manera rústica, una descripción que no creo que haya usado nunca para otro ser humano, pero que me parece muy acertada. Tiene un bronceado acentuado, una frente ancha y una mandíbula que se nota que es fuerte, a pesar de que está cubierta de una barba espesa y oscura. Es como un modelo masculino cruzado con un hombre de las cavernas.

Su amigo de pelo rubio sucio y camisa a cuadros amarillos y negros todavía nos da la espalda.

La cabeza de Bailey obstruye por momentos mi campo visual mientras se balancea de un lado a otro en una impresionante ejecución del movimiento de baile de *Walk Like an Egyptian*.

–Tierra a Wren.

Ella mira por encima del hombro antes de devolverme la mirada con una sonrisa.

–Lo siento –me disculpo y busco mi bebida.

–Alguien sigue distrayéndose –canta–. O tal vez alguien busca una distracción.

Casi me atraganto.

–Ese es Jonas, ¿verdad?

Bailey mira con intensidad al modelo cavernícola, luego a Casey, que asiente.

–Si estás buscando una distracción, he oído que es bueno –añade.

–Bailey.

El tono de Casey suena un poco a reto.

–Por favor –responde ella, dándole una palmada en el brazo–. La última vez que lo vimos aquí, me dijiste que se había acostado con la mitad de las mujeres de esta ciudad.

–Es una exageración –responde Casey–. Pero no imagino que tu hermana quiera ser otra muesca en su cinturón.

Me mira en busca de confirmación.

–No quiero ser otra muesca en el cinturón de nadie ahora, gracias.

Ni siquiera estoy segura de que me guste.

Si estuviera sobria, me daría cuenta.

—¿Quién es el amigo? —le pregunta Bailey a Casey.

—¿Puedes dejar de mirarlos, por favor? —le pide con razón.

Bailey hace una mueca de disgusto, pero hace lo que le piden. Obstruye en parte mi campo visual, así que al menos puedo mirar sin que sea demasiado obvio.

—Es Anders —responde Casey a su pregunta—. Y no son amigos, son hermanos.

—Case conoce a todo el mundo en este pueblo —me dice Bailey en voz baja.

—Sé quién es quién —la corrige Casey—. No significa que conozca a la gente como para ir a hablarles. Anders estaba un año más adelantado que yo cuando estábamos en la escuela. Jonas es un par de años mayor que él.

Entonces, tienen alrededor de treinta y cinco y treinta y siete años.

—¿Son de por aquí? —pregunto—. Los nombres suenan escandinavos.

—Toda la familia tiene nombres suecos desde hace varias generaciones. Se toman su herencia muy en serio. La granja Fredrickson ha ido pasando de una generación a otra por algo así como doscientos años.

Hay un toque de reverencia en su tono.

—¿Son granjeros? —pregunto.

—Jonas sí —responde Casey—. Sus padres también. Anders vive en Indy. —Así llaman a Indianápolis—. Lo último que supe es que estaba trabajando para un equipo de IndyCar, que es algo muy *cool*.

Eso es recool, es genial. Papá y Sheryl una vez nos llevaron a Bailey y a mí a los Ochocientos Kilómetros de Indianápolis, una carrera de coches de ochocientos kilómetros de largo en torno a una pista de carreras ovalada. Se anuncia como "el mayor espectáculo en el mundo de las carreras" y forma parte de la Triple Corona del Automovilismo, junto con el Gran Premio de Mónaco y las 24 Horas de Le Mans, pero a mí me pareció un programa aburrido cuando papá me dijo que había comprado entradas. Una vez allí, sin embargo, me dejé llevar por la intensa emoción de alto octanaje.

–Hacía años que no veía a Anders –continúa Casey–. Aunque escuché que perdió a su esposa hace unos años.

–¿Qué le pasó? –pregunta Bailey.

–Un accidente de coche, creo –responde Casey.

En ese momento, Anders camina por detrás de la mesa y se detiene. Queda expuesto a mi vista de cuerpo completo.

Se me corta la respiración.

A diferencia del hermano, no hay ni una pizca de cavernícola en él. Está bien afeitado, su piel tiene un bronceado dorado y tiene las cejas casi afiladas. Lleva la camisa de cuadros negros y color mostaza abierta sobre una camiseta negra desteñida, y me viene a la mente la frase *cool* sin esfuerzo mientras se inclina para preparar un tiro. Algunos mechones de su pelo rubio oscuro le caen sobre la línea de los ojos, pero no los aparta antes de golpear la bola. Oigo el ruido metálico de la bola que viaja en línea recta hasta una tronera y, una fracción de segundo después, sus ojos se elevan y se cruzan con los míos.

El aire permanece en mis pulmones mientras él se

endereza lentamente y nos miramos fijamente. Mi corazón se agita. Y a medida que pasan los segundos, la agitación se convierte en un galope que rebota contra mi caja torácica. Observo con detenimiento cómo sus ojos parecen oscurecerse. Entonces, frunce el ceño, rompe el contacto y se pasa la mano por el pelo.

La sangre me sube a la cara y busco mi bebida. Siento como si me hubieran secuestrado el pulso. Por suerte, Bailey está ocupada hablando con Casey y no se da cuenta de lo entrecortada que se ha vuelto mi respiración.

Anders no vuelve a mirarme, al menos no que yo sepa. Sigo sintiendo que mi atención va hacia él, una atracción inexplicable que es imposible ignorar.

Al final, la única forma que tengo de distraerme es mover mi silla para que Bailey me tape completamente la vista.

Capítulo tres

—Ahora estás haciendo el ridículo. ¡La casa de papá y Sheryl está justo allí! –exclamo, señalando al otro lado del río–. ¡Váyanse a casa!

Bailey y su hilarante marido borracho me han acompañado hasta el puente, pero deberían haber girado hace un par de minutos.

–Bueno, está bien –concede Bailey, lanzándose hacia delante y me abraza con tanta fuerza que tropiezo hacia atrás y casi me caigo–. Vendré a verte mañana –promete–. Podemos curarnos la resaca juntas.

–Mañana tienes que trabajar –le recuerda Casey, tambaleándose.

–No hasta el mediodía –responde Bailey–. Te veré por la mañana –me dice.

–Es un plan.

Le sonrío, ya con ganas de volver a verla.

Son las once de la noche, es decir, las cuatro de la madrugada en el Reino Unido, pero me siento extrañamente despierta y animada. Los únicos ruidos que oigo son el agua que corre bajo el puente, el roce de mis botas contra el asfalto y algún que otro coche zumbando a lo lejos.

Por mucho que haya disfrutado de la compañía de mi media hermana y su nuevo marido esta noche, me alegro de estar recorriendo este tramo final sola. Es agradable tener el espacio mental para estar con mis propios pensamientos por un rato.

Cuando dejo atrás la última luz de la calle, el cielo nocturno se ilumina sobre mi cabeza. La luna llena brilla como una antorcha y ni una sola nube empaña el brillo de las estrellas. El aire huele a hierba recién cortada y al bajar la mirada del cielo para contemplar el campo que se extiende ante mí, me quedo boquiabierta. Pequeñas luces sobrevuelan la hierba que llega hasta las rodillas, centelleando y parpadeando como polvo de hadas.

Luciérnagas. O bichitos de luz, como los llama Sheryl.

He visto uno que otro en viajes anteriores a Indiana, pero nunca he visto tantos juntos en un solo lugar. El espectáculo es mágico.

De repente me entran ganas de estar entre ellos. Hay dos caminos estrechos frente a mí, labrados por las ruedas de un tractor, que son más que lo suficientemente anchas para que una persona camine por ellos.

Una brisa me levanta el pelo del cuello, húmedo de sudor.

Una fracción de segundo después, oigo el susurro de los cultivos cuando el viento sopla a través de ellos.

Preso de un impulso, me pongo en marcha y me meto en uno de los caminos. La tierra está seca y quebradiza bajo mis botitas y tiene una pendiente suave. No sé cuánto tiempo camino –diez, veinte minutos–, pero no estoy segura de que la sonrisa haya abandonado mi rostro ni un momento. Me hipnotizan las luciérnagas, el aire libre y la oscuridad, la luz de las estrellas y la luz de la luna. La sensación de libertad.

Ahora sí que soy "libre". Libre y soltera. Por primera vez desde nuestra ruptura, la idea de estar sola no me asusta. Me siento satisfecha, casi como era yo antes. Me recorre una sensación de euforia.

Salgo del campo cultivado y me encuentro en una larga franja de hierba recién cortada, pero aquí la fragancia se mezcla con algo aún más dulce. Más adelante hay un campo de maíz y, contra el cielo iluminado por la luna, sobresalen frondas –o flores– de la parte superior de cada tallo de tres metros de altura. Camino hacia delante y me alejo del cultivo que llegaba a la altura de las rodillas y de las luciérnagas parpadeantes, y pronto me encuentro dentro de un bosque de maíz. Al cabo de un par de minutos, me detengo.

¿Qué demonios estoy haciendo? Podría perderme aquí. Siento un atisbo de pánico, me doy la vuelta y vuelvo por donde creo que he venido, pero no estoy segura de seguir la misma dirección.

El sonido muy intenso de un mosquito hace que me tense,

hasta que me doy cuenta de que lo que estoy oyendo es una moto. Estoy segura de que el pueblo está colina arriba, pero este ruido viene del otro lado y es cada vez más fuerte.

Corro hacia el ruido y emerjo del maíz en el momento exacto en que una ráfaga de luz atraviesa la franja de hierba a mi izquierda. Salto hacia atrás y me aprieto contra los tallos, pero es demasiado tarde. La luz me abrasa la cara y un hombre grita alarmado mientras el motor lanza un grito desesperado antes de enmudecer.

Abro los ojos y veo una masa oscura delante de mí. El faro me cegó, así que no puedo distinguir mucho más.

–¿¡Qué demonios!? –exclama el hombre con acento local mientras se despega de la moto y se pone en pie.

–¿Estás bien? –le pregunto.

Debería haber aprovechado esa oportunidad para salir corriendo. Podría tratarse de un psicópata, pero estoy demasiado borracha como para sentir miedo.

–¿Qué haces aquí? –me pregunta–. ¿Estás perdida?

–No –respondo a la defensiva–. ¿Qué haces tú aquí? ¿Quién va en moto por el campo a estas horas?

–No es asunto tuyo.

–Entonces, no es asunto tuyo lo que yo hago aquí –replico y me siento bastante nerviosa por el sonido de su voz.

Es grave y profunda, pero no demasiado profunda. Tiene una riqueza que me recuerda a la miel.

–Estás invadiendo propiedad privada, así que, de hecho, sí es asunto mío.

Ay. Mis pensamientos dispersos se juntan de golpe.

–Bueno, voy de camino a casa, así que no te preocupes.

–¿A dónde vas? –me pregunta exasperado mientras con determinación avanzo por el camino por el que creo que vine.

Mis ojos aún no se han adaptado a la oscuridad. Sigo viendo manchas.

–Tienes que subir a la carretera y girar a la izquierda si estás volviendo a la ciudad –me dice.

Giro sobre mis pies y me tropiezo un poco.

–¿Dónde está la carretera? No estoy volviendo a la ciudad, pero sí necesito encontrar el camino por el que vine.

–Por ahí.

Es una silueta alta y oscura recortada contra el cielo iluminado por la luna, pero puedo distinguir el brazo largo que señala hacia una extensión de hierba.

–Sería mucho más rápido si voy campo traviesa –le discuto. Noto el ancho impresionante de sus hombros cuando baja el brazo.

Ojalá pudiera verle la cara. ¿Quién es este tipo?

–Si lo que quieres es ir pisoteando soja como si fueras un maldito elefante...

¿Soja? ¿Eso es lo que crecía en el campo de las luciérnagas? Espera, ¡qué grosero!

–No la estoy dañando, ¡hay un sendero!

–No es un sendero para personas, es para los tractores.

–Oh, da igual. Bájate del caballo. O de la moto. O lo que sea a lo que estás subido. En realidad, ya te has bajado de la moto, ¿no?

Se me escapa una risita de borracha cuando me lo imagino estrellándose. No es muy gracioso, pero...

Dios, si es gracioso.

—Estás borracha.

—No estoy tan borracha.

—No era una pregunta.

—Me ensobriesco por minuto. ¿Ensobriesco? —pregunto en voz alta, sin esperar respuesta porque estoy hablando sola—. ¿Es una palabra?

—Ay, por favor —murmura—. ¿A dónde vas?

Recoge su motocicleta caída cuando paso a su lado.

—Arriba y a la izquierda —le contesto—, como me indicó el hombre GPS.

—No, quiero decir, ¿dónde te alojas? Me suena que estás muy lejos de casa.

—Mi padre vive por ahí.

Señalo al otro lado del campo mientras se enciende la luz de la moto e ilumina la extensión de hierba.

—Mi padre vive ahí, así que lo dudo.

—Entonces por ahí —digo mientras ajusto la dirección del brazo.

—¿Eres la hija de Ralph? Claro que sí. Mi mamá dijo que venía su hija de Inglaterra. ¿Esa eres tú?

—Esa soy yo.

—En ese caso, sería más rápido que fueras cuesta abajo y doblaras a la derecha por el camino de la granja.

Suspiro con dramatismo, me doy la vuelta y grito de fastidio al verme cegada de nuevo por su faro.

—No hace falta que me sigas –le digo cuando me doy cuenta de que piensa hacer exactamente eso–. Vuelve a lo que sea que estabas haciendo aquí en la oscuridad.

—Lo último que necesito es que te rompas un tobillo. Mi madre me mataría.

—Suenas un poco mayor para preocuparte por lo que piense tu madre –digo con sequedad.

—Nadie es demasiado mayor para preocuparse por lo que piense su madre.

—Así que esta es tu tierra, ¿no? ¿Qué eres? ¿Eres granjero?

—No, mi hermano es el granjero.

Me paro en seco.

—¡Cuidado! –grita y casi me atropella.

Me doy la vuelta y me vuelvo a quedar ciega.

—¡Por el amor de Dios! –Me tapo los ojos–. ¡Vería mejor a la luz de la luna!

Él suelta una carcajada y yo aparto la cara. Se me acelera el corazón cuando me doy cuenta de con quién estoy hablando.

—Eres Anders, ¿verdad?

Y antes de que pueda responder, añado:

—¿Y tu hermano es Jonas?

—Sí –responde tras una leve vacilación, preguntándose cómo lo sé.

Tengo un *flashback* de nuestro prolongado contacto visual y me siento muy nerviosa, a pesar de las unidades de alcohol que se supone que deberían estar amortiguando mis sentidos.

–¿Me vas a decir cómo te llamas?
–Wren.

Recuerdo, entonces, que primero desvió la mirada y estoy bastante segura de que no me miró de nuevo, ni siquiera cuando salió del bar. Me avergüenza admitir que estaba mirándolo cuando se fue para ver si lo haría, y al final cedí al inexplicable dolor que había sentido desde el momento en que me atrapó con la mirada.

Me endurezco contra él, contra su desaire.

–Ya puedes dejar de perseguirme.

–No quiero que te pierdas, ¿de acuerdo?

Me burlo.

–No me perderé. Soy arquitecta. Tengo un excelente sentido de la orientación.

Suelta una risita baja que se esconde bajo mi caja torácica.

–¿En serio? –dice, hace una pausa y luego exhala con lo que parece resignación–. Deja que te lleve a casa.

Vuelvo en mí y suelto una sonora carcajada.

–Debe de ser una broma. No, gracias. He visto cómo conduces esa cosa.

De ninguna manera voy a ser la damisela en peligro de un hombre cualquiera.

–Si perdí el control fue porque saltaste del maíz como una aparición –dice.

–Igual, no me arriesgaré.

–No seas idiota: sube.

–Ni hablar. Prefiero caminar, y te prometo que no iré pisoteando tus preciosos cultivos de soja como un elefante.

Estúpido.

−Gira a la derecha aquí −me indica cuando salimos al camino de la granja. La luz de su moto ilumina una enorme estructura roja.

−Ya sé −le respondo.

−Claro que ya sabes. Eres arquitecta con un excelente sentido de la orientación.

Le regalo una mirada.

Me mata no poder distinguir ninguno de sus rasgos faciales.

−¿Cuánto tiempo vas a estar en la ciudad? −pregunta con tono despreocupado mientras lleva la moto del manubrio a mi lado.

−Qué, ¿ahora vamos a hablar de trivialidades? −le respondo con incredulidad.

−No somos animales −me responde.

−No, pero no me parece que seas el tipo de persona que tiene conversaciones triviales.

−Es una conclusión interesante sobre alguien a quien acabas de conocer.

−Entonces, ¿te gusta hablar de cosas sin importancia?

−No, lo odio, pero solo te pregunté cuánto tiempo te vas a quedar aquí, no cuál es tu color favorito o si tienes mascotas. Por favor, qué hueso duro eres.

Sonrío para mis adentros.

−Dos semanas, negro y ya no tengo, pero antes tenía una gata que se llamaba Zaha.

−¿Por Zaha Hadid?

—Sí.

Es una de mis arquitectas favoritas.

—A mí me gustan más los perros.

—No eres amigo mío —susurro con solemnidad.

Es un chiste. Me encantan los perros.

—No somos amigos desde el momento en que me hiciste perder el control de la moto. Y el negro no es un color.

—Ah, vamos a discutir sobre eso, ¿verdad?

—No hay discusión. Es un hecho.

—¿Alguien te ha dicho alguna vez que eres un gran fastidio? No respondas —añado al mismo tiempo que él responde "Sí".

La carcajada que sigue me da vértigo.

—Si quieres librarte de mí, lo único que tienes que hacer es subirte a la parte trasera de mi moto y te llevaré a casa enseguida.

En su voz percibía que se estaba divirtiendo.

—De ninguna manera. Jamás.

Estamos de vuelta en la granja Wetherill antes de que me dé cuenta.

—Bueno, ha sido un paseo muy refrescante, gracias —le digo con dulzura mientras me paro al final del camino, protegiéndome los ojos porque la maldita luz me apunta a la cara otra vez.

—De nada, Wren —responde en voz baja y burlona—. Me alegro mucho de haberte atropellado.

—¡Ja! Faltó poco. La próxima vez.

—Lamentablemente, es poco probable que tenga el placer.

–No seas tan pesimista. Me voy a quedar aquí un par de semanas, ¿recuerdas?

–Y yo me habré ido el domingo, así que dudo que volvamos a vernos.

Sus palabras se entrelazaron en una sonrisa mientras las decía, pero tengo la extraña sensación de que ahora sus labios se han enderezado.

Se hace el silencio. Su luz sigue apuntando a mi cara y de repente me parece injusto que él pueda ver mi expresión y yo no la suya.

Y entonces la luz se desvía y parpadeo en la oscuridad mientras lo oigo dar la vuelta la moto.

Abro la boca y la vuelvo a cerrar cuando se pone en marcha en la dirección por la que vinimos. Después de hablar sin parar durante todo el camino, me confunde el hecho de que ninguno de los dos encontró las palabras para decir adiós.

Capítulo cuatro

—¡Buenos días! —grita Sheryl desde la cocina.

Me estremezco ante el asalto a mis oídos. Voy bajando con cautela la crujiente escalera y la madera pulida de la barandilla se me pega a las palmas apenas sudorosas. No tengo fuerza para responder a un volumen que ella pueda oír. Llego al final y tengo que tomarme un momento. Me pregunto si voy a vomitar.

—¿Se divirtieron anoche? —pregunta Sheryl con una mirada cómplice desde la cocina. Asiento con lentitud y continúo mi camino hacia ella.

—¿Dónde está papá? —digo con una voz que suena ronca.

—Está en la huerta, recogiendo duraznos.

—¿Ya?

—Viene una tormenta. Pensé que sería mejor que sacara algunos de los más maduros.

—Iré a saludarlo.

—¿Quieres llevar una taza de té o de café?

Digo que no con la cabeza lo más lento que puedo.

—Bueno, llévale una a tu padre.

Sheryl aleja una silla de la mesa para que yo me siente.

Me siento, con el estómago revuelto, mientras ella saca una bandeja y la llena con una taza de café negro humeante, un vaso de agua, un plato de galletas dulces y saladas, además de una banana entera.

Le agradezco por lo que según puedo ver es, en parte, una cura para la resaca, y recojo la bandeja.

Lo de anoche parece surrealista. Hubo momentos en los que me sentí feliz sin Scott. Y luego vino ese paseo por los campos de luciérnagas y mi encuentro con Anders.

Mientras sostengo la bandeja en una mano y abro la puerta con la otra, me pregunto qué demonios me pasó, escabullirme por campos oscuros en medio de la noche. No es de extrañar que Anders se cayera de la moto al verme: una mujer de cara blanca vestida toda de negro, apareciendo del maíz con una luna llena sobre su cabeza. Me divierte la imagen y me río cuando salgo a la terraza.

El cielo azul claro de ayer ha sido invadido por nubes de aspecto ominoso y, mientras me abro camino hacia los huertos, rememorar la risa de Anders me hace sentir como si alguien hubiera tirado una vitamina efervescente en mi torrente sanguíneo. Pero luego recuerdo que probablemente no lo vuelva a ver y a mis sentimientos gaseosos se los lleva una ola de soledad.

Es una sensación con la que estoy muy familiarizada. Lo de anoche fue una distracción, una pausa del hecho de extrañar a Scott, pero estaré pensando en él de nuevo muy pronto, estoy segura.

Encuentro a papá en el huerto más cercano, subido a una escalera. Las frondosas ramas de los duraznos cuelgan con el peso de los globos anaranjados que penden de ellas. Parecen millares de puestas de sol en miniatura.

—Hola, papá. Te traje café.

—¡Genial!

Hay una caja de madera cerca, así que la muevo con el pie con suavidad y la doy vuelta antes de colocar la bandeja sobre esta mesa improvisada.

Papá, mientras tanto, baja la escalera, una mano aferrada a los peldaños, la otra a una cesta de mimbre. Tiene una ramita alojada en su cabello despeinado.

—Ten cuidado en la escalera —le advierto.

Aunque papá antes era jardinero, fue promovido a coordinador de servicios estudiantiles mientras estuvo en la Universidad de Indiana Bloomington, y en los últimos años ha pasado más tiempo sentado detrás de un escritorio que trabajando expuesto a los elementos.

—Siempre —responde con una sonrisa. Apoya la canasta en el suelo y gime mientras se endereza. Los botones de la camisa a cuadros azules y negros se tensan cuando se estira hacia atrás.

Los cuadrados del estampado me recuerdan a Anders y su camisa grande, negra y mostaza, con las mangas arremangadas hasta los codos, abierta sobre una camiseta negra un poco descolorida, jeans negros y borceguíes, aunque ese atuendo era algo que mi padre jamás se pondría.

—Así que se avecina una tormenta, ¿eh? —pregunto, tratando de alejar mis pensamientos de Anders mientras pelo la banana.

—Parece que sí —responde papá, escudriñando el cielo y rodeando la taza de café con la mano—. Truenos y relámpagos, todas esas cosas aterradoras.

—Eso es lo que solía decir mamá.

—Ya lo sé —responde, sin mirarme a los ojos mientras toma un sorbo de su café. Deja la taza en la bandeja, da vuelta otro par de cajas y me hace un gesto para que tome asiento—. ¿Qué tal la noche con Bailey?

—Bien. Aunque hoy me siento un poco mal.

—¿Tomaron mucho? —pregunta papá, con la idea de que mi mal humor es consecuencia únicamente de la resaca.

—Bastante.

Hace una mueca y sacude la cabeza, y la caja cruje.

—Entonces, ¿quién es la mala influencia?

No sé si de verdad quiere una respuesta o si me está tomando el pelo, pero me deja pensando.

—Lo más probable es que las dos somos igual de malas —concluyo, y trato de recordar si Bailey y yo congeniamos de verdad solo cuando estamos bajo la influencia del alcohol.

Ella es extrovertida por naturaleza, supersociable, y yo soy de salir de mi caparazón cuando he bebido un poco, así que no me sorprendería.

Papá empieza a mordisquear una galleta con aire satisfecho. Todavía tiene esa ramita en el pelo.

—Conocí a tus vecinos granjeros —le digo—. A uno de ellos. Estaban en Lo de Dirk.

—¿Patrick y Peggy estaban en Lo de Dirk? —me pregunta sorprendido.

—No, Anders y Jonas.

—Ah. Bueno, Anders no trabaja en la granja —me dice, algo que ya sé—, pero Jonas sí. Se ha estado haciendo cargo de algunas cosas de sus padres.

—¿Patrick y Peggy?

—Sí.

—Pensé que todos tenían nombres suecos.

—Sí, bueno, Peggy se casó con uno de la familia y es Patrik sin la "c".

—Ah. Arranco esa letra de la ortografía del nombre.

—No hemos visto mucho a Patrik y Jonas desde que nos mudamos aquí, pero Peggy es una señora muy amable —dice papá—. Trató de hacernos ir a la iglesia un par de veces, pero ya conoces a Sheryl.

—La conozco. Es atea hasta la médula.

—Peggy no dijo que iba a venir Anders —papá reflexiona—. Trabaja para un equipo de IndyCar, ¿sabías?

—Sí, Casey lo contó.

—Me gustaría conocerlo.

—¿Todavía no lo conoces?

—No. Peggy dijo que nunca viene durante la temporada de carreras, pero es evidente que eso no es del todo cierto si ahora está aquí. Se va a Toronto la semana que viene, así que debe estar muy ocupado en el trabajo.

Papá es aficionado al automovilismo desde que tengo uso de razón. No me sorprende que conozca la agenda de carreras de Anders.

—Vino por el fin de semana nada más —le digo.

—Tal vez los podemos invitar a tomar algo más tarde.

—Me parece bien —respondo, y me pregunto si puede percibir la vacilación en la voz que me causa un caleidoscopio de mariposas en el estómago.

***

Cuando volvemos a entrar, Sheryl comunica que la radio advirtió que se acerca un tornado. La verdad es que afuera se ha puesto todo oscuro.

El granizo llega antes que la lluvia y yo, de pie junto a la ventana del salón, contemplo atónita a los cubitos redondos de hielo blanco que caen desde el cielo y dejan el césped casi tan blanco como la nieve. El ruido que hacen al chocar contra el tejado es como el de cien mil martillos. Es estridente, y la lluvia que cae poco después es casi igual de ensordecedora. En el cielo se ve el destello de relámpagos lejanos, seguidos de truenos que retumban en las paredes. Estoy atenta a los relámpagos con forma de tenedor y me pregunto si el grueso de la tormenta ya nos ha alcanzado.

—Espero que Bailey haya llegado bien al trabajo —dice papá con preocupación a mi lado.

Miro el reloj. Son las doce y media. Ya es tarde. No va a venir a reponernos juntas de la resaca.

No es la primera vez que Bailey improvisa una decisión y hace una promesa que no va a cumplir. Pero ella me puso de buen humor anoche y le estoy agradecida por eso. Tal vez alcanza con que nos divirtamos juntas de vez en cuando y no abrazar grandes expectativas de construir lazos de hermandad. Es poco probable que nos acerquemos mucho más en las próximas dos semanas, a pesar de mi optimismo inicial, ahora que no está Scott.

—La voy a llamar —decide papá, sacando su teléfono del bolsillo mientras sale de la habitación.

Los celos me punzan. Casi nunca me llama a mí.

Bailey vive cerca, pienso. *Está en la misma zona horaria. Es fácil, cómodo, llamarla.*

Pero no se puede negar que papá y Bailey tienen una relación mucho más cercana que él y yo. Ella nunca dudaría en arrancarle una ramita del pelo.

Papá vuelve un par de minutos después, cuando la lluvia ya ha disminuido.

—Está trabajando con Casey —dice aliviado—. El club de golf tiene un sótano.

Giro para verlo bien.

—¿En serio te preocupa que pueda haber un tornado?

—Estas son las condiciones climáticas en las que suelen aparecer —murmura, rascándose la barba incipiente.

De repente, se tensa y abre grandes los ojos.

—¿Qué?

Levanta la mano para hacerme callar.

Y entonces lo oigo: un quejido agudo que viene del exterior.

–Es la sirena del tornado. ¡Sheryl! –grita papá mientras sube las escaleras.

–¡La oí! ¡Ya voy! –responde ella.

–¿Qué vamos a hacer? –pregunto, con un aleteo de pánico mientras la sirena de alarma de la ciudad sigue sonando.

–Al sótano –responde Sheryl–. Llama a Bailey, díselo.

Papá saca su teléfono de nuevo y me empuja hacia la puerta y luego escaleras abajo.

¿Por qué tenemos que informar a Bailey de todos nuestros movimientos?, me pregunto mientras papá se apresura a ponerla al tanto.

La respuesta, me doy cuenta, es para que los servicios de emergencia sepan dónde encontrarnos si nuestra casa es arrasada.

El terror me clava los pies en el suelo por un momento. He visto *Twister*. Está pasando lo mismo.

Nunca he vivido un aviso de tornado. Sheryl tuvo algunos encuentros cercanos cuando crecía en Oklahoma, un estado que está justo en el callejón de los tornados. Su padre trasladó a la familia a Indianápolis por trabajo cuando ella era adolescente y un par de veces estuvo cerca, y también con Papá en Bloomington. Pero de alguna manera, la idea de una alarma de tornado en una ciudad poblada parece menos aterradora que escucharla aquí en medio de la nada. Me siento muy vulnerable.

Alguien da fuertes golpes a la puerta. Papá se apresura, la abre y aparece una mujer mayor con un impermeable rosa brillante. Le chorrea la capucha.

—Rápido —dice—. Vengan a nuestro refugio.

—Gracias, Peggy —dice papá lleno de alivio—. Busca tu abrigo, Wren. ¡Vamos!

Tan pronto como me pongo la capucha de mi abrigo gris sobre la cabeza, el viento me la quita de nuevo. Arranca las hojas de los árboles y mi pelo castaño de media melena se agita alrededor de mi cara como si yo fuera Medusa con la cabeza llena de serpientes.

Peggy se desliza al volante de su Gator, un pequeño utilitario verde, y hay espacio para dos personas más en el asiento delantero junto a ella, pero antes de que pueda hacerme a la idea de subir a la caja empapada, oigo un sonido demasiado familiar.

Una moto blanca y amarilla salpicada de barro avanza rugiendo por nuestro camino de entrada y expulsa una cascada de agua de lluvia para todos lados mientras derrapa y se detiene. Doy un salto hacia atrás, pero es demasiado tarde: estoy empapada de las rodillas para abajo. Llevo una falda, pero los calcetines bajo las botitas están empapados.

—Sube —me ordena el conductor, con la cara medio oculta por la capucha verde oscuro de su impermeable.

Sheryl y papá ya están en el asiento delantero del Gator.

El corazón se me sale de la caja torácica. Dudo, mirando el espacio en la caja del vehículo. La sirena sigue sonando a lo lejos.

Peggy se pone en marcha y veo la cara pálida de papá, llena de ansiedad, que mira hacia atrás, gritando palabras que se lleva el viento.

—¡Wren! —grita Anders, porque, aunque su cara esté oculta, por supuesto que es él.

—Maldita sea —murmuro, y mis mariposas entran en un frenesí espiralado cuando subo la pierna por encima de la parte trasera de su moto.

No es una máquina bestial, no como las que se ven en la carretera, pero el asiento azul marino es más alto de lo que parece y la lluvia que lo recubre se filtra a través de la tela de mi falda.

Apenas he puesto las manos en la cintura de Anders cuando la moto da un bandazo y casi me lanza volando.

No tengo dónde poner los pies, así que me agarro a él con fuerza, demasiado conmocionada y sin aliento como para gritar mientras él avanza por el camino de tierra y salpica agua y barro a nuestro paso. El cielo está oscuro y las nubes tienen un tinte verdoso y feérico.

Más adelante se vislumbra el granero rojo que vi anoche, pero Anders gira a la derecha mucho antes de que lo alcancemos y toma un pequeño camino de tierra entre la granja y un campo de maíz.

La casa tiene el mismo estilo y color del granero, y eso es todo lo que tengo tiempo de ver.

—Vamos —ordena Anders, y señala con la cabeza hacia donde está papá mientras nos detenemos en la parte trasera de la casa.

Papá y Sheryl ya se han bajado del Gator y Sheryl corre por el césped empapado detrás de Peggy mientras papá me hace señas desesperadas. Peggy y Sheryl llegan a un montículo a unos seis metros de distancia, que tiene una puerta de metal en uno de los laterales, en un ángulo de cuarenta y cinco grados. Lo abren y queda expuesto un túnel oscuro y la cara de un hombre que no reconozco. Extiende la mano para ayudar a Sheryl.

Me bajo de la moto. Peggy nos mira ansiosa, pero Anders no se baja.

—¿Vienes?

Se me acelera el pulso.

Él niega con la cabeza.

—Todavía no.

—¿Por qué no? —pregunto alarmada.

—Tengo que encontrar a mi hermano.

—¡ANDERS! —Peggy lanza un grito mientras él acelera el motor y se va.

Me invade un sentimiento de terror al verlo alejarse.

¿Dónde está el hermano?

Capítulo cinco

—Patrik, Peggy, ella es mi hija, Wren. Papá nos presenta cuando estamos a salvo en el vientre del refugio contra tormentas y la puerta cerrada detrás de nosotros.

El aire es denso y sofocante y suena como si un tren de carga pasara silbando sobre nuestras cabezas. Nadie querría sufrir de claustrofobia en esta situación.

—Gracias por recibirnos —digo sin aliento mientras Patrik desliza los pestillos de la puerta. Lo hace con lentitud, con una mano, porque la otra está enyesada y sujeta con un cabestrillo. Me hace un gesto estoico con la cabeza mientras baja cojeando los escalones. Sheryl me dijo que se había caído la semana pasada y que se había roto un brazo y dos costillas. Al parecer, la agricultura es una de las profesiones con mayor índice de muertes y accidentes graves. Me enteré de esto después de que papá y Sheryl hubieran firmado la escritura de su propiedad.

Patrik es alto y delgado, con el tono de piel de Jonas y rasgos faciales anchos. Apuesto a que alguna vez fue un hombre gigante, pero que su estatura ha disminuido con la edad. Debe tener más de ochenta años, y Peggy parece unos pocos años más joven. ¿Todavía trabajan? Seguro que no. Pero papá había dicho que Jonas se estaba haciendo cargo de la granja, no que ya estaba a cargo de todo.

—Por supuesto, querida —responde Peggy a mi agradecimiento. Se quita el abrigo rosa y deja al descubierto su pelo blanco hasta los hombros. Me ofrece una sonrisa temblorosa, pero es evidente que está muy preocupada por sus hijos.

Yo también. Apenas conozco a Anders, y menos a Jonas. Intento distraerme de lo que está pasando observando nuestro entorno.

Estamos en un búnker subterráneo de unos nueve metros cuadrados. Las paredes, el suelo y el techo son de hormigón a la vista. Hay un sofá de dos plazas de color púrpura muy desgastado y descolorido contra una pared y algunas cajas alineadas contra otra. A la derecha de la puerta hay una cómoda.

Peggy enciende una luz y se ilumina una segunda habitación más pequeña al fondo.

—Este sí que es un refugio contra tormentas —dice Sheryl con asombro.

Una vez me habló del refugio pequeño y oscuro de su familia en Oklahoma. No tenía electricidad y tenía goteras, y una vez, cuando su padre y su hermana mayor sacaron el agua que se había acumulado, encontraron una serpiente.

–Nuestra familia lleva aquí mucho tiempo –responde Peggy con ironía, y saca una radio de uno de los contenedores y la enciende–. Hemos tenido una buena dosis de mal tiempo y hemos tenido tiempo para hacerlo más cómodo a lo largo de los años. Los niños solían jugar aquí. –Palidece, como si recordara que aún están fuera–. ¿Quieren agua? –nos pregunta con voz débil. Saca unas botellas y nos da una a Sheryl y a mí. Señala con la cabeza hacia la segunda habitación. Hay cuatro sillas de madera y una pequeña mesa, sobre la que hay una pila de viejos juegos de mesa. Las imágenes en las cajas están descoloridas y arañadas y el cartón roto en los bordes.

Papá se queda con Patrik junto a la puerta. Patrik murmura una respuesta a algo que le ha dicho papá, pero deduzco que no es muy charlatán.

–¿Alguna vez ha pasado un tornado justo por el medio de la granja? –pregunto nerviosa mientras abro mi botella.

Este refugio parece muy robusto y seguro, y está claro que fue construido lejos de otras estructuras para que no quedara enterrado debajo de los escombros. Será por eso también que la puerta está en ángulo: así, si cae encima algún resto, lo más probable es que se deslice.

¿Pero qué pasaría si el viento arranca la puerta de cuajo? ¿Y si nos succiona hacia el ojo de la tormenta?

No puedo creer que Anders y Jonas sigan ahí afuera.

–Una vez, un tornado se abrió camino a través de un par

de campos —responde Peggy a mi pregunta, apartando un par de sillas de la mesa.

Sheryl toma asiento como una manera de agradecer el gesto. Yo permanezco de pie. Estoy demasiado inquieta para quedarme sentada.

—No fue un buen año para nosotros —continúa Peggy—. Pero la casa aguantó. Espero que los Fredrickson sigan teniendo suerte.

Un golpe repentino en la puerta de metal hace que mi atención apunte en esa dirección. Patrik sube las escaleras con sorprendente agilidad y se apresura a abrir los pestillos y a abrir la puerta. Se ve un cielo sucio lleno de escombros voladores. Aparece la cara de Jonas.

—¡Vamos, hijo! —grita Patrik y lo arrastra al interior.

Miro detrás de él y veo a Anders. Me invade una ola de alivio cuando lo veo entrar detrás del hermano y cerrar la puerta para que no entre el viento.

Jonas parece todavía más alto y ancho en este espacio reducido. Está empapado y la camiseta mojada se le pega a la piel y acentúa todos los surcos y líneas de su figura.

—¿¡En qué demonios estabas pensando!? —le grita Patrik de repente, haciéndome saltar.

Anders está todavía en la parte superior de las escaleras, deslizando los pestillos.

—¿¡Dónde estabas!? —grita Patrik, que continúa su diatriba contra su hijo mayor—. No puedo permitir que desaparezcas todo el tiempo, chico.

—¿Chico? ¡Tiene como treinta y siete años! Y hasta aquí

llega mi idea de que Patrik no es muy conversador. Puede ser un tipo viejo, pero parece que sigue siendo el patriarca de su familia.

Papá pasa con rapidez a la habitación de al lado. Yo me quedo con aprensión a un lado del arco de la puerta.

—Ya estamos aquí, papá —responde Jonas con un tono mordaz.

Si es una advertencia, Patrik la oye y le hace caso, porque se aparta de mí y se sienta malhumorado a la mesa. Anders baja las escaleras y se dirige hacia la cómoda. Se echa la capucha hacia atrás y se desabrocha el impermeable empapado. Lo lanza hacia un gancho de la pared del que queda colgando.

—Ah. Hola —dice Jonas cuando me ve.

Parece ligeramente sorprendido.

—Hola —le contesto—. Soy Wren.

—Hola, Wren.

Anders me mira por encima del hombro con dureza y, en ese momento, dejo de respirar. Para mi gran frustración, ha tenido el rostro envuelto en la oscuridad desde que lo vi en el bar, pero ahora me doy cuenta de que mi memoria me ha fallado. Es aún más guapo de lo que recordaba, alto y ancho, con el pelo rubio oscuro despejado de la cara. Pero ahora tiene las cejas afiladas apretadas y la fuerte mandíbula está rígida por la tensión.

Tengo la sensación de que la tormenta absorbe todo el aire de la habitación cuando abre un cajón y saca una toalla, antes de girar la cintura y lanzársela a su hermano. A continuación, se apoya en la cómoda y los hombros suben y bajan al ritmo de la respiración agitada.

Este no es el mismo hombre que conocí anoche. Este hombre está completamente sobrio y furioso.

A Jonas, que atrapa la toalla con una mano, parece que no le afecta en lo más mínimo el mal humor de su hermano mientras se seca el pelo oscuro y desordenado, y se desploma en el sofá, entre una nube de polvo que sale volando a su alrededor.

Anders se da vuelta y pasa junto a él hacia la esquina de la habitación cerca de donde estoy yo. No da signos de percibir mi presencia ni da muestras de alegrarse de volver a verme; al contrario. Desliza la espalda por la pared hacia el suelo hasta sentarse con las piernas recogidas y las muñecas apoyadas en las rodillas. Apoya la cabeza contra el muro de hormigón y sus ojos apuntan al frente. Incluso desde este ángulo, puedo ver la sombra de su mandíbula apretada y desencajada. Y entonces me doy cuenta de que me equivoqué. No creo que esté enfadado, sino alterado.

Papá y los demás que están sentados a la mesa empiezan a hablar, en voz baja y vacilante al principio, y luego poco a poco a un volumen más normal. Sheryl está estudiando los juegos de mesa. A algunos no los ha visto desde que era niña. Abre cajas, saca fichas y se las pasa a papá. Peggy hace algún que otro comentario y Patrik habla una o dos veces, pero las voces suenan tensas.

Jonas, en el sofá, se ha movido para apoyar la cabeza contra el cojín del respaldo. Ha cruzado los brazos sobre los ojos, una acción que ha hecho que sus bíceps se abulten y su pecho llene su camiseta mojada. Puedo ver por qué las mujeres se sienten atraídas por él, y muchas lo están según Bailey y Casey, pero a mí no me gusta.

Sabía que, una vez sobria, me daría cuenta. Hay algo demasiado rústico y masculino en él para mi gusto.

Tarde me doy cuenta de que soy la única que sigue parada.

Papá no me pregunta si estoy bien. Si mamá estuviera aquí, tampoco estoy segura de que lo haría. Scott especuló una vez que su falta de atención hacia mí, que es como a veces lo siento, no es porque no les importe, sino porque se sienten seguros sabiendo que estoy bien. Me ven capaz y competente, el tipo de persona que avanza con las cosas. No sienten la necesidad de verificar que yo esté bien.

Papá es diferente con Bailey. Siempre lo ha sido. Pero no es porque ella sea menos capaz y competente que yo, porque ella es mucho de las dos cosas.

Tal vez es porque ella agradece más su ayuda. Ella agradece su cuidado y atención. Y tal vez eso hace que sea más fácil quererla.

Yo soy más cerrada que Bailey. Tuve que ser así para protegerme.

De repente extraño tanto a Scott que me duele. Si estuviera aquí, estaría rompiendo el hielo... Es bueno para hablar con desconocidos, mejor que yo, seguro.

Observo el espacio en el sofá junto a Jonas, con muchas ganas de sentarme. Parece cómodo, aunque un poco polvoriento, pero la verdad es que yo también estoy sucia. Estiro una pierna y la giro de un lado a otro, escudriñando el barro que me mancha la piel.

La cabeza de Anders se inclina hacia mí, o al menos hacia mis piernas. Su atención me pone nerviosa. Deja escapar un suspiro, vuelve a apartar la mirada y se frota la mandíbula. La tensión que tenía en los hombros parece haber disminuido un poco cuando vuelve a poner la mano en la rodilla.

Llevada por un impulso, paso junto a Anders y tomo asiento sobre el contenedor que está más cerca de él.

Digo en voz baja y seca:

—Las cosas que eres capaz de hacer con tal de subirme a tu moto.

Suelta una carcajada y desliza una mirada de reojo, y con la comisura de los labios se le dibuja una sonrisa torcida. Se amplía el nerviosismo de mi estómago y me recorre la piel. Me doy cuenta de que tiene ojos verdes: el verde claro y fresco de un lago de montaña. Pero hay algo más en ellos, algo extraño y fuera de lugar. Antes de que pueda mirarlo bien, ese toque de color ha desaparecido.

Lleva otra camisa a cuadros, que cuelga abierta sobre una camiseta blanca. Es similar a la que llevaba ayer, el negro y el gris oscuro como colores dominantes pero con partes de un gris claro en lugar del amarillo oscuro.

—¿Tengo algo en la camisa? —me pregunta, levanta el brazo y se mira el codo.

Cuando me pesca examinando su ropa me ruborizo al instante.

—No. Me gusta.

Cuando lo reconozco intensifica el calor que siento en la cara.

—Me gusta el detalle —añado estúpidamente, pero logro evitar dar más explicaciones, aunque el detalle lo es todo en mi trabajo.

Enfrente, Jonas levanta los brazos y nos mira desde la sombra.

—A mí también me gusta tu camisa —le dice a Anders—. Me parece preciosa, cálida y seca.

Anders le devuelve una mirada poco impresionada. Luego se levanta y se quita la camiseta.

—Ahí tienes, bebote. —Se la lanza al pecho a su hermano, pero con mucha menos agresividad que antes.

Pasa junto a mí para buscar una botella de agua y me quedo helada al sentirlo muy cerca. Sus brazos son de color café dorado y tiene los músculos marcados.

—Gracias —responde Jonas con una sonrisa y se pone de pie con lentitud mientras Anders vuelve a sentarse. Se sube la camiseta roja empapada, se la pasa sobre el pecho, y las manos golpean el techo cuando se la quita.

No me atraen especialmente los cuerpos muy trabajados, pero nadie lo va a creer si me pesca mirando el suyo, así que dejo de hacerlo en el acto.

Hay una mancha de humedad en el cojín del sofá en donde ha estado sentado con los vaqueros mojados. Peggy se da cuenta cuando entra en la habitación.

—¿Por qué no has puesto una toalla? —le pregunta secamente a Jonas.

—Nunca te ha importado una mierda el estado del sofá —le responde mientras termina de abrocharse la camisa.

—Cuida las palabras —lo reprende Peggy—. Tenemos invitados —añade, y me mira.

—Sí, bienvenidos a nuestra humilde morada —dice Jonas y se sienta en la toalla que su madre ha tendido en el sofá. La camisa de su hermano le aprieta el pecho—. ¿Les gusta lo que hemos hecho aquí?

La mayoría de la gente odiaría este lugar. Pero yo, que creo que el Southbank Centre es una obra maestra de la arquitectura, no me opongo en absoluto a un poco de hormigón en bruto.

—Tiene un cierto atractivo —respondo con frialdad mientras paso la mano por la superficie lisa de la pared—. Soy una gran admiradora del movimiento brutalista.

No lo digo muy en serio, es decir..., me gusta la arquitectura brutalista, pero no andaría por ahí diciéndolo en un contexto como este, así que me hace gracia que Anders se ría.

Dirijo mis ojos hacia él, intento captar su sonrisa y lo consigo. Tiene los dientes blancos, limpios y, aunque no están todos derechos, su imperfección es atractiva. A Scott le interesaban muy poco el arte y la arquitectura. Todavía recuerdo haberle sugerido visitar la Tate Modern la mañana siguiente de nuestra primera noche juntos y él puso mala cara y reservó entradas para el London Eye.

Anders abre su botella de agua y una sonrisa le revolotea la comisura de los labios mientras bebe. Me cuesta mucho desviar mi atención.

Peggy toma asiento junto a Jonas.

—¿Todo bien por aquí? —le pregunta con cautela y tengo la extraña sensación de que estaba esperando a que se despejara el ambiente antes de entrar en la habitación.

—Todo bien, mamá —responde Jonas.

Estira el brazo, le da unas palmaditas en la rodilla y hay algo en el gesto que me tranquiliza.

Sé que antes estaba preocupada por él, pero ¿todavía lo está? Claro que sí. Todos deben estar preocupados. Esta granja es su medio de vida. Si hay un tornado ahí afuera, haciéndola pedazos, ¿ellos a dónde van a ir a parar?

—Wren es arquitecta —les explica Peggy a los hijos y me hace un gesto con la cabeza. Siento que ella está tratando de distraerlos de lo que está pasando en la superficie.

—¿En serio? —Anders suena inocente mientras me lanza una mirada de reojo, levanta una ceja y le sigue la corriente a su madre en sus intentos por mejorar el clima reinante.

—¿Ya se conocen? —pregunta Jonas con suspicacia.

—La traje en moto —responde Anders, estira sus largas piernas y las cruza sobre los tobillos.

—¿Y tuvieron tiempo de hablar? —insiste Jonas, que no se cree la explicación.

Es evidente que conoce a su hermano lo suficiente como para darse cuenta cuando lo está embaucando.

—Nos encontramos anoche cuando volvía a casa —revelo—. Pasé por uno de tus campos.

—Me cagué de miedo —gruñe Anders—. Parecía salida de *Los chicos del maíz*.

Se me escapa una carcajada.

—¿Qué estabas haciendo, cortando camino a través de los campos? —pregunta Jonas con una sonrisa, desconcertado.

—No me había dado cuenta de que estaba invadiendo propiedad privada. Lo siento.

Él deshace mis disculpas con un gesto de la mano.

—Es que la gente que anda por los campos en esta zona o son sus dueños o se están escapando de la cárcel.

Todos nos descostillamos de risa.

—No lo haré nunca más —prometo.

—Puedes pasear por donde quieras —dice Peggy con firmeza—. ¿No es cierto?

Le pregunta a Jonas, no a Anders.

—Por mí no hay problema —responde Jonas.

Anders se levanta y busca la radio que está a mi lado, baja el volumen y acerca la oreja a la puerta.

—¿Cómo van las cosas por ahí arriba? —pregunta Peggy.

—Creo que la sirena se detuvo —dice, vuelve a apoyar la radio y sube la escalera—. El viento también ha amainado.

Abre el pestillo de seguridad y abre la puerta de golpe mientras yo me siento más erguida.

—Creo que estamos bien.

Abre la puerta del todo y sale.

Jonas se agacha y junta las manos entre sus rodillas, y la sonrisa que mostraba antes no aparece por ninguna parte. Peggy le dice algo en voz baja, con expresión preocupada mientras los demás se ponen de pie. Peggy y Jonas no amagan a levantarse, así que es mi turno y subo detrás de Anders.

—La casa sigue ahí —observo con alivio.

Anders asiente con seriedad y se vuelve para observar el tejado del granero. Parece intacto desde este ángulo. Hay restos de árboles esparcidos por todo el lugar, pero esa es la única señal de que han soplado fuertes vientos. Si un tornado tocó tierra, no parece haber pasado por aquí.

Patrik es el siguiente en salir del refugio, con expresión sombría.

—Voy a comprobar si hay daños —le dice Anders.

Patrik responde con un movimiento brusco de cabeza.

—¿Quieres que te lleve a casa primero? —me pregunta Anders, mirándome.

El corazón me da un vuelco cuando me doy cuenta de que el extraño destello de color que vislumbré antes es un defecto en su ojo derecho: una pequeña mancha de color café anaranjado en el ángulo inferior izquierdo del iris.

—O puedes ir caminando —añade, rascándose una ceja.

Vuelvo en mí y me doy cuenta de que he tardado demasiado en aceptar.

—Sí, claro, no volveré a subirme a esa cosa en un futuro cercano.

Su boca esboza una sonrisa burlona.

—Muy bien, entonces, Wren. Supongo que ya nos veremos.

Me distraigo cuando papá y Sheryl salen del refugio y expresan en voz muy alta su alivio por estar de nuevo al aire libre. Cuando vuelvo a mirar a Anders, ya se está alejando. La imagen tiene la extraña capacidad de aquietar mis mariposas.

Capítulo seis

Al día siguiente, papá, Sheryl y yo nos ponemos los impermeables y nos aventuramos por los huertos para ver cuánta de la fruta caída se puede salvar. Sheryl quiere hacer puré con los duraznos para hacer Bellinis, una bebida que probó por primera vez en el Bar Harry's de Venecia hace diez años. El dueño del bar inventó el trago y Sheryl quiere ver si puede recrearlo.

Ya superé la resaca, así que me apunto a la idea con entusiasmo.

—Me pregunto si Anders ya estará volviendo a Indy —dice papá, dándole la vuelta a un durazno en la mano y examinándolo para ver si tiene magulladuras.

Yo también me lo he estado preguntando. Me resulta difícil sacarme a la intrigante familia Fredrickson de la cabeza, especialmente a Anders, con sus extraños ojos verdes.

Me molesta que nuestro último encuentro haya terminado tan de golpe.

—Tendrás ocasión de hablar con él la próxima vez que venga a la ciudad —responde Sheryl impaciente mientras se abalanza para recoger dos duraznos del suelo.

No es la primera vez que papá expresa su decepción por el hecho de que la tormenta haya arruinado sus planes de invitar a la familia a tomar algo. La invitó a Peggy cuando nos íbamos, pero ella se negó con tristeza, diciendo que estarían demasiado abocados a la misión de limpieza. Nos ofrecimos a ayudar, pero dijo que no. Creo que estaba muy interesada en que nos fuéramos y los dejáramos ocuparse de sus cosas.

Nos enteramos de que el tornado tocó tierra a pocos kilómetros al sur de aquí y se abrió camino a través de un bosque y algunos campos. Por fortuna, no se perdieron vidas ni se destruyeron casas o granjas, pero la tormenta causó daños menores a algunas propiedades, y vimos un montón de escombros desperdigados en nuestro camino de vuelta a la casa de papá y Sheryl.

Sheryl me contó que en Indiana se producen unos veinte tornados al año, sobre todo en los meses de primavera y verano.

Creo que la próxima vez vendré de visita en pleno invierno.

—Había mucha tensión en ese refugio —continúa papá—. No hubiera quedado bien sacar una conversación con Anders sobre automovilismo, aunque estuve tentado.

—¿Crees que vino a su casa por el accidente de Patrik? —le

pregunto, recordando que papá dijo que Anders nunca viene durante la temporada de carreras.

—Quizá —responde papá—. No puedo dejar de pensar en Patrik atacando así a Jonas. Nunca pensé que fuera capaz de enfadarse tanto.

—Ah, yo sí —responde Sheryl con tono displicente—. No dejes que te engañe su edad. Ese es un hombre con el que hay que tener cuidado.

¿Qué fue lo que gritó Patrik? "No puedo permitir que desaparezcas todo el tiempo, chico".

Había algo en Jonas que parecía un poco... raro. ¿Por qué Anders sintió la necesidad de ir a buscarlo? ¿Y por qué estaba tan molesto cuando llegó al refugio?

Jonas se quedó sentado en ese sofá durante años con la cara enterrada entre los brazos y apenas dijo dos palabras cuando al fin salió del refugio y se alejó por el corral.

Al ver un durazno especialmente gordo en una rama sobre mi cabeza, me estiro para arrancarlo. Pero tengo que tirar más fuerte de lo que esperaba y mi esfuerzo hace caer una cascada de gotas de lluvia que me hacen estremecer mientras el agua corre por el interior de mi abrigo.

—Aún no están maduros, Wren. Quédate con los que están en el suelo —me ordena Sheryl.

Pongo los ojos en blanco con disimulo ante su actitud mandona y ella suelta un "uff" y se endereza, estirando la espalda.

—Si te duele la espalda, deberías dejar que papá y yo hagamos esto —le digo, consciente de que esto la enfadará, y aun así no logro cerrar la boca.

—No seas ridícula, estoy bien.

Como era predecible, Sheryl se aleja con un ceño fruncido y se agacha para recoger otro durazno.

Estoy en el borde del huerto de duraznos, cerca del granero, cuando veo una lona mugrienta cubriendo algo voluminoso. Cuando le da el viento, se levanta una esquina y brilla un destello de plata pálida.

—¿Qué es eso? —le pregunto a papá.

—Una casa rodante —responde—. Vino con la granja.

—No es una Airstream, ¿o sí?

Tiene el color del aluminio y parece que tiene esa forma.

—Creo que sí —responde papá—. No he tenido mucho tiempo para investigar.

Un torbellino de emoción me recorre el cuerpo.

—¿Puedo?

—Claro —papá asiente alentador—. ¿Sabes mucho acerca de estos vehículos?

—Un poco. Son un clásico del diseño. Siempre he querido uno.

—No sé en qué estado estará, pero es tuyo.

Me río. Ojalá pudiera llevármelo al Reino Unido.

—Podrías usarlo cuando vengas de visita —me propone papá—. Podrías hacer un viaje de una costa a la otra de Estados Unidos o algo así. ¿No has dicho siempre que te gustaría?

—Me gustaría hacerlo algún día —respondo.

En realidad, era algo que había hablado con Scott y que queríamos hacer juntos.

Papá y Sheryl van adentro mientras yo voy a mirarlo más de cerca.

El aire está cargado de humedad y los árboles todavía se están sacudiendo las lluvias anteriores, así que evito pasar por debajo de las ramas mientras me dirijo hacia la casa rodante cubierta con la lona. Es más pequeña de lo que pensaba y está rodeada por lo que parece una gran cantidad de basura: cajas y pallets de madera y maquinaria agrícola oxidada. Es más fácil acceder a la esquina de la lona que levantó el viento, así que muevo algunas cajas a un lado antes de levantar la funda.

Guau. No hay dudas: es una Airstream, lo dice aquí en un distintivo de plata rectangular alargado, con letras mayúsculas descoloridas. Me pregunto cuántos años tiene. Parece vintage, pero no puedo estar segura hasta que la examine bien.

Sigo moviendo cajas y pallets y otros pedazos de basura hasta que puedo ver el punto en que se une la lona al vehículo. La cuerda es resbaladiza por la mugre y mis uñas quedan cubiertas con una sustancia viscosa verde y negra para cuando logro soltar la lona. Repito el proceso en el otro extremo de la casa rodante antes de arrancar un pañuelo de uno de los bolsillos de mi camisola y limpiarme las puntas de los dedos. Hay más pallets apoyados contra el costado, así que los muevo, uno por uno, y luego espío debajo de la lona, con la esperanza de que este sea el lugar donde está la puerta. Lo es. Está allí delante de mí y en una placa a su derecha, escrito en cursiva de plata, está el nombre del modelo: Bambi.

Mi corazón salta de emoción. He oído hablar de este modelo. Creo que Airstream fabrica una versión moderna, pero lo que tengo enfrente de mí es definitivamente viejo. Saco el teléfono de mi otro bolsillo, hago una búsqueda rápida en Google y descubro que Airstream lanzó el modelo Bambi en 1961. Con sus casi cinco metros, es uno de los más pequeños que han hecho, pero ese tamaño debe referirse a la longitud total, incluyendo el enganche, porque el cuerpo en sí es diminuto.

Meto el teléfono de nuevo en el bolsillo y tiro de la lona. Siento que cede un poco. Compruebo que no hay nada más apoyado en la lona, me coloco al lado y doy otro tirón con más fuerza. Despacio, la lona se desliza hacia mí y deja caer una lluvia de agua sucia. Me salpica, pero estoy demasiado llena de expectativas para que esto me desaliente. Ya tenía pensado poner a lavar este vestido.

El Bambi es pequeño y su forma es perfecta, aunque el color de aluminio plateado ha quedado disimulado por el polvo y los años. Es de un solo eje, por lo que un extremo se apoya sobre un soporte que está fijo al enganche. Hay dos tanques de propano oxidado encima del enganche, en frente de un viejo neumático de repuesto. Hay una gran ventana rectangular en este extremo, y cuando me paro de puntillas y miro hacia dentro, puedo ver otras dos ventanas rectangulares más grandes en el lado que da a la pared negra del granero. Me quedo ahí parada y miro, absorbiéndolo todo. Tiene luces indicadoras en forma de lágrima y llantas de plata en forma de cúpula. La puerta es arqueada y se curva hacia dentro para seguir la línea redondeada del cuerpo, y tiene un pequeño porche arqueado haciendo juego sobre la puerta para que la lluvia no caiga por los costados y penetre el interior. La carrocería de metal está un poco abollada, pero la belleza general del objeto es innegable. El Bambi es una obra de arte.

Camino hacia la puerta y trato de abrirla. No se mueve. Maldición.

Entro para preguntarle a papá si sabe dónde puede estar la llave y lo encuentro en el sofá, viendo la televisión.

—Revisa el cajón del escritorio en la oficina —me dice distraído.

La oficina es una pequeña habitación contigua a la cocina y el escritorio tiene seis cajones en total, tres a cada lado. Comienzo por el de la parte superior izquierda y veo artículos de librería, papelería y objetos varios antes de llegar al cajón de más abajo. Ahí no hay llaves visibles, pero siento un olor viejo y familiar y me detengo a observar el álbum de fotos.

Es un poco más ancho que el tamaño A4 y es color café con un borde decorativo dorado. Mamá y yo tenemos uno idéntico a este en casa que contiene fotos de cuando yo era bebé y hasta que tenía unos tres años. Hasta huele igual. Siempre me pregunté si es así como olía nuestro hogar en Phoenix.

Levanto el álbum con delicadeza y lo abro. Hay una hoja muy delgada de papel blando en el frente y, a continuación, en la letra de mi madre, las palabras: Familia Elmont.

Las mismas palabras aparecen en el álbum que tenemos en casa, aunque ese tiene señalada la fecha, un lapso de tres años. Aquí, está indicado solo un año, el año que cumplí cuatro. Hay un guion al lado, como si el álbum nunca se hubiera terminado, y cuando paso las páginas y llego al final, veo que las últimas seis están vacías.

Vuelvo al frente y examino las dos primeras fotos, protegidas por papel film amarillento. La que está arriba me muestra con un traje de baño verde lima y de pie en el césped de nuestra vieja casa en Phoenix. El aspersor está encendido y estoy riendo, mis brazos extendidos y mi barbilla goteando el agua que me salpica del regador.

Detrás de mí están los tres cactus gordos que recuerdo con tanta nitidez, y, en la distancia, se eleva Camelback Mountain por detrás de los tejados marrones de los bungalós de enfrente. El cielo es azul pálido y mi larga sombra se proyecta sobre la silenciosa hierba verde.

Debajo de esta fotografía hay una de nuestra casa, bajita y de color crema, con un techo de tejas rojas y toldo rojo que hace juego por encima de las ventanas. Tiene un arco que conduce a un porche y a la puerta. El césped ocupa el ancho de la casa y lo bordea un cantero de grava que alberga los cactus y varios otros arbustos. Las piedritas blancas en el cantero eran demasiado afiladas para pararse sobre ellas, pero todas las otras parcelas en el barrio tenían estas piedritas en lugar de césped.

Mamá me dijo una vez que éramos la única familia en el área que tenía césped –ella quería que le recordara a

Inglaterra– y cada noche se encendían los aspersores para mantenerlo vivo. Saqué el máximo provecho de esas duchas exteriores.

Recuerdo la sensación de ese pasto bajo los pies, áspero y espinoso, a diferencia del césped suave y exuberante de casa o el que está plantado frente a este lugar.

Doy vuelta la página y encuentro una foto de papá y yo en la playa artificial urbana en Phoenix. Él está de pie a mi lado en traje de baño de un naranja brillante. Tiene un bronceado corporal de color nuez y mechones húmedos de su largo cabello pegados a las mejillas. Hay una fila de rocas falsas que asoman de la nublada agua azul detrás de nosotros, que parece la espalda espinosa de un estegosaurio y detrás de ellas se ve una gran laguna salpicada de gente flotando en colchonetas inflables. Más lejos todavía hay una playa de arena blanca y una fila de palmeras altas y delgadas. Toda la escena se siente dolorosamente familiar.

Otra fotografía me muestra trepada a una pared de piedra luciendo un vestido rojo y detrás de mí se despliegan las capas de color naranja cremoso y amarillo del Gran Cañón. En otra, estoy sentada sobre los hombros de papá junto a un árbol de Josué, con sus características ramas onduladas, y en otra, estoy parada en frente de un cactus gigante frente a un restaurante en Rawhide. Recuerdo los brillantes portavelas del restaurante en las mesas de madera al aire libre.

Al menos, creo que sí. No estoy del todo segura de si estoy reviviendo recuerdos o si es que ya he visto estas fotos.

Tuvimos buenos momentos como familia, ¿no? ¿Cómo

fue que salió todo mal? ¿Qué tenía Sheryl que papá no podía vivir sin ella? Ella es tan diferente de mi mamá. Mamá no es ambiciosa ni tiene una educación especialmente buena, pero es cálida y espontánea. Cariñosa. ¿Por qué no era suficiente para papá?

Estas fotografías muestran muchos de nuestros momentos felices. ¿Hubo muchos malos momentos que no recuerdo?

Tal vez mis padres no eran el uno para el otro. Pero en teoría, tenía más sentido que estuvieran juntos un jardinero y una recolectora de frutas, que un jardinero y una profesora.

Por alguna razón pienso en Scott y Nadine.

—¿Cómo te fue? —me pregunta papá desde la puerta y me hace saltar.

Como un acto reflejo cierro el álbum con fuerza.

Sonríe y hace un gesto con la cabeza cuando lo ve, sin advertir mi cara de culpa porque me sorprendió fisgoneando.

—Lo encontré en una caja cuando estábamos vaciando la casa en Bloomington.

—Mamá tiene uno idéntico, solo que contiene fotos de años anteriores.

—Ella se quería quedar con este también, pero me puse firme.

—¿Por qué?

Me acaba de decir que lo encontró en una caja, así que no debe ser tan importante para él.

—Tu madre tenía los negativos. Iba a revelar copias, pero supongo que nunca lo hizo.

—No que yo sepa —contesto en voz baja.

—Nunca tuvo tiempo.

Tal vez era una tarea demasiado dolorosa, que le recordaba el tiempo antes de que nos abandonaras.

No expreso mis pensamientos en voz alta. Creo que nunca voy a poder darle sentido al rechazo de mi padre y no tenemos el tipo de relación en la que nos hablamos abiertamente.

Yo era mucho más comunicativa cuando era adolescente, mucho más dispuesta a hablar si sentía que algo era injusto. Respondía enseguida a la infinidad de pequeños rechazos a los que me enfrentaba cada vez que venía de visita, desde Sheryl, que se burlaba de mí por algo sin importancia, hasta papá, que no castigaba a Bailey por ser una maleducada.

Pero hace mucho que dejé de pelear por el tiempo y la atención de mi padre. En estos días, prefiero aceptar la situación como lo que es: Sheryl y Bailey son sus prioridades y yo estoy muy abajo en su lista.

Soy más fuerte de lo que solía ser, no porque pelee, sino porque no lo hago. Esa es la forma en que le hago frente al problema, la forma en que me aseguro de que las cosas no me hagan tanto daño como antes.

Eso no quiere decir que aún no duelan un poco.

—¿Puedo llevarlo arriba conmigo? —le pregunto a papá sobre el álbum de fotos.

—Claro que sí. ¿Encontraste la llave de la casa rodante?

—Todavía no.

—Mira en el cajón del medio a la derecha —me indica.

Abro el cajón en cuestión y encuentro un montón de llaves. No sabría por dónde empezar, pero, por suerte, viene papá a ayudarme. Revuelve un poco todo, descarta algunas hasta que por fin saca un llavero de aspecto endeble del que penden dos pequeñas llaves.

–Imagino que son estas.

Me las pasa.

–Gracias.

Llevo el álbum de fotos a la planta alta, lo coloco cuidadosamente sobre mi mesita de noche y apoyo mi mano sobre él como si fuera un ser vivo al que adoro.

Tengo que parpadear para despejar mi visión antes de volver abajo.

Capítulo siete

—¡Wren! Sheryl me está llamando.

Bajo de Bambi y tomo una gratificante bocanada de aire fresco.

Así llamo ahora al Airstream. Un nombre tan lindo no necesita un artículo.

—¿Podrías llevar esto a lo de los Fredrickson? —me pregunta cuando aparezco a un lado del granero. Tiene en la mano una botella de lo que parece un espumante y un frasco del puré de durazno que hizo antes.

—¿Regalo de agradecimiento? —le pregunto al acercarme.

—Sip.

—¿Me cambio primero?

Me miro la camisola de color gris oscuro toda salpicada y sucia.

Niega con desdén.

—Son granjeros. No les importará lo que lleves puesto.

—Eso es un poco prejuicioso.

—Lo que quiero decir es que están acostumbrados a ensuciarse las manos. ¡Es algo bueno! —exclama.

Lo que tú digas...

Tomo la botella y el frasco y en ese momento me doy cuenta de que es muy probable que Anders ya esté en su camino de regreso a Indianápolis. No es que me importe lo que piense de mi apariencia, me miento a mí misma.

                        ***

Estaba llena de ilusión cuando abrí el Airstream, pero enseguida bajé a Tierra. Apesta a moho y humedad. Sus antiguos dueños colocaron una alfombra que ahora tiene un borde de moho negro y los bordes levantados. Cuando levanté una esquina, encontré baldosas podridas debajo. Todavía tiene los accesorios originales, pero están en malas condiciones. Las polillas han atacado las cortinas, los ratones han destrozado los cojines de un amarillo descolorido y alguna otra alimaña ha estado carcomiendo la madera.

Estoy destrozada. Es un trabajo de restauración demasiado grande para que lo haga en el poco tiempo que estaré aquí, pero no me decido a volver a poner la lona encima.

Una de las cosas más interesantes de la casa rodante es su puerta dentro de otra puerta. Hay una puerta exterior de metal sólido y una malla interior que no deja entrar a los insectos. Dejo la puerta exterior abierta para que se ventile el interior.

* * *

La granja Fredrickson está a media milla de distancia, y el huerto de calabazas y un campo la separan de la propiedad de papá y Sheryl. El enorme granero rojo es lo primero que aparece a la vista en la distancia, a pesar de que la casa de campo está más cerca, pero la casa queda disimulada detrás de los altos tallos de maíz junto a los que estoy caminando.

El granero es una muestra extraordinaria de arquitectura histórica. Está pintado en un rojo intenso y construido casi en su totalidad de madera con un techo a cuatro aguas. Creo que aquí les dicen techos holandeses a las mansardas o techos con cuatro aguas: son de forma simétrica, con dos pendientes quebradas a cada lado del techo para dar mayor altura y espacio de almacenamiento.

Al final del campo de maíz, se extiende el camino estrecho que tomó Anders ayer para llegar al refugio. Llega hasta una cerca blanca que también corre junto al camino principal. Detrás de esta valla hay un área con césped y la granja.

Ayer noté que la casa reproduce el diseño del granero, pero recién ahora puedo tomarme tiempo para examinarla. Es roja, como el granero, pero mucho más pequeña y más decorativa. Las ventanas, con su borde blanco, quiebran la fachada de pizarra y tiene una buhardilla central a dos aguas construida en el techo de tejas de terracota. Las ventanas son rectangulares y simétricas, pero por debajo de la línea del techo, a los lados y en la parte superior de la buhardilla, hay pequeñas ventanas en forma triangular.

Abro la verja, comienzo a caminar por el jardín y me doy cuenta de que hay un BMW gris oscuro con el maletero abierto detenido en el camino de entrada, hacia la izquierda de la casa. Subo los tres escalones hasta la puerta principal, estiro el brazo para tocar el timbre, pero me detengo cuando oigo el sonido de voces airadas que vienen del lateral de la casa.

—¡Estás siendo estúpido! —exclama Patrik, y una puerta lateral se abre y se cierra, y hace un ruido metálico—. ¡Hay tres millones de formas en que podrías matarte en una granja!

—Sí, bueno, esta es la más sencilla —responde Anders mientras aparece en mi campo visual.

—Haz lo que quieras, entonces —ladra Patrik, y la puerta lateral se cierra con un nuevo golpe que hace que Anders se encoja del susto.

Mueve la cabeza, resignado, y coloca tres rifles largos o escopetas —no lo sé con exactitud, pero son armas, eso seguro— en el maletero y lo cierra. Luego me ve en el pórtico de la entrada y se queda helado.

—Traje esto para tus padres —digo aturdida, y levanto la botella y el frasco.

—¡Ma! —grita—. ¡Wren está aquí!

Oigo unos pasos que se acercan por detrás de la puerta principal y Peggy la abre con una sonrisa un poco agitada en el rostro.

—¡Hola, Wren!

Su tono está impregnado de calidez, pero es evidente que está muy nerviosa.

—¡Hola! Quería darte esto de parte de Sheryl y de mi padre. ¡Y de mí! —Le entrego el puré de durazno—. No estoy segura de si te gusta el Bellini, pero si añades puré de durazno a este vino espumante, harás un buen cóctel. Se supone que debes usar Prosecco, pero no sé si lo venden en el pueblo. Esta era la única botella que teníamos en la despensa. Es un regalito de agradecimiento por salvarnos ayer.

Me sale muy verborrágico.

—Bueno, resultó que no necesitaban que los salváramos. El tornado no pasó cerca.

Me río nerviosa.

—Podríamos no haber tenido tanta suerte. —Miro hacia mi izquierda y veo que Anders sigue allí de pie, observándonos—. De todos modos, ¡gracias de nuevo! —le digo con un tono demasiado alegre—. ¡Será mejor que vaya a casa para la cena!

Me alejo apresurada por las escaleras y por el camino del jardín.

—Anders podría darte un aventón —me dice Peggy—. Justo está por salir.

—¡No, no, está bien! —contesto—. Me encanta caminar.

Miro por encima del hombro justo a tiempo para verlo pasándose la mano por el pelo y mirándome fijamente. Hay desconcierto en su mirada.

Me doy la vuelta y cruzo la puerta.

No sé por qué reaccioné así. ¿Fue por verlo con todas esas armas? ¿O fue por verlo a él y punto?

Cada vez que nos despedimos, o más exactamente que no nos despedimos, me imagino que será la última vez, pero entonces vuelve a aparecer, y me hace sentir nerviosa y fuera de eje.

No me he alejado más de un par de metros cuando oigo un coche que avanza con lentitud detrás de mí. Comienza a pasarme, luego va más lento.

–¿Estás bien? –pregunta Anders.

Casi pego un salto cuando oigo su voz tan cerca de mí. Se me olvidó que el lado del conductor es la izquierda en Estados Unidos. Esperaba que me hablara desde el otro lado del coche.

–Sí que estás tensa –dice, pegado a mí.

–¿Te parece? –respondo con sarcasmo. Le dirijo una mirada y enseguida aparto los ojos de nuevo. Debo pensar a dónde quiero ir con esto.

–Ya sabes, estás empezando a crearme un complejo.

Levanta el brazo izquierdo y se huele la axila. Luego apoya el codo en el borde de la ventanilla.

Entrecierro los ojos y le pregunto directamente:

–¿Por qué tienes todas esas armas?

Se rasca la barbilla y mira el camino.

–Los granjeros tienen armas –dice, con tono resignado–. La gente tiene armas.

–Sé que es así, pero ¿por qué tienes tantas en el maletero de tu coche?

—Me las llevo a casa.
—¿A Indianápolis?
—Sí.
—¿Por qué?
—Porque tengo… —comienza la frase como si me lo fuera a decir, pero la interrumpe—. Es complicado —concluye al fin.
—¿Estás preocupado por Jonas?

El coche se detiene, pero a mi cerebro le lleva un momento darse cuenta, así que tengo que retroceder un par de pasos.

—¿Por qué lo dices?

Se ve superalarmado a través de la ventana abierta, y se me aflojan las piernas cuando le devuelvo la mirada y percibo una vez más esa extraña mancha de un color café anaranjado en su ojo. No, ámbar.

—Es solo una intuición que tuve —respondo apresuradamente—. Pero tu mamá parecía preocupada por él durante la tormenta y tu papá estaba muy molesto cuando desapareció. Es claro, todo eso es comprensible, considerando lo que estaba pasando, pero no pude evitar preguntarme si estaba todo bien con él.

Suspira.

—Mi hermano no ha estado… Bueno, no ha estado parado sobre sus pies en el último tiempo —admite con pesadumbre—. Mi mamá me llamó porque estaba preocupada.

Así que es por eso por lo que vino a su casa durante la temporada de carreras: Jonas.

Pregunto, vacilante:

—¿Tienes miedo de que se pueda lastimar a sí mismo? ¿Por eso está sacando las armas?

—Espero que no. Pero no es un riesgo que esté dispuesto a correr.

Traga y mira a través del parabrisas y, de repente, se ve vulnerable.

—Me siento mal por irme.

—¿No puedes quedarte? —le pregunto con dulzura, y siento que mi corazón está con él.

—No si quiero conservar mi trabajo.

—Lo siento mucho, Anders.

Le presiono el codo con la mano, por instinto.

—Debería irme ahora.

Retira el brazo, lo mete dentro del auto y luego me mira, su mirada recorre mi vestido gris oscuro. Se le juntan las cejas y yo recuerdo en qué estado estoy, un poco tarde.

—Parece como si Jackson Pollock te hubiera atacado con una lata de pintura verde —acota.

Me río y su sonrisa me hace sentir como si hubiera salido el sol después de un largo y frío invierno.

¿Sabría Scott quién es Jackson Pollock?

—Cuídate —dice él.

—Tú también.

Y, así como así, es invierno otra vez.

· 99 ·

Capítulo ocho

Vuelvo a casa de papá y Sheryl y encuentro el coche de Bailey en el camino de entrada. Llega un día y medio tarde.

No estoy de humor para su charla animada esta noche. Querría poder decir que solo estoy fastidiada porque tengo hambre y no ayuda el aroma de la cena que pasa flotando a través de las grietas en la puerta, pero la verdad es que me he sentido desganada desde que se fue Anders. Con decisión lo saco de mi mente y toco el timbre, irritada porque olvidé la llave. Bailey responde:

—¡Hola! —exclama, con una sonrisa amplia y brillante.

—Hola.

No logro que mi respuesta suene ni un poco entusiasta.

—Oí que mamá estaba haciendo carne asada y no me pude resistir —dice mientras cruzo el umbral y cierro la puerta.

—¿Está Casey?

—Todavía en el trabajo —me dice sobre el hombro mientras lidera el camino de vuelta a la cocina.

—¿En serio? ¿Tan tarde?

—Clases particulares. Tiene que acomodar el horario con los clientes.

—¡Wren! Te tomaste tu tiempo —dice Sheryl con tono molesto.

—No creo que hubiera podido llegar mucho antes —murmuré.

—¿Puedes llevarlas a la mesa?

Sheryl señala con la cabeza unas bandejas con papas, zanahorias y guisantes asados.

Papá y Bailey están viendo qué botella de vino van a abrir. Siento como si hubiera entrado en una cena familiar. La cena familiar de otra persona.

Trato de ignorar esta sensación mientras llevo las fuentes al comedor contiguo.

Hay cuatro lugares en la mesa. Aunque se puede extender para que se sienten ocho —recuerdo esto de cenas pasadas— ahora mismo está configurada para seis y dos de las sillas se han retirado de la mesa y las han empujado contra una pared.

Desde que llegué, me he sentado a la izquierda de papá, y Sheryl se ha sentado enfrente de mí, papá entre nosotras dos en la cabecera de la mesa, pero ahora hay un cuarto lugar en el otro extremo, enfrente de él.

Pongo las verduras en los manteles individuales resistentes

al calor que ya están sobre la mesa y dudo, pues afloran viejas inseguridades.

—Toma asiento, Wren —me ordena Sheryl, que aparece con un pollo asado.

Llegan Papá y Bailey. Bailey sigue parloteando, abre una botella de vino tinto y comienza a servirlo en las copas de vino de papá y Sheryl.

Me quedo vacilando al final de la mesa.

—¿Wren? —pregunta Bailey, mostrando la botella.

—Claro —contesto y retiro la silla enfrente de papá.

Ella sirve vino en mi vaso vacío y va a sentarse a la izquierda de papá.

Aunque hay buen espacio entre las sillas a lo largo de la mesa, la brecha entre yo, por un lado, y Sheryl y Bailey, por otro, es mucho más grande que la brecha entre ellos y papá.

Me invade un sentimiento de soledad, de que me las tengo que arreglar por mi cuenta, de que estoy separada de esta parte de mi familia, como si no fuera, de hecho, parte de esta familia.

No puedo evitar meterme para dentro después de sentir esto. No estoy segura de si alguien se da cuenta. Bailey y Sheryl siguen conversando, como siempre.

***

Sheryl y papá tienen su gran inauguración el sábado, así que paso los días que siguen ayudando a alistar la granja para los primeros clientes.

Los dueños anteriores tenían una tienda dentro del granero negro. Vino todo incluido en la venta, desde la caja registradora hasta la balanza para pesar la fruta e incluso la gran pila de cestas de mimbre que los clientes utilizan para llevar sus productos del árbol al granero.

Me aboco a darle una buena limpieza al interior del granero. Barro el suelo, quito las telas de araña de las paredes de madera, paso el plumero por el polvo y lavo los estantes y encimeras. Limpio las cestas y también ataco la caja registradora con una esponja y desinfectante.

Es jueves y llevo aquí una semana. No parece que estas vayan a ser las vacaciones más relajantes de toda mi vida, pero me ha gustado estar ocupada y llegar a la noche con los músculos doloridos y los ojos cansados. Sigo esperando que todo este trabajo duro me ayude a desenchufarme por la noche, porque desde el domingo, se me ha dado por quedarme despierta en la cama, pensando en Scott.

Después de nuestra cena asada, le pregunté a Bailey si estaba pensando en llevar las sobras a casa para Casey y ella comentó que yo sería una mejor esposa que ella.

Sheryl se dio cuenta de que yo había hecho una mueca de dolor y reprendió a Bailey por ser insensible, pero le tomó un momento a mi media hermana darse cuenta de por qué me había ofendido. Cuando se le prendió la lamparita, se disculpó, pero esa noche, el dolor de haber perdido a Scott se sintió renovado y crudo.

La última vez que vine a Estados Unidos, él vino conmigo y nunca me había sentido menos sola. Estaba de mi lado, en mi equipo. Me apretaba la rodilla o levantaba una ceja con disimulo cada vez que Sheryl me volvía loca, y ahí me di cuenta de que era alguien con quien podía pasar el resto de mi vida, alguien en quien podía confiar. Todavía estoy procesando la idea de que nunca más estará conmigo cuando venga a visitar este lado de mi familia.

Y luego, ayer, me llamó la florista para que pagara el depósito de las flores de la boda. Scott me prometió que se encargaría de cancelar todo y yo acepté, pensando que a él le dolería menos que a mí. Le pasé la carpeta con toda la planificación de la boda, pero se me olvidó añadir el contacto de la florista. Tener que soportar su compasión cuando le dije que la boda se había cancelado fue como sufrir un golpe físico.

He pasado por delante de esa florería en Bury St Edmunds innumerables veces. Antes de que me fuera, tenía un gran cubo con girasoles apoyado en el suelo frente a la tienda. El recuerdo de esos girasoles me trae un *flashback* de nuestras vacaciones en casa rodante por Francia, España y Portugal el verano pasado.

Scott y yo estábamos en Francia y conducíamos junto a un campo de girasoles. Todas las flores del campo estaban mirando hacia el otro lado con la excepción de una, y me di cuenta de esto en el mismo momento que Scott, que se volvió hacia mí, soltando el volante por un par de segundos para hacer el gesto de las manos de jazz.

Su imitación de la flor me hizo matar de risa.

Ahora también estoy sonriendo, pero luego recuerdo que ahora es Nadine la que se ríe de sus chistes, no yo.

Capítulo nueve

A la mañana siguiente, tengo una idea: poner banderines y cintas de luces dentro del granero. A Papá y Sheryl les encanta la sugerencia, pero están ocupados preparando comida para la inauguración de mañana, así que, con el coche de papá y su tarjeta de crédito a mi disposición, me dirijo a la ciudad.

Al este de la plaza, en una zona de la ciudad en la que aún no me he aventurado, me sorprende gratamente encontrar un par de tiendas independientes y una cafetería muy simpática, así como una tienda de cotillón. Cuando llevo la mano a la manija de la puerta para salir del coche, me quedo atónita porque veo a Jonas sentado en el polvoriento camión negro que está estacionado a mi lado. He tenido los ojos abiertos desde que Anders admitió que estaba preocupado por él, pero esta es la primera vez que lo he visto en toda la semana.

Me quedo quieta por un momento. Está mirando el supermercado que está al lado de la tienda de cotillón y cuando miro más de cerca, me doy cuenta de que en su campo visual hay una mujer en el mostrador que está a punto de pagar. Ella tiene aproximadamente su misma edad, treinta y tantos, y es atractiva, con el cabello oscuro atado en un moño alto y desordenado. Sostiene de la mano a un niño pequeño y de pelo rizado.

Vuelvo mi atención a Jonas. Se ve destrozado. Me pregunto si debería ir y preguntarle si está bien cuando enciende el motor, da marcha atrás, vuelve a ingresar en la carretera y se dirige de nuevo hacia la granja.

Bueno, eso sí que fue raro.

Raro, pero no es asunto mío.

La tienda de cotillón no me defrauda y vuelvo a Wetherill con muchas cintas de luces y banderines. El diseño es un poco "cocina de campo" para mi gusto personal: una variedad de estampados, desde florales hasta lunares, y todos en colores pastel. Pero quedará bien en el interior del granero, así que, con una larga escalera y una grapadora, me puse a colocarlos en las paredes.

–¡Qué bien se ve! –exclama papá cuando entra al granero más tarde.

–Gracias. Ya casi he terminado –le digo, colocando la última cinta–. No creo que esto sea lo suficientemente fuerte para las cintas de luces –afirmo mientras bajo la escalera y le alcanzo la pistola de grapas.

Él mira hacia arriba, hacia el techo alto.

—¿Planeas cruzarlas desde las vigas?

—Eso es lo que había pensado, pero ¿qué opinas?

—Va a quedar bien. Voy a buscar unos clavos y un martillo.

—Me subo al mostrador y lo espero. Miro cómo se balancean los banderines en la brisa que llega a través de las grandes puertas dobles del granero. Está más fresco que ayer.

Mi teléfono comienza a vibrar en mi bolsillo. Me quedo perpleja cuando veo el nombre de mi jefe Graham en el identificador de llamadas. Espero que no me llame por el trabajo de Beale.

Yo trabajaba antes en un estudio joven y muy *cool* en Clerkenwell y los proyectos que coordinaba eran interesantes y variados: la decoración de interiores de un apartamento junto al río, por ejemplo, o la conversión de un viejo almacén en un bar y restaurante.

Mi práctica profesional en Bury St Edmunds es en comparación bastante prosaica.

Después de pasar diez meses trabajando en aburridos detalles del tejado de una escuela y horarios en las puertas de un hospital, le rogué a mi jefe que me asignara un trabajo residencial. A principios de este año, me dio la casa Beale, una renovación y ampliación. Pero Lucinda Beale es una cliente encaramada en un lugar de poder total y sin la menor imaginación. Descarta todas mis sugerencias de diseño y me trata como un lacayo que está a su disposición. Odio trabajar con ella.

Le han otorgado el permiso para la obra en su casa y, según los planes, el trabajo debe comenzar en el sitio una semana después de que yo regrese. Estoy absolutamente aterrorizada. Ella va a hacer cambios a la izquierda, a la derecha y al centro, lo que provocará un sinfín de disputas contractuales. Va a ser una pesadilla total y no tengo a nadie a quien culpar, sino a mí misma, porque pedí un trabajo residencial.

Me encanta ser arquitecta, que me paguen por diseñar obras de arte en las que viven y trabajan personas. Pero la arquitectura tiene sus desventajas, como cualquier otra profesión.

Atiendo la llamada de Graham.

—¿Hola?

—¡Wren, hola! —responde—. ¿Cómo estás?

—Bien, gracias. ¿Cómo estás tú?

—Estoy muy bien. Escucha, siento mucho molestarte en vacaciones, pero ha surgido algo y pensé que debería consultarlo contigo.

—Dime.

—Freddie se ha estado ocupando de un par de cosas de la obra de la señora Beale mientras has estado fuera y ella se ha encariñado con él.

No me sorprende. Es muy típico de Lucinda Beale adular a un arquitecto hombre, buen mozo, joven y todavía un poco verde antes que someterse a mí, una mujer más experimentada.

—No hay una manera fácil de decir esto —continúa Graham—. Ella pregunta si puede ser él el arquitecto de la obra y hacerse cargo de dirigir el trabajo.

—¡Oh! ¿Qué demonios?

—Obviamente, puedo decirle que Freddie no está disponible, pero me dio la impresión de que no estabas muy contenta con ella.

Me da vergüenza. No se equivoca, pero no me había dado cuenta de que estaba siendo tan transparente.

—Reconozco que me resulta un poco difícil trabajar con ella.

—Entonces, ¿no te importaría que Freddie se hiciera cargo? —pregunta con un tono esperanzado ante la posibilidad de una solución fácil.

Me importaría, sí, pero más por principios.

—¿Qué haría en lugar de esto? —pregunto, tratando de convencerme a mí misma de que es una salida positiva. La señora Beale se hubiera convertido en el mismísimo diablo cuando comenzara el trabajo en su casa.

—Bueno, ahora que Raj se ha ido, podrías hacer los planos y pliegos de licitación de la ampliación de la Escuela Primaria de Heathfield —me sugiere—. Y después necesitaríamos el paquete de planos de construcción.

Se me hunde el corazón. Es exactamente el tipo de cosas de las que estaba tratando de alejarme. No hay absolutamente ningún diseño involucrado, solo un montón de tediosos dibujos técnicos que muestran todo, desde detalles de techos y ventanas hasta tuberías de alcantarillado y cada toma de corriente y cada interruptor que tendrá que poner un electricista. Los planos de licitación llegarán a cinco contratistas que harán un presupuesto y presentarán sus cotizaciones, y luego voy a tener que entrar en más detalles aún con el contratista que gane la licitación. Esto me mantendrá ocupada por dos o tres meses, o incluso más tiempo.

Papá vuelve al granero con las herramientas que necesitamos.

—Sheryl casi ha terminado en la cocina así que te ayudaré a colocar estas cosas.

Sacudo el teléfono para mostrarle que estoy en una llamada y él esboza una disculpa.

—Piénsalo —dice Graham—. Puedes darme tu respuesta el lunes.

—De acuerdo, gracias —respondo.

—¿Todo bien? —pregunta papá mientras yo suspiro y guardo el teléfono.

—Sí, bien. —Salto desde el mostrador—. ¿Estás seguro de que tienes tiempo para ayudarme?

—Claro que sí. Esta idea tuya es genial —dice papá con una sonrisa mientras colocamos la primera cinta de luces—. Se nota que eres diseñadora.

Su elogio me avergüenza. Cualquiera puede colgar luces y banderines.

—¿Cómo va el trabajo? —me pregunta.

Estoy a punto de evadir la situación y decirle que está bien, que es mi respuesta habitual cada vez que me pregunta algo personal, pero esta vez me freno. Estoy a medio camino de mis vacaciones y no hemos hablado de nada significativo. Rara vez lo hacemos. Sabía que estaría ocupado con la granja cuando elegí estas fechas y que no me concierne, pero me voy a casa en una semana y quién sabe cuándo nos volveremos a ver. ¿Estoy destinada a tener una relación superficial con mi papá? ¿Es eso lo que quiero?

Pienso en Bailey y en cómo ella es más abierta y receptiva hacia su cuidado y sus atenciones. Tal vez yo podría ser un poco más así.

Llevada por un impulso, me abro acerca de mi trabajo. Le digo lo mucho que echo de menos mi antigua práctica y cuán atrapada y poco inspirada me he estado sintiendo últimamente.

–No es de extrañar que te hayas sentido poco inspirada –dice, martillando un clavo–. Has sufrido mucho.

–Me sentía poco inspirada antes de eso –confieso, pasándole las luces para que las cuelgue.

–No estarás pensando en un cambio de carrera, ¿no? Parece que a mucha gente se le ocurre eso en estos días.

–No después de siete años de preparación. –Por no hablar de los préstamos estudiantiles que estaré pagando hasta que tenga setenta años–. No voy a desperdiciar todo eso en el corto plazo.

–Recuerdo cuando dibujabas todo el tiempo –me dice con una sonrisa, y me pasa el martillo antes de bajar la escalera–. Siempre estabas haciendo garabatos en tu cuaderno. Mientras otros niños dibujaban ponis, tú estabas dibujando casas. –Llega al final de la escalera y se da la vuelta para mirarme–. ¿Recuerdas cuando nuestros vecinos de Bloomington trajeron esa bolsa llena de LEGO? Te sentabas durante horas todos los días y construías casas y tiendas e incluso un hotel de tres pisos –dice con asombro–. Tenías tan solo ocho años. Siempre supe que cuando fueras grande ibas a hacer algo creativo.

Le sonrío mientras agarro un par de clavos de la caja y subo la escalera. Nos hemos estado turnando.

–Te diré algo, si ese jefe tuyo no se da cuenta de la suerte que tiene, deberías vengarte de él y conseguir otro trabajo.

Resoplo y sostengo el clavo firme mientras lo golpeo con el martillo, con suavidad al principio, luego con más determinación.

–No es que estén lloviendo del cielo trabajos de arquitectura en estudios *cool*. No donde vivo, al menos.

–¿Podrías mudarte a otra área? ¿Cambiar el escenario?

–Estoy justamente en medio de un cambio de escenario. Necesitaba alejarme porque me encontraba todo el tiempo con Scott y su nueva novia. Pero a pesar de que él vive en la misma ciudad que yo, me gusta donde nos instalamos. No estoy lista para empacar y mudarme todavía. Me sentiría demasiado amargada, como si me hubiera visto obligada a irme cuando fue él el que me dejó a mí.

Papá emite un sonido compasivo mientras me pasa las luces. Engancho el cable sobre el clavo y lo acomodo para que cuelgue a la misma altura que el último par de cintas que colgamos.

–Estos dibujos que te pidieron que hicieras... ¿Tendrías que ir muchas veces a la obra?

–No, para nada. Tenemos todas las evaluaciones y un montón de fotos.

—¿Podrías hacer este trabajo desde cualquier lugar? —me pregunta mientras bajo la escalera.

Me vuelvo hacia él y me pongo el pelo detrás de las orejas.

—Teóricamente, sí.

—¿Por qué no le preguntas a tu jefe si puedes quedarte aquí el verano? Dos semanas no es suficiente para un verdadero descanso.

Miro sus ojos color avellana, de la misma tonalidad que los míos, y me doy cuenta de que es probable que Graham acceda si le hago la propuesta. Yo podría hacer los dibujos de forma remota sin ningún problema y eso suavizaría el golpe que recibí cuando Lucinda Beale me sacó del trabajo.

¿Pero lo dice en serio papá? ¿Le gustaría que me quedara? La idea de pasar el verano aquí en Indiana es tentadora en extremo, pero luego la realidad se impone.

—No quisiera invadir tu espacio —digo con torpeza, levantando la escalera.

No solo su espacio, sino el de Sheryl. Especialmente el de Sheryl.

—No estarías invadiendo —afirma mientras me sigue al rincón más alejado del granero. Irradia algo así como una energía nerviosa—. ¡Eres mi hija! Tal vez un poco más de tiempo lejos hará que te sientas inspirada otra vez. Podrías conseguir un cuaderno nuevo, hacer algunos bocetos. Por lo menos, podrías abordar estos dibujos en un entorno agradable. —Sigue hablando mientras subo la escalera—: Podríamos poner un escritorio arriba en frente de una de tus ventanas de la buhardilla para que tuvieras una vista sobre las tierras de cultivo.

¿Volvería a ver a Anders? Me reprendo por preguntarme. No necesito que otro hombre ocupe mi espacio mental.

Pero tendría tiempo para renovar el Airstream. Ese pensamiento me llena de alegría. Olvidé cerrarla cuando volví de la granja de los Fredrickson el domingo, pero incluso con toda esa ventilación extra, todavía apestaba a la mañana siguiente. Lo que no daría para arrancar todo lo que está podrido y empezar de nuevo...

Mamá estaría bien. Tiene un nuevo novio, Keith, y las cosas parecen ir bien entre ellos. Estoy segura de que diría que está bien que me tome más tiempo.

—Creo que sería mejor que hablaras con Sheryl antes de hacer promesas —le digo mientras vuelvo a bajar la escalera.

Se desanima un poco y me siento culpable por no haber sido más entusiasta. Un poco más impulsiva. Un poco más como Bailey.

Pero no quiero hacerme ilusiones a menos que sepa que Sheryl está ciento por ciento de acuerdo con la idea, y hay muchas probabilidades de que no lo esté. Una vez me quedé por un mes cuando era más joven y la tensión en la casa se sentía insoportable después de solo dos semanas, así que después de eso acorté la longitud de mis visitas.

—Haz los honores. —Señalo el tomacorriente.

—De ninguna manera. Hazlo tú —responde papá.

Me acerco a la pared y me detengo un momento, con la mano en el interruptor.

—¿Te imaginas si no se encienden? —pregunto con una sonrisa.

—No nos mantengas en suspenso.

Enciendo el interruptor y el granero se ilumina con el cálido resplandor de doscientas bombillas que zigzaguean por encima de nuestras cabezas. El efecto es hermoso.

Miro a papá y lo veo observando todo con asombro. Las luces se reflejan en sus ojos, y me embarga el impulso repentino de ir a darle un abrazo.

¿De verdad le gustaría que me quedara con él durante el verano?

—A Sheryl le va a encantar esto —dice—. Voy a buscarla.

Me quedo donde estoy mientras él sale corriendo del granero.

Capítulo diez

El día de la inauguración nos toma a todos por sorpresa. Viene mucha más gente del pueblo de lo esperado y el evento tiene un hermoso aire de fiesta de verano. Suena la música en el granero y los niños juegan alrededor.

Bailey y Casey se unen al festejo, así como los padres de Casey y su hermano, que son todos tan geniales como Casey. Peggy y Patrik también se suman, pero no hay señales de Jonas. Escucho a Peggy que le dice a alguien que Anders está en una carrera en Toronto, pero no les aclara el paradero de su hijo mayor. Cuando hablamos, me pregunta si he tomado más caminatas alrededor de su propiedad. Le digo que no me he atrevido en caso de que uno de sus chicos me regañara. Se ríe y me asegura que puedo pasear por donde quiera. Prometo aceptar la oferta.

***

Más tarde esa noche, hago exactamente eso, después de que disminuye el calor del sol y la temperatura es más soportable. Avanzo por el camino. Mantengo apartada la mirada cuando paso la granja Fredrickson por si alguien está junto a una ventana. No quiero invadir su privacidad, pero me preocupo menos cuando llego al granero de los Fredrickson y ahí sí aprovecho para observar el entorno.

Detrás del granero hay dos galpones de acero gigantes y la puerta del primero está abierta. Cerca de la entrada se ve un gran tractor verde. A la derecha hay dos grandes silos plateados con tapas cónicas que me recuerdan a la cabeza del hombre de hojalata de *El mago de* Oz, sacando los rasgos faciales.

Hay una especie de depósito de chatarra más adelante, pero mi atención se dirige hacia una línea de árboles en la parte inferior de la colina y una serpiente plateada de agua. El camino de tierra desaparece entre la hierba y yo sigo caminando, con ganas de mirar más de cerca.

Pronto encuentro que lo que pensé que podría ser un arroyo es en realidad un pequeño río que corre paralelo a la carretera principal donde termina el camino. El agua corre con libertad.

La orilla es rocosa y me subo a una piedra, para echar un vistazo más de cerca al agua. ¿Es profunda como para ir a nadar? Sonrío cuando descubro una cuerda, vieja y deshilachada, que cuelga de una rama gruesa. Apuesto a que

Anders y Jonas jugaban a colgarse de ella cuando eran más jóvenes.

La idea de darse un baño aquí en un día caluroso es atractiva. Me dan ganas de quitarme los zapatos y nadar un rato y lo estoy contemplando con seriedad. Oigo que una ramita se rompe detrás de mí. Sorprendida, miro sobre mi hombro y veo un gigantón de pie en las sombras.

Mi corazón salta a mi garganta en el mismo momento que dice:

—No te resbales.

Pero estoy tan aterrorizada que me pasa exactamente eso. Mi grito resuena a través de las copas de los árboles mientras me deslizo de la roca y caigo al río.

Jonas se ríe de mí.

—¡Aargh, qué frío! —exclamo, manoteando hacia la orilla. El agua solo me llega hasta la cintura, pero se me empapó la mitad superior del cuerpo cuando me caí y salpiqué agua para todos lados.

—¿Estás bien? —pregunta Jonas con los ojos muy abiertos mientras trepa sobre las rocas y llega al borde del agua.

—¡Me asustaste! —le grito.

Debo parecer una rata ahogada. Mi pelo castaño cuelga lánguido y me pasa la mandíbula en mechas húmedas.

—Perdóname.

Extiende la mano y parece compungido, pero me doy cuenta de que está haciendo un esfuerzo por no reírse.

—Pensé que sería peor si no decía nada y después me viste y te asustaste.

—La verdad es que no creo que hubiera una manera inteligente de encararlo —murmuro y tomo su mano.

Me saca del agua de un tirón como si yo no pesara nada. Doy saltitos sobre una roca para calentarme y mis zapatillas, que ya no son blancas, hacen ruido a agua.

Jonas las mira y se ríe.

—Me alegra divertirte —digo enfadada.

Estoy bromeando, porque la situación es muy divertida, pero en lugar de hacerlo reír más como pensé que lo haría, mi comentario lo deja reflexionando.

El sonido de una llamada interrumpe nuestro momento incómodo. Él suspira y saca su teléfono del bolsillo trasero. La pantalla se ilumina con una imagen de Anders poniendo una cara tonta. Jonas la mira y yo también. Se ve más joven en la foto, quizá de unos veinte años.

—¿No vas a contestar eso? —pregunto.

Niega con la cabeza y se mete el teléfono en el bolsillo.

—¿Qué estás haciendo aquí?

—Fui a dar un paseo. Tu madre dijo que podía, ¿recuerdas? Te lo dijo a ti cuando estábamos en el refugio. Espero que esté bien.

—Sí, no me importa —responde con soltura, y su teléfono comienza a sonar de nuevo. Suspira y responde esta vez con lo que suena como "Yola".

—*¡Te he llamado como un millón de veces, hermano!* —oigo que le dice Anders, retándolo.

—¿Qué pasa?

—*¿Dónde has estado?*

—Pensé que estabas en una carrera.

—*¡Estoy! ¿Por qué no contestaste?*

—Había salido.

—*¿A dónde?*

—Fui a dar un paseo. Y resulta que me encontré con Wren.

Jonas me mira y levanta una ceja.

Hay silencio al otro lado de la línea.

—*¿Wren?* —pregunta Anders al fin.

—Sí. Está justo aquí.

—*Pásame con ella.*

Se me retuerce el estómago cuando Jonas me ofrece su teléfono.

—Quiere hablar contigo —me dice.

Me llevo tentativamente el dispositivo a la oreja.

—Hola.

—¿Qué haces con mi hermano? —pregunta Anders. Quiere saber.

¿Está enojado? ¿Por qué?

—Nada. Me lo encontré en el río —sueno como si estuviera a la defensiva.

Jonas sale caminando de debajo de los árboles, pero yo me quedo donde estoy, temblando con mi ropa mojada en la orilla rocosa.

—¿Qué estaba haciendo ahí?

—No lo sé.

—¿Tenía algo con él? ¿Está bien?

Entonces, me doy cuenta de que no está enojado. Me he equivocado de nuevo. Está preocupado.

—Está bien, creo.

Veo que Jonas se detiene en el borde de un campo. Es fangoso, y la vegetación apenas asoma a través del suelo.

—¿Cuál es tu número?

Anders me devuelve la atención a él.

—¿Podemos hablar más tarde, cuando estés sola?

—Mmm, sí, supongo que sí.

Le paso mis datos de contacto y mi corazón acelera el paso.

—Te estoy llamando para que tengas el mío. Llámame cuando tengas la oportunidad.

Termina la llamada y unos segundos después siento que me zumba el teléfono en el bolsillo. Se detiene de nuevo casi de inmediato. Por suerte, es resistente al agua.

Me abro camino chapoteando hasta donde está Jonas.

—¿Estás bien? —le digo y lo miro. Es tan alto, es una locura.

Asiente con la cabeza, mirando al campo. Lleva una camiseta de un amarillo descolorido que está rasgada en el hombro y unos jeans sucios que se ven como si no hubieran visto el interior de una lavadora en meses. Su pelo castaño se ha separado en ondas bien marcadas, de la forma en que lo hace cuando no ha sido sometido a champú en un tiempo. Definitivamente más hombre de las cavernas, menos modelo.

—Tu hermano se preocupa por ti —digo mientras le devuelvo el teléfono.

—Ojalá no lo hiciera.

Tiene una voz tan profunda, varias notas más grave que la de su hermano, y su acento del medio oeste es más fuerte.

—¿No debería?

Él no responde, y se guarda el dispositivo. No es una respuesta tranquilizadora.

Suspiro y me miro la ropa.

—Supongo que me iré a casa, entonces.

—¿Quieres mi camiseta?

—No, gracias, estaré bien.

Aprecio el ofrecimiento, pero es más cálido aquí, lejos de la sombra de los árboles. De todos modos, sería muy raro que se quitara la camiseta y se fuera a casa semidesnudo.

—Te llevaré cuando lleguemos a la granja —dice.

—Eso sería genial. No en una moto, espero.

Él resopla.

—Olvidé que mi hermano te llevó en la suya.

—Era eso o un tornado.

Cuando el recuerdo de Anders vuelve a mí, mi estómago recibe el embiste de una ráfaga de nervios. Quiere que lo llame. Creí que ya no sabría nada de él.

—¿Hubo algún daño en la granja después de la tormenta? —le pregunto mientras emprendemos la marcha.

—Nada malo, al menos no a la propiedad, pero parece que hemos perdido un maizal. —Hace un gesto cuando oye el ruido que hace mi calzado empapado—. Deberías quitarte eso. Te saldrá una ampolla.

Tiene razón. Espera mientras me tambaleo, tirando de mis zapatos y calcetines mojados, uno tras otro.

—¿Qué campo de maíz era? —pregunto mientras retomamos la caminata.

—El que estaba al lado del camino, entre nuestra granja y la tuya.

—¿Cómo puedes decir que ha sido dañado? Yo no vi ningún tallo acostado cuando pasé por ahí.

—El granizo les hizo daño a las espigas.

—¿Qué son las espigas? Perdón, no sé nada de agricultura, pero me interesa.

—Son las flores que brotan de la parte superior de los tallos.

Señala el campo de maíz en la distancia.

—El polen cae sobre las espigas de maíz y poliniza las barbas. Sin espigas no habría granos de maíz. Por suerte, el granizo está muy localizado, así que se salteó los otros campos.

—¿Y entonces? ¿Qué harás? ¿Lo sacarás y plantarás otra cosa?

Niega con la cabeza.

—Es demasiado tarde para eso. Lo dejaremos y lo cosecharemos con el resto de los campos.

—¡Podrías crear un laberinto con las gramíneas! —exclamo.

Él me mira y frunce su ceño pesado. Tiene los ojos de un azul muy oscuro.

—¿Con qué?

—Un laberinto de maíz —repito con una sonrisa, balanceando mis zapatillas en mis manos y esperando que se sequen un poco.

Disfruto la sensación de la tierra bajo mis pies. Hace mucho tiempo que no camino sin zapatos ni calcetines.

—Ah, el maíz es una gramínea.

Entiende lo que estoy diciendo.

—Es correcto.

—Sí, puedo imaginar a mi padre entusiasmado con la idea.

Su tono es tan árido como las arenas del desierto en Phoenix, pero no me inmuto.

—Piénsalo. La gente podría venir a Wetherill a elegir nuestras calabazas y luego visitar tu laberinto de gramíneas. O laberinto de maíz, como lo quieras llamar.

Resopla y un momento después dice:

—Me adelanto y voy a buscar el Gator.

Supongo que no le gustó mucho la idea del laberinto.

***

Me pongo una salida de baño blanca y esponjosa después de la ducha, vuelvo al dormitorio con mi teléfono y me poso en el extremo de la cama. Estoy agitada y nerviosa.

Anders responde cuando suena por segunda vez.

—Hola, Wren.

Al oír su voz callada y profunda, mis nervios parecen calmarse.

—Hola.

—¿Estás en tu casa?

—Sí

—¿Te acompañó Jonas?

—Me trajo en el Gator. ¿Por qué?

—Solo quería saber.

Su tono es más suave que antes y de repente puedo verlo,

claro como el día, dentro de mi mente, alisándose el pelo con la mano y mirándome con fijeza mientras me alejo y cruzó la puerta de sus padres.

—Gracias por llamar —dice—. Estaba preocupado.

Me abrazo la cintura con el brazo libre.

—Parecía estar bien.

—¿Qué hacía en el río? —se pregunta en voz alta—. ¿Tenía algo encima?

—No que yo haya visto.

Ya ha preguntado eso.

—¿En qué tipo de cosa estabas pensando?

—No lo sé, una cuerda...

La sensación de nerviosismo y ligereza que se ha ido acumulando en el interior de mi pecho es reemplazada de golpe por un bloque de hielo.

—¿Hablas en serio? —pregunto.

—Lo siento, no quería asustarte.

—No, no, está bien. ¿En serio crees que podría hacer algo como eso?

Me imagino la cuerda colgando de la rama y balanceándose, con un lazo en el extremo, y la imagen mental me llena de horror.

—Espero que no, pero nunca se sabe a ciencia cierta lo que está pasando dentro de la cabeza de otra persona.

—Cuando lo vi, se veía bien, en serio —digo, para tranquilizarlo a él y a mí también—. Estábamos hablando de agricultura.

—Actúa muy bien frente a extraños.

—¿Está deprimido?

–Sin duda.

–¿Sabes por qué?

–Por un montón de razones. Se siente aislado, atrapado, abrumado, fuera de control… Si ese tornado hubiera pasado por la granja… Ni siquiera quiero pensar en las consecuencias de algo así. Los escombros solos ya significaron mucho trabajo extra. Si no los quitamos de los campos, puede dañar el equipo agrícola durante la cosecha.

–Me estaba diciendo que había perdido un maizal por culpa del granizo y que el río se desbordó hace un mes y arruinó parte de la soja.

Mencionó esto último en el camino a casa.

–Sí. ¿Te imaginas qué devastador fue para él trabajar tantas horas cosechando trigo, sembrar y abonar los campos, lavar la cosechadora y los cabezales y guardar todo, con la idea de que ya había terminado la parte más dura por el verano, y luego tener que sacar todo de nuevo para replantar cuarenta acres? Es tanto trabajo, y eso ni siquiera teniendo en cuenta la pérdida financiera.

Parece muy apenado por su hermano.

–No me sorprende que se sienta abrumado en este momento –murmuro.

Anders debe sentirse abrumado también, e indefenso y fuera de control, especialmente si no puede escaparse del trabajo para venir y apoyar a su familia.

–Sí, no es de extrañar que la depresión sea tan común entre los agricultores. Pero la mayoría son demasiado tercos para pedir ayuda, mi hermano incluido.

—¿Siempre quiso ser agricultor? —Me voy para atrás en la cama hasta que me recuesto un poco sobre las almohadas.

—Lo hacía feliz mientras crecíamos. Siempre quería quedarse, hacer cosas en la granja. Incluso cuando perdió un trozo de dedo, ya estaba de vuelta en el trabajo en un par de días.

—¿Cómo se hizo eso? —pregunto con alarma.

—Se sacó una rebanada con una barrena.

—¿Qué es eso?

—Es una herramienta en forma de espiral que se utiliza para perforar el suelo. Estábamos poniendo una valla.

—¿Estábamos?

—Yo lo estaba ayudando.

—¿Qué edad tenías?

—Diez. Él tenía doce.

—¿Diez y doce?

—Sí. Le quedó la manga atrapada. Por suerte, yo estaba ahí para apagar la maldita cosa o probablemente habría perdido la mano entera.

—¿Dónde estaban tus padres?

Mi tono mostraba más impresión con cada pregunta.

—No sabían lo que estábamos haciendo —responde con despreocupación—. A Jonas se le había metido en la cabeza que quería patos, así que decidió armar primero el corral y después preguntar a nuestros padres.

Mi sonrisa es repentina y mi corazón se expande cuando los imagino a ellos de niños, trazando una meta.

—Espero que hayan accedido al pedido de tener patos, por lo menos.

—No, dijeron que podríamos tener un perro en su lugar.

—Ay.

Me gusta. No puedo negar. Me gusta Jonas también, pero Anders tiene algo que me atrae a otro nivel. Es mucho más mi tipo, un poco más cultivado y sin esa masculinidad robusta del hermano. Cada vez que hablamos, me siento un poco más despierta, un poco más viva.

Es mejor que no nos volvamos a cruzar mientras estoy aquí. Mi corazón no podría tolerar otra turbulencia en este momento, y un metejón no correspondido, o incluso una aventura de vacaciones, no me haría ningún bien.

La línea se ha quedado en silencio. Oigo su respiración larga y lenta.

Me viene un pensamiento, algo que siento que debo mencionar.

—Anders —digo con cautela—, hay un trozo de cuerda colgando de una rama junto al río.

—Es una hamaca. Solíamos jugar con ella de niños.

—¿Quieres que… no sé… que trepe de alguna manera y la corte?

—¿Cómo se te ocurre que podrías hacer eso? —dice con tono divertido—. ¿Irías saltando por la rama como un pajarito?

Dejé salir un resoplido.

—Estoy bromeando. Lo siento. Si hubiera querido tomar ese camino, no se molestaría con esa vieja cuerda, usaría una nueva —asegura.

Se me da vuelta el estómago cuando la imagen se va instalando en mi cabeza.

—Mierda —murmura Anders, bromeando.

—Mi padre solía llamarme Pajarito —le digo, aferrándome al primer cambio de tema que se me ocurre.

—¿Qué?

Todavía está sumergido en sus pensamientos oscuros.

—Te burlaste de mí y dijiste que saltaría en la rama como un pajarito. Así me llamaba mi padre cuando era más joven: Pajarito.

—¿Ya no lo hace?

—No desde que mis padres se separaron.

—¿Cuándo fue eso?

—Tenía unos cinco o seis años. Se fue cuando Sheryl quedó embarazada de mi media hermana.

—¿Estaba contigo en el bar esa noche?

—Sí, esa era Bailey.

—Reconocí al tipo que estaba con ustedes.

Creía que apenas nos había mirado.

—Su marido, Casey.

—Creo que fuimos a la misma escuela.

—Fueron, lo confirmo.

—¿Estás bien segura?

Caí como un chorlito.

—Él los mencionó a ti y a Jonas —digo, en un intento por explicarle cómo es que me enteré de cosas que tienen que ver con él sin que se note que había estado preguntando—. Nos dijo que tu familia era propietaria de la granja que está al lado de la de Papá.

—Ah. Así es como supiste quiénes éramos.

Oigo que alguien toca a la puerta en la distancia, y unos gritos lejanos.

–Un momento. ¡Ya voy!

Anders responde, cubriendo el receptor.

–¿Te tienes que ir?

No quiero que termine la conversación.

–Sí, les dije a los chicos que iría con ellos a tomar cerveza.

–¿Tus compañeros de equipo? ¿Están celebrando o consolándose?

–Celebrando –responde–. Ganamos.

–Felicitaciones.

–Ah, gracias, y gracias… Gracias por llamarme. Te lo agradezco.

–Cuando quieras.

–¿Cuándo te vas a tu casa?

–El jueves.

Ya no se había vuelto a hablar del tema de que me quede. O papá no le planteó el tema a Sheryl o ella ya ha descartado la idea.

–Bueno, que tengas un buen viaje –dice–. Tal vez te vea la próxima vez que vengas.

–Tal vez.

Pero sabiendo lo que sé sobre su ocupada agenda de carreras y lo difícil que es para mí tener tiempo para venir, lo más probable es que no nos volvamos a ver.

Capítulo once

En cuanto cuelgo, la puerta se abre de golpe.
—¿¡No sabes tocar!? —le ladro a Bailey.
Es una pregunta estúpida. Bailey nunca toca la puerta.
—¿Qué haces aquí? —le pregunto.
—Casey salió con su hermano. Estaba aburrida. ¿Con quién estabas hablando?
Entra con una sonrisa pícara.
La fulmino con la mirada.
—¿Estabas escuchando en la puerta?
—No mucho. No quería interrumpir. Pensé que estarías hablando con Scott.
Por fin lo menciona.
—No es algo probable —murmuro, y me ajusto la bata más alrededor del pecho.
—Entonces, ¿quién era?

—¡Deja de ser tan entrometida! —la reprendo, y me alejo de la cama—. Creo que ya debería vestirme.

—¡Wren! —exclama y me da un empujón en el hombro que me hace caer de espaldas sobre el colchón—. ¿Por qué no eres más divertida?

—¿Perdón? —respondo indignada, medio riéndome mientras me vuelvo a sentar.

Esta es la Bailey que conozco de mi adolescencia.

Me empuja de nuevo hacia atrás.

—¡Basta, no lo hagas más!

—Vamos, ¡dímelo!

—¡No! ¡Vete a la mierda!

—Maldita sea, qué pesada eres —estalla, dejándose caer sobre el colchón a mi lado.

—¿Yo soy la pesada? —le pregunto con incredulidad y me siento otra vez. Siento como si hubiéramos retrocedido en el tiempo.

—Sí, sí, ya sé que siempre pensaste que soy un gran fastidio.

Lanza una mirada al techo mientras yo me levanto y voy a la cómoda. No lo niego, porque es verdad. O al menos, solía serlo.

Saco algo de ropa limpia, con la intención de ir al baño a cambiarme, pero cuando me doy vuelta, Bailey parece herida. Mira el álbum de fotos en mi mesita de noche y se recompone.

—¡Me acuerdo de esto! —exclama mientras se lo lleva al regazo y lo abre—. Lo miraba todo el tiempo.

—¿En serio? —pregunto sorprendida, deteniéndome en la puerta.

—Sí. Me encantaban estas fotos tuyas.

—¿De verdad?

—Sí —repite con insistencia, pasando la página—. Mamá solía poner cara cada vez que me veía con el álbum, labios fruncidos y ojos apretados.

Sonríe ante la descripción y continúa mirando fotos.

—Lo escondí debajo de la cama durante un tiempo hasta que ella lo encontró y lo guardó en algún sitio.

—Papá me dijo que lo había encontrado en una caja.

—Eso suena muy probable. Mamá estaba muy celosa.

Me indigno.

—¿Cómo podía estar celosa? ¡Nos dejó por ella! Y tú... —añado en silencio dentro de mi cabeza.

Bailey se encoge de hombros.

—Los celos no siempre son racionales. Estoy segura de que ella sentía mucha culpa, también, que no habrá sabido cómo canalizar.

—No puedo creer que lo escondiera —refunfuño, tiro mi ropa sobre la cama y levanto el álbum que tenía Bailey—. No sé si alguna vez había visto estas fotos.

Bailey frunce el ceño.

—Eso es terrible. ¿Recuerdas algo del divorcio de tus padres?

—Sí, bastante.

—¿Cómo fue?

—Un infierno.

Me mira fijamente, con sus grandes ojos marrones.

–¿Estás resentida con nosotras por ello?

Es la pregunta más directa y personal que me ha hecho. Y no sé por qué me la hace ahora. Se siente como si viniera de la nada, pero al mismo tiempo no puedo creer que hayamos llegado a esta edad sin haber hablado de esto.

¿Vamos a hablar de eso ahora? Ella sigue mirándome, con una mirada abierta e inquebrantable.

–Sí –respondo.

Sus hombros se hunden. Se examina las uñas. Las gira de un lado a otro. Son cortas, limadas en un arco suave y pintadas de rosa coral. El color contrasta con su piel bronceada.

–Me lo imaginaba.

–Yo sé que no es razonable.

Empujo la ropa a un lado y me siento en la cama, con la rodilla levantada para estar de cara a ella.

–No es culpa tuya, ¿verdad?

Suspira.

–No puedo imaginar lo que debe haber sido para ti subirte a un avión, sola, volar hasta aquí para ver a tu papá. Siempre pensé en ti como mi valiente superhermana. Quería caerte bien. Pero apenas me soportabas.

–Eso no es verdad –le contesto frunciendo el ceño, viendo cómo podía reaccionar ante esta confesión. Me ha hablado con el corazón en la mano. Su sinceridad tiene un efecto dominó y me encuentro a mí misma queriendo abrirme también.

–Eras tierna, casi todo el tiempo. Yo solo... Bueno, estaba

celosa. Tú tenías a papá y a tu mamá. Yo tenía a mamá y casi nada de papá. Me sentía como una extraña. Todavía me siento así.

Ella retrocede.

—No lo creo, ¿es verdad?

—Sí —digo y mi voz suena pequeña—. Cosas como que te sentaras al lado de papá en la mesa la semana pasada me hacen sentir excluida.

No puedo creer que haya confesado esto, y en cuanto sus ojos se abren me arrepiento.

—¡Pero fuiste tú la que se sentó ahí, Wren! ¡Puse ese mantel para mí!

—¿En serio?

—Sí.

Bueno, ahora sí que estoy sorprendida.

Rebobino y trato de recordar cómo llegué a estar sentada al final de la mesa en vez de al lado de papá como había estado los días anteriores. Estaba tan segura de que el lugar del extremo de la mesa, apartado, era para mí.

¿Sería culpa mía? ¿Estoy tan acostumbrada a decirme a mí misma que voy segunda que luego cumplo mi propia profecía?

—A papá le encanta que vengas de visita —dice Bailey—. Me encanta que vengas. A mi mamá le encanta.

—Vamos, no, no le encanta —no puedo evitar interrumpir—. Lo tolera, pero que le guste, por no decir que le encante, es una exageración.

—Ay, Dios mío, ¡estás muy equivocada! —exclama

Bailey–. No tienes ni idea de lo estresada que se ponía, preocupada por lo que pensarías de ella. ¡Estaba desesperada por caerte bien! Deberías haberla visto, limpiando la casa como una loca, quitando el polvo de cada centímetro y poniendo flores frescas en tu habitación. A mí nunca me puso flores frescas.

En ese momento, las dos miramos el florerito de rosas apoyado en la cómoda. Las he dado por sentadas, apenas registraba su existencia. Pero ahora caigo en la cuenta: Sheryl las puso ahí. Sheryl salió a su jardín, eligió cinco capullos de rosa perfectos, los cortó y los puso en el florero. Para mí.

–Pero siempre me siento como una visita –digo con desconcierto y a mi cabeza le cuesta procesar lo que me está diciendo.

–Eres una visita –responde–. Nunca estás aquí el tiempo suficiente. Daría cualquier cosa porque pudieras pasar más tiempo con nosotros.

–Ojalá pudiera quedarme más tiempo. Me encantaría quedarme aquí unas semanas más, pero ya sabes, el trabajo.

Me contengo de contarle la sugerencia de papá.

–Ni siquiera te gusta tu trabajo actual.

Hablamos de esto en Lo de Dirk.

–Sí, pero no puedo dejarlo. Tengo que pagar el alquiler. Y no puedo mudarme hasta que venza el contrato. Ni siquiera quiero mudarme a otro lado, pero no puedo enfrentarme a tener un compañero de piso, todavía.

–Maldito Scott –murmura.

–Sí. Maldito Scott –confirmo.

—Siento que fuera tan cretino contigo —murmura Bailey.

Le sonrío, aunque se me saltan las lágrimas.

—Al menos me sigue ayudando a pagar el alquiler.

—Así debería ser. Es lo menos que puede hacer.

Asiento con la cabeza.

—Es probable que aún se sienta culpable.

—¿Me vas a contar qué pasó? —pregunta seria.

—¿De verdad quieres saberlo?

—Sí. Quería preguntarte por él la primera noche que salimos, pero no quería que te sintieras mal.

—No te preocupes, en ese momento no quería hablar de él.

Me escucha con compasión y empatía mientras le cuento sobre ese día en el parque y la conversación que tuvimos después Scott y yo.

—Me dijo que a veces sentía que yo lo despreciaba.

Arrugué la nariz, porque me da vergüenza admitir esta parte.

—¿Lo despreciabas?

—No, claro que no. Pero tengo la sensación de que Nadine lo admiraba, y tal vez él necesitaba más de eso. No era de prenderme de cada una de sus palabras ni buscaba su opinión todo el tiempo. Quizá nunca lo miré con adoración tampoco. Éramos iguales. Pensaba que eso era bueno.

—Pero ¿eran iguales? —me pregunta con astucia, entrecerrando los ojos.

—En cuanto al sueldo, estábamos bastante a la par.

La arquitectura realmente no paga tan bien teniendo en

cuenta los siete años de formación que se necesitan para estar plenamente cualificado.

—Pero se sentía intimidado por el hecho de que yo fuera arquitecta.

En cuanto a las profesiones, la mía puede parecer un poco desalentadora.

—No lo sé. Tal vez me puse un poco intolerante cuando sentí que no entendía las presiones que yo sufría. Y tal vez me puse un poco condescendiente cuando lo acusé de no entenderlo.

—No creo. Solo es un imbécil inseguro —responde Bailey con lealtad.

No puedo evitar reírme.

—Ya basta de hablar de Scott —decido de repente.

—Está bien, hablaremos de otra cosa —acepta—. ¿Con quién hablabas por teléfono?

Busco una almohada y la golpeo con ella.

Ella la aparta, impertérrita.

—Por favor, déjame vivir a través de ti —me suplica—. He estado con Casey durante cuatro años. Estoy aburrida.

—No, no estás aburrida.

—Sí, me aburro.

—¿Las cosas no van bien entre ustedes? —Me pongo de lado, sobre el codo, y apoyo la cabeza en la mano.

—Están bien —responde mordiéndose una uña.

—No hagas eso, te vas a estropear la manicura —le digo.

Obedece, se saca el dedo de la boca y se tumba a mi lado, de modo que quedamos frente a frente.

Una botellita de algo carbonatado se abre dentro de mí. Me he sentido tan bien hablando así, a un nivel más profundo. Como con papá, con mi hermana solo he tenido una relación superficial, pero me doy cuenta de que me gustaría cambiar eso.

—¡Wren! ¡Bailey! —nos llama Sheryl desde las escaleras.

—¿¡Sí!? —gritamos al unísono, estirando las cabezas hacia la puerta como un par de suricatas sincronizadas.

—¿Quieren tomar algo? —pregunta Sheryl.

Bailey y yo nos miramos y sonreímos.

—¡Sí! —gritamos al unísono y nos reímos mientras nos levantamos de la cama.

—Esta conversación continuará —advierto y recojo mi ropa, porque todavía me tengo que vestir.

Ella asiente.

—Lo que tú digas, hermanita, lo que tú digas.

Capítulo doce

El lunes por la mañana, bien temprano, antes de levantarme de la cama, llamo a mi jefe y le digo que estoy feliz de que mi colega Freddie se haga cargo de la casa Beale. Me ocuparé de los planos de licitación para la escuela primaria. Graham está encantado con la noticia. Me tiro el lance y le pregunto si podría dejarme trabajar a distancia.

—No veo por qué no —responde—. ¿Por qué me preguntas? ¿Estás pensando en quedarte allí más tiempo?

—Aún no estoy segura, pero me encantaría tener esa posibilidad.

—Es una idea estupenda. Puedo enviarte por correo electrónico todo lo que necesites.

—Muchas gracias.

—Me alegro de que le hayamos encontrado la vuelta.

No menciono la llamada en el desayuno, pero después

de la conversación del sábado por la noche con Bailey y la acogedora velada que siguió, en la que nos encontramos los cuatro quedándonos despiertos y charlando hasta tarde, me siento un poco más inclinada a preguntarle a Sheryl si le importaría que prolongara mi estadía. Decido plantearlo esta noche si papá no saca el tema antes.

***

Esa tarde en la que Sheryl me busca estoy en Bambi.

—¿Me he perdido algún cliente? —le pregunto.

Me he estado turnando con papá y Sheryl para atender a la gente. No esperan que los ayude, pero me divierte jugar a vender. Podemos oír a los coches que bajan por el camino y, si eso no pasa, los clientes pueden tocar un timbre que suena en la casa, así nadie tiene que pasar horas a solas en el granero.

—No, no —dice y niega con la cabeza.

Lleva un pantalón jardinero azul sobre una camiseta roja. Es un atuendo que no había visto antes este verano, pero que Sheryl se ha puesto un par de veces desde que llegué. Hay un poco de harina en la tela y motas de masa en su corta melena gris. Antes estaba haciendo un pastel.

—Me preguntaba qué estarías haciendo.

Pone las manos en las caderas y le echa una mirada a todos los trastos que he sacado del Airstream.

—Siento el desorden. Estoy en plena tarea. Quiero mover algunas de estas cosas a la parte trasera del granero, fuera de la vista, pero muchas de ellas son demasiado pesadas.

—Puedo darte una mano si quieres.

—¿En serio?

—Por supuesto. También podemos traer a tu padre. De hecho, tal vez Jonas podría traer su tractor para estos objetos.

Señala con la cabeza hacia la maquinaria agrícola oxidada.

—Tal vez les encuentre un nuevo uso a algunas cosas.

No me gustaría cargarlo con esto en este momento, sabiendo lo que sé.

—Realmente te debe encantar el Airstream si estás dispuesta a hacer todo este esfuerzo —sugiere Sheryl.

—Me encanta. Parece mentira que estuviera escondido debajo de una lona. No creo que pueda avanzar mucho en los próximos días.

Indirecta, Indirecta.

—¿Está todo bien? —pregunto—. ¿Hay algo en lo que pueda ayudarte?

Se muestra incómoda y tengo la sensación de que quiere decirme algo.

Oh, no, ¿hice algo mal?

—Ralph me dijo que te gustaría quedarte un poco más.

Aquí vamos...

Me encojo de hombros con indiferencia, pero se me aprieta el corazón al ver su cara de dolor.

—No tengo que quedarme.

—No, me gustaría que te quedaras. Nos gustaría que te quedaras.

La miro sorprendida.

—Aquí siempre eres bienvenida.

Incluso después de todo lo que dijo Bailey, tengo mis dudas al respecto, y no me ayuda la forma en que aparta la mirada.

—Mi jefe me confirmó que puedo trabajar en forma remota —admito vacilante—. Pero no quisiera abusar. Quiero decir, me quedaría una o dos semanas más si decido cambiar el vuelo —añado inmediatamente.

—Puedes quedarte todo el tiempo que quieras —me dice con firmeza—. Lo digo en serio, Wren.

No debo parecer convencida, pero su expresión tampoco es convincente, y si es tan difícil para ella...

—Me di cuenta de que encontraste tu viejo álbum de fotos —dice de repente—. Bailey me recordó que me lo llevé. Que lo puse en una caja. Que no lo habías visto en todos estos años.

Se me contrae el estómago.

—Lo siento, cariño —murmura Sheryl.

Me doy cuenta, un poco tarde, de que, aunque la emoción que estoy viendo en su rostro es sin duda incomodidad, no es incomodidad ante la idea de que me quede. Siente vergüenza.

—Fue un error de mi parte —continúa—. Lo había olvidado, pero eso no es excusa. Lo siento.

Estoy tan sorprendida por sus disculpas que me mareo.

—No pasa nada —murmuro.

—Sí, sí pasa. Va a hacer falta algo más que una simple disculpa para compensar ese y todos los otros errores que cometí cuando eras más joven. Pero espero poder compensar algunos de ellos ahora.

Me mira a los ojos y, esta vez, me sostiene la mirada.

De repente, parpadeo y se me saltan las lágrimas.

—Ven aquí —dice con voz ronca, y así como así estoy en sus brazos y me abraza. Nada más ni nada menos que Sheryl me consuela, como lo haría mi madre. Es la primera vez que busca un contacto físico conmigo, un contacto físico real, sustancioso.

—Por favor, quédate —me murmura al oído—. Me gustaría que te quedaras.

Asiento con la cabeza contra su hombro y mi voz sale apagada cuando respondo:

—A mí también me gustaría. Gracias.

Capítulo trece

La luz es pálida y gris y debe ser muy temprano en la mañana, pero me siento completamente desvelada. Es viernes y debería haber vuelto a Bury St Edmunds, pero no lo hice. Todavía estoy aquí en el sur de Indiana, sonriéndole al techo.

Bailey quiere ir a Lo de Dirk más tarde. Se puso tan contenta cuando le dije que me quedaba. Probablemente será otra trasnochada, pero no hay ninguna posibilidad de que me vuelva a dormir. ¿Qué hora es?

Mientras busco mi teléfono para fijarme, veo un destello de luces rojas y azules que rebota en la pared blanca al final de las persianas. Mi corazón da un vuelco y salto de la cama. Corro la persiana justo a tiempo para ver una ambulancia en dirección a la granja Fredrickson. A toda mi alegría se la traga el temor cuando recuerdo las armas que se llevó Anders y la cuerda que él pensaba que su hermano podría haber llevado al río. Peggy le pidió a Anders que volviera a su casa por una razón. Todos tenían motivos para preocuparse.

Por favor, por favor, que esa ambulancia no sea para Jonas.

Las luces estaban parpadeando, pero no había sirena. ¿Es porque las carreteras son tranquilas? ¿O no hay necesidad de urgencia? ¿En qué clase de infierno podrían estar Anders y sus padres ahora mismo si esa ambulancia es para Jonas y ya es demasiado tarde?

Me resisto al impulso de ponerme algo de ropa y caminar hasta la granja. Lo que le haya pasado a esa familia no es asunto mío.

Al rato vuelve a pasar la ambulancia. Las luces aún titilan y la sirena sigue en silencio.

***

Las noticias llegan a las diez y media de la mañana después de una espera insoportable. La ambulancia era para Patrik: tuvo un ataque cardíaco en las primeras horas de la mañana, pero lo más probable es que se recupere por completo. Sheryl le hizo señas a Jonas para que se detuviera cuando llevaba una bolsa al hospital.

A pesar de que me preocupo por Patrik, siento alivio el resto del día.

***

Por la noche, voy a la granja Fredrickson con una cesta de duraznos y una tarjeta de todos nosotros con deseos de pronta recuperación. Sheryl me pidió que lo dejara en la puerta si nadie contestaba.

Llego a la puerta y lo veo a Anders sentado en los escalones del frente con los codos sobre las rodillas y la cabeza en las manos.

Mi estómago hace piruetas.

Se me había ocurrido que tal vez hacía el viaje de dos horas desde Indy, pero no quería pensar demasiado en ello. Me había convencido de que probablemente no volvería a verlo este verano, aunque ahora me quedo más tiempo.

Cuando oye mis pasos, levanta despacio la mirada. Tiene una expresión sombría mientras me observa acercarme.

—Hola —lo saludo cuando llego hasta donde está.

Se le agrandan un poco los ojos, pero aparte de eso, sus rasgos permanecen inalterados.

—Todavía estás aquí —señala en voz baja, mirándome con sus ojos verdes imperfectos.

Asiento. Y es como si su mirada de alguna manera se hubiera metido en mi sangre y me entibiara por dentro, me despertara. Me cuesta que me salga la voz.

—Siento mucho lo de tu padre. —Le extiendo los duraznos—. Son para él.

Mira fijamente la canasta un par de segundos y luego estira la mano y la toma. Lo hace sin prisa, como si su cerebro tardara un rato en darles la instrucción a sus extremidades.

—Gracias —responde con una voz áspera y la coloca en el umbral de la puerta detrás de él.

Hay una botella de cerveza abierta a su lado.

—¿Dónde está Jonas? —pregunto.

Le tiembla la sien mientras agarra la botella.

—No tengo idea —murmura—. En algún lugar, por ahí —dice y señala con la cabeza hacia los vastos campos verdes y toma varios tragos de cerveza.

—¿Y tu mamá?

—En la cama. Estuvo despierta la mitad de la noche.

Dudo antes de preguntar:

—¿Quieres compañía?

No me gustaría dejarlo así.

No responde, no asiente ni hace ningún gesto, pero de repente encoge apenas sus anchos hombros y se acerca un poco.

Me siento en el escalón junto a él, bastante nerviosa. El cielo está moteado en tonos de gris y blanco. Son solo las siete en punto, faltan dos horas todavía para que se ponga el sol, pero la capa gruesa de nubes hace que parezca más tarde.

—¿No se suponía que volverías a tu casa ayer?

—Mi jefe me dijo que podía quedarme más tiempo y trabajar en forma remota.

—¿No tienes nada más por lo que regresar?

—Mi madre está en el Reino Unido, pero está contenta de que me quede.

Me mira, desconcertado por la confesión.

—No está contenta porque estoy lejos —aclaro—. Quiere que me tome tiempo para mí. Acabo de salir de una relación.

No estaba en mis planes entrar en detalles, pero cuanto más digo, más siento que tengo que explicar.

Anders asiente y levanta la botella para ver cuánta cerveza queda.

—¿Quieres una cerveza? —pregunta, se pone de pie y recoge la cesta.

Lleva una camiseta azul petróleo y sus jeans negros tienen polvo del escalón en el que ha estado sentado. Mi vestido negro sufrirá el mismo destino.

—Claro.

Suelta una exhalación mientras abre la puerta de malla y deja que se cierre detrás de él con un ruido fuerte. Me quedo allí sentada, nerviosa, hasta que regresa, me pasa una cerveza y se sienta otra vez. Freno el impulso de chocar mi botella contra la de él como dicta la costumbre. No es la ocasión perfecta para decir "salud".

—Esto va a estresar a Jonas todavía más, ¿no? —murmuro con empatía.

Asiente y bebe un trago.

—¿Tu familia pensaría en vender?

Aleja la botella de los labios, sonríe y me mira, y no es buen humor lo que veo en su cara.

—Perdóname si es una pregunta estúpida.

Niega con la cabeza y se saca una mancha de barro de los pantalones.

—No, no es estúpida. No en ningún sentido normal. Pero esta granja ha pasado de hijo mayor a hijo mayor desde que nuestros antepasados se mudaron aquí desde Suecia en 1851. A Jonas y a mí nos criaron sabiendo que teníamos que proteger el legado de la familia. Tenemos el deber de protegerlo.

—¿Es verdad que todos sus nombres son suecos?

—Sip. Toda la familia: la hermana de papá Ágata, mi abuelo Erik, su padre Aan. Podría seguir.

Me doy la vuelta y miro hacia la casa roja y blanca.

—¿Tus ancestros construyeron esta casa?

—Y el granero —confirma, señalándolo con la barbilla—. Son réplicas de la granja en Suecia.

—¿Alguna vez quisiste ser granjero?

—No es lo que más me apasiona, pero lo haría si fuera necesario.

—¿En serio? ¿Renunciarías a tu trabajo?

Asiente.

—Eres mecánico de un equipo de IndyCar, ¿verdad?

—No, soy ingeniero de pista.

—¡Oh! ¿Qué implica eso?

—Soy como el intérprete entre el piloto y el mecánico —responde y me mira para medir mi interés antes de continuar—. El piloto me da información acerca de cómo siente al coche y yo analizo todos los datos técnicos y determino los ajustes necesarios para asegurarnos de que el coche está configurado para su máximo rendimiento. Les transmito esto a los mecánicos y ellos aplican los cambios.

—Guau, parece un trabajo muy importante. ¿Lo disfrutas?

—Me encanta.

—¿Y aun así lo abandonarías? —sigo preguntando, pues intento comprender.

—Si le pasara algo a Jonas, sí —suspira—. De todas formas, siento que debería estar en casa en estos momentos.

—No puedes abandonar el trabajo de tus sueños —digo con suavidad.

Se gira para mirarme y se ve tan devastado que me destroza el corazón.

—Mi familia se está desmoronando, Wren. Mi padre no debería estar trabajando a su edad, mamá tiene la presión por el cielo. Ya la tenía de antes y Dios sabe lo que le está haciendo esto, y mi hermano está... —Niega con la cabeza, desolado, y estoy a punto de estirar el brazo y colocarlo sobre sus hombros para consolarlo cuando me empieza a sonar el teléfono en el bolsillo.

Lo saco y maldigo dentro de mí al ver el nombre de Bailey en el identificador de llamadas.

—Lo siento mucho —le digo a Anders antes de responderle a Bailey sin darle tiempo para que me pregunte dónde estoy—: ¡Ya voy! ¡Perdóname! ¡Voy a estar ahí en cinco!

—*Nos vemos en Wetherill.*

—Ok. ¡Lo siento! —Me disculpo de nuevo, termino la llamada y miro a Anders—: Odio con el alma tener que irme, pero llego tarde para ver a mi hermana. Debería estar ahora en el puente con ella.

Asiente e inclina la botella hacia sus labios.

—¿Quieres venir a Lo de Dirk con nosotros? —se me ocurre preguntarle, hipnotizada por la manzana de Adán que sube y baja mientras drena la cerveza. Parpadeo cerca de su cara—. ¿No quieres salir de tu casa por un rato?

—Creo que mejor busco a mi hermano.

—No en tu motocicleta, espero.

Miro la botella vacía que apoya a un lado.

—Solo he tomado dos.

—Aun así, ¿qué diría tu mamá?

—Sabe que conozco estos cultivos como la palma de la mano —responde, y hace bailar los ojos como respuesta a mi tono burlón.

Mientras me levanto y me sacudo el vestido, me viene un pensamiento.

—¿Eso es lo que estabas haciendo esa noche, cuando nos conocimos? ¿Buscabas a Jonas?

—Sip.

No puedo creer que me haya tomado tanto tiempo hacer dos más dos.

—Y ahí estaba yo, pensando que no eras más que el idiota del pueblo —me burlo.

Lleva las comisuras de los labios hacia atrás y yo siento como si hubiera una línea invisible que une el gesto a un gancho que está detrás de mi caja torácica.

—¿Quién dice que no lo soy?

Capítulo catorce

—¡Todavía estás en Estados Unidos! —grita Bailey. Ya me ha perdonado por llegar tarde. Me engancha el brazo con el suyo y me aprieta mientras caminamos.

No nos molestamos en conducir esta vez y ya casi llegamos: la plaza del pueblo está al final de este camino.

—Eres mi amiga de bar. Mi nueva compañera de tragos —dice con una risita.

—¿No tienes amigos de tu edad? —le pregunto. Su alegría me contagia y me ilumina.

—Hay una chica en el trabajo que me cae bien. Salimos un par de veces cuando nos mudamos aquí con Case, pero ahora está embarazada y ya no es divertida.

—¿Cómo encuentras el trabajo en este momento?

—Aburrido.

–¿Qué vas a hacer al respecto?

Me pone una cara graciosa.

–Nada. Esta es mi vida ahora –agrega con tono melodramático.

Frunzo el ceño.

–Eso no suena muy bien. ¿Has hablado con Casey de esto? ¿Él es feliz?

–Hasta el delirio. Le encanta estar en casa, y vivir cerca de su hermano y de su mamá y su papá. No podía creer la suerte que tuvo cuando surgió un puesto en el club de golf.

–Pero si tú no quieres estar aquí…

–Me aguantaré. ¡No te pongas tan seria!

La conversación sigue sonando dentro de mi cabeza cuando llegamos a Lo de Dirk.

Todas mis canciones favoritas, de Weezer, está sonando a todo volumen. Eso es lo primero que noto. Lo segundo es que Jonas está en el bar.

Tiro de la manga de Bailey.

–Espera.

–¿Qué pasa? –pregunta mientras la arrastro de vuelta a la escalera y saco el teléfono–. ¿Qué estás haciendo?

–Le envío un mensaje a Anders.

–¿Cómo? ¿Qué? ¿Por qué tienes el número de Anders? ¿Por qué le estás mandando un mensaje? ¡Tengo tantas preguntas!

–Lo vi antes. Estaba preocupado por Jonas –respondo distraída mientras tipeo "Jonas está en Lo de Dirk".

Espero que vea el mensaje. Quién sabe qué lejos estará ya, buscando a su hermano.

Levanto la vista del teléfono y la veo a Bailey que me dirige una mirada inquisidora.

—¿Cómo conseguiste su número y por qué es un problema tuyo? ¿Y cómo conoces a Anders? ¿Y por qué te preocupa lo que esté haciendo Jonas? ¿Y era él con quien estabas hablando la otra noche?

Se le salen los ojos de la cabeza.

—¿Era él? —pregunta.

—Cálmate. Fuimos a su refugio de tormenta, ¿recuerdas? Y hoy más temprano le llevé unos duraznos a Patrik. Anders estaba allí. Nos pusimos a hablar.

—¿Por eso llegaste tarde?

—Sí, lo siento —repito—. Pero estaba preocupada por él y su familia. Ahora soy como su vecina, ¿recuerdas?

Su cara estalla en una sonrisa.

—¡No puedo creer que te quedaras!

—¡Lo sé!

Le sonrío esperando, pero también dudando, que ese sea el fin de la inquisición acerca de los hermanos Fredrickson.

—Ven, vayamos a tomar una copa.

—Jonas sigue en el bar cuando entramos. Está encorvado, con los codos apoyados sobre la madera pegajosa de la barra y la cadera cae hacia un lado como si estuviera muy relajado o muy borracho. Tengo una fuerte impresión de que es lo último.

—Ey —le digo, tocándole el brazo.

Levanta la cabeza desde donde ha estado mirando y me observa, con sus ojos azules vidriosos. Creo que le lleva un momento ubicarme, pero al fin se le ajusta la cara en una sonrisa somnolienta y desequilibrada.

–¡Ey, Wren! –balbucea.

–¿Te encuentras bien?

–Sí, bien. Estoy bien.

Se tambalea y apoya la mano en la barra para estabilizarse. Parece que está bebiendo whisky.

–No te reconocí sin ropa mojada. Y tienes el pelo recogido.

Mueve el dedo en círculo, sus ojos vagando alrededor de mi cara.

Nunca uso el pelo recogido, pero descubrí hace poco que es lo suficientemente largo como para meterlo en un rodete.

La mayoría de la gente se corta el pelo cuando pasa por una ruptura. Yo, en cambio decidí dejármelo largo. Todavía no me llega a los hombros, pero la longitud es una novedad.

–¿Qué es eso de la ropa mojada? –interrumpe Bailey haciendo rebotar sus ojos brillantes entre nosotros.

–Wren se cayó al río –responde Jonas, hundiendo su rostro en la mano y aplastando su mejilla en su sonrisa. Bailey se vuelve hacia mí, ojos en modo "Boo".

–Te lo contaré más tarde –respondo, y me dirijo ahora a Jonas.

–Anders te estuvo buscando.

Se ríe y levanta la cabeza.

–Anders siempre me está buscando.

–Se preocupa por ti –le recuerdo con ternura–. Te quiere.

Jonas busca su bebida y mira a Bailey.

–Eres la hija de Ralph y Sheryl, ¿no?

—Hola, sí, soy Bailey.

Bailey sonríe y le extiende la mano.

A Jonas le toma un segundo responder y, cuando lo hace, la mano de Sheryl parece diminuta comparada con la otra.

Me sorprende que no se hayan conocido antes, pero claro, no ha tenido una vida social muy intensa en el último tiempo.

—¿Qué les traigo? —pregunta Dirk, materializándose frente a nosotros.

Jonas sigue estrechando la mano de Bailey. A ella parece no importarle.

—Lo de siempre —responde Bailey mientras Jonas al fin la suelta.

—¿Qué es lo de siempre?

Ella pone los ojos en blanco, luego se recompone.

—¡Dos ron con Coca, por favor, Dirk! ¡Y lo que sea que esté tomando él!

No podía sonar más entusiasta.

Jonas se ríe dentro de su copa, luego termina los restos de su whisky. En ese momento, Anders entra por la puerta y mi estómago hace piruetas por segunda vez esta noche. Posa la mirada sobre nosotros y no parece sorprendido, así que deduzco que recibió mi mensaje.

—¡Hola, hermano! —dice en voz baja cuando se acerca, A mí me dedica un movimiento de cabeza como saludo, un "gracias" por el mensaje.

—¡Hooolaaaa, hermano! —responde Jonas con demasiado entusiasmo.

–Ven, vamos a casa.

Anders aprieta el hombro de su hermano.

–No –dice–. Bailey me ha comprado una bebida.

Anders mira a Bailey.

–Hoooolaa –responde, con una sonrisa coqueta.

–Hola, soy Anders –responde.

Dirk pone nuestras bebidas sobre la barra.

–Quédate para un trago –le pido a Anders en voz baja para que nuestros hermanos no puedan oírnos. Bailey paga la ronda y Jonas mira hacia el bar. Está claro que Anders no va a lograr que su hermano se vaya pronto.

Suspira y levanta su barbilla hacia Dirk.

–¿Cerveza? –le pregunta Dirk.

Anders asiente en respuesta.

Me dirijo a Jonas.

–Oye, siento lo de tu padre.

Muestra un esbozo de sonrisa.

–Estoy demasiado borracho para preocuparme por eso.

–Pareces un borracho feliz –reflexiona Bailey mientras Anders mete la mano en su bolsillo para sacar la billetera.

–Soy un borracho feliz –refuerza–. A diferencia de nuestro padre. Él no era un borracho feliz, ¿verdad, hermano?

Anders se pone rígido y lo mira mientras acerca la tarjeta de crédito al lector.

Mis entrañas se aprietan. ¿Qué significa eso?

–¿Alguien quiere jugar al billar? –pregunta Bailey.

–Claro –responde Jonas, alegre.

–Lo siento –murmura Anders con la cerveza en la mano

caminando a mi lado mientras seguimos a Jonas y Bailey a la mesa de billar.

—Es genial. Te invité a unirte a nosotros antes, ¿recuerdas? Mientras Bailey sea feliz, yo seré feliz.

Y Bailey parece feliz. Se ve hermosa esta noche en pantalones cortos de algodón rojo y un top blanco. Es un atuendo simple, pero ella es tan bonita que podría ponerse una bolsa de papas y aun así se vería impactante.

Yo tengo puesto una camisola negra, con las mangas largas arremangadas hasta los codos y zapatillas blancas, ahora secas y limpias. Es un conjunto más informal que el que usé la última vez que vine a Lo de Dirk, pero sigue siendo más elegante que lo que lleva la mayoría de los parroquianos.

Necesito ir de compras. Solo traje mi mejor ropa, como suele pasar cuando vas de vacaciones, pero mi guardarropa no está preparado para un verano largo y caluroso. En especial un verano largo y caluroso en bares mugrientos, que parece ser el destino que Bailey tiene en mente para mí.

Jonas termina de acomodar las bolas mientras Bailey está de pie, poniéndole tiza a un taco.

—¿Nosotros contra ellos? —le pregunta Jonas.

Ella es alta, mide casi un metro ochenta, pero él se eleva sobre ella. El pelo de color chocolate con leche le cae hacia delante alrededor de las sienes en olas desordenadas. A pesar de su embriaguez, se ve más armado que la última vez que lo vi, junto al río.

—Suena bien —responde Bailey.

Anders le pasa tiza a otro taco, resignado a su suerte.

Jonas saca una moneda del bolsillo.

–¿Cara o cruz?

Pasa la mirada de Anders a mí.

–Puedes empezar tú –responde Anders, serio.

–Anímate, hermano.

Jonas guarda la moneda y camina hasta el final de la mesa.

–¿Quieres empezar tú? –le pregunta a Bailey antes de arrancar.

–No, adelante.

–Soy un desastre en el pool, lo siento –le digo a Anders mientras Jonas les pega a las bolas y las esparce por toda la mesa. Una entra.

Se siente un poco surrealista que, dos semanas después de que lo vi por primera vez jugando en este bar, ahora sea su compañera de equipo.

–Estamos matando el tiempo –murmura Anders.

Si estaba disfrutando de este giro de los acontecimientos, ahora ya no más. Se ve tan a disgusto aquí.

–Les toca –nos dice Jonas.

Anders me hace un gesto respetuoso. Camino hacia la mesa, trato de pegarle a una bola de rayas verdes y me queda como a medio pie de la tronera.

Le pongo cara. Él levanta las cejas.

Le toca a Bailey. Sonríe cuando su bola azul va derechito y entra, luego grita con fastidio cuando le sigue la blanca.

Anders tiene dos tiros. Mete una rayada amarilla en el primero y nada en los otros dos.

—¿Perdiste tu magia? —le pregunta Jonas.

Anders se encoge de hombros y agarra la cerveza que había dejado en el alféizar de la ventana alta.

Cada vez que Jonas o Bailey meten una bola, Anders iguala las cosas en el siguiente turno. Yo hago lo que puedo para golpear una de las nuestras cuando me toca.

—Sí que eres mala en el pool —reflexiona Anders hacia final del juego.

—Sí, así que por favor podrían darse prisa y embocar estas dos últimas porque necesito ir al baño.

Ya llevamos un rato tratando de embocarlas. Tengo la sensación de que Anders podría terminar el juego si quisiera, pero está tratando de alargarlo el mayor tiempo posible.

Camina hacia el otro lado de la mesa, prepara el tiro y levanta la mirada. Me hierve la sangre cuando esos ojos verdes se clavan en los míos. No podría mirar hacia otro lado aunque quisiera. Rompe el contacto visual y dispara la bola directamente hacia una tronera, al igual que lo hizo la primera vez que me atrapó mirándolo en este bar y, de repente, recuerdo otro detalle de esa noche: Casey dijo que Anders estaba casado y que había perdido a su esposa en un accidente automovilístico.

—¡Maldita sea! —protesta Jonas cuando Anders emboca la bola—. Hagamos otra ronda.

¿Cómo me pude olvidar de ese detalle?

Anders suspira.

—Supongo que iré al bar, entonces. ¿Qué estás tomando? —me pregunta.

—Ron y Coca-Cola, por favor —respondo distraídamente.
—¿Bailey? —pregunta Anders.
—Lo mismo, ¡gracias!

Me doy cuenta de que ya no trata de convencer a su hermano de que se vaya.

—¡Yo quiero un whisky! —grita Jonas.

Dirk ya está terminando de atender a Anders cuando vuelvo del baño, así que lo ayudo a llevar las bebidas.

—Dije whisky —se queja Jonas cuando Anders le entrega una cerveza.

—Eres demasiado pesado para que te lleve en andas a casa —responde Anders.

Jonas hace una mueca de disgusto y levanta su botella, preparándose para beber.

—Ustedes pueden empezar.

Le extiendo el taco a Anders. Niega con la cabeza.

—¿Quieres verme hacer el ridículo?

—¿Por qué dejarías de hacerlo ahora?

Sonríe y cruza los brazos sobre el pecho. Los bíceps llenan las mangas de su camiseta.

Entrecierro los ojos.

—Pero apuesto a que no haces el ridículo a menudo —concede.

Me salen chispas de adentro porque tiene razón. Es muy raro que yo quede como tonta. Por lo general soy dueña de mí misma. A menos que esté borracha. Y en esos casos no puedo dar cuenta de mi comportamiento.

Golpeo la bola blanca con el taco lo más fuerte que

puedo, pero apenas hace impacto en el triángulo de bolas de colores. Mientras entierro la cabeza en las manos con vergüenza, esos hermanos del demonio y mi propia hermana se ríen de mí.

—¿Cómo llegaste a jugar tan bien? —quiero saber, cuando Bailey golpea las bolas y las manda rebotando por toda la mesa.

—Me enseñó papá —responde y juega de nuevo porque una de las bolas entró.

Las burbujas felices de mi estómago estallan todas a la vez. Lo dijo con tanta despreocupación.

Veo que Anders me está mirando, pero ya no sonríe. Parpadeo, miro hacia otro lado, y busco mi bebida en una mesa cercana.

—Necesito ir al baño —dice Bailey después de que Anders y Jonas han tomado sus turnos.

—Yo también —dice Jonas, apoyando su taco contra la mesa.

—¡No hagan trampa! —nos grita y sigue a Bailey, que sale casi corriendo por el bar.

Me obligo a una risa de la que no tengo ganas y me acerco a la mesa porque me toca a mí.

—¿Quieres que te ayude? —me pregunta Anders.

Le lanzo una mirada asesina antes de darme cuenta de que no está siendo sarcástico. Está parado entre dos carteles enmarcados, uno de Wolf Alice y el otro de Radiohead. De los altavoces se derrama *Blue Jeans*, de Lana Del Rey, con su ritmo lento y sensual.

–Realmente no importa si sé jugar o no, ¿no es cierto? –respondo temblorosa–. Tú juegas bien por nosotros dos.

Se encoge de hombros, se apoya contra la pared de ladrillos y cruza los pies a la altura de los tobillos. Es un gesto casual, pero sus ojos permanecen clavados en mí, con una mirada calma y cómplice.

De repente cambio de opinión.

–Está bien, muéstrame qué es lo que estoy haciendo mal.

Con desgano, se aleja de la pared de un empujón y juro que la temperatura de la habitación se eleva cuando se acerca a mí.

–Pon tu mano izquierda sobre la mesa y sostén el taco con tu mano derecha a la altura de la cintura –me instruye con tranquilidad–. Relájate. Estás demasiado tensa. Ahora separa los dedos. –Señala con la cabeza hacia mi mano izquierda–. El pulgar hacia fuera. No, el puente tiene que ser más fuerte. No vas a poder dar un tiro así. Mira.

Me corro hacia un lado y él pone su mano izquierda sobre la mesa, mostrándome cómo crear un mejor descanso para el taco.

–Deja que lo intente. –Me devuelve el taco–. Tu codo es como una bisagra, tiene que permanecer más o menos en esta posición.

Siento un sacudón cuando me aprieta el codo para mostrarme cómo es.

Todavía puedo sentir el fantasma de su mano mientras practico y muevo el taco hacia delante y hacia atrás. Esta vez, más o menos queda apuntando en la misma dirección.

—Si puedes pegarle aquí –dice Anders, inclinándose sobre la mesa e indicando un punto en el lado izquierdo de una bola amarilla– irá directo hacia la tronera de la esquina.

—Conozco de ángulos –le digo.

—Por supuesto que sí. Eres arquitecta –responde con una sonrisa burlona. Se me enredan los dedos de los pies mientras me río. Intento concentrarme y esta vez, cuando le pego, la pelota entra.

—¡Sí! –grito de alegría.

—¡Muy bien! –responde con afecto en la voz.

Estoy a punto de levantar la mano para chocar los cinco cuando nuestra atención se dirige hacia el área del bar. Bailey y Jonas están allí de pie, riendo, mientras Dirk vierte lo que parece ser tequila en dos vasos. Jonas nos lanza una mirada disimulada y luego la desvía mientras le dice algo al oído a Bailey. Ella nos dedica una mirada culpable, se encorva sobre la barra y luego los dos se ríen con una actitud conspirativa mientras recogen sus tragos y brindan sin tanto disimulo.

—Esos bastardos están tomando tragos a nuestras espaldas –murmuro.

Bailey apoya su vaso y empieza a toser y Jonas le pone la mano en el hombro, con tanta fuerza que casi la tira. Esto los hace reírse más.

A mi lado, Anders suspira.

—Creo que nos espera una larga noche.

Cruzamos miradas y él reprime una sonrisa.

No puedo decir que estoy molesta. Me parece que a estos hermanos les viene muy bien desahogarse un poco.

Capítulo quince

Nos quedamos hasta que cierra el bar y Dirk nos echa.
—Tengo que buscar la moto en el aparcamiento —me dice Anders y le pide a Jonas que lo espere.
—No estás pensando en ir en moto a casa, ¿verdad? —pregunto con alarma mientras da la vuelta al edificio.
No me parece que esté tan borracho, pero estoy bastante segura de que no se puede confiar en mí para ese tipo de apreciaciones.
—No, voy a caminar. No tiene autorizada la circulación, así que el solo hecho de que la use ya es bastante ilegal.
Nos detenemos de golpe ante el sonido de Jonas expulsando el contenido de sus tripas y, al mismo tiempo, oímos que se abre la puerta trasera del bar.
—Oh, no quiero saberlo si acabas de vomitar en mi capó

—dice Dirk enojado, de pie con una bolsa negra llena de basura en la mano y mirando con odio al hermano mayor de los Fredrickson.

—Mierda —murmura Anders, porque sí, de hecho, parece que Jonas ha vomitado por todo el capó de una gran camioneta roja, y por lo brillante y limpia que se ve bajo la luz de los focos de la calle, presiento que esta camioneta es el orgullo y alegría de Dirk.

—¡Te voy a reventar una lata de bosta amasada en la cabeza! —le grita, con furia en el rostro mientras lanza la bolsa a un contenedor de basura.

—Lo limpiaremos —dice Anders con todo conciliador.

—¡Más les vale! —grita Dirk, y acompaña su amenaza con el dedo índice—. ¡O todos ustedes tendrán prohibida la entrada por lo que queda del mes!

Tan pronto como se cierra la puerta detrás de él, Bailey y Jonas se miran y estallan en una carcajada.

Solo queda una semana de julio, así que no se toman la amenaza muy en serio.

Anders me mira con una expresión de sufrimiento.

—¿Qué es "una lata de bosta amasada"? —le pregunto con solemnidad.

Su cara dibuja una sonrisa sarcástica y, un momento después, los dos nos tentamos de risa.

No me he reído así en mucho tiempo.

Hay una manguera junto a la puerta trasera así que a Anders no le resulta demasiado difícil lavar el vómito de su hermano. Le ofrezco ayuda, pero me la niega con un gesto de la mano, y el autor del crimen no aparece por ninguna parte. Podemos oír su risa histérica a la vuelta de la esquina, a coro con la de mi hermana. El sonido de sus carcajadas rebota en las paredes de los edificios circundantes y el eco llega a donde estamos nosotros.

–¿Siempre ha sido así? –le pregunto divertida mientras Anders vuelve a enrollar la manguera–. ¿Siempre lo has cuidado?

Niega con la cabeza.

–Solía ser al revés. ¿Y tú y Bailey? Es un poco más joven que tú, ¿verdad?

–Sí, seis años. Pero no he tenido muchas oportunidades de cumplir el rol de hermana mayor protectora.

Me mira y asiente, y percibo gran intensidad en las profundidades de sus ojos verdes. Cuando se pone así de serio, siento que me pongo rara por dentro, pero no siento mucho alivio cuando mira hacia otro lado.

Va a buscar la moto y partimos rumbo a casa. Anders lleva la moto del manubrio y camina a mi lado. Bailey y Jonas van más adelante. Se están llevando bien. ¿Demasiado bien? ¿Debería preocuparme? ¿Debería Casey?

–¿Cuánto tiempo lleva casada Bailey? –pregunta Anders, leyendo mi mente.

–Unos cinco meses –le contesto, con creciente incomodidad–. Tu hermano no haría nada con una mujer casada, ¿verdad?

Es cierto que Casey dijo que Jonas tenía fama de tener sexo con cualquiera.

—No lo ha detenido en el pasado.

Ay, mierda. Espero que Bailey no sea tan cruel o estúpida como para engañar a su marido, pero no se ha mostrado particularmente entusiasta sobre lo feliz y realizada que se siente. Si está buscando inyectar alguna emoción en su vida...

Anders se encoge de hombros.

—No sé, tal vez es una línea que Jonas solo cruza con su ex.

—¿Su ex está casada?

Anders asiente.

—Era su novia cuando estábamos en el colegio. Jonas estaba locamente enamorado de ella, pensó que se casarían un día, pero ella lo dejó por otro cuando entró en la universidad. Se casó con ese mismo tipo y tuvo hijos con él y Jonas nunca logró superarlo.

—¿Así que tuvieron una aventura? —pregunto frunciendo el ceño.

—Se vieron algunas veces, pero ella le puso fin, supuestamente para bien, hace unos años. Jonas no ha tenido ninguna relación seria desde entonces. Todavía está enganchado con ella.

—¿Vive en la zona?

Por alguna razón pienso en la mujer del supermercado.

—Se mudó a la ciudad hace poco —responde Anders—. Creo que es en parte el motivo por el que Jonas ha estado mal, pero no me ha dicho nada. No se atrevería, no después de todo lo que le solté la última vez que sospeché que se estaban viendo. Lo último que sé de Heather lo supe por mamá.

–¿Así se llama? ¿Heather?

Asiente.

–¿Qué aspecto tiene?

–Pelo oscuro largo, ojos azules... –dice, y me mira–. ¿Por qué?

–Lo vi a Jonas en la ciudad hace una semana –le cuento–. Estaba aparcado frente a una tienda de comestibles. Había una mujer de pelo oscuro dentro, pagando. Estaba con un niño pequeño.

–¿Qué edad tenía el niño?

–Unos dos años.

–Tiene tres hijos y ese podría ser el más chiquito.

En lugar de girar a la izquierda hacia el puente, Jonas y Bailey siguen derecho. Me pregunto si Jonas es consciente de que la está acompañando a casa.

El barrio de Bailey y Casey está un poco caído, pero su casa se ve brillante y nueva, con pintura blanca fresca y una puerta de color púrpura intenso.

Scott y yo estábamos planeando comprar una casa juntos, pero no podíamos obtener una hipoteca hasta que él presentara las cuentas de dos años de su negocio, que era relativamente nuevo.

Imagino que ya podrá comprar la casa con Nadine.

Esa idea no me lastima tanto como lo habría hecho hace solo un par de semanas. Supongo que, a fin de cuentas, me siento mejor estando distanciada de él y de Bury St Edmunds.

Por otra parte, la compañía actual podría tener algo que ver con esto.

Bailey gira sobre sus pies y nos mira, sonriendo.

—Les diría que pasen, pero... Sí, pero no, no puedo invitarlos.

—¿Dónde está Casey? —pregunto y, confieso, es una pregunta estratégica.

—Con Brett. Seguro se pasaron toda la noche disparándoles a niños en la PlayStation.

—¿Quiénes son Casey y Brett? —interrumpe Jonas.

—El marido de Bailey y su hermano —contesto.

Jonas le pone mala cara a Bailey.

—¿Estás casada?

Misión cumplida.

—Sí, ¡qué aburrido de mi parte! —responde Bailey encogiéndose de hombros.

—Bueno, ¿nos vemos mañana después del trabajo, tal vez? —le digo y me adelanto para darle un abrazo.

—Mañana no. Vamos a casa de los padres de Casey, pero pronto —dice, y mira a los hermanos por sobre mi hombro—. ¿Nos vemos?

—Sí —responde Jonas, y la saluda antes de darse la vuelta.

Bailey se dirige hacia la puerta de su casa y me dirige una sonrisita sobre el hombro mientras entra y cierra la puerta.

No sé por qué siento pena por ella, pero así es.

***

El sábado por la tarde, me dirijo al granero para liberar a papá y tomar mi turno. Es un día perfecto. La temperatura es agradable y hay una brisa fresca y, como es fin de semana, hay bastante gente.

Acabo de terminar de pesar el botín de una familia cuando llega otra, un hombre y una mujer de unos treinta largos con tres niños pequeños. La madre me parece conocida y de repente me doy cuenta de que es la mujer que estaba mirando Jonas en el supermercado. ¿Esta es Heather?

Es muy hermosa de cerca, con ojos de un azul penetrante y largas pestañas oscuras que pueden o no ser naturales. Lleva apoyado en la cadera al niño que estaba con ella aquel día. Tiene una hermosa cabeza de rizos castaños y se acurruca en su hombro mientras se chupa el pulgar.

Digo gracias y adiós a los otros clientes y le sonrío a esta otra familia.

—¡Hola! ¿Vinieron a cosechar melocotones?

Para mi sorpresa, la mujer me devuelve una risita.

El marido, si es su marido, me sonríe amable.

—Sí, por favor.

Supongo que fue una pregunta estúpida. ¿Por qué otro motivo habrían venido? Pero es la bienvenida que acostumbran a dar papá y Sheryl y la he adoptado porque pensé que era el tipo de cosas que diría un agricultor simpático y amable.

Ensayo una sonrisa vacilante.

—¿Cuántas cestas querrían?

—Somos cinco, así que cinco —responde la mujer, y fui medio tonta en hacer esa pregunta.

Buenoooo... Coloco cinco cestas sobre el mostrador.

−Aquí tienen.

−Deja eso, por favor, Jacob −le dice el padre a su hijo mayor, un niño de unos siete u ocho años, que ha recogido uno de los frascos de vidrio con la mezcla para Bellini. Su hermana, que tiene una edad intermedia entre los dos hermanos, lo imita−. Evie, ¿puedes dejar eso, por favor? −le pide con la misma paciencia.

−Está bien −agrega la mujer−. Vengan y tomen las cestas.

−¿Necesitamos las cinco? −le pregunta el marido, y creo que es una observación muy razonable, porque yo me estaba preguntando lo mismo.

−Ve y tráelas −ordena ella desde la puerta abierta del granero−. ¡Evie! ¡Jacob! −grita.

Los niños siguen jugando con los frascos de puré de melocotón y no la han oído o han optado por ignorarla.

−¡Evie! ¡Jacob! −grita con la misma voz alegre−. ¡Vengan a buscar una cesta!

Evie la mira por encima del hombro y suelta el frasco. Exhalo con fuerza cuando cae al suelo, pero por suerte rebota.

Entonces, Jacob, que ha visto lo que hizo su hermana, lanza su propio frasco con fuerza a sus pies. Cómo es que no se rompe en un millón de pedazos, no lo sé, pero por el modo en que lo mira, todavía entero, tengo la sensación de que está desilusionado.

−¡Despacio! −dice el papá con tono alegre mientras sus hijos se acercan corriendo y cada uno le arrebata una canasta de las manos.

Lo miro fijamente, con curiosidad.

¿No va a reprender a sus hijos por tirar los frascos o, en el caso del varón, lanzar uno al suelo? ¿No va a verificar que los frascos no estén rajados y ofrecer pagar por ellos si lo están? ¿No va a ponerlos en los estantes, por lo menos? ¿O a decir "lo siento"?

–¿Así que solo elegimos los que queremos? –pregunta mientras su hija lo arrastra hacia la puerta.

–Así es. Elijan solo los que piensan pagar –explico a través de dientes apretados.

–Entendido. Vamos, entonces –dice mientras su hijo deja caer su cesta al suelo y sale corriendo del granero. Se agacha para recogerla y así la suma al número ridículo de cestas que ya tiene encima.

Llevada por un impulso, saco mi teléfono y le envío un mensaje a Anders: "La mujer que puede o no ser Heather está aquí". Presiono enviar y me siento un poco antipática si no agrego algún otro comentario amable y entonces escribo: "¿Cómo está tu padre? Espero que Jonas no se sienta muy mal hoy".

Una vez que he devuelto los frascos, por fortuna intactos, a los estantes, me dirijo a la parte trasera del granero.

Con la ayuda de papá y Sheryl, esta semana casi he terminado de deshacerme de la basura que había alrededor de Bambi. Todavía quedan algunas grandes máquinas agrícolas, pero no impiden el acceso, así que he estado absorbida por la tarea de quitar decoraciones y arrancar baldosas húmedas y podridas. Creo que habrá que dejar completamente pelado al vehículo antes de poder determinar exactamente lo que se puede salvar. Los ratones se están colando de alguna manera y, por el moho y la humedad acumulados, presiento que entra agua por algún lado.

No veo la hora de darle un buen lavado al exterior. Me va a tomar un montón de cepillado retirar las capas de mugre que se juntaron durante décadas, pero me muero de ganas de ver si el aluminio brilla una vez que esté limpio. Todavía no he pensado cómo voy a hacer para trepar al techo y lavarlo. Imagino que Anders se burla de mí y me dice "Vuela hasta arriba, como un pajarito".

Al pensar en Anders, saco mi teléfono para ver si respondió. Lo hizo: "Mándame una foto".

"¡No! ¡Voy a quedar como una acosadora!", le respondo, sonriendo.

No me ha dicho cómo están su padre o Jonas, pero *No news is good news*, espero.

Le devuelvo mi atención a Bambi.

Todavía estoy vibrando por la emoción con solo pensar que estoy haciendo esto, que estoy renovando un Airstream *vintage*. Scott habría matado a alguien para tener un Airstream. Se volvería loco de alegría si estuviera aquí.

No siento la punzada de dolor que suele aparecer cuando pienso en él.

Debería decirle que me quedo en Indiana. Mamá ha accedido a entrar en casa para regar las plantas y asegurarse de que todo esté bien, pero todavía no hemos acordado qué hacer con las cosas que compramos juntos. No me siento con derecho a ellas simplemente porque él me dejó. Le devolví el anillo de compromiso días después de que me dijera que se había enamorado de Nadine. Mi dedo anular lo extrañó durante semanas, sintió su ausencia casi todo el tiempo.

Era hermoso, un solitario de diamantes tradicional, pero no era lo que yo hubiera elegido si él me hubiera preguntado, cosa que no hizo.

Quizá un día me den un anillo que me encante con toda mi alma. Y tal vez el hombre que me lo otorgue será tan perfecto para mí como yo para él. Eso espero.

Lo importante es que tengo esperanza.

***

Después de un tiempo, la familia termina de recoger melocotones, así que me dirijo de vuelta al granero.

–¿Dónde están las otras tres cestas? –le pregunto a la mujer cuando apoya dos sobre el mostrador.

–No lo sé –dice y se encoge de hombros–. En el huerto, en algún lado.

–¿Podrías traerlas de vuelta, por favor?

–Yo voy –se ofrece el hombre.

La mujer me mira mal mientras él sale trotando del granero. Me gustaría darle el beneficio de la duda y pensar que está teniendo un mal día –no puede ser fácil con tres niños pequeños– pero no puedo evitar pensar que, si esta es Heather, me parece que Jonas tiene muy mal gusto. Puede conseguir algo mucho mejor.

La imagen de él borracho y alegre, como estaba anoche, me levanta el ánimo. Me pregunto si es así normalmente, cuando la depresión no lo arrastra hacia abajo.

−¿Eres de por aquí? −le pregunto a Heather mientras me pongo a pesar lo que han traído.

−Crecí aquí. Acabamos de mudarnos de vuelta.

−Ah, claro.

El hijo mayor empieza a jugar con los frascos de Bellini otra vez, así que se distrae de la conversación, y luego me distraigo yo con el sonido de una moto que se detiene en el aparcamiento...

Capítulo dieciséis

Anders entra en el granero cuando la familia se había ido. Oí que cruzaba unas palabras con ellos afuera. Parece sorprendido de verme de pie detrás del mostrador.

—¿Estás trabajando? ¿No se supone que estás de vacaciones?

—Es que soy hija de un granjero ahora —respondo con tono sarcástico, tratando de contener mi deleite al verlo de nuevo tan pronto.

—Entiendo —dice divertido y apoya una canasta vacía en el mostrador—. Papá me dijo que te diera las gracias por los melocotones.

Lleva puesta una camiseta blanca y pantalones cortos azul marino que le llegan un poquito arriba de las rodillas. Tiene las piernas largas y bronceadas y debería dejar de mirarlas, pero es la primera vez que lo veo sin vaqueros.

–¿Cómo está? –le pregunto, apenas logro apartar la mirada.

–Bien. Los médicos dicen que podrían darle el alta el lunes.

–¡Genial!

–De todos modos, pensé que sería mejor devolverte la cesta.

–Y jugar un poco al detective mientras lo haces... ¿Es Heather?

–Me temo que sí. Tan feliz de verme como yo a ella.

–¿No están en buenos términos?

–¿Te dio la impresión de que es una chica que está en buenos términos con el mundo?

–No puedo decir que sí –respondo con una sonrisa irónica mientras doblo las manijas de la cesta de mimbre para sumarla a la pila, junto con las otras dos que por fin ha traído el marido de Heather. La quinta y última todavía está por ahí en alguna parte–. Dejaron una de sus cestas en el huerto, junto con algunos melocotones a medio comer.

Vi a los niños devorándolos cuando volví a mirar.

–Probablemente debería ir a limpiar y a buscar la cesta perdida.

Un huerto rebosante de melocotones mordidos no se ve muy bien. Como era de esperar, todos los que trajo Heather a la tienda se ven impecables.

–¿Cómo está Jonas? –pregunto mientras salgo de detrás del mostrador.

–Con resaca.

—Apuesto que sí. ¿Está bien aparte de eso?

—Sí, bastante bien —responde encogiéndose de hombros mientras nos paseamos juntos por el lateral del granero. Se frena en seco cuando ve a Bambi.

—¡No puede ser! —exclama y mira con asombro—. Es el viejo Airstream de Bill y Eileen.

—¿Fueron los últimos dueños de este lugar?

—No, los dueños anteriores a los últimos. Siempre me pregunté a dónde habría ido a parar —dice, y pasa los dedos sobre el emblema—. Es original, ¿verdad? Debe ser, ¿de qué año será?... ¿Principios de los sesenta?

—Sí, Airstream fabricó este modelo entre el 61 y el 63. Ahora hace una versión moderna.

—No puedo creer que haya estado aquí todo este tiempo —dice con asombro y lo frota con el pulgar y los dedos para quitar la tierra—. Qué desperdicio.

—Estaba bajo una funda. No está en gran forma, pero me entusiasma la idea de restaurarlo.

—¿Y luego qué? ¿Venderlo? —Me lanza una mirada.

—No. ¡Quedármelo! Siempre he querido un Airstream.

—Yo también. —Le da la vuelta y acaricia con la mirada cada pulgada de la carrocería.

El defecto ámbar que tiene en el ojo llama aún más la atención a la luz del sol. Rara vez me cruza la mirada lo suficiente para que pueda verlo bien.

—Estaba pensando en ti hace un rato —reconozco—. Quiero darle una buena limpieza y te imaginaba riéndote de mí mientras trataba de subir al techo.

—Como un pajarito —dice con una risita, pues adivina adónde voy con ese comentario—. Tendríamos que llevarlo a mi propiedad. Tenemos una hidrolavadora. Podría darte una mano mañana, si quisieras.

—¿En serio? Sería increíble. El único problema es que los neumáticos están desinflados —le informo.

—Jonas puede comprar unos nuevos, si es que ya no los tiene en el taller.

—¿Taller?

—Trabaja en un taller mecánico en la ciudad.

—¿Además de trabajar como agricultor?

—Sí, no hay suficiente trabajo para que esté ocupado todo el tiempo, al menos con el tamaño que tiene nuestra granja. Excepto durante la cosecha. En ese momento sí hacen falta todas las manos.

Señala a Bambi con la cabeza.

—Esta cosa es tan pequeña. Apuesto a que podríamos trasladarla en un tractor.

—¿Y Jonas querría ayudarnos?

—Seguro que sí, pero yo puedo traer el tractor. No es ninguna molestia.

—Sería fantástico, ¡gracias! Y algo que se preguntaban papá y Sheryl es si este viejo equipo agrícola podría ser de alguna utilidad para ti.

Camina alrededor del vehículo y examina las máquinas con cara de duda.

—La verdad es que no, pero si quieres deshacerte de esto, puedes dejarlo detrás del cobertizo.

—Ah, sí, un día en que estaba dando un paseo vi que tienes un verdadero depósito de chatarra ahí atrás.

—¿Depósito de chatarra? ¡Es una pista de motocross!

Me hace reír el tono que pone de indignación burlona.

—¿Una qué?

—Una pista de motos de tierra, una pista para andar en moto y hacer saltos y acrobacias.

—Suena peligroso.

—Bueno, no es seguro —responde con una sonrisa—. Con Jonas la usábamos muy seguido cuando éramos más jóvenes, pero ahora hace mucho que no lo hacemos. Estuve pensando en traerlo y ver si se anima un poco.

—¿Es divertido?

—Muy divertido —dice con una sonrisa—. Te da una sensación de libertad muy grande y es algo que a Jonas le vendría muy bien en este momento.

—¿Siempre te han gustado las motos y los coches y esas cosas? —pregunto, conmovida por cómo protege a su hermano.

—Desde que tengo memoria.

—¿Siempre supiste lo que querías hacer?

—A ver..., siempre me encantó ver carreras. Toda mi vida me apasionaron IndyCar, NASCAR y Fórmula 1, pero me parece que nunca me imaginé que tendría la suerte de hacer de las carreras mi profesión. —Se encoge de hombros—. Me iba muy bien en la escuela. Matemáticas y Física eran las materias en las que me iba mejor. Y tenía un buen profesor de Física que me animó a pensar en grande. El señor Ryland —dice con tono afectuoso— era un fanático absoluto de los coches de carreras. ¿Y tú? ¿Cómo te metiste en la arquitectura?

Nos interrumpe papá, que aparece desde el costado del granero.

—¡Hola! —Se pone muy contento al ver a Anders.

—Hola —lo saluda mientras se acerca para darle la mano.

—¿Tenemos un cliente? —pregunto.

—No, me preguntaba si querías un café. ¿Anders? —papá pregunta con optimismo—. ¿Podemos tentarte?

Anders me mira antes de asentir con la cabeza a papá.

—Claro.

Qué bueno que lo hice entrar en calor con algunas preguntas. El pobre no tiene idea de en qué se está metiendo.

Capítulo diecisiete

—No puedo creer que estuvieras en la misma carrera —me dice Anders. Acabamos de descubrir que los dos estuvimos en la Indy 500 durante el fin de semana en que Luis Castro se alzó con la primera de su triple victoria. Yo tenía solo unos dieciséis o diecisiete, y esto fue mucho antes de que el piloto brasileño pasara a convertirse en cuádruple campeón del mundo de la Fórmula 1.

A lo largo de los años, se me ha contagiado parte del entusiasmo de papá por las carreras, así que me resulta fascinante escuchar a Anders hablar del tema. En la última media hora, papá lo ha estado bombardeando con preguntas.

Ahora sé que hay dos pilotos en cada equipo y Anders es el ingeniero de pista de uno de ellos. Su piloto, Ernie Williams, actualmente lidera el campeonato por unos pocos puntos. Anders no suele tomarse tiempo libre durante la temporada y mayo es un mes muy largo y agotador para él porque la Indy 500 se aprieta en un calendario ya repleto de compromisos. Él es uno de los últimos en abandonar la pista por la noche y las carreras dobles de los fines de semana son las peores. Implica que muchas veces tiene que quedarse trabajando toda la noche para examinar datos en la computadora y determinar los ajustes que deben aplicarse a la configuración del coche que participará en las carreras que siguen. En este momento debería estar a ocho horas, en Iowa, pues es uno de esos fines de semana de carreras dobles, y se siente culpable porque el ingeniero de pista suplente tiene que cubrirlo, pero volverá a Indianápolis para una carrera el próximo fin de semana, y en Nashville el siguiente.

También me enteré de que completó la carrera de ingeniería en deportes de motor en la IUPUI y que comenzó como pasante en Indy Lights, la categoría previa a IndyCar, pero fue rápidamente promovido y más tarde lo contrató uno de los mejores equipos de IndyCar.

Y tengo la sensación de que ha escalado posiciones más rápido que la mayoría de sus colegas y que es, con toda probabilidad, muy brillante.

Mi padre parece haber llegado a la misma conclusión, a juzgar por la forma en que está pendiente de cada palabra que dice. Yo misma me siento un poco deslumbrada, y será por eso por lo que estoy ahora llevando las tazas de café vacías a la cocina diciéndome que me tengo que calmar.

Oigo que Sheryl le pregunta algo a Anders y luego se vuelve y ve que papá me ha seguido hasta la cocina.

–Dios. –Mueve la cabeza con asombro–. Qué tipo interesante.

–Sí –digo y cometo el error de mirarlo, por lo que puedo leer sus pensamientos–. Ni lo pienses –murmuro lo suficientemente bajo como para que Anders no pueda oírme desde su lugar en el sofá.

Se ríe en voz baja y levanta las manos abiertas.

–No quiero interferir, pero no está nada mal para un romance de verano.

–¡Ayyyy, papá, basta! –exclamo y las tazas hacen ruido cuando las meto en el fregadero–. No me interesa, te lo puedo asegurar.

Me quedo paralizada cuando oigo que alguien se aclara la garganta. Me doy vuelta y veo con horror que Anders está parado en la puerta. Siento que me ruborizo en el acto y, a juzgar por su sonrisa tímida, está claro que escuchó nuestra conversación.

–Debería regresar ya –dice–. Gracias por la conversación.

–¡Por favor! El placer es todo nuestro. –Las palabras de papá le salen a borbotones de la boca mientras acompaña a Anders por el pasillo hasta la puerta principal–. Lo repetimos cuando quieras. Siento haber hecho tantas preguntas, pero me fascina lo que haces.

–Ningún problema –responde Anders, afable.

Estoy justo detrás de ellos, avergonzada.

–Te acompaño a buscar la moto –le digo a Anders, luego

le dirijo a papá una mirada mordaz y le cierro la puerta en la cara.

Anders se ríe en voz baja mientras avanzamos por el camino hacia el aparcamiento fuera del granero.

—No quise que sonara tan grosero.

Estoy mortificada pero desesperada por explicarle lo que oyó.

—Lo último que necesito es que mi padre se ponga a jugar al casamentero. Él sabe que mi cabeza no está en condiciones de encarar una relación, no después de que mi prometido me dejara por otra mujer y, ay, Dios, ¡no es que crea que tú estás interesado en mí! —digo atropelladamente, con las mejillas encendidas—. Estoy segura de que no es así.

Esto va de mal en peor, pero el hecho de que no muestre ninguna señal de estar ofendido dice mucho. No le gusto, me doy cuenta. Por eso no le importa si a mí me gusta o no.

—No, no estoy interesado en ti —confirma y me dedica una sonrisa de costado cuando nos acercamos a la moto.

No pensaba que estuviera interesado en mí, pero igual se me da vuelta el estómago cuando escucho esa declaración, ante el hecho de que sintió que tenía que dejarlo bien en claro.

Nos detenemos cada uno a un lado de la moto y apenas puedo mirarlo de tan humillada que me siento.

—Mi madre y yo tuvimos esta misma conversación después de la tormenta —confiesa, y levanto la mirada cuando percibo el tono en que lo dice. Ya no se está riendo—. Yo tampoco estoy en condiciones de empezar una relación.

Dudo antes de seguir.

—Casey dijo que perdiste a tu esposa hace unos años. En un accidente de coche.

Suelta una larga exhalación.

—Fue hace cuatro años y cuatro meses, un accidente de *karting*.

—Lo siento tanto. —Se me comprime el corazón.

—Seré honesto contigo. No estoy ni cerca de dejarla ir. Y me parece que tú aún no has superado lo que sea que te haya hecho tu prometido. —Hace una pausa, esperando mi confirmación, que le doy con un gesto de cabeza—. Pero si quieres un amigo...

—¿Incluso después de hacerte chocar tu moto? —le pregunto en voz baja, pues de algún modo encuentro la manera de bromear con él.

—Te perdono —susurra.

Cruzamos sonrisas, pero siento un hueco mientras lo veo subirse a la moto.

—Vendré con el tractor mañana, así te ayudo a limpiar un poco tu lindo Airstream.

—Me encantaría. Gracias.

—Y todavía me falta saber cómo te metiste en la arquitectura.

—Te aburriré en otro momento.

Se ríe, arranca el motor y me saluda con la mano mientras da la vuelta por el camino de tierra.

Por mucho que lo intente, por el resto del día no puedo dejar de repetir sus palabras dentro de mi cabeza: *No estoy ni cerca de dejarla ir.*

Capítulo dieciocho

Anders se asegura de que yo esté disponible antes de aparecer a las cuatro de la tarde del día siguiente con Jonas en su polvoriento vehículo negro.

–Jonas los tenía en el taller –me explica cuando se me ilumina la cara al ver los neumáticos en la caja de la camioneta–. Creo que son del tamaño correcto. Pensé que podíamos completar esta parte del trabajo y luego será superfácil remolcarlo hasta nuestra casa.

–Es increíble. Gracias –les digo a los dos mientras los sacan de la camioneta, inflando los músculos del brazo.

No he superado mi vergüenza de ayer ni la desconcertante sensación de decepción que me provocó el rechazo de Anders, pero hoy no está actuando raro, así que eso ayuda. Necesito pasar la página.

–No hay problema –responde Jonas mientras se cuelga

una gran bolsa negra del hombro y hace rodar uno de los neumáticos alrededor de la parte posterior del granero. Anders, en tanto, hace rebotar el otro a través de la grava.

Como la casa rodante es de un solo eje, solo necesita dos neumáticos, aunque también tendré que reemplazar el de repuesto en algún momento.

—¿Han ido al hospital hoy?

—Fuimos hace un rato —responde Anders—. Papá está bien, pero ahora está durmiendo. Mamá quería quedarse con él.

—Me alegra saber que se está recuperando. ¿En qué puedo ayudarlos? —pregunto mientras Jonas saca un gato de la bolsa.

—Párate ahí y regálanos tu belleza —dice.

Entrecierro los ojos.

—No hagas que te reviente una lata de bosta amasada en la cabeza.

Lleva hacia atrás la cabeza y una carcajada grave y profunda le sale del estómago.

Cuando Anders se ríe, el sonido es más ligero. Lo siento en mi pecho, envolviéndome el corazón.

Es imperioso que deje de pensar cosas como esta.

—Es por la forma en que lo dice con ese acento inglés —le dice a Anders una vez que se recuperan.

—No tiene precio —agrega Anders, y le brillan los ojos verdes.

Me pregunto por qué tardé en darme cuenta de que eran hermanos. Sí, Jonas es un poco más grande y más musculoso, y los rasgos de Anders son más refinados, pero hay algo en su expresión que grita parecido familiar.

—Ustedes dos se parecen mucho cuando sonríen.

—Mientras que tú no te pareces en nada a tu hermana —observa Jonas.

—Bueno, solo somos medio hermanas —le recuerdo, pero duele oírlo decir eso.

Bailey y yo nos vemos diferentes. Ella es tan bonita y brillante y yo... soy inferior.

—En serio, ¿cómo puedo ayudar? —insisto.

—Es un trabajo para una sola persona —me asegura Anders, sonriendo.

—Sin embargo, los dos me honran con su presencia —respondo con dulzura— y estoy muy agradecida —añado rápidamente, tratando de parecer seria.

Yo compartía la camioneta con Scott y él se ocupaba de todo lo que era mantenimiento. Sé que debería haber sido más "¡Abajo el Patriarcado!" y aprender a hacer esas cosas, pero la verdad es que me parece sexy que un chico sepa todo lo que hay que hacer con un coche.

Mientras Anders lucha con una tuerca particularmente apretada, y los fuertes músculos de los brazos se tensan y flexionan, me recuerdo que solo quiere que seamos amigos.

Pero es un amigo muy *hot*. Y está bien si aprecio todos sus recursos, ¿verdad?

***

Ya son las siete para cuando Jonas y Anders terminan de cambiar los neumáticos, de remolcar el Airstream hasta su granja y de ayudarme a cepillarlo y a lavarlo con la hidrolavadora. Los dos se entretuvieron mucho y fue muy divertido, con un ping pong de bromas que iban y venían. Mi ropa está húmeda y sucia y me duelen los brazos, pero siento mis entrañas tan efervescentes como la espuma que burbujea en el suelo polvoriento.

Hace poco leí algo acerca de la importancia de hacer cosas en la vida que te traigan alegría. Anders estaba en lo cierto cuando dijo que quería que Jonas volviera a la vieja pista de motocross. En lo personal, no he sentido mucha felicidad en mi vida últimamente, pero de pie aquí y mirando a Bambi, no me puedo sacar la sonrisa de la cara.

No brilla tanto como la mayoría de los Airstreams que he visto online –sin duda el metal ha sufrido con los años–, pero me gusta este acabado mate.

Peggy volvió del hospital poco después de que yo llegara, cansada pero gratamente sorprendida de vernos a nosotros tres juntos. Me invitó a cenar. Insistió, en realidad. Yo no quería ser invasiva, sobre todo con todo lo que está pasando ahora, pero Anders me dedicó una mirada que implicaba que debía aceptar. Cuando ella se fue, me comentó que la ayudaría a distraerse.

Me siento demasiado sucia para estar sentada a su mesa, pero el sol todavía calienta bastante, por lo que al menos mi vestido va a estar seco para cuando lleguemos a la casa.

–¿Cuándo vas a volver a Indy? –le pregunto a Anders mientras esperamos a que Jonas guarde la hidrolavadora.

–El martes.

–¿Crees que volverás en algún momento del verano?

–Normalmente no lo haría, pero Jonas me ha estado insistiendo en que me tome un tiempo libre.

–Pensé que era difícil tomarse un descanso durante la temporada de carreras.

–Lo es, pero veré qué puedo hacer.

Tengo la sensación de que movería montañas por su hermano. ¿Bailey y yo seremos tan cercanas alguna vez? Seis años es una gran diferencia de edad, pero se nota menos ahora que somos más grandes. Nunca pensamos que tuviéramos suficiente en común para ser amigas además de hermanas, pero estos días no me ha intimidado tanto su personalidad extrovertida. Solía refugiarme dentro de mi caparazón cuando estaba con ella, pero ahora me siento más segura. Sin duda todavía hay esperanzas.

Jonas vuelve a aparecer.

–Creo que nos merecemos una cerveza. ¿Quieres que remolque esto hasta tu casa antes?

Señala a Bambi con la cabeza.

–O podrías dejarlo en el taller toda la noche –sugiere Anders, haciendo un gesto hacia el primero de los dos grandes cobertizos, del que Jonas acaba de salir–. Podría traerlo de vuelta en la mañana.

–Eso sería genial. No hay prisa. Trabajo mañana de todos modos.

–¿En qué estás trabajando? –me pregunta mientras caminamos hacia la granja.

–La ampliación de una escuela primaria –respondo.

—*Cool*.

—La verdad es que no es muy emocionante.

—¿Por qué no?

—No incluye nada de diseño. Solo estoy haciendo una serie de dibujos técnicos, pero al menos puedo trabajar a distancia.

Hay un pequeño bosque a nuestra izquierda y entre los troncos se llega a ver una gran superficie de agua en la que reverbera el sol de la tarde.

—No sabía que tenían un lago –digo–. ¿Alguna vez nadaste ahí?

—A veces –responde Jonas–. ¿Por qué? ¿Estás pensando en darte otro chapuzón accidental?

Le saco la lengua.

—La próxima vez, llevaré un traje de baño puesto.

—Deberías.

Yo estaba bromeando, pero creo que él habla en serio.

—Me voy a duchar. Dile a mamá que voy en un minuto –dice, yendo hacia el lago.

—¿A dónde va? –le pregunto a Anders confundida.

—A su casa –Señala hacia una cabaña de troncos junto al agua.

—Ah, yo creía que vivía en la granja.

—¿Con mamá y papá? –resopla–. No.

—¿Cuánto tiempo lleva ahí la cabaña?

Por el tamaño, imagino que tiene un solo dormitorio.

—Unos quince años. La construyeron Jonas y papá con árboles del bosque.

—¿Y tú no los ayudaste?

—No, estaba en la universidad.

—¿Jonas fue también?

—Sí, se formó en agricultura, pero vivía en casa. Solo iba a cursar.

Anders me lleva al lado de la casa, abre una puerta de malla y la sostiene abierta para que yo pase. Entro y me encuentro en un lavadero. Hay una cama para perros de color gris tendida de lado en el suelo, cubierta con pelos de color arenoso.

—¿Tienes un perro? —pregunto mientras él cierra la puerta con un fuerte ruido metálico.

—Tenía… Murió hace unas semanas.

—Oh, lo siento.

—Tenía catorce años, pero sí, fue muy duro para Jonas. Iban juntos a todas partes.

Qué mala época viene teniendo Jonas. No es de extrañar que se sienta deprimido. Aunque hoy se lo vio bastante feliz, y el viernes por la noche también, aunque es cierto que había bebido más de un trago. Me pregunto si lo ayuda el hecho de que Anders esté aquí.

—Siempre he querido un perro —le digo, después de una pausa.

—Pensé que eras una dama de gatos.

—Nee, solo te estaba tomando el pelo. Me gustan los gatos y los perros por igual.

Sonríe.

—¿Cómo llamarías a tu perro? —Creo que ha recordado que a mi gata le puse Zaha Hadid.

—Eames, creo.

—¿Por Charles o por Ray?

—Depende de si es macho o hembra.

Se ríe y asiente.

Me encanta que entienda mis referencias arquitectónicas.

—Sigue derecho —me indica.

Salgo a la cocina en la parte trasera de la casa y Peggy está frente a una mesada, picando frijoles. Se sobresalta al vernos.

—¡Anders! —lo regaña—. ¡Deberías haber entrado por el frente! Esta no es manera de traer a un invitado a nuestro hogar.

Él pone los ojos en blanco y ella agarra un paño de cocina y se seca las manos. Tiene el pelo blanco recogido y atado con un moño.

—Me voy a cambiar la camisa —dice Anders, hablándole a su madre por sobre el hombro mientras avanza por el pasillo—. Jonas estará aquí en un minuto.

Me quedo ahí parada, incómoda, y deseo poder ir a cambiarme o a tomar una ducha, como hizo Anders.

—¿Necesitas ayuda? —le pregunto a Peggy.

—No, ya he terminado aquí —responde, quitándose el delantal—. Espero que te guste el cordero.

—Sí. Huele delicioso, pero me preocupa que haya sido demasiado trabajo.

Ella aleja mi preocupación con un gesto de la mano.

—Lo habría cocinado para los chicos de todos modos. ¿Qué te gustaría beber? Estaba pensando en abrir una botella de rosado.

—Eso suena genial. Lo siento, vine con las manos vacías.

Va hasta el refrigerador y saca una botella y mientras quita la tapita que cubre al corcho, dice:

—Me encantó la bebida de melocotón, no quería olvidarme de decírtelo.

—¿El Bellini?

—Había olvidado cómo se llamaba, pero sí. Era delicioso.

—Te traeré más puré.

—¡No era una indirecta! Pero no diré que no si puedes traer un poco.

—Claro que podemos separar un poco —digo con una sonrisa mientras acepto la copa que me pasa y examino el entorno.

Las paredes de la cocina y el techo están completamente revestidas con falso ciprés de Lawson, un material del que también están hechas las alacenas y la encimera. Junto con las baldosas de terracota de un rojo anaranjado, el efecto general es un poco abrumador.

Veo una serie de grandes marcos de fotos que cuelgan en la pared del pasillo que me hacen girar la cabeza hacia ellas.

—¿Te importa si miro un poco?

—Adelante, cariño, siéntete como en casa.

Toda la planta baja de la casa —cada habitación que puedo ver, al menos, incluyendo la sala de estar contigua— exhibe el mismo falso ciprés de Lawson. El suelo está cubierto de baldosas, sobre las que se extienden alfombras con estampados oscuros colocadas a intervalos regulares.

¡Lo que daría por poner mis manos en este lugar y darle un poco de luz!

Remuevo el vino en mi copa por costumbre mientras examino las fotos de la familia. Los marcos son todos de forma ovalada y varían ligeramente en tamaño, pero cada uno está hecho de un material diferente, desde madera oscura pulida hasta metal enchapado en oro.

En la cocina, Peggy está deslizando los frijoles picados hacia una sartén que está sobre el fuego, pero una vez que termina, se me acerca.

–¿Quiénes son? –Señalo con la cabeza a una pareja de aspecto melancólico en una fotografía en blanco y negro. Es muy vieja y muestra a un hombre de pie a la derecha de una mujer, que está sentada en un sillón de respaldo alto.

–Es el tatarabuelo de Patrik, Haller, y su esposa, Sigrid –me explica, con su acento estadounidense con un dejo del medio oeste, pero pronuncia Haller, "Hah-ler", y suena escandinavo.

–¿Son los colonos originales? –pregunto con interés.

–Sí, lo son.

En otra fotografía en blanco y negro se ven un hombre y una mujer en la misma pose. Tengo que decir que es un poco espeluznante.

–Están sentados en la misma silla. –Me doy cuenta cuando la miro más de cerca.

–Sí –responde con una risita–. Ese es Henrik, el hijo de Haller, y su esposa Edna. –Se aleja un poco, siempre cerca de la pared–. Y aquí están Aan y Rose, y Erik con Mary. –Están todos fotografiados en la misma pose con la misma silla–. Y aquí estamos nosotros –dice con tono alegre mientras señala una foto de ella con su marido.

Es una fotografía en color, como las dos últimas, y no hay manera de ocultar el brillo en sus ojos, incluso cuando trata de mantenerse seria. Se ve tan joven, veintilargos, tal vez. Anders tiene los ojos verdes y las cejas pobladas de la madre.

—Todavía tenemos esa silla. —Señala hacia la sala de estar y ahí, en un rincón, está el sillón rojo de respaldo alto.

—¡Me encanta! —digo con placer y voy a echar un vistazo más de cerca.

La tela de la silla está descolorida y raída, pero el hecho de verla aquí me emociona.

Dirijo mi atención al resto de la habitación. Todas las superficies están cubiertas de adornos, antigüedades y marcos de fotos. Y cuanto más miro, más quiero borrar lo que dije antes acerca de meter manos en este interior. Hay más de ciento setenta años de historia en esta casa. Si dependiera de mí, tal vez la dejaría exactamente como está.

Sin embargo, una mano de pintura blanca haría maravillas.

Desvío la mirada hacia una fotografía en un marco de plata y mi corazón pega un brinco cuando me doy cuenta de que es Anders en el día de su boda.

—Esa es Laurie —dice Peggy cuando ve lo que me ha llamado la atención.

Y ahora su esposa tiene un nombre.

—Anders me contó lo que pasó —le digo, en respuesta a su tono contenido.

Estudio la fotografía. Anders está devastadoramente guapo en un traje negro ajustado, camisa blanca y corbata negra delgada. Tiene el pelo más corto de lo que lo tiene ahora y está mirando a su esposa, Laurie, que lo mira riendo. Tiene el pelo rubio recogido con aspecto despeinado con florecitas blancas entremezcladas. El vestido es de encaje blanco y sin mangas. Ella es absolutamente hermosa.

–Una de las peores cosas que le ha pasado a nuestra familia –murmura Peggy, su voz tensa por el dolor.

¿Una de cuántas?

Ella debe leer mi mente, porque de repente se ve avergonzada.

–¿Cómo está Patrik?

–Oh, está bien –responde minimizando el tema y me hace pensar que no coloca el ataque cardíaco al mismo nivel de las otras tragedias que ha soportado esta familia.

De hecho, parece mucho más relajada y a gusto de lo que estaba en el refugio el día de la tormenta, más en línea con la descripción que hizo papá de una "dama muy amigable". Debe estar tan aliviada al saber que su marido va a estar bien.

–Creo que está disfrutando el descanso –añade con tono conspirativo–. Son las mejores vacaciones que Patrik ha tenido en años.

–¿Y de quién es la culpa? –pregunta Anders en voz alta mientras baja las escaleras.

–Sí, sí, lo sé. Lo estoy mimando –le responde su madre.

Lanza una mirada al techo y me sonríe antes de regresar a la cocina.

Anders se ha cambiado y se ha puesto una camiseta negra.

Tiene el pelo mojado y algunas hebras rubias muy oscuras caen por sobre sus ojos verdes. Diminutas gotas de agua se aferran a los extremos y las miro con fijeza. Me sobresalto cuando él se pasa la mano por esos bucles caprichosos y los pone en su lugar.

—Te duchaste —susurro acusadoramente—. Siento que necesito lavarme.

—Estás bien —responde frunciendo el ceño, señalando con la cabeza hacia la cocina.

Huele a gel de ducha de cítricos, o quizá es champú.

Una puerta se abre de golpe y vemos a Jonas, que entra caminando a la casa desde el cuarto de lavado.

—¿Dónde está mi cerveza? —exige saber.

—Está llegando —se burla Anders mientras se dirige al refrigerador. Primero saca el rosado y llena mi copa, luego la de su madre y, finalmente, saca un par de botellas de cerveza para Jonas y para él.

—Salud —dice Jonas con una sonrisa, lo que provoca que los cuatro levantemos nuestras bebidas y las choquemos.

Estamos comiendo en el comedor frente a una mesa de caoba de forma ovalada con manteles individuales blancos de aspecto antiguo. Jonas está en una cabecera y Peggy en la otra. Anders y yo estamos en el centro, uno frente al otro.

Sube vapor desde las bandejas que Peggy y Anders han puesto sobre la mesa: una pata de cordero deshuesada, reluciente con jugos suculentos, patatas asadas crujientes y doradas y frijoles con mantequilla y pimienta. Jonas trajo un cuchillo y me imagino que todo el mundo está esperando a que él corte la carne antes de servir las verduras, pero en lugar de cumplir la tarea, deja el cuchillo y me muestra la mano con la palma hacia arriba. Me toma un segundo darme cuenta de que Peggy está haciendo lo mismo a mi izquierda.

¡Oh, mierda, están dando las gracias!

Nunca he estado en una mesa donde la gente haya dado las gracias y me siento completamente fuera de mi zona de confort. Pero estando allí sentada, sosteniendo la mano suave de Peggy y la de Jonas, callosa, un extraño tipo de gozo llena mis entrañas al oír cómo el suave acento estadounidense de Peggy llena la habitación, diciendo gracias por nuestra buena salud, por la de Patrik, por mi presencia en su mesa, por unas personas llamadas Ted y Kristie que les regalaron a Ramsay, así como por el propio Ramsay –y no me quiero imaginar lo que eso significa–.

No soy religiosa, pero hay algo bueno y nutritivo en esta cadena de manos que hemos formado, una sensación de unidad.

Cuando Peggy termina de hablar, nos soltamos. Levanto la cabeza y veo a Anders, que me mira al otro lado de la mesa con una pequeña sonrisa.

Y a pesar de todo lo que nos dijimos ayer, experimento una punzada de tristeza porque no era suya la mano que había estado sosteniendo.

Capítulo diecinueve

Después de la cena, Anders me acompaña a casa.
—La primera vez que das las gracias, ¿eh? —Me mira, divertido, y se le dibuja una inclinación en los labios.

—¿Soy tan fácil de leer?

—No tanto.

Estamos un poco borrachos y la conversación es relajada y fácil.

—¿Quiénes son Ted y Kristie? —le pregunto mientras nos detenemos a mirar el cielo.

Está abarrotado de rayas de neón, como si un niño gigante lo hubiera atacado con marcadores fluorescentes violetas, rosas, azules y anaranjados.

—Amigos granjeros de mis padres.

—¿Y quién es Ramsay? —me atrevo a preguntar.

—Quién *era* Ramsay —me corrige, y me dirige una mirada intensa. Bajo esta luz, la mancha ámbar que tiene en el ojo se ve más oscura y su iris, de un verde nublado.

—Creo que lo sabes.

—Ay, no me digas —me lamento, y me froto la cara con la mano mientras sigo caminando—. Nunca he probado comida que tenga un nombre.

Su risa tenue me entibia la piel y me invade una sensación de blandura por dentro. Debería darme vergüenza que me haya convertido en el equivalente humano de un malvavisco asado, pero me gusta mucho este sentimiento.

—Es el mejor tipo —dice, alcanzándome—. Si alguien quiere a un animal lo suficiente como para ponerle un nombre, es seguro que lo cuidaron bien mientras estaba vivo. Ramsay tuvo una buena vida en la granja antes de llegar a tu plato, que es más de lo que se puede decir de cualquier cosa que compres en el supermercado.

—Supongo que tienes razón.

—Sé que tengo razón. —Llegamos a mi puerta y Anders se gira hacia mí bajo las luces del porche. Su mirada se dirige a mi frente—. Tienes un poco de tierra.

Levanta la mano como para quitarla y luego cambia de opinión y deja caer el brazo, pero todavía puedo sentir el zumbido de su "casi" roce.

—¿Dónde? —Mis dedos aterrizan en algo arenoso casi al mismo tiempo—. ¡Anders! ¿Por qué no me lo dijiste antes? Estuve allí sentada todo ese tiempo junto a tu madre con barro en la cara.

—Ella no lo habría notado. Es la esposa de un granjero, ya ni siquiera ve la tierra.

—¿Se ha ido? —pregunto.

Escanea mi frente y luego busca en el resto de mi cara, haciendo que mi sangre zumbe con electricidad cuando sus ojos se encuentran con los míos. Hace un pequeño gesto con la cabeza. Maldita sea, me gusta.

De repente dice:

—Te veo mañana.

—¡Sí! Gracias de nuevo por tu ayuda con Bambi —le digo mientras se aleja.

—Fue un placer.

No vuelve a mirarme. Se da vuelta y baja trotando los escalones. No vuelve a mirar atrás. Lo sé porque lo observo y espero hasta que ya está fuera de la vista.

***

Anders todavía está muy presente en mi cabeza al día siguiente. Estoy sentada frente a mi nuevo escritorio, en mi habitación, tratando de avanzar con el trabajo.

Mi jefe, Graham, me ha enviado los detalles de los dibujos que tengo que hacer para la ampliación de la escuela primaria y, mientras los examino, me doy cuenta de que el ingeniero de servicios debió haber dedicado más espacio alrededor de la bomba de calor en la sala de la planta porque mi predecesor, Raj, ha sacrificado un espacio de guardado para hacer el lugar más grande.

Participé en la etapa inicial cuando entrevistamos al personal para obtener su opinión, y el empleado de limpieza, Jerry, un tipo de cuarenta y tantos años con flequillo y pelo largo y mal aliento, estuvo parloteando durante casi una hora. Si no consigue su armario para escobas, se va a enojar.

Trabajo en reconfigurar el diseño interno, sabiendo que, si les robo espacio a las aulas, los profesores y directivos no estarán contentos tampoco. Es un acto de equilibrismo, pero lo resuelvo robando unos metros de aquí y de allá.

Me encanta mi oficina temporal. Fui con papá a la ciudad esta mañana y no lo podía creer cuando encontramos este escritorio en una pequeña tienda de muebles. Entramos al lugar por un impulso –en realidad, íbamos de camino a Wal-Mart– y es simple pero elegante. Tiene las patas con forma de horquilla de metal verde musgo y una mesada de abedul. Es lo suficientemente pequeño para encajar a la perfección en una de las ventanas empotradas, pero lo suficientemente grande para que acomode una lámpara de escritorio, mi computadora y una bandeja. Por suerte, nunca viajo sin mi MacBook Pro. De lo contrario, este plan de trabajo remoto no se estaría desarrollando tan bien. Y menciono la bandeja porque Sheryl acaba de traerme una con un café y un muffin de melocotón, vainilla y almendras recién horneado y había suficiente espacio para que la apoyara.

Reviso mis correos y encuentro uno largo de mamá y otro de Sabrina, una amiga que se va a casar en octubre. Me envía a mí y a otras amigas sus planes para el fin de semana que se tomará a modo de despedida de soltera.

Sabrina y su prometido, Lance, son los únicos amigos en común que tenemos Scott y yo, y me he sentido un poco en el limbo con ellos desde que Scott rompió nuestro compromiso. Pero hasta ahora, Sabrina parece estar de mi lado y Lance, del de Scott.

No sé cuánto tiempo pueden durar las cosas así. Ellos no podrán excluir a Nadine para siempre si ella y Scott siguen siendo una pareja. Y supongo que no le dirán a Scott que no puede llevarla a la boda. Puede que me sienta un poco mejor respecto de la ruptura, pero todavía no puedo imaginar que yo vaya sola y verlos a ellos dos juntos.

Hago clic en un correo de mi colega, Freddie, y descubro que se siente culpable por haberse hecho cargo de la ampliación de Lucinda Beale. Quiere saber si yo estoy bien respecto de esta decisión. Le aseguro que sí. Puede que me haya molestado al principio, pero ahora, mientras miro las suaves ondulaciones del campo verde que se extiende hasta el horizonte y el cielo azul brumoso salpicado de nubes blancas regordetas, apenas puedo creer lo afortunada que soy.

A veces, pienso mientras engullo el muffin, *es verdad que la vida te da melocotones.*

***

Anders iba a traer a Bambi hoy, pero como la mañana sigue su curso y no sé nada de él, mis nervios empiezan a crisparse un poco.

Me siento atraída por él. Más de lo que puedo admitir. Y

después de la forma en que me miró anoche, no estoy del todo segura de que el sentimiento no sea un poco mutuo después de todo. Entonces, ¿por qué no se puso en contacto como dijo que lo haría? Hago de tripas corazón y le escribo un mensaje: "¿Aún puedes traer a Bambi esta tarde?".

En menos de un minuto, me responde: "No. Ahora es nuestra".

"¡Ladrón!", le respondo, riendo.

"Jonas la llevará en una hora. Papá está en casa. Vuelvo a Indy en breve".

Mi estómago toca fondo. "¿Hoy?". Pensé que había dicho mañana.

"Sí"

Eso es todo lo que dice, nada más, sin puntuación, nada.

Lucho contra las ganas de preguntarle cuándo va a volver, si es que va a volver.

"Conduce con cuidado", es lo único que me sale.

No me responde.

***

Me lleva una semana dejar de sentirme desinflada cuando pienso en él. Al principio, estoy furiosa conmigo misma por desarrollar un enamoramiento de alguien que fue tan lejos como para decirme que él no estaba interesado en mí. Cómo demonios terminé creyendo que podría cambiar de opinión es algo que no comprendo.

Al menos ya no vuelvo a pensar en Scott. Paso los días

trabajando sola en mi escritorio, las noches con papá y Sheryl, o Bailey y Casey, o a veces una combinación de los cuatro, y cada vez que tengo tiempo libre, me aboco a la restauración del Airstream.

Con el tiempo, mi melancolía se disuelve y vuelvo a sentirme afortunada por quedarme en Indiana durante el verano.

***

Ya es tarde el sábado, al final de la primera semana de agosto. Entre un turno y otro al frente de los clientes, he estado ayudando a Sheryl en la cocina. O, mejor dicho, en esta ocasión, ella me ha estado ayudando a mí.

Después de cosechar una cantidad importante de ruibarbo, e inspirada por los Bellinis, busqué en Google recetas de cócteles y encontré una que lleva jarabe de ruibarbo. Sheryl y yo hemos estado esterilizando frascos, lavando y cortando ruibarbos de dos pulgadas de largo e hirviéndolos en agua con azúcar, y nuestros esfuerzos han producido varias docenas de frascos de un jarabe rosa brillante que refulge bajo las luces de la cocina.

Papá, mientras tanto, ha estado viendo la carrera IndyCar en Nashville. Me llamó antes porque había visto a Anders en la televisión y estaba exultante.

La cámara se apartó antes de que yo llegara, pero lo rebobinó para mí y tengo que admitir que mi corazón dio un vuelco cuando lo vi sentado en el puesto de cronometraje en la calle de boxes con unos auriculares negros y con cara muy seria.

Pensé que habíamos acordado ser amigos y nada más. Pero hemos pasado casi dos semanas sin intercambiar una palabra.

Me recuerdo a mí misma que yo tampoco le escribí.

Yo hago eso, me he dado cuenta: emito juicios sobre la gente, doy por sentado que están pensando algo y a menudo soy la que está equivocada. Como ese malentendido que tuve con Bailey acerca de los lugares en la mesa del comedor. Ella y Casey han venido a cenar varias veces en la última quincena. En la primera ocasión ella hizo hincapié en que yo me sentara al lado de papá. Me sentí un poco tonta, la verdad, como si hubiera exagerado y me hubiera comportado como una chiquilina. Pero ella insistió y, cuando superé mi malestar inicial, valoré que le importara. Me ayudó. Me sentí más como parte de la familia, ni una sola vez me sentí excluida.

—¡Ahí está otra vez! —grita papá desde la sala—. ¡Wren!

—Ya voy —le respondo.

Ya está rebobinando y deteniéndose y, por impulso, saco el teléfono y tomo una foto de la pantalla del televisor.

Se lo mando a Anders con el mensaje: "¡Mira! ¡Mi amigo está en la tele!".

La carrera ya ha terminado en tiempo real. Papá tuvo que poner pausa un par de veces para atender clientes, pero por lo que nos dijo Anders sobre los días de carrera, probablemente todavía esté en la pista. Dudo que me responda pronto. No estoy segura de que vaya a obtener una respuesta siquiera.

Bailey viene después del trabajo y, cuando llega, preparo cócteles: una parte de jarabe de ruibarbo, una parte de vodka de vainilla y dos partes de limonada, y los tomamos afuera, en la galería. Papá y Sheryl nos dejan solas. Tienen un balancín de madera blanca y es mi lugar favorito, donde me gusta sentarme temprano en la mañana o en las noches más frescas, cuando puedo ver las últimas luciérnagas de la temporada bailando sobre la soja. Las plantas me llegan hasta la cintura ahora y en ellas crecen pequeñas vainas verdes.

A veces, Jonas pasa en su tractor o el Gator u algún otro vehículo agrícola. Ayer, lo vi rociando los campos con unos brazos mecánicos gigantes que se extendían a cada lado del tractor. Cuando esta mañana nos sobrevoló un fumigador de cultivos y lanzó algún producto sobre el maíz, lo observé desde la ventana de mi dormitorio y lo imaginé allí arriba en el avioncito blanco. Dudo que estuviera allí, pero me entretuvo pensar en él zumbando por todo el lugar, tachando un montón de trabajos en su lista. No puedo creer que también trabaje en el taller de la ciudad.

Me doy cuenta de que extraño a Jonas y no solo a su hermano. Me gustaba pasar tiempo con los dos cuando me ayudaron con Bambi y me apena que nuestros caminos no se hayan cruzado de nuevo.

Jonas todavía no me ha dado una factura por cambiar los neumáticos de Bambi. Pensé en aparecerme en su trabajo para saldar las cuentas y preguntarle si podría reemplazar el neumático de repuesto también, pero tal vez quiera hacer la operación sin registrarla. Quizá vaya a la granja mañana para arreglar el pago y ver cómo está.

Hoy cedió un poco el calor agobiante. Ayer la temperatura llegó a más de noventa grados, pero hoy está solo en ochenta. He estado en Indiana durante un mes y ya he empezado a hablar en grados Fahrenheit, pero eso es veintiséis en lugar de treinta y cinco grados centígrados. Miro de reojo a Bailey, que le da sorbos a su bebida.

—¿Vamos a dar un paseo? —le pregunto, llevada por un impulso.

Podríamos ir hasta la granja Fredrickson, pero desestimo la idea tan pronto como se me ocurre. Bailey no mencionó a Jonas desde nuestra noche de borrachera en Lo de Dirk y me pregunto si ella está tratando de sacárselo de la cabeza. Si es así, no quiero debilitar su resolución.

—¿Te parece? —Bailey no está muy convencida, pero es una noche hermosa.

—¿Has visto el huerto de zapallos últimamente?

—¿El huerto de zapallos? —dice, y pone cara—. No.

—Vamos —insisto—. Las vides comenzaron a florecer hace unos días.

Salimos, avanzamos por el camino y pasamos por el granero negro en dirección al campo que linda con el maizal de los Fredrickson, el que fue golpeado por el granizo. El huerto de zapallos se extiende ante nosotros y las flores parecen estrellas de mar amarillas en un mar verde.

—Qué bueno es esto —comenta Bailey entusiasmada.

Impasible ante la vista, se refiere al cóctel.

Bebo un sorbo.

—¿Casey no quería salir esta noche?

—Nee, está Brett en casa.

—Se llevan bien, ¿no?

—Demasiado bien. No me lo puedo sacar de encima.

—¿Quieres sacártelo de encima?

No sé si su tono seco es por fastidio o diversión.

—No, está bien. Aún no se ha aprovechado de nuestra hospitalidad. Lo sabrá cuando lo haga.

Sonríe, pero me pregunto si no es una fanfarronada. No ha estado casada con Casey durante tanto tiempo, y a diferencia de él, ella es nueva en la ciudad.

¿Será que Casey le está dando a su esposa el tiempo y atención que necesita? ¿Está haciendo lo suficiente para que ella se sienta bien aquí?

Todavía no me siento cómoda haciéndole estas preguntas. Presiento que se reiría de mi preocupación.

Al menos tiene a papá y a Sheryl cerca, así que no está completamente sola.

Y me tiene a mí también, por un tiempo al menos.

Un vehículo toma nuestro camino y, con un sobresalto, me doy cuenta de que Jonas está al volante. Cuando nos ve, clava los frenos y una nube de polvo blanco envuelve al camión negro, así como a mi hermana y a mí. Estamos riendo y tosiendo cuando baja la ventanilla. Parece que el destino ha intervenido y nos lo ha enviado. Si eso es algo bueno o malo, todavía queda por saberse.

—Señoras —dice con una sonrisa, y los ojos me saltean y van directo a Bailey.

—¡Ey! —exclama mi hermana—. ¿Cómo estás?

—Nada mal.

—¿Dónde has estado? —le pregunto.

—Feria Estatal de Indiana. ¿Qué es eso? —pregunta, apuntando con un gesto de cabeza hacia nuestras bebidas rosadas.

—Pruébalo.

Bailey le pasa su vaso por la ventanilla.

Toma un sorbo y hace una mueca.

—Caramba, qué dulce. —Se lo devuelve.

—¡Oh! ¿Puedes esperar un segundo? —le pregunto—. A tu madre le encantaría este cóctel. ¿Le llevarías un poco de jarabe de ruibarbo de mi parte?

—Ya se ha ido. Lo siento.

—¿A dónde se fue? —le pregunto con sorpresa.

—A Wisconsin, a la casa de la hermana de mi padre. Ella y papá van a pasar un tiempo con ella. Se fueron esta mañana.

—¡Oh, qué bien!

—Sí, unas vacaciones muy esperadas —parece contento—. Anders está volviendo mañana. Chicas, deberían venir y podemos tirar cosas a la parrilla.

—¡Oh, qué bien! —responde Bailey.

Pienso que "tirar cosas a la parrilla" es la frase con que se refiere a una barbacoa, pero lo más importante, ¿Anders está por venir? ¿Por cuánto tiempo se quedará?

No debería importarme. Sé que no debería importarme. Pero mierda, me importa.

–¿A qué hora? –pregunta Bailey–. ¿Y qué llevamos?

–¿A las cuatro? Y vengan ustedes solas.

Tan pronto como se ha alejado, me quiero morir porque olvidé preguntarle sobre los neumáticos para el Airstream. No importa, mañana le pago.

Cuando miro la cara de Bailey, veo que brilla.

¿Es feliz con Casey?

¿Se siente atraída por Jonas?

Espero que pronto me sienta lo suficientemente cómoda para preguntarle.

***

Para mi alivio, Anders responde a mi mensaje más tarde esa misma noche. Me envía solo un emoji de risa, pero es mejor que nada. Ya tomé cuatro cócteles de ruibarbo –nos sentamos en la galería hasta que salieron las estrellas– y tal vez, si estuviera sobria, dejaría nuestro intercambio ahí. Pero no lo estoy, por lo que tipeo otro mensaje: "Vi a Jonas hace un rato. ¡Conseguiste que tus padres se fueran de vacaciones!".

Espero un minuto, luego voy al baño a cepillarme los dientes. Cuando vuelvo a mi habitación, veo que ha respondido: "Sip. Todavía no lo puedo creer".

"Jonas nos invitó a Bailey y a mí a una barbacoa mañana. Espero que esté bien".

"Será un placer verte".

Con esfuerzo me privo de responder, pero ese maldito mensaje me mantiene despierta la mitad de la noche.

Capítulo veinte

Bailey llega cuando estoy terminando de alistarme.
—Te ves bien —dice, y me abraza con un solo brazo.
—Tú también.

Lleva puesta su falda vaquera y un top blanco de encaje con volantes.

—Esta es la prenda más veraniega que tengo —digo de mi mono negro de Reiss—. Realmente necesito ir de compras.

—¿A dónde irías? —pregunta.

—¿Indianápolis? ¿Bloomington?

—Iré contigo —responde con entusiasmo—. Podríamos convertir la compra en una salida de fin de semana.

—Sería divertido. ¿Podrías tomarte unos días?

Al recordar su trabajo, su estado de ánimo cae en picada.

—En realidad es muy difícil. Tenemos bodas consecutivas para el resto de agosto.

—¿No te gusta organizar bodas? —pregunto con preocupación.

—Sí, pero cada uno de los eventos que organizo tiene lugar en el club de golf, así que se vuelve todo un poco repetitivo. Mi trabajo era mucho más variado cuando estaba en una agencia.

—¿No hay agencias de planificación de eventos en la ciudad?

Me dedica una sonrisa irónica.

—¿Tú qué crees? El club de golf es literalmente el único lugar donde la gente celebra grandes eventos. Fiestas de cumpleaños, fiestas de jubilación, velatorios…: el club de golf. La gente de esta ciudad está muy carente de imaginación.

—¿Podríamos ir de compras en un día de semana? —le digo, volviendo al tema de nuestra salida—. No importa cuándo dedique horas al trabajo mientras lo haga.

—¡Un día de semana sería genial! ¿Qué te parece este jueves? Si vamos a Bloomington, podría preguntarle a mi amiga Tyler si podemos alojarnos en su casa.

—¡Hagámoslo!

Es otro día caluroso, pero no hay mucha humedad, por lo que no es tan insoportable como la última semana. He estado esperando una tormenta, una que envíe rayos que atraviesen el cielo y lluvia que caiga como una venganza, pero no sé si ese tipo de clima dañaría los cultivos de los Fredrickson, así que no lo deseo con mucha intensidad.

—¿Cómo te sientes respecto de Scott? —pregunta Bailey mientras nos dirigimos por el camino hacia la granja.

—Mejor —le respondo.

Le envié un mensaje la semana pasada para hacerle saber que me quedaba en Indiana.

"¡Eso es genial!", respondió, lo que me irritó muchísimo por alguna razón. "¿Necesitas que vaya a la casa? ¿Qué pague alguna factura? ¿Qué riegue las plantas?".

"No, mamá se está ocupando".

"Genial. Avísame si quieres que me encargue de algo más". Su entusiasmo me pareció condescendiente, pero cuando se lo dije a Bailey anoche, me convenció de que no lo era.

—Ustedes tienen una historia, y no es que se odiaran antes de separarse. Apuesto a que te extraña. Estoy segura de que le encantaría que quedaran como amigos.

—Ni en sueños —murmuré.

En ese momento solo habíamos tomado dos tragos, pero a medida que avanzaba la noche y las palabras de Bailey corrían por mi cabeza, empecé a pensar en lo mucho que le gustaría oír hablar de la restauración del Airstream.

Cuando le confesé a Bailey que estaba evaluando esa posibilidad, me sugirió que le enviara una foto de Bambi, para abrir una línea de comunicación más ligera.

No sé si alguna vez podremos ser amigos, pero ¿podríamos ser amigables? Todavía lo estoy pensando.

El granero rojo se asoma en la distancia y luego el maizal a nuestra derecha se termina de golpe y deja ver a la casa, alejada del camino. Se me pone la piel de gallina cuando veo el BMW de Anders aparcado en la entrada. Odio que me afecte tanto verlo de nuevo.

Cuando me caigo, tiendo a caerme fuerte, y lo último que necesito en este momento es tener sentimientos no correspondidos por un hombre que todavía sufre la pérdida de su esposa. Me doy una charla interna mientras avanzamos hacia la puerta principal y llamamos.

No hay ninguna respuesta.

Toco más fuerte.

Todavía no hay respuesta.

—¿Eso es música? —pregunta Bailey mientras saco el teléfono.

Inclino la cabeza y presto atención. Suena como Sam Fender.

Bailey retrocede por los escalones y gira a la derecha con la intención de rodear la casa. Verifico si tengo mensajes mientras la sigo, y por supuesto, hay uno de Anders: "Estamos en la cabaña".

Sonrío y guardo el teléfono. ¡Vamos a conocer la casa del lago!

El camino de entrada se detiene frente a una superficie de césped descuidado. Hacia la derecha está el refugio de tormenta, medio escondido por un cantero de rosas estratégicamente ubicado. La música suena cada vez más fuerte a medida que cruzamos la hierba y nos acercamos al bosque. Debajo de nuestros pies, crujen ramitas y la luz del sol se derrama en motas a través de la cubierta de los árboles frondosos. Vemos brillar al lago entre los troncos altos y delgados, y a medida que nos acercamos más, sentimos el olor a humo de una barbacoa que nos trae una brisa ligera.

Jonas y Anders están sentados en tumbonas en un pontón sobre el agua y se ven muy relajados con sus botellas de cerveza en la mano y las piernas largas estiradas frente a ellos. Anders mira por encima de su hombro y nos ve y, cuando sus ojos se enganchan con los míos, mi corazón traicionero da una vuelta.

—¡Hola! —exclama Bailey.

—¡Ey! —responde Jonas, y él y Anders se ponen de pie.

Jonas se acerca a mitad de camino para saludarnos. Parece feliz, satisfecho, y no sé si es la cerveza o el hecho de que tiene a su hermano en casa de nuevo, o si no es más que una actuación que ejecuta ante extraños, como Anders dijo una vez, pero es muy bueno verlo de buen humor.

Le da un abrazo a Bailey, seguido de uno para mí, luego me lanza un brazo alrededor de los hombros y caminamos hacia Anders.

—Ey —le digo a Anders cuando Jonas me suelta—. ¿Te las arreglaste para tomarte un par de días libre, entonces?

—Sí —responde, cruzando los brazos sobre el pecho.

No hace ningún movimiento para abrazarnos y me doy cuenta de que no le gusta el contacto físico, como a su hermano. Un poco tarde me pregunto si es un poco como Sheryl, una persona que cuida su espacio personal.

O quizá solo me está dejando claro que no está interesado en mí.

—Su jefe aceptó ser flexible por el resto de la temporada —interrumpe Jonas, dándole una palmada a su hermano en la espalda.

—¡Es buenísimo! —exclamo, tratando de ignorar mi último pensamiento perturbador.

—No ha tomado vacaciones en más de tres años —dice Jonas con indiferencia—. Creo que es lo menos que debería hacer su equipo.

—¿No te has tomado vacaciones en tres años? —le pregunto a Anders con alarma, decidida a que no me desmoralicen las paredes que parece haber erigido desde la última vez que lo vi—. ¿Por qué no?

Duda y luego frunce el ceño a su hermano.

—Es un adicto al trabajo —responde Jonas por él.

Anders se encoge de hombros y la mancha ámbar del ojo brilla bajo la luz del sol.

—Bueno, me alegro de que te estés tomando un descanso. Trajimos cerveza y vino.

Le paso la bolsa térmica, y desearía que este hombre inalcanzable no me resultara tan malditamente atractivo. Jonas me la quita de las manos.

—¿Qué te gustaría?

—Vino, por favor.

Mira a Bailey.

—Lo mismo.

Se dirige a la cabaña.

—Tomen asiento —dice Anders, y señala con la cabeza hacia las tumbonas—. Voy a ver cómo van las costillas.

—Oooh, ¿eso es lo que vamos a comer?

—Sí. Deberían estar listas pronto. Jonas las estuvo ahumando toda la tarde.

Jonas vuelve a salir y ve a Anders cerca de la parrilla de carbón.

–¡Tú! ¡Aléjate de ahí! –le grita–. Llévales esto a las chicas.

Anders vuelve a donde estamos nosotras y pone los ojos en blanco.

–Tu hermano es un poco posesivo, ¿eh? –le digo mientras me pasa una copa de vino.

–Sí. Tuve suerte de que no me clavara el termómetro para carne.

–¿Cómo dices?

Estalla en una carcajada, lo que nos tienta a Bailey y a mí, y luego viene Jonas y exige saber qué es tan gracioso.

La tensión ya se ha ido para cuando todos nos calmamos.

–¿Eres gótica? –me pregunta Jonas mientras comemos la deliciosa comida que preparó.

Ha servido las costillas de barbacoa ahumadas con choclo a la parrilla, ensalada de col casera y patatas fritas envueltas en papel de aluminio.

Pongo cara y me miro el mono negro.

–Estás bromeando, ¿verdad?

–¿Emo, entonces? ¿O es lo mismo? Solo te he visto con prendas negras.

–No, no es lo mismo. *Emo* viene de *emotional hardcore*, que es un tipo de música punk rock que evolucionó en la década de 1990. Gótico se asocia con el rock gótico, un género que surgió en la década de 1970.

–Te han hecho esa pregunta antes –dice Anders divertido mientras recoge su choclo.

Sonrío, más que aliviada al notar que se siente relajado otra vez en mi compañía.

—Es verdad, me lo han preguntado. Y no, no soy gótica ni emo. Soy arquitecta y siempre vestimos de negro.

Anders casi se ahoga de la risa y me asusta lo ligero y nervioso que se vuelve mi corazón de repente.

Lo de "los arquitectos visten de negro" es una generalización extrema, pero se aplicaba a más de la mitad de mis colegas en mi estudio de Londres.

—No más negro después del jueves —me dice Bailey con tono cómplice.

—Nunca dije que no compraría algo negro —le respondo.

—¿Qué pasa el jueves? —nos pregunta Jonas.

—Vamos de compras a Bloomington —le dice Bailey.

—¡Vamos todos a Bloomington el jueves! —dice Jonas.

—¿En serio? ¿Para qué? —le pregunto.

—Cosas de ventas. Podemos conducir juntos, si quieren.

—¿Piensas pasar la noche? —pregunta Bailey.

—No, voy y vuelvo en el día.

—Ah, nosotras esperamos quedarnos con una amiga y salir el jueves por la noche.

—No hemos tenido una noche de borrachera por ahí en años —dice, y le patea el pie a Anders.

—¿Solían ir mucho a Bloomington? —les pregunto.

—Sí, para ver bandas en el Bluebird, o para ir al club de comedia que está en el fondo de Pizza de la Madre Osa.

—¡Me encanta Pizza de la Madre Osa!

—¿Tú lo conoces?

—Iba cada vez que visitaba a papá y a Sheryl. Mi otro lugar favorito es La cabaña inglesa de Nick.

—Ah, La cabaña inglesa de Nick es genial —dice Anders, entusiasmado.

La cabaña inglesa de Nick está en Kirkwood Avenue, una calle popular que sale del *campus*. Sheryl solía decir que la universidad de Bloomington tenía uno de los *campus* más bonitos en los Estados Unidos, junto con las Ivy Leagues, pero ella es una orgullosa indianesa, así que no estoy segura de que se puede confiar en ella.

Es objetivamente hermoso, hay que decirlo, con edificios ornamentados de piedra caliza local, ventanas gruesas y profundas e incluso una torreta extraña. Tiene un aire inglés antiguo. La cabaña inglesa de Nick, sin embargo, es tan inglesa como es irlandesa la cercana León Irlandés. Pero al menos el León tiene duendes con alas de *leprechaun* en el menú. Nadie puede acusarlos de no haberse compenetrado en el espíritu de Irlanda.

—Oye, los *stromboli* de Nick —gime Jonas—. Vamos el jueves —le dice a Anders, con tono de certeza.

—¿Cómo puedes estar pensando en tu próxima comida cuando estás comiendo? —le pregunta Anders.

Jonas se encoge de hombros y se chupa los dedos.

—La última vez que fuimos a Lo de Nick, Scott cree que vio a John Mellencamp en el baño —le digo a Bailey.

Ella sonríe y asiente.

—Yo solía verlo por Bloomington todo el tiempo. Vive en la ciudad que sigue.

—¿Cuándo fue eso? —me pregunta Anders.

—Hace un par de años.

—Lo siento, ¿quién es Scott? —pregunta Jonas, un poco desconcertado.

—El prometido de Wren —le dice Bailey—. Bueno, su exprometido.

Jonas está sorprendido. Mira a su hermano, pero Anders no reacciona porque ya sabía que estaba comprometida.

—¿Cuánto tiempo estuvieron juntos? —me pregunta Anders con tono monocorde.

—Tres años.

Jonas mira a Anders de nuevo. Luego a mí. Luego a Bailey. Ella le sonríe. Él le sonríe a ella.

—¿Dónde está tu marido?

—Trabajando.

—¿A qué se dedica? —pregunta Jonas, y me alegra que formule la pregunta de un modo tan casual, como si no le importara que Bailey esté casada. Espero que eso signifique que no está interesado en ella. No me gustaría pensar que es capaz de seducir a una mujer casada. Claro, su apego a Heather es un poco más comprensible por su historia, pero un *affair* de cualquier tipo es deplorable, en mi opinión.

—Es profesor de golf —responde Bailey mientras trato de centrarme en la conversación que se produce a mi alrededor.

—¿De golf? —Jonas retrocede—. ¿Es de clase alta?

—¡Para nada! —responde Bailey con una risa.

—Tenía un bigote muy extravagante, muy poco clase alta —agrego yo.

–Ay, cómo echo de menos ese bigote –se lamenta Bailey.

Lo he estado viendo un poco más a Casey en las últimas semanas y me cae muy, muy bien. Creo que él y Bailey hacen una pareja impresionante. Él es amable y dulce, y ella es alegre y optimista cuando está con él. Pero al mismo tiempo, él parece que le pone los pies sobre la tierra. Tengo la sensación de que nunca está enojado ni es mezquino, y creo que la adora.

Y sin embargo... Bailey parece insatisfecha.

Tal vez es su trabajo. Es muy difícil cuando uno de los dos en una pareja no podría ser más feliz y el otro se siente insatisfecho. Pero... ¿y si es más que eso? ¿Y si esta ciudad es demasiado pequeña para su gran personalidad?

Bailey y Casey han comprado una casa aquí. Toda su familia está aquí. A él le encanta su trabajo. Ha invertido dinero. Incluso papá y Sheryl se mudaron aquí para estar más cerca de ellos. Eso tiene que sentirse como mucha presión sobre mi hermana para que pueda ser feliz.

Capítulo veintiuno

En el coche de Bailey suena *American Girl* de Tom Petty y los Heartbreakers a todo volumen y cantamos el coro a voz en cuello, con las ventanillas bajas. El aire caliente se mete en el coche y nos revuelve el pelo.

Bloomington está a una hora al norte y cruzamos tierras de cultivo y pueblos pequeños antes de llegar. Viajamos separados de Jonas y Anders. Ellos van por negocios, no por placer, por lo que no hemos hecho planes para encontrarnos, pero tal vez nos toparemos con ellos.

Bailey y yo nos quedamos en un piso en el centro que pertenece a la amiga de Bailey, Tyler. Ella no está en casa en este momento y le partió el alma que no pudiéramos vernos, pero le dijo a Bailey que le podríamos pedir la llave a su vecino y sentirnos como en casa.

Pasamos la tarde dando vueltas y entrando y saliendo

de las tiendas. La tercera vez que voy derechito hacia una prenda oscura, Bailey me arrastra hacia un sector con ropa más colorida. Ahora soy la dueña no muy convencida de un par de vaqueros cortos, tres camisetas de diferentes colores, un vestido con estampado con flores grises, azules, blancas y amarillas que me aprieta en la cintura, me abraza el pecho y flota alrededor de mis rodillas, y un vestido negro y rojo del mismo estilo.

Bailey me convenció de que me comprara los vestidos porque dijo que me veía "impresionante". No estaba para nada segura, pero insistió tanto que no tuve la energía para discutírselo.

Ella se compró un vestido amarillo de verano, un par de pantalones cortos blancos y un par de *tops* rayados.

Por la tarde, nos encontramos caminando frente a la peculiar fachada de La cabaña inglesa de Nick.

—Toma una foto y envíasela a Anders —sugiere Bailey.

Dudo, pero solo por un momento.

Él responde casi de inmediato: "¡¿Te estás preparando para la noche ya?!".

"Todavía no, pero no falta mucho".

Bailey mira por sobre mi hombro.

—¡Pregúntale si todavía están en Bloomington!

"¿Sigues en la ciudad?".

"Sí. Jonas está listo para un stromboli de Nick, en realidad".

—¡Pregunta si podemos sumarnos! —me pide Bailey.

—No —respondo, mirando la pantalla de mi teléfono—. De ninguna manera me voy a mostrar tan interesada.

—¿Por qué no? —pregunta Bailey frunciendo el ceño.

—Porque no.

Y luego llega otro mensaje: "¿Nos vemos ahí?".

—¡Eso es una invitación! —sisea Bailey, golpeteando la pantalla con el dedo.

La miro contemplativa, y por fin reúno el coraje para ir.

—¿No le importa a Casey que salgas con ellos?

Ella cambia el peso de un pie al otro.

—Mira, no sé si le encantó cuando le conté que iría el domingo, pero no causó un alboroto. Realmente me caen bien, especialmente Jonas. Es tan gracioso.

Dudo.

—Quieres decir como amigo, ¿verdad?

Le tengo miedo a la respuesta. Si Bailey termina haciendo lo mismo que hizo papá y tiene una aventura, no estoy segura de que podría perdonarla.

Ella me mira fijamente.

—Yo nunca engañaría a mi marido.

—Qué bueno es oírte decir eso —le digo con un tono de alivio.

—Oh, Wren —suspira con decepción—. Quisiera que me conocieras mejor.

Me embarga un sentimiento de vergüenza.

—Lo siento.

Ella me dedica una pequeña sonrisa.

—Está bien. También hay mucho que debo aprender sobre ti. Pero nos hemos estado acercando, ¿no es cierto?

Le sonrío.

—Sí, es cierto.

—No tienes nada de qué preocuparte en cuanto a Jonas y a mí —me tranquiliza—. Amo a Casey. Seguramente puedes ver lo bien que nos llevamos.

Asiento.

—Ustedes hacen una gran pareja. Pero ¿eres feliz con la vida que has armado, Bailey? —pregunto—. ¿Case consideraría mudarse si no lo fueras? Siempre podría obtener un trabajo en otro club de golf.

—No, Wren, no quiero renunciar a su ciudad natal todavía.

—Es solo… Es una ciudad tan pequeña. No hay mucha cultura. Me preocupa que te aburras pronto.

—Ya estoy aburrida, pero necesito darle una oportunidad. Y hacer amigos ayudará. Casey puede tener sus dudas sobre Jonas por su reputación, pero le preocupa mucho más que yo sea feliz. Y Jonas me hace reír. Me cae bien Anders también, pero Jonas es tan tierno.

—Sí. A mí también me caen muy bien los dos —confieso.

—¿Y? —dice y hace un gesto con la cabeza apuntando hacia mi teléfono.

Está bien. Queríamos ir allí de todos modos. Le respondo al mensaje de texto de Anders, "Estaremos allí en una hora", y luego volvemos a lo de Tyler a dejar nuestras bolsas y a alistarnos.

***

El interior de La cabaña inglesa de Nick está tapizado de

fotografías enmarcadas, recortes de periódicos y una plétora de objetos relacionados con la Universidad de Indiana. Un montón de gente famosa ha firmado las paredes, incluyendo a Barack Obama, que estuvo aquí en 2008. Todavía recuerdo lo devastados que estaban papá, Sheryl y Bailey porque no habían podido verlo.

Vemos a Jonas y Anders sentados en un reservado de madera rojiza, acariciando sus vasos de cerveza.

Bailey avanza en silencio por detrás de Jonas y le da un golpecito en el hombro. Su cara se ilumina al verla y salta a darle un abrazo de oso antes de hacer lo mismo conmigo.

Anders se queda donde está, pero se corre en el banco para hacer espacio. Me siento junto a él, y no hago ningún movimiento como para abrazarlo. Me estoy acostumbrando a sus maneras.

Hay bastante gente, pero no está lleno. La universidad no empieza hasta la próxima semana. En Estados Unidos, el verano se da por terminado a mediados de agosto. Es un pensamiento desalentador.

—¿Qué han estado haciendo hoy? —pregunto, una vez que el camarero ha venido a tomar nuestra orden de bebidas.

Jonas le sonríe a Anders, quien se ríe en voz baja antes de explicarnos:

—Jonas ha estado hablando con los propietarios de tiendas acerca de la posibilidad de comprar su maíz para palomitas.

—No sabía que cultivabas maíz para palomitas.

—Tampoco nuestro padre —Anders responde, deslizándome una mirada de reojo.

—¿Qué?

—Planté algunos como un experimento —agrega Jonas, sonriendo como un escolar travieso—. No mucho, solo unas doce hectáreas, pero no se lo dije a papá porque... —se interrumpe.

—A papá no le gustan los cambios —acota Anders.

Jonas asiente.

—Eso.

—Así que Jonas está más que contento de que nuestros padres se hayan ido un tiempo, porque el maíz para palomitas no llega a los dos metros de alto y era solo cuestión de tiempo antes de que papá pasara por el campo y notara que los tallos no eran tan altos como los demás.

—Eso es tan maquiavélico —dice Bailey, regodeándose.

—¿Esperas venderlo todo antes de decírselo? —le pregunto.

—Ese es el plan —responde Jonas—. Quiero ofrecerlo a los mercados de granjeros de aquí también.

Recuerdo bien los mercados de granjeros de Bloomington. Hay camiones de comida y música en vivo y una infinidad de granjeros locales que vienen a vender de todo, desde frutas y verduras hasta flores frescas de intensos colores.

—¡Podrían hacer un autocine hoy a la noche! —dice Bailey de repente—. O tal vez no un autocine. Sería más sociable si las personas se bajaran de sus coches y se sentaran en el granero o bajo las estrellas. Ustedes podrían vender entradas.

Jonas se ríe y me mira desde el otro lado de la mesa.

Y podríamos hacer tu laberinto de gramíneas, Wren, que venga gente de todas partes.

–Todavía creo que es una idea brillante –murmuro, porque me doy cuenta de que me está tomando el pelo.

–¿Qué es eso? –pregunta Anders.

–El campo que está entre nuestro terreno y el de ellas –explica Jonas–. Cuando le dije a Wren que lo perdimos por los daños que le había hecho el granizo, ella sugirió que hiciéramos un laberinto de gramíneas. Que la gente elija zapallos en Wetherill antes de venir a nuestro laberinto y sepa lo que es una buena diversión campestre.

Anders no se ríe como su hermano.

Bailey da un golpe en la mesa.

–¡Me encanta esa idea!

–¿Qué? ¡No! –Jonas la desecha con desdén.

–¿Por qué no? –le pregunta Anders.

–¿Estás bromeando? –Jonas responde con asombro–. ¿Crees que a papá le gustaría algo así?

–Papá no está aquí –dice Anders con tono monocorde–. Yo digo que es hora de que agarres esa granja por las bolas y hagas lo que quieras con ella.

Capítulo veintidós

A la mañana siguiente, Bailey y yo nos alejamos de la ciudad en dirección al sur, aparcamos el coche y caminamos hasta una cantera abandonada con la idea de nadar un rato. Me ponen nerviosa los carteles de advertencia que indican no avanzar, pero no hay forma de detener a mi hermana.

—Caminaba hasta Rooftop Quarry todo el tiempo con mis amigos cuando era más joven —murmura, acostada de espaldas en el agua con los ojos cerrados bajo la luz lacerante del sol—. La han llenado en parte porque la gente se tiraba desde el acantilado y era peligroso, pero era hermoso. De allí salió la piedra para el Empire State.

—Suena maravilloso. Mientras tanto, yo caminaba bajo la llovizna gris en dirección al centro de ocio Kingfisher en Sudbury.

Voy pisando el agua, y observo a mi alrededor las paredes de pura piedra caliza que se adentran en el verde esmeralda del agua. Árboles frondosos se alinean en los bordes y algunos arbustos ralos se aferran a la piedra.

–¿Te apenó irte de Estados Unidos?

Dudo antes de responder con honestidad.

–Yo estaba triste en general.

–Lo siento. Solía vivir con miedo de que mamá y papá se separaran.

–Pero nunca te dieron motivo para que te preocuparas en ese sentido, ¿verdad?

–¿Bromeas? –dice mientras baja las piernas y asoma la cabeza fuera del agua–. ¡Discutían todo el tiempo!

–¿En serio?

–¡Todo el tiempo! –repite, y sus ojos me miran atónitos.

–Nunca discutían cuando yo estaba de visita.

–Oh, no, mostraban su mejor comportamiento en esas ocasiones –responde Bailey con tono irónico–. Ese era en parte el motivo por el que me encantaba que vinieras y odiaba cuando te ibas, porque entonces se dedicaban a recuperar el tiempo perdido.

–¿Sobre qué discutían? –pregunto, disgustada ante la idea de que Bailey haya sufrido por eso.

–Por pavadas, por cualquier cosa. Porque mamá pasaba demasiado tiempo en el trabajo. Porque papá desordenaba la casa. Porque mamá no era cariñosa o invitaba a demasiados amigos. Porque papá no cocinaba la cena como quería mamá. Porque mamá era el principal sostén de la familia…

—No pensé que a papá le importara que tu madre ganara más que él.

—A papá no le importaba. A ella sí.

—¿No le gustaba que él ganara menos que ella?

—¡Lo mortificaba sin parar por ese tema! No lo respetaba por ese motivo, odiaba que le gustara su trabajo como jardinero y que estuviera feliz con lo que ganaba. Ella quería que él se esforzara más, que fuera ambicioso como ella. Lo empujó para que pidiera ese empleo en los servicios estudiantiles a pesar de que a él le encantaba trabajar en los jardines, y cuando lo consiguió, ella todavía no estaba satisfecha. Siempre lo menospreció por no tener una buena educación. De verdad creí que romperían, que ella se divorciaría y encontraría a alguien más adecuado, pero nunca lo hizo. Y, en algún momento, supongo que hizo la paz con sus demonios.

Estoy aturdida. No tenía idea de nada de esto.

—Nunca se habrían quedado juntos si no fuera por mí —añade Bailey.

Así fueron las cosas, ahora me doy cuenta. Sheryl quedó embarazada de Bailey por accidente.

¿Una mujer tan orgullosa como Sheryl habría admitido que tener una aventura con un jardinero era un error de entrada? ¿No estaría decidida a mostrarle a todos que papá era el amor de su vida para así justificar la ruptura de un matrimonio? Me la imagino esmerándose en que la relación funcionara, aunque a puerta cerrada, ella no era feliz.

Pero han hecho que funcione. De verdad no tengo la

impresión de que estén representando cualquier tipo de actuación. No ahora, no para mí.

Sheryl tiene unos sesenta y cinco años. Está retirada. Y está mucho más relajada de lo que solía estar. Siento que ha hecho las paces tanto con la vida que ha dejado atrás como con la que está delante de ella.

Me alegra.

Tal vez cuando era más joven, esperaba que su relación se derrumbara, que Bailey se viera obligada a pasar por lo que yo tuve que pasar y que papá se arrepintiera de habernos dejado a mamá y a mí. Era joven y me dolía. Estaba resentida y celosa. Pero nunca debí haber deseado que otro pasara por lo que yo pasé. De hecho, me duele pensar que Bailey no haya tenido la infancia verdaderamente feliz que siempre imaginé que tuvo.

Capítulo veintitrés

Es lunes por la tarde y estoy de camino a la ciudad en una misión para comprar limas. Bailey y Casey vienen a cenar más tarde. Estoy cocinando comida mexicana y me di cuenta tarde de que no teníamos suficiente jugo para margaritas. Podría haber tomado el coche de papá para ir a la tienda, pero me dieron ganas de estirar las piernas, así que opté por caminar. Fue una decisión de la que me arrepentí a los cinco minutos.

Es un día de un calor tórrido con vientos de veinticuatro millas por hora que me hacen sentir que estoy caminando dentro de un secador de pelo gigante. Me pega el polvo en la cara, golpea mis gafas de sol y se aferra a mis labios, y el pelo me azota las mejillas. Para cuando llego a la tienda de comestibles en la ciudad, tengo mucho calor, estoy sudorosa, sucia y reseca.

Me acomodo las gafas de sol sobre la cabeza y me acerco a las puertas automáticas, lista para que me dé la bienvenida el aire acondicionado del interior. Pero se abren antes de que llegue y emerge una mujer de aspecto tenso que sostiene de la mano a un niño de pelo rizado que podía derribar el cielo con la fuerza de sus gritos.

—Oh, ¡hola! —le digo cuando me doy cuenta de que es Heather.

El niño de pelo rizado está tratando de llevarla de vuelta a la tienda al grito de "¡LO QUIERO! ¡LO QUIERO!" con una cara de un rojo brillante arrasada en lágrimas. Es como si su vida dependiera de que obtenga aquello en lo que ha puesto el ojo. La expresión de Heather es asesina, pero ahora también se ve confundida.

—Lo siento, soy Wren —digo rápidamente, y tengo que levantar la voz para hacerme oír—. Mi padre y mi madrastra son dueños de Wetherill Farm.

Mueve la cabeza con impaciencia.

—¿Y?

—Estuviste allí recientemente, ¿recuerdas? Con tu familia, recogiendo melocotones. Solo te estaba saludando.

Ella me mira con incredulidad, pues le sorprende que yo la detenga en estas circunstancias o probablemente en cualquier otra.

—No importa. Te dejo tranquila —balbuceo.

Murmura algo en voz baja mientras arrastra al niño hasta un coche, y me ruborizo mientras entro en la tienda de comestibles.

Las mujeres en el mostrador de la caja se ríen con tono cómplice y tengo la impresión de que están hablando de Heather, pero se enderezan cuando me ven y una de ellas esboza una bienvenida.

—¡Avísanos si necesitas ayuda con algo!

—Gracias, lo haré.

Es una tienda encantadora, que vende no solo productos frescos, sino regalos locales hechos a mano como jabón, perfume, tarjetas, juguetes y joyas. Encuentro las limas rápidamente, pero me tomo mi tiempo recorriendo el local. Bebo de la botella de agua helada que saqué de un refrigerador y dejo que el aire frío me refresque la sangre caliente mientras olfateo los jabones perfumados y pruebo el perfume.

Para cuando pagué y me fui, mis entrañas han alcanzado una temperatura más soportable.

Por desgracia, a los cinco minutos de caminar, estoy acalorada y molesta de nuevo. Me dirijo al puente cuando veo al Gator que avanza junto al ligustro de césped en la distancia. Está casi a mi altura cuando salgo a la carretera y se me dibuja una sonrisa en la cara cuando veo a Anders al volante.

—¿Quieres que te lleve? —grita, deteniéndose.

—¡Sí, por favor!

Cruzo la calle corriendo, eufórica, y me meto en el asiento color crema a su lado.

—¿En qué andas?

—Estaba examinando el sorgo de Alepo que está debajo de las torres de transmisión —dice, y señala con la cabeza hacia las torres de electricidad que se ven a la distancia, gigantes esqueléticos que aferran cables con las manos extendidas–. No podemos colocar el regador debajo de ellos, así que tendré que hacerlo a mano una vez que se aquiete este viento.

–¿El sorgo de Alepo es una hierba?

–Sí.

De repente, se pone rígido, y me mira con grandes ojos perturbados.

–¿Qué pasa? –pregunto con inquietud.

–¿Qué perfume llevas?

–Estaba en la tienda de comestibles de la ciudad.

Laurie llevaba este perfume. Lo sé al instante. Se me seca la boca.

–Voy a salir.

Estoy a punto de salir por la puerta abierta, desesperada por aliviarle el dolor, cuando sus dedos me aprietan la muñeca y me detiene. Casi igual de rápido, me deja ir.

–Está bien –dice vacilante, y busca las llaves en el contacto.

Cuando me tocó, lo sentí hasta los huesos.

No podemos llegar a Wetherill lo suficientemente pronto. La sensación de su mano en mi piel persiste como si me hubiera marcado con un hierro caliente y no me gusta. ¿Cuántas más pruebas necesito para entender que Anders no ha superado la muerte de su esposa? El hecho de que todavía me afecte tanto me hace sentir sucia.

–Te recuerda a Laurie, ¿no? –le digo cuando salgo.

Él asiente, con una expresión de dolor.

–Mi mamá se lo compraba.

—Voy directo adentro a lavarlo. Gracias por el aventón.

—Wren, espera.

Se ve mortificado.

Yo vacilo. Me siento mal.

—Tenemos ese neumático de repuesto para ti en casa. ¿Puedo traértelo?

—¿Estás seguro de que quieres? Quiero decir, sería genial, pero solo si tienes tiempo.

Me acordé de preguntarle a Jonas acerca del pago el domingo pasado. Se resistió, pero finalmente me dio un precio por tres neumáticos que sonaba demasiado barato. Se negó rotundamente a dejarme pagarle el trabajo.

Asiente.

—Volveré en un rato.

—Gracias.

Entro, dejo las limas en la cocina y subo corriendo a tomar una ducha.

Anders ya está trabajando en el neumático de repuesto cuando vuelvo a salir. Él nota mi cabello recién lavado y hace una mueca.

—Eso fue raro. Lo siento —murmura.

—No tienes por qué disculparte.

He tenido tiempo de recomponerme. Esta es la prueba de realidad que necesito.

—No tienes que esperar si tienes que ir a algún lado —dice.

—Para nada. ¿Pero estás realmente bien para hacer esto? No puedo creer que estés cambiando otro neumático para mí. Debería saber cómo hacerlo a mi edad.

Me mira.

–Supongo que tu padre no te enseñó.

Niego con la cabeza.

–Ni mi madre. Sabe menos de coches que yo.

–Puedo mostrarte cómo hacerlo, si quieres –se ofrece.

–¿Lo harías? Así dejaría de ser tan patética.

Me explica paso a paso lo que hace, y cuando el nuevo neumático de repuesto está asegurado de nuevo al enganche, voy adentro a buscar las llaves de Bambi. Anders quiere ver cómo ha progresado el trabajo en el interior.

Está sentado en el asiento delantero del Gator cuando regreso, con una pierna colgando de la puerta. Está hablando por teléfono, pero lo guarda cuando me ve.

Abro la puerta exterior del Airstream, empujo la de malla, y meto un pie adentro.

–La madera estaba completamente podrida –le explico mientras examina el interior. Llegué hasta el marco de metal en algunos lugares–. Todavía tengo que sacar el armario, la cocina y el baño, si es que se puede llamar a eso "baño".

Solo cabría un pequeño inodoro mugriento.

–No creo que vaya a salvar nada, por desgracia.

Le llama la atención la sierra eléctrica de papá en la mesada de la cocina.

–¿Qué estás haciendo con eso?

–Papá me dio un montón de herramientas. No sé qué voy a necesitar todavía.

Me mira por encima del hombro, con sus facciones llenas de incredulidad.

–¿Te estás burlando de mí?

–Es eléctrica –respondo con una risita–. Ni que fuera una motosierra gigante corta miembros y tragagasolina.

–¡Podrías hacer mucho daño con esa cosa! –dice con la voz subida y en tono de alarma–. ¿Te la dio tu padre?

–Sí.

Niega con la cabeza.

No puedo evitar que su reacción me parezca graciosa.

–Tiene un interruptor de seguridad. Me mostró cómo usarlo.

–Eso estuvo bien. –Aprieta los labios, y me lanza una mirada compungida–. No quiero ser grosero.

–Está bien.

Encojo los hombros en señal de que no tiene importancia y sonrío. Él mira dentro de nuevo y escanea cada pulgada.

–Una sierra oscilante te serviría más.

–Puede que no necesite una sierra para nada. Los armarios están sujetos con pernos y tornillos.

Se da la vuelta y me estudia un momento.

–¿Por qué no lo llevamos a la granja? Tenemos todas las herramientas que puedas necesitar y yo te puedo ayudar.

–Es muy amable de tu parte, pero…

–Déjame ayudarte. Quiero hacerlo. De verdad.

–¿Estás realmente seguro?

Necesito algo más convincente. Se supone que está aquí por su hermano, no por mí.

–Estoy muy, muy seguro –insiste, y parece tan sincero que termino por acceder.

Capítulo veinticuatro

Paso las tardes siguientes en la granja de los Fredrickson, trabajando con Anders en la restauración del Airstream. Para el viernes, hemos hecho grandes progresos y me emociona el hecho de que pronto tendremos un vehículo nuevo.

Anders ha ido a buscarnos un par de cervezas y estoy de pie mirando a Bambi con la cabeza maquinando a toda marcha.

—Acabo de pensar algo loco —le digo cuando regresa, después de darle las gracias por la cerveza.

—¿Qué? —pregunta él.

—No es ético. Incluso podría ser inmoral. Me odiarás por esto.

—Suéltalo.

—Hay tantos pueblos pequeños en Inglaterra y la mayoría

no tienen una tienda. Hace unos años, se me ocurrió esta idea de equipar una furgoneta, convertirla en tienda y hacer que circule por los pueblos, que se quede media hora aquí, media hora allá, y entregar un horario a la gente para que sepa cuándo llegaría la tienda. Pensé que podríamos darle un nombre literal, "La tienda del pueblo" y hacer un gran cartel para la furgoneta. De todos modos, lo imaginé con un mecanismo en la parte trasera para que la parte posterior de la furgoneta –sería algo más que una simple puerta– se abriría, y quedarían expuestos exhibidores de revistas y estantes con dulces y un montón de cosas para que los niños y los ancianos y todo el mundo los examine.

–Me gusta la idea –dice asintiendo. Me ha estado observando mientras hablaba todo este tiempo, con una pequeña sonrisa fija en los labios. De pronto las cejas saltan hacia arriba–. Espera, no estás pensando en hacer eso con esto, ¿verdad?

–¿Te parece mal? –pregunto.

–¿Cortar un Airstream *vintage*? ¡Es depravado!

Me echo a reír.

–Tienes razón.

No estoy proponiendo que convirtamos a Bambi en una tienda de pueblo. Yo estaba pensando más en el sentido de abrirlo a los elementos. La vista hacia atrás sería genial, y tal vez la cocina podría instalarse en la parte trasera para que a veces, si el clima lo permite, se pueda cocinar afuera.

Anders mira fijamente al Airstream mientras explico mi idea, luego camina hacia atrás, donde se detiene y se queda mirando un poco más. Voy y me acerco, tomando un sorbo de mi cerveza.

—No podrías cortarlo por el medio debido a las ventanas —dice.

—¿Y si toda la parte trasera se abriera desde un solo punto aquí? —sugiero, indicando una línea de remaches que divide la parte trasera curvada del cuerpo principal con forma de barril.

—Hacer una bisagra en la brecha del panel —dice pensativo. Niega con la cabeza—. El peso de la puerta lo tiraría para abajo.

Tiene razón, por supuesto.

—Pero podrías tener una rueda retráctil que bajara para llevar parte del peso —dice—. Tendríamos que estudiar el marco. Podría no ser lo suficientemente fuerte para aguantar las bisagras.

Saca su teléfono y escribe algo. Observo sobre su hombro y veo que ha googleado la estructura interna de un Airstream de 1961.

—Sí, los aros de aluminio no serían lo suficientemente fuertes —reflexiona—. Tendríamos que soldar una estructura de acero nueva al subchasis de acero.

Me mira.

Sonrío con entusiasmo.

Se ríe y guarda su teléfono.

He hecho muchos esfuerzos desde el incidente con el perfume de Laurie por llevar mis sentimientos por él hacia un territorio puramente platónico. Tengo la cabeza en su sitio, pero a mi corazón le está tomando un tiempo ponerse al día. Su risa todavía me hace sentir como si alguien hubiera bombeado helio en mi cavidad torácica.

—Estaría muy mal, ¿no?

—Y de alguna manera muy bien —responde—. Lo primero es lo primero. Terminemos de desnudarla.

—Desnudarlo —lo corrijo.

—Desnudarlo —se corrige, complaciéndome.

Ha estado limpiando los contenedores de grano esta semana mientras Jonas estaba en el trabajo, en los dos enormes silos plateados junto al cobertizo. Eché una mirada en el interior de uno de ellos y era como la Tardis, cavernoso, con un suelo de metal perforado y un sistema de aireación que sopla aire caliente a través del grano. Jonas acaba de llevar el último trigo del invierno al mercado —lo guardan en contenedores hasta que pueden venderlo a buen precio—. Cuesta creer que pronto las dos cabezas gigantes del Hombre de hojalata estarán llenas de la soja y el maíz que él y su padre han plantado en mayo.

Cuando Jonas llega a casa, Anders lo llama. Escucha mientras Anders le dice lo que estamos pensando hacer con el Airstream.

Estoy esperando que el horror se manifieste en su cara, pero nunca viene. En su lugar, asiente y dice que puede ordenar acero en el trabajo, pero añade con tono despreocupado:

—Con una condición.

—¿Cuál? —pregunto.

—Servimos palomitas y bebidas en la noche de cine.

Mi cara se ilumina antes de que pueda determinar si se está burlando de mí.

–¿Estás hablando en serio? –me atrevo a preguntar.

Él sonríe.

–Me gusta la idea. Pero... –dice y se encoge de hombros–. No sabría por dónde empezar para organizar algo así.

–Bailey sí –le digo sin dudarlo–. Es lo que hace: ella organiza eventos.

–Sí, pero ¿qué pasa con las licencias de cine o lo que sea que necesitarías?

–No tendría ningún problema en resolver todo eso. Le encantaría el desafío. Sé que sí.

Bailey ya me ha dicho que no hay suficiente variación en su trabajo. Le aburre organizar bodas y fiestas de jubilación en el club de golf. Le encantaría involucrarse en algo nuevo y emocionante. Tal vez esto es exactamente lo que necesita.

Jonas gira para mirar el granero y bebe un trago de su cerveza. Anders y yo cruzamos miradas optimistas.

–Supongo que no puede doler preguntarle lo que piensa –dice Jonas.

–La llamo ahora mismo.

–Dile que venga, si está disponible. Traje hamburguesas –añade–. Están invitadas las dos. Dile que traiga sus trajes de baño.

–¿En serio?

–Sí. Definitivamente voy al lago.

A Bailey le encanta el plan, así que le pido que pase por Wetherill cuando vaya a buscar mi bikini.

Tarda media hora en llegar, con su bolso de playa amarillo en la mano y una sonrisa igual de brillante.

Ha habido mucha humedad toda la semana y ha sido muy incómodo, así que una vez que Jonas ha encendido las brasas, decidimos ir a nadar.

El aire es brumoso con polvo y polen y hay insectos que rozan el agua vidriosa. Se dispersan cuando Jonas corre y salta desde el final del pontón, y Anders lo sigue de cerca. Bailey los imita y grita sobre su hombro:

—¡Vamos, Wren!

Y luego grita cuando me sumerjo de bomba en el agua junto a ella, lo que me hace estallar en una carcajada porque sabía que ella no creía que lo haría.

La temperatura es perfecta, aunque podría estar más fría. Nado un poco y floto sobre mi espalda, mirando hacia las nubes infladas.

Bailey y Jonas empiezan a reírse de algo y yo levanto la cabeza para ver dónde están. Los veo en el pontón, bromeando. Pero Anders está con el agua por la cintura, mirando a través del agua a los campos de maíz más allá del lago.

Su piel es lisa y dorada y mis ojos se deslizan sobre el contorno de los hombros y viajan hasta las tensas crestas de su abdomen.

Vuelvo a mirarle la cara y me siento muy aliviada de que no me haya descubierto mirándolo. Su frente está lisa, sin ninguna tensión. Esta expresión de paz en él es poco frecuente.

—Este lugar te sienta bien. —Las palabras se me salen de la boca antes de que pueda pensar lo que voy a decir.

No quiero traerlo de vuelta a la tierra de golpe y porrazo.

—¿Eh? —Me dedica una mirada distraída mientras me pongo de rodillas y dejo que el agua me llegue hasta el cuello.

—Pareces feliz.

Él sonríe y asiente.

—¡Qué genial que Jonas esté pensando en hacer la noche de películas! —susurro en voz alta.

—¡Lo sé! —susurra, mirando a Jonas—. No puedo creer lo que ha cambiado. Está diferente a cuando mamá me llamó a casa.

—¿Por qué estaba tan preocupada tu madre?

—Había estado muy metido para dentro, triste, supongo. Además, estaba bebiendo más y cometía imprudencias en la granja, como si no le importara si se lastimaba. Pero se preocupó más cuando Jonas empezó a limpiar su cabaña. Había oído que podía ser una señal de alguien que trata de poner su vida en orden así no deja una carga atrás una vez que se ha ido.

—Dios —murmuré, horrorizada.

—Sí. Ahora está mejor, pero quién sabe qué habría pasado si esto escalaba.

—Estoy segura de que lo ha ayudado que estés aquí.

—Ha sido bueno para mí también.

—¿Crees que ha ayudado que tus padres no estén? —pregunto con delicadeza mientras nos invade otro torrente de risas que proviene de Bailey y Jonas.

Anders los observa por un momento antes de asentir, casi resignado.

—Especialmente papá. Siempre ha sido controlador. Cuando éramos niños, solía beber mucho. A veces se enojaba. No era violento, pero podía ser intimidante. Jonas solía sacarme de la casa para que no pensara en eso. Nos íbamos al río o saltábamos en nuestras motos y dábamos unas vueltas en el circuito de motocross hasta que estábamos seguros de que papá estaría desmayado en el sofá cuando llegáramos a casa. Por fin, papá pudo controlar la bebida, pero todavía tiene poder sobre nosotros. Nunca hemos sido cercanos. Viste lo nervioso que se puso Jonas ante la idea de hacer cualquier cambio en la granja.

Asiento.

—Lo lamento.

Hago burbujas en el agua cuando exhalo de prisa, y me doy cuenta de que apenas he respirado mientras me decía todo esto.

—Me alegro de que Jonas haya podido pasar algo de tiempo aquí este verano sin que papá esté respirándole en la nuca.

Me mira.

—¿Te llevas bien con tu padre?

—Mejor que antes. Ha ayudado el hecho de que yo me quedara más tiempo.

Papá y yo nos sentamos juntos en la galería anoche. Quería saber cómo iba mi trabajo y mostró un genuino interés mientras le contaba, aunque el sonido de mi propia voz casi me hace dormir.

—¿Cuándo te vas a casa? —pregunta Anders.

—He reservado un vuelo para principios de octubre porque tengo que ir a una boda, pero me iré antes si siento que me estoy aprovechando de la hospitalidad. ¿Qué hay de ti?

—Tengo que volver a Indy el próximo fin de semana, pero solo por un par de días.

—¿Por trabajo?

—Me voy a dar una vuelta por la pista mientras estoy allí, pero voy para el cumpleaños de un amigo.

—Me gustaría visitar Indy de nuevo en algún momento.

—Ven, si quieres.

—No estaba tratando de invitarme —protesto, aunque me atraviesa una emoción.

—Sé que no.

—¡Ey! —nos grita Jonas—. ¡Muevan el culo y vengan antes de que nosotros dos organicemos toda esa maldita noche de cines sin ustedes!

—¿Es de eso de lo que estaban hablando? —les pregunto mientras avanzamos por el agua.

—Eso y otras cosas. Bailey quiere convertir este lugar en un predio para celebrar bodas —le dice Jonas a Anders—. Podríamos pagarle a alguien que le rompa las piernas a papá para que se quede en Wisconsin un poco más.

—¡Oh, basta! —regaña Bailey—. Qué feo.

No sé si Jonas y Anders están tomando a Bailey en serio o solo la complacen, pero todos sonreímos mientras ella describe las fotografías de la boda frente al granero rojo grande y en los campos de maíz, velas flotantes en el lago, una recepción dentro del granero con hileras de luces colgadas desde el techo, frascos con flores en cada mesa, una banda en vivo, y fardos de heno para que se sienten los invitados.

Me atrapa su descripción, y luego ella grita:

—¡Podrías incluso renovar tu cabaña y ofrecerla como la suite de luna de miel!

—¿Y dónde dormiría yo? —pregunta Jonas con el ceño fruncido.

—En la casa, idiota. Tus padres te la habrán dejado para entonces.

Mientras siguen hablando, me encuentro escaneando el borde del agua al otro lado del lago, donde los campos de maíz trepan por la colina en la distancia. Una idea está tomando forma en el interior de mi mente.

Mañana podría ir a la ciudad y comprar un nuevo cuaderno.

Capítulo veinticinco

Me siento acalorada de pies a cabeza. Y no es debido a la temperatura exterior, ni es porque no lleve la ropa apropiada. De hecho, tengo puestos mis nuevos vaqueros cortos y mi camiseta blanca, así que no podría estar mejor vestida para el verano. No. Es porque estoy mirando a Anders mientras trabaja con mi amoladora angular.

Lleva una visera con protectores de oídos incorporados y guantes de trabajo, y salen volando chispas a cada lado con el brillo de cien bengalas. Está cortando el acero en trozos del tamaño que necesitamos. Más tarde, los soldará para hacer el marco de acero facetado al que atornillaremos las bisagras.

–¿Todos los ingenieros saben soldar? –le pregunté anoche.
–Solo los criados en granjas –respondió con una sonrisa.

El acero había llegado esa tarde, así que nos habíamos

mudado a la mesa de la cocina para calcular los ángulos que necesitaríamos para construir la estructura interna.

–Papá debe tener una escuadra de cien años por aquí en alguna parte –musitó, pero antes de que pudiera levantarse para ir a revisar los cajones de la oficina, saqué mi propia escuadra ajustable de mi mochila.

–Soy arquitecta, siempre llevo una escuadra –dije.

Aún me divierte mucho hacerlo reír.

Me dio un poco de vértigo el otro día, cuando escuché que Jonas había ordenado el acero. Alterar un Airstream de los 60 parecía un sacrilegio, pero luego consideré lo que hacen los arquitectos todo el tiempo con los edificios históricos (los adaptamos para ponerlos en uso), y mientras las adaptaciones sean sensatas y cualquier cambio sea fácil de revertir, entonces es, por lo general, aceptable. Con esto en mente, y después de discutirlo con Anders, decidimos atornillar el marco de acero al subchasis en lugar de soldarlo, para que se pueda retirar con facilidad en el futuro. No estamos cortando ninguno de los paneles del Airstream, por lo que todo se puede volver a poner tal como estaba. Me siento mejor ahora que hemos tomado esa decisión.

Me vibra el teléfono, retiro mi atención de Anders y veo que ha llegado un mensaje: "¡No puede ser! ¿Cómo es por dentro?".

Mi corazón pega un salto. Es Scott.

Finalmente me rendí y le envié una foto de Bambi hace un rato, junto con el mensaje: "¡¿Puedes creer que encontré esto bajo una lona en la casa de papá?!".

No había un buen momento para lanzarlo al éter. Trabaja con Nadine y, por lo que sé, también vive con ella, así que era más que probable que ella estuviera allí cuando lo recibiera. Sospecho, sin embargo, que puede ser el tipo de chica que tolera que su novio siga siendo amigo de su ex. Con suerte, no hará daño probar esa teoría.

Tipeo una respuesta. "Te mando una foto del 'antes'". Adjunto una foto que tomé antes de empezar el trabajo. "Y esto es lo que estamos haciendo ahora". Le envío una que saqué esta mañana.

"¡Cuánto trabajo! ¿Con qué vas a revestir el interior?".

"Contrachapado de abedul, creo".

"Bien. Fácil de curvar".

"Exacto".

"Por favor, sigue enviándome novedades". Y luego aparece otro mensaje: "Gracias por ponerte en contacto. Es bueno saber de ti".

Mis nervios se habían calmado en el transcurso de nuestro intercambio, pero ahora vuelven a crisparse.

"Igualmente", respondo.

Miro la pantalla por un largo rato, pero ese parece ser el final de nuestra sesión de mensajes de texto.

Mientras guardo el teléfono, trato de imaginar cómo sería si Scott y yo siguiéramos juntos, si estuviera aquí ayudándome con la restauración del Airstream y estuviéramos planeando un viaje por Estados Unidos. Nos llevamos tan bien cuando nos fuimos de viaje por carretera el verano pasado...

Me viene un recuerdo de esas vacaciones. Acabábamos

de entrar a un parque nacional en el norte de Portugal y habíamos decidido caminar hasta una cascada. La bajada por una pendiente para llegar a ella era un poco precaria, igual que el camino de rocas lisas y resbaladizas que sobresalían del río, pero valió la pena el esfuerzo para llegar a la gloriosa cascada blanca que caía sobre piedra caliza amarilla y se sumergía en una profunda laguna de un verde esmeralda.

Scott me retó a saltar directamente al agua, que estaba fría en extremo, aunque soportable, pero tenía la intención de tomármelo con lentitud y dejar que la sangre se ajustara a la temperatura. Entonces me paré sobre una gran roca que apenas asomaba del agua, mis pies resbalaron y de repente estaba metida hasta el cuello y jadeando.

A Scott esto le pareció hilarante, y enseguida le pasó exactamente lo mismo y casi me muero de risa.

El recuerdo me hace sonreír. Nos divertimos juntos. Pero cuando miro a Anders, que trabaja con empeño, no me puedo imaginar haciendo esta restauración con nadie más que con él.

Scott y yo lo pasamos bien, pero no encajamos a la perfección.

Me viene otro recuerdo de ese viaje. Estábamos bordeando la costa norte de España. Miré por la ventana y vi todos estos eucaliptos que se sucedían a lo largo de la carretera y estaban plantados en las orillas. Había tantos, que pensé que debían ser una variedad nativa, cuando siempre había dado por sentado que los eucaliptos vinieron de Australia. Scott me aseguró que era así. Me explicó que las semillas de eucaliptos fueron traídas a Europa de Australia a finales del siglo XVIII, que el primer árbol se plantó en los invernaderos de Kew en Londres y el primer árbol al aire libre se plantó en un palacio en Italia. Me dijo que los españoles estaban retirando muchos de estos árboles porque son altamente inflamables, con el riesgo de incendio que eso implica.

Dijo más. Enumeró nombres de exploradores y fechas reales, pero ese era el núcleo de la exposición.

¿Fue una historia interesante?

Sí.

¿Qué a mí me interesara?

No en especial.

Al principio sí, pero al poco tiempo, mi mente se dispersó y no me obligué a concentrarme.

Y el tema es que sé que ese no fue un hecho aislado.

Sin duda hubo veces en las que no le mostré el respeto que se merecía.

No creo haberlo menospreciado, pero ¿lo habré hecho en algún momento? ¿Es posible que haya terminado siendo como era Sheryl con papá?

Es una idea difícil de digerir.

Recuerdo lo impresionada que estaba cuando Anders me dijo que era ingeniero de pista. Creía que ser mecánico para un equipo de carreras era genial, también, pero me cautivó mucho que me dijera que era ingeniero.

Esta constatación me da un poco de asco.

Pero el hecho es que respeto a Anders. Lo respeto mucho. Y creo que él también me respeta.

Me parece, entonces, que Scott tenía razón. Se merece estar con alguien que lo respete. Tenía razón al preferir a Nadine antes que a mí. Él y yo no estábamos destinados a estar juntos y ahora puedo verlo. Pasé por alto nuestras diferencias intrínsecas porque quería casarme con un hombre decente y confiable, alguien que estuviera de mi lado, alguien con quien pudiera estar segura.

Y no me equivoqué al confiar en él. No fue su culpa que se enamorase de Nadine. Al menos fue honesto conmigo acerca de sus sentimientos por ella en lugar de embarcarse en un romance clandestino como hizo mi padre.

Pero su rechazo todavía me duele.

Y el rechazo de papá también me duele.

Puede ser que nos estemos llevando mejor que nunca, y ahora sé que tal vez hubo momentos en que se arrepintió de su decisión de dejarnos a mamá y a mí, pero el hecho es que se fue. Nos dejó. Me dejó.

No era suficiente para él. No soy suficiente.

¿Alguna vez seré suficiente? ¿Alguna vez seré perfecta para alguien?

Anders podría ser esa persona para mí, me doy cuenta.

Pero parece que yo estoy muy lejos de ser esa persona para él.

Me envuelve la tristeza y brotan lágrimas de mis ojos en el mismo momento en que se apaga el sonido de la amoladora angular.

—No deberías estar sentada aquí sin protección para los oídos —me advierte Anders.

El ruido ha sido ensordecedor, pero no pude juntar valor para alejarme.

Asiento y me levanto, agarrando mi mochila.

—¿Wren?

Ha notado mi expresión.

—¿Te importa si bajo al lago? —la voz me sale ronca y me tiembla el labio inferior.

—Por supuesto que no.

Me cuelgo la mochila del hombro y salgo del cobertizo.

Jonas está fuera, lavando el tractor. Anders me dijo que es obsesivo respecto de mantener la maquinaria de la granja limpia y le creí cuando vi lo brillante que es la enorme cosechadora.

Jonas levanta el pulverizador como si fuera a mojarme, pero luego ve mi cara y corta el agua.

—¿Qué pasa? —mira a Anders, que me ha seguido hasta fuera.

—Nada.

Niego con la cabeza y trato de pasar, pero me toma el brazo con suavidad.

—Ey —dice en voz baja.

—Estoy un poco triste por mi ex, eso es todo.

No explico nada más, pero no quiero que piense que esto tiene algo que ver con su hermano. Incluso si, en parte, sí está relacionado.

Se me escapan un par de lágrimas que ruedan por mis mejillas. Me las limpio sin demora y podría estar imaginándolo, pero juraría que Jonas fulmina a Anders con la mirada.

Anders se acerca un poco más.

—¿Estás bien? —me pregunta. No está tan cerca como para tocarme.

Asiento con la cabeza, me quito la mochila para buscar un paquete de pañuelos que estoy casi segura dejé en mi escritorio en Wetherill.

Jonas hace un ruido de frustración mientras sigo buscando, y creo que está dirigido a Anders porque le dirige una mirada asesina que no estoy imaginando y luego me envuelve en sus brazos.

La combinación de presión detrás de mis ojos, el nudo en la garganta, la compasión y ahora alguien que me da un buen abrazo contenedor me desmorona.

Estoy contra la pared del pecho de Jonas, entre sus brazos enormes, y no puedo evitar llorar.

Scott me abrazaba todo el tiempo y echo mucho de menos el contacto físico. Eso era otra cosa que él me daba. Mi papá ni siquiera se atreve a abrazarme más de dos veces por año.

—Ve y tráele un maldito pañuelo —le grita Jonas a Anders.

Jonas murmura en mi oído mientras Anders se aleja.

—Lamento que mi hermano sea un inútil emocional.

—No, no lo es —me alejo de su pecho y lo defiendo—. Te ha apoyado tanto a ti.

—Sí, pero debería poder darle un abrazo a una amiga si lo necesita. Creo que siente que está traicionando a Laurie si apenas toca a otra mujer. Me duele verlo.

Un momento, ¿qué? ¿Por eso Anders mantiene distancia?

Yo pensaba que era como Sheryl, protector de su espacio personal.

—Voy a ir a sentarme un rato junto al lago —digo, porque es lo único que se me ocurre—. Por favor, dile a Anders que no se preocupe por el pañuelo.

—¿Estás segura?

—Estoy segura. Gracias.

Cuando llego al pontón ya se me han secado los ojos. Me siento en una de las tumbonas y trato de ordenar mis pensamientos. La revelación de Jonas me ha confundido, aunque es obvio que Anders aún llora por Laurie.

Abro la mochila y saco el cuaderno de dibujo, decidida a hundirme en el trabajo.

Estoy tan metida en lo que estoy haciendo que casi salto del susto cuando, media hora después, Anders se sube al pontón. Ni siquiera oí sus pasos por el bosque.

—¿Vas a mostrarme lo que estás haciendo? —dice, y señala con la cabeza hacia el cuaderno.

Lo apreté contra el pecho por instinto, pero es probable que ya sea tiempo de que supere mi timidez. He estado trabajando en esto un par de días.

—Solo estoy jugando —digo, poniendo excusas—. Se me ocurrió cuando Bailey dijo lo de la suite de luna de miel.

—¿Puedo ver?

Obviamente siente que me ha dejado sola por demasiado tiempo. Oí que se reiniciaba la amoladora angular poco después de bajar hasta aquí.

Le muestro mi dibujo mientras acerca una silla.

—Guau —dice en el momento en que pone los ojos en la primera imagen—. No tenía idea de que pudieras dibujar así.

—Yo solía dibujar todo el tiempo —le digo mientras examina el dibujo a lápiz—. Pero hacía mucho tiempo que no me sentía inspirada.

—¿Así que esto iría alrededor del lago?

—Por allí.

Señalo hacia el otro extremo.

Pasa a la siguiente página en el cuaderno y la examina con la misma intensidad.

He diseñado una serie de cabañas de troncos sobre pilotes que abrazan el contorno del lago, pero los troncos se fijarían en sentido vertical para que cada uno de los edificios tome una forma diferente. Me gusta la idea de que varíen, pero que encajen en un todo coherente. Me los imagino pintados de negro.

—Como dije, solo estoy jugando. Pero si ustedes, algún día, quisieran de verdad utilizar este lugar como un predio para celebrar bodas u otros eventos, pensé que podría ser redituable ofrecer alojamiento.

—¿Cuánto podría costar algo así? —pregunta Anders.

—El trabajo sería lo más caro, pero tú y Jonas podrían hacer la mayor parte. Podrían utilizar troncos del bosque como hicieron él y tu padre cuando construyeron la cabaña, e instalar una bomba de calor que se alimente del lago.

Podría suministrar algún refresco en el verano y calefacción en el invierno.

—Y las ventanas son todas de tamaños estándar –le digo, porque hay un montón–. Podrían comprarlas en las tiendas.

Está sorprendido porque son de tamaños variados, algunas dispuestas en sentido horizontal y otras en vertical, como una obra de arte de Mondrian. Las acomodé para que se aprovecharan al máximo las vistas, tanto del lago como de los campos detrás de ellos.

—¿Se los podemos mostrar a Jonas? –pregunta por fin.
—Claro.
—Y luego deberíamos hacer un plan para mañana.
—¿Para mañana?
—Vienes a Indy conmigo, ¿no?
—¿Voy?
—Pensé que querías. Yo conduzco.

No sé si está tratando de levantarme el ánimo, pero me encantará pasar un fin de semana en la ciudad. Y me alegra que se sienta cómodo conmigo como para invitarme, aunque ni se le cruce por la mente la idea de abrazarme.

Capítulo veintiséis

—Deberías ir al Mercado de Artes y Antigüedades de Midland mientras estás aquí. Te encantará. Está en una fábrica reconvertida. Es gigantesca y tiene un montón de cosas de mediados de siglo. Eso en caso de que no estés con ganas de pasar todo el día en el centro comercial Circle Centre.

—Definitivamente no. Suena genial. ¿Dónde está?

—A poca distancia de mi piso. Te lo mostraré en un mapa. Hasta podrías encontrar algunos apliques de luz de pared de los años sesenta para el Airstream.

—¿Tú puedes venir? —Miro a Anders en el asiento del conductor de su BMW.

—Mejor apunto directamente a la pista de carreras una vez que te haya dejado.

La mayor parte de su equipo está en una carrera, pero

Anders quiere ir a su oficina para imprimir algunos datos y ponerse al día.

Lo que empezó con él ofreciéndome un aventón y yo viendo en qué hotel podía pasar la noche, se ha convertido en él insistiendo en que use un cuarto disponible en su casa y me sume a una salida nocturna con sus amigos.

No sé si está en una misión para alegrarme o si Jonas lo ha hecho tropezar con la culpa, pero parece bastante feliz con el plan.

Indianápolis es una ciudad cuadriculada con calles que se cruzan y que salen de una rotonda central llamada Monument Circle. La excepción a estas calles norte-sur-este-oeste son cuatro calles principales diagonales que comienzan a una cuadra del centro y salen de la ciudad. Anders vive sobre la diagonal del nordeste: Massachusetts Avenue, o Mass Ave, como le dice él, y su *loft* está dentro de una fábrica de seda reconvertida. El edificio tiene cinco plantas, es de ladrillo rojo, con enormes ventanas estilo Crittall. Se han conservado las chimeneas originales de la fábrica; arranca a nivel del suelo y mide dos veces la altura de todo el edificio. También hay un tanque de agua plateado y redondo en la azotea que tiene la palabra "Seda" pintada en letras rojas.

—Esto es genial —digo con asombro—. ¿Cuánto tiempo has vivido aquí?

—Solo desde febrero —responde—. Toda esta área estaba tapada con unos dos pies de nieve el día de la mudanza.

Me pregunto dónde vivía con Laurie.

Los pasillos que conducen al piso son aburridos y poco

inspiradores, pero en el interior, los techos son altos y la ventana ocupa prácticamente toda la pared de la sala de estar, aunque están separadas del cuerpo principal del piso por puertas deslizantes y una terraza acristalada. La cocina está al lado de la puerta y es de planta abierta, con una barra americana.

—La habitación de huéspedes está por allí.

Anders señala a través de la sala de estar hacia una puerta a la izquierda.

Su habitación, veo, está subiendo unos escalones, a la vuelta de la cocina. Aparte de una pared divisoria que me llega hasta la cintura, está abierta al salón porque, supongo, necesita luz de la ventana gigante —no hay ninguna en su habitación—.

Las paredes son blancas, el suelo es de madera con rayas negras y los muebles, en su mayoría modernos, tienen un aire escandinavo: sillas y sofás de cuero color café y estilizadas mesitas auxiliares de madera.

Un momento.

—¿Esa es una silla Eames? —le pregunto con un deleite desenfrenado cuando veo la mecedora de fibra de vidrio amarilla en la terracita vidriada.

—Sip, la conseguí en ese mercado del que te hablé.

—Estoy tan celosa.

Me gusta mucho, mucho su estilo.

Oh, Dios. ¿Por qué tiene que ser tan *cool*? ¿Por qué no me puede espantar de una vez por todas con una colección de muñequitos raros u osos de peluches en su cama?

¿A quién estoy engañando? Lo más seguro es que todavía me gustaría, incluso en ese caso.

Me siento nerviosa e irritable cuando voy y pongo mis maletas en mi habitación. La luz del sol entra a raudales por la ventana sobre la cama doble, cubierta con una colcha blanca y crujiente con un tramado cuadriculado. Contrasta bien con el muro de hormigón prefabricado que hay detrás de ella. Hay un baño en *suite* que linda con la habitación de Anders, así que uso las instalaciones antes de dirigirme a la cocina.

–¿Quieres que te haga un café antes de irme? –pregunta Anders.

–No, gracias, estoy bien.

–Déjame que te muestre dónde estamos en un mapa.

Me ayuda a entender dónde estamos, luego me da un juego de llaves y promete tratar de volver temprano para que podamos ir a Fountain Square para echar un vistazo antes de la reunión de cumpleaños de su amigo.

Me encanta el Mercado de Artes y Antigüedades de Midland tanto como lo había imaginado Anders. Ocupa dos plantas enteras de un almacén reconvertido con acabados en bruto en todas partes y podría pasar todo el día aquí sola.

Encuentro un par de luces de lectura de aluminio con pantallas de vidrio blanco que se verían fantásticas en la pared de Bambi. Los cables están amarillos por la edad, los interruptores apenas flojos y poner objetos de vidrio en un vehículo en movimiento es una mala idea, pero no puedo resistirme.

Después, deambulo por las calles, paso frente a cafeterías *indies*, restaurantes y vinotecas refinados con mesas en el frente, peluquerías y barberías, casas de *delicatessen* y boutiques, una galería y un museo. Hay un barrio histórico que se llama Lockerbie Square muy cerca del piso de Anders cuyas calles arboladas están flanqueadas por viejas casas de madera pintadas de colores bonitos: azul cielo, amarillo mostaza, verde *key lime pie*... y todas cuentan con una valla de estacas en el frente. Nunca llego al centro comercial Circle Centre. Hay tantas cosas interesantes para ver en esta parte de la ciudad que odio la idea de subirme a un taxi para ir de compras a un centro sin alma.

Llega el momento en que me dirijo de regreso a los *lofts* de seda para alistarme y, una vez más, los nervios se multiplican en mi estómago. Desearía no sentirme tan tensa. Me vendría muy bien un trago para relajarme.

He llevado varios paquetes de cervezas a la granja Fredrickson las últimas semanas, así que no me siento muy culpable cuando decido servirme una cerveza del refrigerador de Anders. De camino a su cocina, miro hacia su dormitorio y me llama la atención un portarretratos en su mesita de noche. Tiene una fotografía en color de Laurie que es difícil no ver porque el marco debe ser de veinte por veinticinco centímetros. Mi curiosidad me lleva justo hasta el pie de los escalones que dan a su dormitorio y estoy lo suficientemente cerca para distinguir los detalles de la fotografía. Ella tiene el pelo largo, rubio claro recogido en una coleta y está sonriendo a la cámara. No es una sonrisa expansiva como en la fotografía de la boda, sino que su expresión es suave y la mirada de sus ojos azules es amable. Tengo la extraña sensación de que me habría caído bien si la hubiera conocido.

No es de extrañar que Anders no esté ni cerca de dejarla ir. Ella es lo último que ve antes de dormirse por la noche y lo primero que ve cuando se despierta por la mañana. Debe echarla mucho de menos.

Cuando pienso eso, la sensación de inquietud en mi estómago se tranquiliza. No me molesto en ir a buscar alcohol y en cambio me dirijo a mi habitación para terminar de alistarme.

***

Anders regresa alrededor de las seis, disculpándose por no haber podido llegar más temprano. Toma una ducha rápida y tiene el pelo rubio húmedo cuando reaparece. Se ha puesto una camisa de color gris carbón con botones de presión blancos, y la lleva sobre una camiseta blanca con jeans negros y botitas de gamuza.

Yo opté por volver a mi negro estándar, que me da seguridad. Tengo puesto el vestido ajustado, hasta la rodilla, sin mangas que usé la primera vez que fui a Lo de Dirk, el que tiene cuentas blancas alrededor del escote en V.

Anders insiste en que no quiere beber mucho esta noche, así que le cuento lo que hice hoy mientras conduce hacia el sur hasta que llegamos a otra calle diagonal, una que corre hacia el sureste de la ciudad. Cuanto más nos alejamos del centro de Indy, las construcciones se hacen más bajas y más espaciadas. Se alternan con aparcamientos y son en su mayoría de ladrillo rojo, algunas con detalles ornamentados, cornisas decorativas y escaleras de escape de metal negro, del tipo de las que se ven en las películas ambientadas en Nueva York. Hay algunas pinturas murales de estilo *funky* en las paredes exteriores de las tiendas y edificios de pisos y se siente como si nos estuviéramos dirigiendo hacia un distrito más joven.

—Ese es el Fountain Square Theatre Building —dice Anders, señalando hacia delante con la cabeza—. Es hacia donde nos dirigimos.

El edificio en sí es grande y un poco apagado, pero la antigua señalización que envuelve la planta baja rebosa de color.

—Eres hermosa —dice Anders.

—¿Qué?

Me giro para mirarlo, sorprendida, y veo que sonríe y señala por la ventana. Sigo la línea del dedo extendido hacia unas grandes letras blancas, fijadas a un lado de un edificio, que dicen: "ERES HERMOSA".

Me río.

—Bueno, obviamente no estabas hablando de mí.

—¿Qué tiene eso de obvio? —responde.

—No estoy buscando un cumplido —le aseguro—. De ninguna manera.

—¿Estás bromeando conmigo?

Suena vagamente incrédulo.

–Nop. Bailey es la hermosa. –Cambio de tema–. ¿A qué hora empieza la fiesta?

Su amigo, Wilson, ha contratado un salón de bolos *duckpin*, lo que sea eso. Bolos de diez palos de un tamaño más pequeño, creo.

–A las ocho, pero siempre llega tarde. Pensé que podríamos ir a tomar algo al *rooftop* antes.

Rodea el edificio y pasa por al lado del cartel de neón vintage más genial que vi en mi vida. Se proyecta fuera del edificio y es azul y tiene forma de píldora. Lo envuelven unas líneas de neón blanco y tiene unas letras amarillas que dicen "Duckpin Bowling".

Al lado hay un cartel que dice Fountain Square Theatre que tiene tantos focos encendidos que no llamaría la atención en Las Vegas.

Hay dos lugares *vintage* de bolos *duckpin* en el edificio y una vez que hemos aparcado, Anders me lleva hasta la cuarta planta para mostrarme aquel al que no iremos más tarde. Ha sido restaurado teniendo en cuenta su diseño original de 1930, con un café y una bolera de madera de ocho pistas. El ambiente está inundado de luz gracias a una larga línea de ventanas en la pared cubierta de cal.

Continuamos hacia arriba y llegamos al jardín en el *rooftop*. El paisaje circundante es completamente plano y la vista se extiende millas a la redonda. En una esquina hay un cartel que dice "Fountain Square: todo menos cuadrado" y debajo de él cuelga un gran reloj con el clásico logo rojo y blanco de Coca-Cola en el frente.

Nos sentamos a una mesa desde la que se ven los rascacielos de la ciudad a la distancia, y se acerca una camarera. Elijo un cóctel con ron y Anders opta por una cerveza baja en alcohol. La chica se aleja, pero no puedo dejar de sonreír.

–Este es uno de los lugares con más personalidad en los que he estado. Quiero mudarme aquí.

Anders parece divertido.

–Solo estoy bromeando –le digo.

–¿Tienes pasaporte de Estados Unidos? –pregunta con interés.

Asiento. El mejor regalo que me dio papá.

–Nací aquí. En Phoenix.

–¿Cuánto tiempo estuviste allí?

–Hasta los seis años. Mamá esperó hasta que naciera Bailey antes de levantar la casa y llevarnos al Reino Unido. Papá ya se había mudado a Indiana con Sheryl. Esa parte de mi vida parece un sueño cuando pienso en ella.

Le hablé acerca del bungaló de tejas rojas de mis padres en la base de Camelback Mountain, acerca de las tormentas de arena, los cactus y los pueblos de *cowboys*, y mientras hablaba, la camarera nos trajo los cócteles.

–Me gustaría volver a Arizona algún día –le digo– para ver todas esas cosas que recuerdo, como el Gran Cañón y el lago Powell. Encontré un viejo álbum de fotos de mi padre hace poco y el agua era tan verde, con grandes rocas alrededor. Quiero ver si estos lugares son tan lindos como los recuerdo.

—Podrías hacer un viaje en Bambi.

—Me encantaría. Diría que tú también podrías venir, pero no hay espacio para dos dormitorios.

Sonríe.

—Supongo que tendré que conseguirme mi propio Airstream.

—No, puedes tomar prestado a Bambi cuando quieras, lo digo en serio. Siento que es tan tuyo como mío.

—Oh.

Parece conmovido mientras levanta su cerveza.

—Scott y yo planeamos viajar por Estados Unidos una vez —le cuento.

Anders asiente, su mirada fija en la mía. El sol se asoma desde detrás de una nube y le da de lleno en el rostro, iluminando la mancha ámbar del ojo. Levanta la mano para protegerse y dice:

—Laurie y yo también queríamos hacer eso. —Es la primera vez que evoca por voluntad propia a su difunta esposa.

—¿Cuánto tiempo estuviste casado? —le pregunto con delicadeza.

Baja la mano, pero entrecierra los ojos por la luz.

—Un año y medio, antes del accidente, pero estuvimos juntos durante un par de años antes.

—¿Cómo se conocieron?

Se echa hacia atrás en la silla.

—Ella trabajaba en relaciones públicas para el equipo. Venía a la mayoría de las carreras.

—¿Dónde vivías antes de los *lofts* de seda?

—En Broad Ripple, a una media hora hacia el norte. También te gustaría, seguro.

—No te pediré que me lleves.

—No me importaría llevarte.

¿No le traería demasiados malos recuerdos? Eso es una buena señal.

—¿Estás mejor después de cómo te sentiste ayer? —me pregunta, juntando las cejas.

—Sí, lo siento, fue vergonzoso.

Me muevo en la silla y mi pierna choca contra la suya.

—No, en absoluto.

Se endereza otra vez en la silla y apoya los codos en la mesa.

—¿Tu ex te molestó de alguna manera?

—No, no fue nada que haya dicho él. Le envié algunas fotos de Bambi porque pensé que le gustaría ver lo que estábamos haciendo y tuvimos un lindo intercambio de mensajes, pero supongo que todavía estoy procesando algunas cosas.

Se le achinaron los ojos de preocupación.

—¿Tuvo una aventura?

—No, pero se enamoró de una colega en el trabajo y se dio cuenta de que ella era la indicada. Y de que no era yo.

—Es un idiota.

Me río, pero él apenas sonríe.

—¿A qué se dedica? —me pregunta mientras me tenso ante la enorme intensidad de su expresión.

Me hace sentir como si estuviera conectada a un enchufe cuando me mira así.

—Es paisajista. Dirige su propia empresa.

Asiente, su mirada aún fija en la mía.

—Nadine, su nueva novia, trabaja con él. No es mala. Cuando se dio cuenta de que se había enamorado de él, trató de renunciar y alejarse. Creo que vi el momento en que Scott finalmente aceptó que estaba enamorado de ella y no podía dejarla ir.

Se llevó la botella hasta los labios, volvió a bajarla y me dedicó una extraña mirada.

Le cuento acerca de aquel día en el parque.

—Scott tenía una expresión de anhelo en el rostro cuando la miraba. Es difícil de explicar. Pero cuando se cruzaron las miradas y ninguno de ellos rompió el contacto, percibí que había una atracción entre ellos. Me descompuse —recordé con un estremecimiento.

—Lo siento —murmura Anders.

—Está bien. De verdad, está bien. Ahora puedo ver que no éramos el uno para el otro. Creo que Scott, o tal vez Nadine, nos hizo un favor a los dos —le digo y sonrío—. Cuéntame sobre Wilson. ¿Es uno de tus compañeros de equipo?

—No, en realidad no —responde y parece salir de su ensoñación—. Lo conocí en un bar de blues en vivo llamado Slippery Noodle. Es músico.

Me da mucha ilusión.

—¿De verdad?

—Sip. Ese es otro lugar que te encantaría. Es el bar más antiguo de Indiana. Dicen que está embrujado —añade, sonriendo—. Está a solo cinco minutos en coche de mi piso actual, pero solía ir allí todo el tiempo cuando era más joven. Wilson y yo conversábamos mucho en el bar. Hemos sido amigos por años.

−Me muero por conocerlo.

Tomamos un trago más en el techo antes de bajar hasta el sótano. El espacio está amueblado con auténtica parafernalia de los años 50 y 60, con baldosas a cuadros de color blanco y rojo en la sección de comedor, y taburetes y sillas de vinilo rojo en el bar. De las paredes penden letreros de neón y posters *vintage*, y hay tabiques de vidrio entre las áreas.

Un montón de amigos de Anders ya está aquí y es un grupo muy interesante y ecléctico. Me presenta a artistas, músicos e incluso un arquitecto con ojos amables y una barba *hipster*. Hay una mujer que lleva un vestido de lunares blancos y rojos de los años 50 y lo lleva tan bien, con el pelo rojo peinado hacia el costado en un estilo retro tan logrado, que le pregunto a Anders si se viste así todos los días. Me dice que sí.

Para cuando llega Wilson con bombos y platillos, ya me tomé tres tragos y ya recorrí un buen trecho del camino hacia la borrachera. Wilson debe medir un metro ochenta y es delgado. Está vestido todo de negro con la excepción de un cinturón plateado alrededor de sus caderas estrechas. Tiene mechones negros gruesos que le llegan más allá de los omóplatos.

−¿Quién es ella? −le pregunta a Anders con brillo en sus ojos marrones.

−Es mi amiga, Wren −responde Anders.

Así es como me presentó a todos, su amiga, Wren.

–Feliz cumpleaños –trino.

–Wren es arquitecta –le dice Anders, y se le dibuja una sonrisa juguetona en los labios.

–¿Has conocido a Dean? –dice, y señala con la cabeza hacia el hípster de barba.

–Solo brevemente.

–¿De dónde eres?

–Inglaterra.

–Ya me doy cuenta. ¿De dónde en Inglaterra?

–De un lugar llamado Bury St Edmunds.

–Nunca he estado en Bury St Edmunds, Wren. Cuéntame cómo es.

Describo las ruinas de cuento de hadas y la arquitectura histórica y entro en detalles acerca de un pequeño pub llamado Nutshell, que es uno de los pubs más pequeños de Gran Bretaña y está abarrotado de cosas raras, incluyendo un gato momificado.

Anders parece tan fascinado como Wilson cuando me oye hablar de mi ciudad natal, pero deja que hable su amigo. Y creo que esto debe ser algo en lo que Wilson es muy bueno, pues hace muchas preguntas que hacen sentir cómoda a la gente. Pero cuanto más me pregunta, más me doy cuenta de que así es él. Está interesado en las personas, en las cosas. Y a su vez, me encuentro haciéndole preguntas a él sobre su música, sobre los instrumentos que toca –parece que todos–, pero lo que más le gusta es la guitarra eléctrica.

Anders se queda un rato con nosotros, después va a buscar

más bebidas, nos deja solos y se va con sus amigos. Me doy cuenta un tiempo después de que cuando llegó le dio un abrazo a Wilson, y apoyó el brazo con cariño alrededor de los hombros de Dean cuando nos presentó, pero no es táctil con ninguna de las mujeres. Todavía parece decidido a dejar claro que no está disponible, a pesar de que ya han pasado casi cuatro años y medio desde que perdió a su esposa.

Supongo que todos manejan el dolor de manera diferente, pero es desesperadamente triste pensar que ha mantenido la guardia alta durante tanto tiempo.

Después de un rato, la chica pelirroja con el vestido de los años cincuenta se acerca y Wilson nos presenta con todas las formalidades. Se llama Susan y es fotógrafa, pero también trabaja en una tienda de discos en la misma calle. Insiste en que vaya a visitarla alguna vez para que pueda mostrarme un disco de vinilo de una banda desconocida que descubrió hace poco en un mercado de antigüedades.

Dean se une al grupo y paso más tiempo hablando con él sobre arquitectura. Ha estado trabajando en una cafetería que se encuentra en un banco de mediados de siglo y acaba de terminar de diseñar una casa modernista baja con un techo saliente y gigantes puertas corredizas de vidrio. Suenan como el tipo de proyectos en los que yo mataría por trabajar.

Y tal vez es la fiebre del alcohol, o tal vez es el síndrome de "el-pasto-es-siempre-verde-en-el-jardín-del-vecino", pero me siento como si estuviera en una de las mejores salidas nocturnas de mi vida.

Aún no he encontrado mi tribu en Bury St Edmunds. Mi única amiga es Sabrina, pero ella y su prometido Lance se sienten intrínsecamente vinculados a Scott porque los conocimos mientras estábamos juntos. Todos mis otros amigos del trabajo y la universidad están en Londres o desparramados por todo el país. Me encantaría tener un gran grupo de amigos locales como este. Anders tiene suerte.

Wilson insiste en que haga equipo con él y uno de sus compañeros de banda, Davis, para nuestro primer juego de bolos *duckpin*. Las pistas son más cortas que las calles de bolos de diez pines y las bolas son más pequeñas, pero en lo esencial, es el mismo concepto: golpear las cosas que están en el fondo de la pista.

Por supuesto, no puedo acertar, no importa cuánto lo intente. Estoy demasiado borracha.

—¿Qué estoy haciendo mal? —le pregunto a Anders.

—No puedo decirte, no estás en mi equipo —responde con una sonrisa socarrona.

Susan, una de las que sí está en su equipo, derriba todos menos uno de sus palos en su tercer intento y él levanta los brazos y la felicita.

—¿A quién le importa si ganamos o perdemos? ¡Es jugar lo que cuenta! —exclama Wilson, poniendo acento inglés y proyectando su voz como un actor Shakespeariano—. Pero estás torciendo el brazo en el codo —me murmura en el oído.

—¿Qué quieres decir? ¿Así?

—No, así.

Me agarra el brazo y lo sostiene más recto.

Trato de corregir el tiro, lanzo la bola por la pista de madera y derribo cada uno de esos malditos palos. Estoy tan asombrada, y luego tan eufórica, que empiezo a pegar saltos en el lugar al grito de "¡SÍ!".

Wilson me choca los cinco, luego Davis también, lo miro a Anders con toda la euforia, y lo veo ya riendo, con el rostro lleno de afecto. Me gusta tanto en ese momento y cuando no rompe el contacto visual, yo tampoco lo hago.

Inclina la cabeza hacia un lado y se le oscurecen los ojos mientras su sonrisa se desvanece y se convierte en una pequeña mueca. Me siento como si fuera una mosca atrapada en la miel... No, un mosquito atrapado en ámbar, incapaz de despegarme de su firme mirada.

Su atención baja hasta mis labios y siento una inyección de adrenalina en el corazón cuando vuelve a subir los ojos al resto de mi cara. Recibo el calor abrasador que hay en ellos antes de que haga una mueca y mire hacia otro lado.

Se pone de pie de un salto y recoge una bola de bolos. Tardo un momento en darme cuenta de que simplemente le llegó el turno.

—Hora de darte una paliza —dice en un tono ligero y juguetón.

Me obligo a reír, pero ¿qué demonios? ¿Acabo de imaginar esa conexión entre nosotros? Él parece haber vuelto a la normalidad, pero yo apenas puedo hacer entrar aire en mis pulmones. Mi pulso está por las nubes, se estrella contra mi piel, y él no parece afectado en lo más mínimo.

Hago lo que puedo por seguirle la corriente, pero es difícil.

Nos quedamos un par de horas más después de terminar el juego, riendo, bebiendo, charlando y comiendo, hasta que finalmente damos por terminada la noche y Anders nos lleva a casa.

—¿Quieres una copa? —pregunta mientras abre la puerta.

—Lamento que no pudieras beber.

—No me importó. Estaba feliz.

—¿Estabas? —pregunto—. ¿Feliz?

—Muy —responde con una sonrisa.

Dios mío, está tan sobrio.

—Por favor, ¿podrías emborracharte mucho ahora? —le pregunto mientras me tambaleo camino a su sofá de cuero y caigo sobre él.

—Haré lo que pueda. ¿Qué quieres?

—Algo suave.

Me trae un agua con gas y un whisky helado para él, y luego se sienta en el sillón a mi derecha.

—Me divertí tanto esta noche —le digo—. Me caen muy bien tus amigos.

—Me alegro. Tú también les caíste bien.

—Son todos tan interesantes.

—Tú eres interesante.

—Tú —le respondo, borracha.

Se ríe, niega con la cabeza, y se lleva la copa a los labios. Se detiene, luego baja la copa de nuevo.

—Eso que dijiste antes, eso de que Bailey es la hermosa. ¿Tu padre nunca te dijo que lo eras cuando estabas creciendo?

—No —contesto sin rodeos.

–¿Pero se lo dijo a Bailey?

–Supongo que sí. Mírala. No nos parecemos en nada.

Frunce el ceño.

–No estoy de acuerdo.

–Vamos, hasta Jonas comentó lo diferentes que somos las dos.

–Está equivocado. Tienen los mismos ojos –dice–. No por el color, los tuyos son más bonitos, pero las dos tienen ojos almendrados.

¿Más bonitos? Niego con la cabeza, aunque mi corazón se eleva y se infla.

–Mis ojos no tienen nada que ver con los de ella. Los suyos son grandes y estilo "Boo".

Es comprensible que lo confunda esta descripción.

–No sé qué significa eso, pero creo que las dos tienen ojos grandes. Y las dos tienen narices perfectamente rectas.

Le sonrío, contenta por el hecho de que es obvio que se ha tomado tiempo para considerar esto.

–¿Siempre se han llevado bien? –pregunta.

–No, para nada, no cuando éramos más jóvenes. No es que nos lleváramos mal, pero no éramos cercanas antes de este viaje.

–¿Por qué no?

–En parte debido a la diferencia de edad, en parte porque no hemos pasado mucho tiempo juntas, y también, somos simplemente diferentes. Ella es mucho más extrovertida que yo. Siempre me he sentido poco en comparación. Nos hemos unido este verano, pero en última instancia me he instalado en casa de su familia. Siempre sentiré que mi padre es más suyo que mío.

Frunce el entrecejo.

—Me apena que te sientas así. Cuando estuve con ustedes, me pareció muy evidente que tu papá te adora.

Suelto un suspiro.

—Mi padre ni siquiera puede abrazarme. Es decir, me abrazó cuando llegué y me abrazará cuando me vaya, pero este lado de mi familia no demuestra el afecto con el cuerpo. No conmigo, al menos. Creo que la única vez que Sheryl me dio un abrazo como la gente fue hace un par de semanas cuando se disculpó por algo que hizo cuando yo era más joven.

Me tiene anclada con su atención, y me siento obligada a explicar con más detalle.

—Escondió el álbum de fotos del que te hablé. A Bailey le gustaba mirarlo y Sheryl se lo quitó. Creo que se sentía amenazada por mí, por mi madre, por la historia de papá con nosotras. Nunca me dejó acercarme demasiado a ella, me hacía sentir como si fuera una molestia. Recuerdo una vez, cuando yo tenía unos ocho o nueve años, ella se hizo una permanente y tenía el pelo muy rizado y brillante. Me moría por tocarlo para ver cómo se sentía, pero cuando intenté tocarle uno de sus rizos, me apartó. No era buena conmigo cuando estaba creciendo.

—¿Crees que ese podría ser en parte el motivo por el que eres insegura?

—¿Soy insegura?

—Para alguien tan inteligente y talentosa como tú, creo que eres bastante insegura.

Lo miro fijamente y mis entrañas revolotean mientras trato de darle sentido a sus palabras.

—Supongo que no ayuda que mi padre me abandonara. Y que luego lo hiciera Scott —añado con un ligero encogimiento de hombros

Esa es otra cosa que he tratado de tomar a la ligera y que él no encuentra gracioso. Su mirada es apremiante e intensa. Siento un calor que brilla sobre mi piel.

—Creo que debería ir a la cama. Estoy demasiado borracha para esta conversación —decido de repente.

Asiente, se inclina con lentitud hacia delante y apoya los codos en las rodillas, con la copa en sus manos. Me observa mientras me pongo de pie.

Soy hiperconsciente de su atención mientras voy y vuelvo a llenar el vaso con la botella del refrigerador. Vuelvo a cruzar el salón camino al dormitorio, y vacilo antes de girar para decir buenas noches. Él todavía me mira, y por alguna razón, no puedo hablar. Me quedo allí, inmóvil, esperando, pero qué espero, eso no lo sé.

—Eres hermosa, Wren.

Lo dice con tanta serenidad, con tanta honestidad, que abro la boca y la vuelvo a cerrar.

Me sostiene la mirada tanto tiempo que mis pensamientos se dispersan como pines. Trato de desenredar nuestras miradas, pero estoy enterrada en miel otra vez, encerrada en ámbar. Algo dentro de mí comienza a desarmarse, a desplegarse hacia él. Me siento atraída en su dirección, pero cuando doy un solo paso, baja la mirada hacia su bebida.

–Buenas noches –dice.

Bebe de un trago el contenido del vaso y yo giro sobre mis talones, me encierro en mi cuarto y trato de dominar los latidos descontrolados de mi corazón.

***

En medio de la noche, me levanto para usar el baño y juro que puedo oír el sonido de una mujer riéndose del otro lado de la pared. Pero por la mañana, cuando me despierto, me pregunto si estaba soñando.

Capítulo veintisiete

Anders todavía está dormido cuando me aventuro fuera de mi habitación, con la necesidad urgente de buscar algún medicamento que alivie mi dolor de cabeza. Paso a hurtadillas frente a su dormitorio, haciendo un esfuerzo por apartar la mirada, y tomo el bolso del lugar en que lo dejé caer junto a la puerta anoche. Si no estuviera sufriendo tanto, no me atrevería a correr el riesgo de despertarlo. En silencio, lleno un vaso de agua del grifo, vuelvo a mi dormitorio y me meto en la cama.

Por mi mente pasa como un torbellino todo lo que pasó anoche, pero vuelve una y otra vez a "Eres hermosa, Wren" y esa mirada en su cara.

No pensé que se sintiera atraído por mí, pero ahora no estoy tan segura.

Me siento demasiado intranquila para volver a dormirme,

así que al final me levanto y tomo una ducha. Para cuando resurjo, Anders ya está levantado, en la cocina.

—¡Hola! —exclamo y me acerco.

—Ey —responde con voz ronca, sin mirarme.

Siento que se me hunde el estómago. Por favor, que las cosas no se pongan raras entre nosotros... Me repongo, decidida a no permitir que demos un paso atrás.

—¿Café? —pregunta mientras me siento frente a la barra de desayuno.

—Por favor. Lo de anoche fue muy divertido —digo e inyecto calidez en el tono de mi voz, manteniéndolo ligero y amable—. Estaba tan borracha. Espero no haber dicho muchas estupideces. Tuve que venir a buscar Tylenol hace un rato. ¿Cómo te sientes tú?

—Bien. —Asiente y se rasca la parte posterior de su cuello. Tiene el cuerpo inclinado hacia la máquina de café.

Lleva una camiseta gris arrugada. Creo que podría haber dormido con ella puesta.

"Eres hermosa, Wren".

Me armo de valor para hacer frente a los recuerdos que hacen que se me encoja el corazón.

—¿Dormiste bien? Pareces cansado —digo.

—Estoy un poco cansado. ¿Crema? ¿Azúcar?

—Sí, por favor. Dos.

Le pondría tres porque tengo resaca, pero me abstengo.

—¿Qué tal si salimos a desayunar? —sugiero—. No me vendría mal una buena fritura grasienta. ¿Tienes que trabajar esta mañana?

—No. Aunque no me importaría volver a la granja más temprano que tarde.

—¿Ya estás harto de la gran ciudad? —le pregunto con una sonrisa.

Quizá está harto de mí. Oh.

Se encoge de hombros y me sonríe.

¿Estaba siendo amable anoche y nada más? ¿Es el tipo de cosas que le diría a cualquier amiga para que se sienta mejor? Tengo miedo de haber estado leyendo demasiadas cosas en las miradas que hemos cruzado.

—Podemos irnos cuando estés listo —digo—. Puedo volver en otro momento.

—Salgamos a desayunar —dice de repente—. Hay un lugar en la esquina que creo que te gustará.

Me gusta que sepa lo que me gusta.

Aprieto el pensamiento hasta que desaparece. Necesito trabajar más en fortalecer mi mente.

***

Vamos a una cafetería *indie* que tiene ventanas gigantes en las dos paredes adyacentes a las calles. Adentro, está pintado de gris oscuro y tiene una mezcla de sillones y sofás para sentirse realmente cómodo. Libros viejos y juegos de mesa bastante baqueteados se apilan en los estantes del bar y tengo la sensación de que la gente puede pasar horas aquí.

Mientras nos sentamos, señalo un sillón que es del mismo estilo anticuado que el que tiene su familia en casa. Nos reímos juntos cuando imaginamos a su mamá tratando de poner cara seria cuando imitaba a sus antepasados.

–¿Crees que Jonas estará en esa pared con su esposa algún día? –le pregunto.

–No sé dónde va a encontrar una esposa –responde con ironía–. Creo que dejó agotadas a todas las mujeres disponibles de la ciudad.

–Tal vez necesita venir y pasar algún tiempo aquí, y encontrar una buena chica de la ciudad para convertirla.

Sonríe.

–Podríamos intercambiarnos las vidas.

–A ti te encanta la granja, ¿no es cierto?

No es una pregunta. Estoy pensando en lo sereno que se veía cuando fuimos a nadar el fin de semana pasado.

–Sí, me encanta –dice, y mira con cara pensativa a los coches que pasan–. Jonas me puso tanta presión para ir a casa. Le dije a mi jefe que mi familia me necesitaba. Que mi hermano me necesitaba. Pero ahora me pregunto si Jonas me hizo ir a la granja más por mi bien que por el suyo. Creo que sabía que necesitaba tomarme un tiempo lejos de todo.

–Suena como si hubiera asumido el rol de hermano mayor otra vez. Está cuidándote, en lugar de cuidarlo tú a él. Como cuando eran más jóvenes, ¿verdad?

Asiente, chocando la cucharita con suavidad contra la enorme taza de café.

–Me gustaría poder quedarme para la cosecha. Jonas ha estado pensando en contratar a un peón.

Mi corazón da un vuelco ante la idea de que se vaya.

—Quizá todavía tenga la oportunidad de ayudar un poco.

—Si vienes, ¿puedo dar un paseo en el tractor contigo? —Pregunto con una sonrisa. Tranquila y al pasar, tranquila y al pasar.

—Por supuesto —responde con una sonrisa.

***

Anders sigue ablandándose y, para cuando nos detenemos frente a Wetherill, parece que hemos vuelto a la normalidad. Me siento aliviada.

—Ve y dales un abrazo —me ordena mientras salgo del coche—. Te reto.

—Ya veré.

Me doy la vuelta y agacho la cabeza para poder mirarlo por la puerta abierta.

—Gracias de nuevo. La pasé genial.

—Yo también.

Me enderezo y cierro la puerta antes de que las cosas se pongan raras otra vez.

Hemos pasado la última parte del viaje hablando de mi familia y me ha convencido de que es muy probable que papá, y tal vez incluso Sheryl, han querido abrazarme en innumerables ocasiones, pero se han contenido porque no han querido sobrepasarse. El hecho es que, y Anders también está de acuerdo con esto, simplemente no me conocen tanto. No son conscientes de que me he mantenido distante con ellos porque no quería salir herida. Si quiero cambiar la narrativa, puedo, está bajo mi control. Pero lo más seguro es que yo tenga que dar el primer paso.

Miro por encima de mi hombro cuando llego a la puerta principal, aunque sé que Anders ya se ha ido hace tiempo.

Sheryl está en la cocina, trabajando con un pelador de frutas.

—Debería haber sabido que te encontraría aquí —bromeo—. Oh, ¿peras?

—¡Las primeras de la temporada! —canta.

—Justo a tiempo. Me estaba aburriendo un poco de los melocotones.

—Las manzanas ya están listas también —me dice.

Tiene el delantal y el pelo salpicados con masa.

—¿Dónde está papá?

—Afuera, en el granero. ¿Cómo fue tu fin de semana? No pensé que nos veríamos antes de la cena.

—¿He vuelto demasiado pronto? Espero que no te importe.

—Por supuesto que no. Te extrañamos —dice para mi deleite—. ¿Lo has pasado bien?

—Sí, muy bien.

Mis ojos se precipitan hacia la mezcla de pastel en su peinado de pelo gris.

—Tienes un poco... —digo señalando al norte de su sien derecha.

—¿Dónde?

Ella baja la cabeza y me acerca.

—Aquí.

—¿Me la puedes quitar? —me dice, un poco exasperada.

—Por supuesto, sí, lo siento. Creía que no te gustaba que la gente te tocara el pelo, ya sabes, que invada tu espacio personal.

—No me gusta que la gente invada mi espacio personal —responde, y sus ojos marrones se cruzan con los míos— pero tú no eres "la gente", eres de la familia.

Me estiro y, para mi sorpresa, me empieza a picar la nariz cuando me concentro en quitar suavemente la mezcla de pastel. Siento la mirada de Sheryl sobre mí todo el tiempo.

—Esta es una de esas cosas, ¿no? —pregunta con tono serio—. Un error que cometí cuando eras más joven.

Se me hace un nudo en la garganta y asiento.

—¿Puedo abrazarte? —le pregunto llevada por un impulso y pensando en Anders.

—¡Por supuesto que puedes, cariño! —responde y su voz salta una octava mientras me abre los brazos.

—¿Qué está pasando aquí? —interrumpe papá. Acaba de entrar por la puerta principal y tiene los ojos muy abiertos por la sorpresa—. ¿Dónde está mi abrazo?

Me río y me muevo para apartarme de Sheryl, pero ella se aferra a mi cintura y abre el otro brazo para ensanchar el círculo.

Y no creo que sea porque quiera mantener el control o no le gusta que la excluyan. Tengo la sensación de que es porque aún no está lista para soltarme.

Capítulo veintiocho

—Bien, así se hace —Jonas le dice a Bailey que acaba de embocar la bola negra—. Creo que deberías divorciarte de ese tipo Casey y casarte conmigo.

—Sí, ya mismo, contigo, que eres un patán.

Jonas se ríe, junta las bolas para un segundo juego y a mí me hace sonreír su camaradería. Ahora estoy convencida de que su amistad es puramente platónica.

Es domingo por la noche, una semana después de nuestro viaje a Indianápolis, y los cuatro hemos ido a Lo de Dirk a jugar unas partidas de *pool*.

Anders y yo hemos pasado todas las noches de la última semana trabajando en Bambi, además de todo el día de ayer y el de hoy, y eso se suma al trabajo que han estado haciendo él y Jonas para alistar la granja para la cosecha.

Estoy acostumbrada a llegar a su casa y encontrarlos

acalorados, sudorosos y cubiertos de manchas de grasa y tierra. Han estado cargando combustible en los vehículos agrícolas, cambiando el aceite del motor, los filtros de aire y los neumáticos, y actualizando el software. Utilizan diferentes cabezales —piezas grandes de maquinaria que van en la parte delantera de la máquina— para cosechar diferentes cultivos y todas tienen muchas partes móviles, que podría funcionar mal y poner fin a la cosecha, por lo que han sido rigurosos al revisar todo.

Pero antes, cuando fui a verlos, estaban corriendo por el circuito de motocross detrás de los cobertizos, gritando de alegría como niños pequeños cada vez que pegaban un salto. Me llenaba el corazón verlos tan contentos.

El maíz está empezando a cambiar. Se está poniendo dorado de punta a punta y las hojas verdes de la soja que plantaron antes tienen motas amarillas. Hasta nuestros zapallos se han inflado como globos. No puedo creer que ya estaremos en septiembre en unos pocos días.

Anders y yo estamos a punto de terminar Bambi. Esta tarde volvimos a montar los paneles de la parte trasera y fijamos un burlete de goma a la nueva puerta trasera para que no entre el agua de lluvia. Vamos a hacer una prueba mañana con la hidrolavadora y después, una vez que sepamos que no hay filtraciones, colocaremos una capa de abedul en las paredes interiores y linóleo en el suelo.

Estamos muy contentos con cómo está quedando y hemos estado trabajando mucho, pero esta noche queríamos relajarnos y descansar. Bailey y Jonas también. Hoy terminaron un anuncio para la noche de cine y lo enviaron al periódico local para que aparezca a finales de esta semana. Bailey está emocionada, pero Jonas parece nervioso. Todavía no les ha dicho a sus padres lo que tiene planeado.

Peggy y Patrik han decidido quedarse en Wisconsin un par de semanas más y creo que Jonas espera inocentemente que el primer evento de cine al aire libre que se celebra, ya no de la granja Fredrickson, sino en cualquier lugar de la ciudad, pase desapercibido para sus padres.

Pero es solo cuestión de tiempo, según Anders, tal vez unos pocos días, antes de que alguno de sus amigos se lo mencione.

Anders espera que eso no haga que sus padres vuelvan antes.

Después de la burla inicial, Jonas ahora está de acuerdo con mi idea del laberinto, aunque dice que lo llamará "laberinto de gramíneas" sobre su cadáver. Dijo que puedo diseñarlo si quiero, así que he estado haciendo garabatos en mi cuaderno, y lo dibujé de modo que comience y termine en el huerto de zapallos de nuestra propiedad.

Papá y Sheryl nos han permitido vender entradas para el laberinto desde el granero, lo que no solo liberará a Jonas y Anders de tener que estar a mano para dar la bienvenida a los clientes, sino que también significa que la gente podría parar en Wetherill para recoger productos. Todos ganamos. Papá encargó una pancarta para colocar del otro lado del puente.

Me di cuenta después de nuestra discusión que debería

haberles dicho a papá y a Sheryl que Patrik y Peggy no están enterados de todos estos planes, pero luego pensé que al menos pueden alegar desconocimiento si resulta un problema. Realmente espero que no pongan palos en la rueda.

***

Me toca a mí y por suerte, Jonas me ha dejado una bola cerca de una tronera. Le pego, pero de alguna manera logro que rebote contra el borde en lugar de embocarla.

Maldigo y le pongo cara de disculpa a Anders.

Me sonríe, me pone la mano en la nuca y me acerca.

–¿A quién le importa si ganamos o perdemos? Lo que importa es jugar.

Es una brillante imitación de lo que dijo Wilson la semana pasada, pero estoy tan sorprendida por el contacto físico que ni siquiera me río.

Me suelta y me queda un calor abrasador en la nuca.

Me obligo a reír y luego voy a buscar mi bebida a una mesa cercana.

¿Cómo puede un toquecito entre amigos dejarme tan agitada?

Lo miro con disimulo mientras completa el siguiente tiro, y noto cómo se le alargan los músculos del brazo cuando extiende el cuerpo sobre la mesa, la forma en que entrecierra sus ojos verdes y se concentra. La camisa a cuadros blancos y negros está abierta y cuelga sobre la mesa y tiene la camiseta gris un poco subida, lo que revela un fragmento de piel bronceada por encima de la hebilla del cinturón. Me imagino deslizando las manos sobre su estómago plano, sintiendo que se le tensan los músculos bajo mis dedos, y me invade un sofocón.

No. Basta.

Rápidamente miro hacia el bar y tengo que mirar dos veces cuando veo que Heather está ahí.

Miro a Jonas, pero no creo que la haya visto. Está con unas amigas. Miro a Anders que está al otro lado de la mesa y abro grandes los ojos.

—¿Qué? —dice.

Apunto con la cabeza hacia el bar.

Su expresión se ensombrece cuando la ve.

Jonas tiene el brazo alrededor de los hombros de Bailey y parece muy relajado. Anders se le acerca y le dice algo en voz baja al oído.

El cambio en el lenguaje corporal de Jonas es drástico. Se tensa y dos segundos después, suelta a Bailey y se vuelve hacia la barra. Heather ya lo ha visto. Se ha puesto rígida, y la mano con su bebida quedó a medio camino hacia los labios. Y luego se recupera, y levanta la otra mano para saludarlo.

Jonas le devuelve un largo y significativo movimiento de cabeza a modo de saludo. Luego le da la espalda y se termina la bebida de un trago.

Caramba. Es evidente que todavía le afecta mucho, a juzgar por esa reacción. La tensión entre ellos es palpable.

—¡Casey! —grita Bailey de repente, sacudiendo los brazos como una loca.

—¡Ey! —responde Casey, esquivando las mesas para llegar a ella.

Ella lanza los brazos alrededor de él.

—¿Qué estás haciendo aquí? ¡Creía que ibas a ver a Brett esta noche!

—Lo cancelé. Pensé que era hora de venir y pasar el rato con mi esposa y sus amigos. Hola, Wren —me dice con afecto, y me da un abrazo.

Lo abrazo contenta, encantada de verlo aquí.

Anders se acerca para que lo presente, y luego Bailey lleva a Casey hacia Jonas.

—Ey —dice Jonas, estrechando la mano de Casey. Es amigable, pero se lo ve preocupado.

Por desgracia, creo que va a recaer en los demás hacer que Casey se sienta bienvenido.

—¿Cómo está Fortnite? —le pregunto con una sonrisa—. ¿Has matado a algún niño últimamente?

Me río de su expresión tímida y le cuento a Anders que Bailey se enojó con él la otra noche porque estaba a mitad de una partida y la cena estaba lista.

—Le dije que trajera su trasero aquí ahora mismo —interviene Bailey.

—Y Casey dijo… ¿Qué dijiste, Casey? —pregunto.

—Dije: "Si voy ahora, todos verán a mi avatar parado allí y sabrán que mi esposa me llamó para cenar".

—Y yo dije —interrumpe Bailey—: "Todos verán tu avatar de pie allí y creerán que tu mamá te ha dicho que vayas a la cama".

–¿Alguna vez has jugado Fortnite? –le pregunta Casey a Anders mientras se ríe.

Anders niega con la cabeza.

–Ven a casa alguna vez.

–No, no lo hagas –le digo–. Puede que nunca te vuelva a ver.

De repente, me doy cuenta de que Jonas ya no está con nosotros. Bailey lo nota también.

–¿Dónde está Jonas? –pregunta.

Las amigas de Heather están en la barra, pero ella ha desaparecido.

–No lo sé –respondo frunciendo el ceño–. Vino su ex. Quizá se ha ido a hablar con ella.

Casey compra una ronda de bebidas y, después de esperar otros diez minutos, Anders lo invita a tomar el lugar de su hermano en la mesa de *pool*.

Creo que los dos estamos distraídos por lo que le pasó a Jonas. Solo Dios sabe a dónde ha ido o qué está haciendo. Pero creo que tenemos una idea bastante clara de con quién está.

Capítulo veintinueve

—Quizá debería ir a buscarlo —dice Anders después de que nos despedimos de Casey y Bailey y nos dirigimos hacia el puente.

Solo nos quedamos una hora más después de que desapareciera Jonas.

—Voy contigo, si quieres.

—¿Estás dispuesta a montar la parte trasera de mi moto?

—Sip. Confío en ti.

—Hemos recorrido un largo camino —bromea.

—Podría cambiar de opinión cuando esté sobria.

Pero entonces me imagino envolviéndolo con los brazos y no creo que cambie de idea. Argh, ¿qué me pasa? Apenas me toca y ya se me aflojan las rodillas.

—No puedo creer que vayamos a terminar con Bambi esta semana —le digo.

—¡Yo tampoco!

Y entonces ya no tendré una excusa para venir y estar contigo todas las tardes.

—No necesitas una excusa.

Está empeorando. Los esfuerzos que debo hacer para superar estos sentimientos son cada vez más grandes.

Caminamos en silencio por un minuto. El sonido del río corre por debajo de nosotros mientras cruzamos el puente. Del otro lado, salimos a los campos que dibujan una suave pendiente ante nosotros y el cielo lleno de estrellas rueda sobre nuestras cabezas.

—Espero que Jonas esté bien —le digo—. Heather realmente lo afecta, ¿no?

—Como nadie que haya conocido.

—¿Qué ve en ella? —me desconcierta.

—No tengo ni idea —responde— Si lo tratas mal, te trata bien. Ella siempre ha tenido algún tipo de control sobre él.

—Parecía nervioso ya antes de que ella apareciera.

—Está estresado por papá y la granja.

—¿Qué crees que hará tu padre cuando se entere de lo que están haciendo?

Se encoge de hombros.

—¿Quién sabe? Siempre ha sido impredecible. Con suerte, mamá lo hará entrar en razón. Ella parece ser la única persona que lo logra.

—¿Crees que tu madre los apoyará?

—Oh, ella estará de nuestro lado, sin duda. Cualquier cosa para hacer feliz a Jonas. Fue idea de ella tomarse estos días. Quería darle algo de tiempo sin que tuviera a papá encima, darle la oportunidad de imaginar un futuro en la granja y hacerse cargo de ella.

Suelta un largo suspiro y sigue:

—Cuando papá llegó a casa del hospital, ella sacó la idea de vender.

—¿Qué? ¿La granja? —pregunto con sorpresa. Pensé que nunca lo harían.

Dijo que ya era suficiente, que nuestra familia se había roto la espalda por mucho tiempo y no había vergüenza en dejar que otra persona tomara la posta.

—¿Qué dijo tu padre?

—Estuvo ciento por ciento en desacuerdo con ella.

Nos sonreímos.

—Pero no sé, creo que el solo hecho de que mamá considerara vender la granja liberó algo en Jonas. Creo que de alguna manera le quitó un poco de presión. Ha estado de tan buen humor las últimas semanas. Tú y Bailey...

—En su mayoría Bailey.

—Ahí vas otra vez —murmura—. Te adora, Wren. Y le encantó tu idea de construir cabañas alrededor del lago. No deja de mirar tus bocetos en el teléfono.

Jonas preguntó si podía tomar fotos después de que Anders se los mostrara.

—Bailey y tú son enviadas del cielo.

—Ohhh.

Me inclino y le golpeo afectuosamente el brazo. Siento que se pone rígido y por un momento me desmoralizo.

Daría cualquier cosa porque fuéramos más táctiles el uno con el otro. Pero entonces achica la brecha entre nosotros, y su brazo roza el mío mientras caminamos. Es casi aterrador lo dichosa que me siento al estar tan cerca de él.

—¿Cuántos años tiene tu padre? —pregunto, en un intento por mantener nuestra conversación casual para que no sienta la necesidad de distanciarse de mí otra vez.

—Cumple ochenta y dos en diciembre.

—¿Y tu madre?

—Setenta y seis.

—¿Tenía casi cuarenta años cuando tuvo a Jonas?

—Llevaban años intentando formar una familia. Jonas y yo teníamos un hermano mayor, Lars. Murió cuando era bebé.

—Oh, ¡qué triste!

¿Sería esta la tragedia familiar a la que se refirió Peggy?

—Fue muerte súbita. Nadie podría haber hecho algo. Pero le tomó a mi madre mucho tiempo quedar embarazada de Lars y le pasó lo mismo con Jonas. Mamá dijo que se sorprendieron cuando aparecí yo, solo dos años después de él.

—¿Tienes fotos de Lars?

—Hay una en la sala de estar en la granja, y mamá tiene otras. Todavía visita su tumba seguido. Está enterrado en el cementerio, más allá del lago.

—¿Tienes un cementerio familiar?

—Sí, detrás de los arbustos, a la izquierda.

—¿Están todos tus antepasados allí?

—Solo los que vivieron y murieron en la granja.

· 305 ·

—Eso debe hacer aún más difícil desprenderse de la granja.

La idea de los huesos de sus antepasados, ocultos en lo profundo de la tierra en su propiedad, lo ata a él y a su familia a ese lugar para siempre.

Por otra parte, eso seguiría siendo así aunque ya no fueran los dueños de la granja. Siempre tendrán historia allí. La granja Fredrickson siempre será su legado familiar.

Llegamos a Wetherill y Anders asiente señalando hacia la casa.

—¿Cuál es tu habitación?

—La que tiene las dos buhardillas al final.

Señalo a la planta alta.

Es gracioso, realmente la siento como mi habitación. La habitación de huéspedes en Bloomington nunca me hizo sentir así. Acogió un millón de otros huéspedes y profesores universitarios visitantes y era tan estéril si la comparo con la habitación de Bailey, que se mantuvo exactamente como la dejó, completa con sus juguetes de la infancia, incluyendo una casa de muñecas que yo codiciaba.

Nadie más que yo ha usado mi habitación. Sé que no siempre será así —no olvido que es una habitación de huéspedes—, pero sospecho que siempre me sentiré como en casa aquí.

—A veces te veo a ti y a Jonas cuando están en el campo —le digo a Anders—. Me distrae del trabajo, que es algo bueno.

—Lamento que no estés disfrutando mucho de tu trabajo en este momento.

—Está bien.

Me conmueve la preocupación en su voz.

—Al menos puedo quedarme en Estados Unidos por más tiempo. Y me he estado sintiendo más motivada los últimos días, así que eso es bueno.

Señalo con la cabeza hacia la pista, para que siga caminando.

—Dije que iría contigo.

—¿No te despejaste de la borrachera todavía? —me dice con una pequeña sonrisa.

Todavía estamos de pie muy juntos y estoy absorbiendo el calor de su cuerpo, la sensación de la camisa suave que presiona contra mi brazo desnudo.

—Estoy bien.

Le vuelvo a sonreír. Dios, es encantador.

—No estoy lista para que termine la noche todavía. Está demasiado lindo.

Las estrellas son pinchazos de luz en un terciopelo negro y el aire está más fresco de lo que ha estado últimamente, pues la humedad va desapareciendo a medida que nos adentramos en el otoño. El pronóstico del tiempo dijo que habría lluvia esta semana, pero ahora mismo no hay una sola nube en el cielo.

—¿Haces muchos dibujos para el trabajo? —me pregunta Anders, y con las botas va raspando la tierra del camino. Ya no nos tocamos, pero todavía siento la cercanía corporal.

—No, todo se hace en computadora. Aunque hacía bocetos de perspectivas en el estudio anterior.

En realidad, me pedían bastantes. A veces, a los clientes les costaba mucho visualizar el diseño final, así que se los bosquejaba en 3D y los coloreaba, pero lo hacía a mano alzada, así que parecía más una obra de arte que una visualización de un trabajo hecho en computadora. A los clientes les encantaban, lo que, a su vez, hacía feliz a mi jefa, Marie.

"Tienes un don para esto", recuerdo que decía.

Es francesa y había vivido en el Reino Unido durante unos treinta años, pero todavía tenía un fuerte acento.

"Nadie más puede hacerlos como tú".

Me gustaba trabajar con Marie. Tenía sesenta largos, pero no evidenciaba ningún deseo de retirarse.

Se me ocurre una idea y me pregunto... Si todavía está dirigiendo un estudio, ¿estaría interesada en que le haga bocetos de perspectivas como trabajadora autónoma? Todo lo que necesitaría son fotografías de los edificios y planos.

Decido escribirle una línea mañana y preguntarle. Era la parte de mi trabajo que más me gustaba, eso y el diseño.

Cuando llegamos a la granja, un coche avanza por el camino de entrada y las luces prácticamente nos enceguecen.

—¿Quién es ese? —pregunta Anders, perplejo, mientras el coche se nos acerca. Estira el brazo para retenerme y su calor se filtra directamente a través del algodón de mi camisa y penetra en mi piel.

»Es Heather —dice conmocionado mientras pasa y la veo. Tiene el largo pelo oscuro atado en una coleta alta y la cara toda fruncida de enojo.

—¿Qué carajo estás haciendo, Jonas? —murmura Anders decepcionado mientras vemos a Heather que avanza por el camino con dirección a la ciudad.

Es una pregunta que repite mucho más enojado después de entrar con violencia en la cabaña.

Jonas está sentado en una tumbona junto al agua.

—¡Está casada, por el amor de Dios! —le grita Anders—. ¡Tiene tres hijos!

—Ella quería hablar conmigo —dice Jonas—. No pasó nada.

—Sí, todavía —dice Anders poniendo énfasis en la última palabra—. Te está clavando las garras como la última vez. ¡No te hace bien! ¿Cuándo demonios vas a aceptarlo?

—Creo que es un poco fuerte que justamente tú me señales qué es bueno para mí.

—No empieces —advierte Anders, y la voz suena extraña, incómoda.

—¿Qué estás haciendo tú? —pregunta Jonas, no con ira, sino con exasperación—. Han pasado casi cuatro años y medio. ¿Cuándo vas a empezar a vivir de nuevo?

—Estoy viviendo.

—¡Apenas! Mira lo que tienes delante de ti. Ni siquiera puedes verlo. No te permites verlo.

—No hagas esto —dice Anders, y me mira por encima del hombro antes de volver los ojos a su hermano, que todavía tiene el brazo extendido en mi dirección.

Mi corazón es un bombo que late en mis oídos.

—No puedo —dice Anders, negando con la cabeza—. Sabes que no puedo.

—Sí, puedes —responde Jonas con vehemencia.

Deja caer el brazo y se queda mirando fijamente a su hermano.

Y entonces Anders dice, en una voz tan baja que apenas puedo oírlo:

—No puedo, mierda, y lo sabes.

Lo siguiente que veo es que se aleja de su hermano, ofendido, y avanza hacia mí.

—Lo siento, Wren —murmura. Evita mirarme a los ojos y se aleja.

No me da ninguna señal de que quiera que lo siga, así que me quedo donde estoy y lo veo caminar de vuelta hacia la casa. El corazón me late tan fuerte que sacude mis cimientos.

—Wren.

Me doy vuelta ante el sonido de la voz de Jonas.

—Ven y siéntate conmigo un minuto.

Camino con paso inseguro hacia él.

Está claro que Jonas quiere decirme algo.

Capítulo treinta

—¿Quieres una cerveza? —pregunta Jonas.

Le digo que no.

—¿Seguro? Entremos —sugiere, cuando me ve titubear.

Lo sigo. Entramos a la cabaña y me siento frente a su pequeña mesa de madera. Los bordes son ásperos e inacabados y tengo la sensación de que la ha hecho él mismo.

Abre un par de latas y me pasa una antes de apartar una silla y dejarse caer pesadamente.

Me llevo la lata a los labios mientras él bebe de la suya. Casi me atraganto cuando dice:

—Le gustas.

Niego con la cabeza, tosiendo.

—No es verdad. No de ese modo.

—Le gustas, Wren. Exactamente de ese modo.

—Te equivocas.

—Y creo que hay grandes chances de que a ti también te guste.

—No importa si me gusta —respondo, negando frenética con la cabeza, aunque siento que el estómago me hace piruetas ante la idea de que sea verdad—. Sigue enamorado de Laurie. Me ha dicho que no está listo para dejarla ir. Me dijo eso, Jonas. Lo dejó muy claro.

—¿Quieres saber cómo sé que le gustas? —me pregunta.

Lo miro fijamente, con los nervios a flor de piel.

—¿Cómo?

—Porque todas las noches de la última semana, después de que te fueras, se ha puesto a ver videos de Laurie en el teléfono.

¿Era ella la que oía reír a través de las paredes de su piso?

—¿Y por qué eso sería una señal de que le gusto? La echa de menos.

—¿Sabes qué? No creo que la eche de menos. Se siente culpable —dice—. Es la culpa la que lo une a ella, no la nostalgia o el amor o cualquier otra cosa.

—¿Por qué se sentiría culpable? No fue culpa suya, ¿verdad? ¿O sí lo fue? ¿El accidente?

Jonas niega con la cabeza.

—No, para nada. Ni siquiera estaba allí.

—No entiendo qué pasó. Dijo que fue un accidente de *karting*, pero no lo entiendo.

Los *karts* son pequeños, ¿cómo podrían matar a una persona?

—Se le quedó la bufanda enganchada en el eje de las ruedas —explica Jonas, tragando con ruido—. No debería haberla llevado, y han clausurado el predio por negligencia. Pero hacía frío y estaba en la fiesta de cumpleaños de una amiga y pensó que, si se la metía dentro del abrigo junto con su pelo largo, entonces no importaría. Pero en algún momento le debió haber molestado el pelo, así que se lo soltó y la bufanda se salió también. Se desató y se enredó en el eje de la rueda, que siguió girando, y la dejó sin oxígeno.

Me tapo la boca con la mano. ¿Se asfixió?

—Fue un accidente, un trágico accidente —continúa con voz ronca—. Creía que Anders lo estaba superando. Se mudó a principios de este año y por fin se quitó el anillo de boda, y pensé que con eso estaba, que era la señal. Y lo ha ayudado, el hecho de pasar algún tiempo aquí, lejos de la ciudad y de la vida que solían compartir. Pero volvió de Indy tan feliz después del tiempo que pasaste allí con él. Se está enamorando de ti, Wren. Estoy seguro.

Anders ha dejado tan claro que no quiere nada más que una amistad, que mi mente ha arrojado dudas cada vez que creía que sentía que volaba una chispa entre nosotros. Pero ahora, con las palabras de Jonas, esa chispa se ha convertido en llamarada.

Sigue hablando.

—Pero sigue viendo esos malditos videos. Borraría hasta el último de ellos si pudiera, pero sé que los volvería a conseguir en algún lado. Es como si no pudiera dejar de intentar que el recuerdo se mantenga vivo. Pero ella ya no está –dice–. Y él tiene que vivir.

–Quiere lo mismo para ti –me doy cuenta en voz alta–. Tienes que dejar ir a Heather y tú también tienes que vivir.

Niega con la cabeza y sonríe con tristeza, con los ojos fijos en la mesa.

–Lo sé –murmura, pasándose la mano por la cara, y en su exhalación hay un tono de derrota.

–¿Qué ves en ella? –le pregunto, e intento concentrarme en Jonas por un minuto. Esto es importante. Él es importante.

Baja la mano y se encoge de hombros.

–Ya no lo sé.

–Porque si me permites que lo diga...

Levanta los ojos para mirarme.

–... creo que es un poco zorra.

Abre los ojos de par en par –caramba si me he pasado de la raya–, echa la cabeza hacia atrás y se ríe mirando al techo.

Yo también me río. Recuerdo cuando entró al granero y fue tan grosera conmigo, mientras tenía en brazos a su pequeño dormilón. Y entonces miro a Jonas al otro lado de la mesa, miro su pelo desgreñado color chocolate con leche, y el corazón me da un vuelco.

–Su hijo pequeño. El pelo.

–No es mío, si eso es lo que estás pensando.

–¿Cómo lo sabes?

–Hace más de cinco años que no dormimos juntos.

–Entonces, ¿su hijo mayor? ¿Su hija?

Niega con la cabeza.

–Créeme. Los tiempos no cuadran. Solía desear que no fuera así. Solía desear que esos niños fueran míos, con toda mi alma.

–¿Los has visto? –le pregunto, y no pretendía ser una broma, pero ahora no puedo quedarme seria.

–Quizá sí me salvé por poco –responde con una risita.

–Yo creo que sí. Y no estoy hablando de sus hijos. Jonas –digo implorante, extiendo la mano sobre la mesa y le cubro la mano con la mía–, no te merece. Puedes estar con alguien mejor, sí, muchísimo mejor. Pero tienes que abrir tu corazón a otras mujeres, darle una oportunidad a alguien más. Mientras tanto, deja que Heather duerma en la cama que se preparó para ella.

Se aclara la garganta.

–Lo pensaré –dice, y me lanza una mirada cargada de significados–. Ahora ve y haz entrar en razón a mi hermano.

***

Siento que se expande la llamarada en mi estómago mientras camino hacia la casa. Estoy muy nerviosa. La puerta lateral está abierta, pero llamo a Anders antes de entrar. La luz de la cocina está encendida, igual que la de la sala, pero no se lo ve por ninguna parte. Entonces, oigo pasos en la planta de arriba.

–¿Hola? –digo en voz alta.

El movimiento se detiene un momento y luego vuelve a empezar.

Camino hasta el pie de la escalera.

—¿Anders?

Aparece en la parte superior de la escalera, con un aspecto muy alterado, y entonces veo que lleva un bolso colgado del hombro.

—¿Qué haces? —le pregunto sin aliento.

—Tengo que volver a Indy —responde con pesar y deja caer el bolso a sus pies. No baja las escaleras.

—¿Por qué?

—Tenemos carreras en la costa oeste, este fin de semana y el siguiente. Mi jefe me quiere allí.

—¿Te vas? —le pregunto mientras se rasca la cabeza—. ¿Esta noche? ¿Por cuánto tiempo?

—No lo sé.

El fuego de mi estómago se extingue con un baldazo de agua helada.

—¿Podemos hablar de esto?

Niega con la cabeza.

—No hay nada de que hablar. Tengo que recoger el resto de mis cosas.

—¿Cuándo te pidió tu jefe que volvieras al trabajo?

—Siempre esperó que estuviera allí en las dos últimas carreras de la temporada.

—Pero ¿por qué te vas así tan de repente? Pensé que íbamos a terminar Bambi esta semana.

Es lo único normal que se me ocurre.

—Lo siento.

Hay tensión en su voz.

–¿Y la noche de cine? ¿Vendrás? Es a finales de septiembre.

Se le dibuja el dolor en las facciones y parece confundido mientras me mira fijamente. Me hace una lenta inclinación de cabeza antes de preguntarme:

–¿Y tú estarás?

–Creo que sí.

Baja un poco los hombros.

–No entiendo lo que está pasando –digo en voz baja.

–No está pasando nada –contesta, y suena tan atormentado que oigo el doble sentido de esas palabras.

No está pasando nada, ni puede pasar nada entre nosotros.

–Tengo que irme –dice, y lo siento tan lejos, tan inalcanzable. Él está arriba de las escaleras y yo abajo, como huésped no invitada, y la escalera entre nosotros se siente como un límite que no puedo cruzar.

Se me rompe el corazón delante de él. Está completamente roto cuando llego a Wetherill.

Capítulo treinta y uno

Estoy afuera, en la galería, sentada en la silla mecedora, y escucho la música que suena en mis oídos mientras miro los campos. El maíz se ha puesto dorado de punta a punta. Jonas dice que la cosecha es inminente. Ha contratado a un joven granjero llamado Zack para que lo ayude. Aún no hay señales de que sus padres vayan a regresar pronto, y ni una palabra de Anders.

Han pasado diez días desde que se fue y he estado muy triste. Yo apenas había reconocido cuán profundos eran mis sentimientos por él, pero ahora me siento casi como si hubiera pasado por otra ruptura.

Jonas vino a verme el lunes después de que partió Anders. Estaba preocupado pensando que tal vez había presionado mucho a Anders, y demasiado pronto. Yo no sabía qué decir. Hasta dónde yo sé, podría estar equivocado sobre los sentimientos de su hermano. Pero la semilla que plantó durante nuestra charla íntima en su cabaña ha echado raíces en mí y ha brotado algo que no puedo ignorar.

He estado escuchando canciones de amor no correspondido, un poco melodramático de mi parte, pero ahora suena *Nicest Thing*, de Kate Nash, y la letra me dice cosas.

—¡Hola, pajarito! —exclama papá consternado mientras asoma por la puerta principal—. ¿Qué te pasa?

Niego con la cabeza, pero él se sienta a mi lado y abre los brazos. Pongo los pies en el suelo y me apoyo contra la suave franela de su camisa, respiro su olor a jabón y polvo de lavar mientras me caen lágrimas por las mejillas.

—Te ayudaré a terminar el Airstream —murmura.

—No estoy triste por eso —le respondo.

—Lo sé —dice—. Pero te ayudaré de todos modos.

***

Al día siguiente, me acerco a la granja de los Fredrickson para preguntar si Jonas remolcará a Bambi hasta nuestra propiedad.

—¿No ibas a hacer algún tipo de prueba de agua primero? —me pregunta—. Vamos, hagámosla ahora —añade antes de que pueda responder.

—¿Sabes algo de Anders? —le pregunto mientras entramos en el cobertizo.

—Lo llamé el jueves —responde—. Se queda en la costa oeste para la próxima carrera.

Es este fin de semana en Laguna Seca, cerca de Monterrey. Es la última carrera de la temporada. El fin de semana anterior estuvo en Portland, Oregon. Lo sé porque papá hizo lo de siempre: me llamó cuando Anders apareció en la pantalla. Creo que se dio cuenta de su error cuando me vio la cara. Mi padre ha sumado dos más dos, parece.

—¿Y tus padres? —pregunto—. ¿Alguna noticia de cuándo volverán?

—Justo a tiempo para la noche de cine —contesta irónico—. Papá ya está al tanto.

Suelto un grito ahogado.

—¿Qué ha dicho?

—No he hablado con él, pero sin duda es el escéptico de siempre. Mamá se enteró por una amiga de la ciudad que estaba con muchas ganas de venir y dice que no se lo perdería por nada del mundo.

—¿No intentarán arruinar el programa?

—No, nada nos va a detener. ¿Estará listo este bebé para palomitas y bebidas?

Acaricia el costado de Bambi.

—Ese es el plan. ¿Las palomitas estarán listas a tiempo?

—Las cosecharé a principios de la semana que viene, si hace buen tiempo. —Se le desdibuja la sonrisa—. Ojalá Anders pudiera estar aquí.

—¿Cuándo haremos el laberinto? Los zapallos también estarán listos a partir de la próxima semana. Ya estamos en septiembre y por fin están cambiando de color, de verde a naranja.

Acepta mi cambio de tema y me pregunta:

—¿Ya terminaste el diseño?

—Sí.

—Probablemente meta la para —me advierte.

—¿Qué tal si me siento en el tractor contigo y te doy direcciones?

—Me parece perfecto. Oh, Dios —dice de repente—. Por favor no lo des por perdido.

Mi ánimo se derrumba.

—¿Qué puedo hacer, Jonas?

—Ojalá lo supiera.

***

En el transcurso de la semana siguiente, papá y yo colocamos vinilo gris monocromático de dibujos geométricos en el suelo del Airstream y contrachapado de abedul en su interior, y aunque me duele el corazón cada vez que pienso en Anders, encuentro mucho disfrute en trabajar codo a codo con mi padre.

Cuando le pregunto a Jonas si me puede recomendar un electricista, viene él mismo a instalar las luces y a arreglar el cableado.

Después, nos dirigimos al maizal para cortar el laberinto y es mucho más divertido de lo que había previsto.

Le doy instrucciones.

—Cinco metros adelante, luego a la izquierda. No, ¡izquierda! ¡IZQUIERDA, JONAS, IZQUIERDA!

Para un hombre con tantos talentos, es muy cómica la frecuencia con la que confunde la izquierda y la derecha. Si a eso sumamos el hecho de que sigo utilizando el sistema métrico en lugar de pies y yardas, y damos tantos pasos en falso, no tenemos ni idea de si el laberinto va a cumplir su función.

Bailey y Casey vienen por la noche después de que lo hemos cortado, y es genial ver cuánto más afectuoso es Jonas con Casey ahora que Heather no está robando su atención. Bailey, Sheryl y yo nos emborrachamos bastante con el último cóctel de jarabe de ruibarbo, mientras papá, Casey y Jonas toman unas cuantas cervezas de más. Los seis nos reímos a carcajadas mientras intentamos encontrar el camino a través del laberinto, y aunque yo diseñé la maldita cosa y Jonas lo cortó, Bailey y Casey son los primeros en llegar al centro. Jonas y yo hemos colocado un montón de fardos de heno alrededor de un espantapájaros central, bastante mal hecho.

—¡Tu espantapájaros necesita bastante trabajo! —grita Bailey a través del maizal.

—¡Pues arréglalo tú! —le grito.

—¡Estoy demasiado ocupada planeando noches de cine y bodas! ¡Mamá! ¡MAMÁ! Tienes que hacer algo con este espantapájaros.

Jonas ha accedido a celebrar una boda en la granja el próximo mes. Bailey dijo que sería la prueba perfecta, ya que la pareja que se va a casar tiene muy pocas expectativas.

Fueron sus palabras, no las mías, pero nos hizo reír a Jonas y a mí.

La novia está embarazada de tres meses y quiere casarse antes de que se le note demasiado el vientre, para poder llevar el vestido de novia de su abuela.

Bailey sabía que se estaba arriesgando mucho al ofrecer el granero en lugar de convencer a la pareja de elegir el club de golf como lugar para la celebración, pero la pareja no hubiera podido pagar el paquete de boda que ella ofrece. Ha disfrutado mucho organizando una boda de última hora sin salirse del presupuesto y es reconfortante verla tan feliz.

Ojalá pudiera quedarme para ver los frutos de su trabajo, pero tengo que ir a la boda de Sabrina y Lance en octubre. Me perdí la despedida de soltera de Sabrina hace un par de semanas, a finales de agosto. No hay forma de que me pierda la boda también, aunque no me guste la idea de ir sola. Puede que ya no le guarde rencor a Scott, pero no será fácil verlo con su nueva novia en las nupcias de nuestros amigos en común.

***

Jonas y yo por fin llegamos a la mitad del laberinto y festejamos, chocamos los cinco y nos sentamos en un fardo de heno.

No me había dado cuenta, pero el enorme granero rojo está lleno de fardos de la cosecha de trigo de junio. Lo normal hubiera sido que Jonas los guardara por un tiempo antes de venderlos como camas para animales cuando el mercado ya no está saturado de heno, pero quiere liquidarlos pronto porque los ingresos de la noche de cine y la boda cubren con creces los costes de cualquier pérdida. Guardará algunos para improvisar asientos.

—Quisiera que Anders estuviera aquí —me dice mientras nos sentamos uno al lado del otro.

Sospecho que no será la última vez que oiga esta frase de su boca.

—Yo también —admito con reticencia.

—Llámalo —me ruega.

Suspiro.

—Su amigo Dean se ha puesto en contacto conmigo hace un rato.

Jonas me mira de reojo y frunce las cejas.

—¿Y qué te dijo? Conozco a Dean. Es arquitecto, ¿verdad?

Asiento.

—Nos conocimos en la fiesta de cumpleaños de Wilson. Después me siguió en Instagram y ahora me ha enviado un mensaje.

Estoy casi lista para presentar los dibujos de licitación y luego tendré que ponerme manos a la obra con el paquete de construcción, que es aún más detallado. Pero hace unos días, le envié un correo electrónico a mi jefa anterior, Marie, y me contestó enseguida que estaría más que interesada en encargarme algunos proyectos que tiene por delante.

Me motivó para actualizar mi Instagram con algunos de mis antiguos bocetos en perspectiva. Obviamente, llamaron la atención de Dean.

—¿Y qué te dijo? —insiste Jonas.

—Ha surgido un puesto en su estudio. Dean me preguntó si podría estar interesada.

Jonas se vuelve para mirarme bien.

—Es por una licencia de maternidad, así que no es permanente, pero... No sé. Lo estoy pensando.

—¿Estás pensando en quedarte en Estados Unidos? —pregunta, con una sonrisa enorme dibujada en el rostro y, cuando asiento con la cabeza, me levanta y me hace girar en el aire, lo que hace que mis pies le peguen al espantapájaros y lo tumben.

—Jonas, ¡basta! —le ordeno y me río a carcajadas—. ¡Mira el daño que estás causando!

—¡Ay, qué genial sería! ¡Me encantaría que te quedaras en Estados Unidos! —exclama cuando por fin me deja en el suelo y me recuerda lo que dijo Anders de su hermano antes de irse: "Te adora, Wren".

Me pregunto cuán diferente habría sido este verano si Jonas y yo hubiéramos sentido algo más que afecto platónico el uno por el otro.

Me alegro de que no haya sido así. Yo también lo adoro. Y estoy tan feliz de que sea mi amigo. Siento que siempre lo será. Lo echaré de menos si termino volviendo a casa para siempre, pero espero que nos pongamos al día cada vez que venga de visita.

—Tengo que volver al Reino Unido dentro de tres semanas para una boda, pero puede que vuelva más pronto que tarde. Dean me ha pedido que vaya a su estudio esta semana para tener una charla.

—Mándale un mensaje a Anders —me ruega—. Envíale un mensaje ahora mismo y dile que se encuentre contigo para tomar un café.

Tal vez sea porque estoy borracha y no tengo la lucidez para pensar en proteger mi corazón, pero eso es exactamente lo que hago.

Anders responde mientras buscamos la salida del laberinto. Hemos renunciado a seguir el recorrido y estamos cortando camino en línea recta a través del maíz porque estoy desesperada por hacer pis. Por suerte, los tallos están plantados con una distancia suficiente entre ellos para que los humanos tramposos como yo podamos dejarlo cuando queramos.

"Estoy en el trabajo el jueves", dice Anders, y mi corazón se hunde hasta que sigo leyendo. "¿Podemos cenar? Puedes usar la habitación de huéspedes si quieres quedarte".

Leo eso, y mi estúpido corazón remonta vuelo.

Capítulo treinta y dos

"Le dejé una llave para ti a mi vecino del N.º 12. Volveré alrededor de las seis".

Cierro la puerta del piso de Anders detrás de mí. Se ve igual. Es elegante, limpio y ordenado, pero se siente diferente.

Mientras dejo mi bolso de viaje en la habitación de huéspedes, miro hacia la habitación de Anders y pego un salto cuando me doy cuenta de que ya no está la foto de Laurie en la mesita de noche. No sabía que la buscaba hasta que su ausencia fue lo primero que noté.

¿Dónde está? ¿Qué significa esto? ¿Significa algo? ¿Nada? ¿Todo?

Me he sentido nerviosa todo el día, aunque el día en sí ha sido genial. Dean me enseñó algunos de los proyectos en los que ha estado trabajando e incluso me llevó a ver el increíble Pabellón de Visitantes del Museo de Arte de Indianápolis. Me siento motivada. Me encantaría trabajar con él, pero hay mucho que tener en cuenta. Me dijo que podía tomarme mi tiempo para pensarlo porque su empleada recién se toma la licencia por maternidad a fin de año. No creo que tenga problemas para cubrir el puesto.

Anders vuelve a casa cerca de las seis. Me he acercado a la barra de desayuno y me tomo la botella de vino blanco que salí a comprar a la tienda de delicatessen. A este paso, me habré convertido en una alcohólica para fin de mes. Mis nervios están destrozados.

–Hola –dice Anders, y su expresión es tan afectuosa como su saludo. Parece cansado, y tal vez incluso un poco triste, pero sigue siendo desgarradoramente guapo.

–Hola –le contesto.

–¿Cómo fue tu día?

–Bueno.

Enderezo los hombros y le ofrezco la botella.

–¿Quieres beber algo?

–Claro. Saca otro vaso del aparador y se sienta a mi lado en la barra.

No me abraza, ni yo esperaba que lo hiciera, pero la sola cercanía hace que todas las terminaciones nerviosas de mi cuerpo se dirijan hacia él. Es un esfuerzo actuar como si nada hubiera pasado, pero técnicamente, no ha pasado nada. No tiene ni idea de lo destrozada que me dejó su partida. Es una pequeña indulgencia.

Le sirvo vino y se lo deslizo por la encimera.

—He visto que tu piloto ha quedado segundo en el campeonato —le digo, preguntándome si puedo lograr que las cosas vuelvan a ser como antes, si avanzar no es una opción—. Felicitaciones.

Choco su vaso mientras lo levanta.

—Gracias —responde con una pequeña sonrisa.

—Apuesto a que habría ganado si no te hubieras tomado tiempo libre —bromeo.

—No lo creo —dice, y su risa serena me calienta la sangre—. Ernie dice lo mismo.

Así se llama su piloto.

—¿Te llevas bien con él? —le pregunto, tratando de parecer tranquila, como si no me doliera todo el cuerpo de anhelo.

—Sí, me cae bien. Tiene que madurar un poco, pero es rápido. Ya llegará. ¿Llegaste a Circle Centre?

Niego con la cabeza.

—No vine aquí para ir de compras. Fui a encontrarme con Dean.

—¿Dean? —pregunta, perplejo—. ¿Mi amigo, Dean?

—Pensé que él te lo habría comentado. Se le va a liberar un puesto en su estudio. Se preguntaba si yo podría estar interesada.

—¿Su estudio? ¿Aquí? ¿En Indy?

Asiento. No sé qué pensar de su cara: tiene los ojos abiertos de par en par, desvía la mirada y la fija en la pared.

—¿Estás pensando en instalarte en Estados Unidos? —pregunta en un tono distante, con la mandíbula tensa.

−¿Por qué no?

¿Por qué parece tan nervioso?

−Pensándolo bien, voy a darme una ducha. −Se baja del taburete y deja el vaso donde está−. ¿Tienes hambre? −me dice por encima del hombro, y noto que hace un esfuerzo por parecer normal.

−Un poco.

−Seré breve. ¿Salimos en diez minutos?

−Me parece bien.

Vamos caminando hasta el restaurante, un lugar alemán llamado Rathskeller, que está en el sótano de un teatro del siglo XIX a pocos minutos del piso de Anders. Anders me dice que es el restaurante más antiguo de la ciudad que sigue en actividad. Tiene un pintoresco comedor formal que tiene un aire de antigua posada bávara, y afuera tiene un patio donde a menudo tocan música en vivo.

Nos sentamos en el bar del sótano, en el que un buen número de cabezas de alce nos miran desde las paredes y unos estandartes medievales cuelgan desde el alto techo de madera. Nuestro camarero nos conduce a una acogedora mesa para dos que está colocada junto a una pared revestida de piedra.

−Otro sitio estupendo al que me has traído −le digo con tono afectuoso.

−Aquí hay un camarero llamado Wayne que tiene una memoria increíble. Un amigo mío que se fue a vivir al extranjero regresó después de ocho años y Wayne le llevó la cerveza alemana que le gustaba beber, así como las patatas fritas que le encantaban, sin que él se lo pidiera.

—¡Qué insólito! —le digo y doy una mirada alrededor—. ¿Está aquí esta noche?

—No, debe ser su noche libre.

Mira su menú, y yo hago lo mismo.

—Probablemente debería pedir una salchicha alemana o algo así, pero tengo que decir que me apetecen esas patatas fritas cargadas.

—Son buenísimas —responde—. Deberías pedir lo que te apetezca.

—¿Está bueno el pretzel?

—Sí, ordenemos uno para empezar. Te encantará.

Desde el momento en que salió de su cuarto de baño, vistiendo la misma ropa que llevaba el día de la tormenta, una camisa a cuadros negros, blancos y grises sobre una camiseta blanca y unos jeans negros, me ha costado apartar la mirada de él.

A él, en cambio, parece que le cuesta mirarme a los ojos. Lo que daría por saber lo que le pasa por la cabeza.

Pedimos y el camarero se lleva los menús.

—He terminado a Bambi —le digo, intentando sonar relajada.

—¿En serio?

Asiento.

—Papá me ayudó. Y Jonas también. Vino y se encargó de todo lo eléctrico.

—¿Qué tal está?

—¿Jonas o Bambi?

Resopla.

—Hablaba de Bambi.

Se le frunce el ceño y aparecen esos dos surcos.

—Pero ¿está bien Jonas?

No quería alejarse de su hermano tan apresuradamente. Así que ¿por qué lo hizo?

—Jonas está bien —le respondo.

Le hablo de la granja y de lo que ha pasado desde que se fue, cómo avanzan los preparativos para la noche de cine. Se divierte cuando le cuento cómo intentamos cortar el laberinto, pero al mismo tiempo parece triste por habérselo perdido.

—¿Por qué no vuelves a la granja el fin de semana? —le pregunto—. El laberinto se abre el sábado, las familias recogerán zapallos, será una buena diversión campestre —añado con una sonrisa, imitando a Jonas—. Y deberías ver el espantapájaros que hizo Sheryl para el centro del laberinto. Es un hijo de puta aterrador.

Echa la cabeza hacia atrás y se ríe, y cuando vuelve a mirarme, sus ojos bailan, iluminados desde dentro.

—Te fuiste tan de repente. —No pude contener las palabras. Se tranquiliza y baja la mirada—. ¿Por qué, Anders? Le pregunto con delicadeza.

Al principio no contesta y no estoy segura de que vaya a hacerlo, pero entonces sus ojos se cruzan con los míos y su intensidad me deja sin aliento. El aire entre nosotros parece cargado. Pero cuando suspira, su expresión cambia a algo que he visto antes en alguna parte.

Me viene una oleada de *déjà vu*: así es como Scott miró a Nadine cuando se dio cuenta de que estaba enamorado de ella.

—Anders —susurro, deslizando la mano sobre la mesa hacia él.

Se queda inmóvil, mirándola. Y luego me lanza una mirada torturada. Se me revuelve el estómago, pero cuando empiezo a retirarla, dice "A la mierda" y me toma la mano con la suya.

Se me pone la carne de gallina por todo el brazo, y llega hasta el cuello y a la espalda por el otro lado. Y no son mariposas las que revolotean dentro de mi estómago, son luciérnagas, y me han iluminado por dentro con un cálido resplandor mientras se arremolinan y vuelan a toda velocidad.

Me abruma la emoción desprotegida que le veo en los ojos, la cruda necesidad y el anhelo absoluto. Y siento que me abraza el amor... y también alivio, porque no estoy sola.

Él también me quiere.

Pero entonces mira otra cosa por detrás de mí y su expresión se transforma en una de puro horror. Observo, confusa, cómo se endereza, se aprieta contra el respaldo de la silla y retira la mano, dejándome con las ganas.

Levanto la vista cuando una mujer llega a nuestra mesa. Tiene unos cincuenta largos, es rubia, atractiva y bien vestida, y tiene ojos de color azul claro. Los labios apretados dibujan una fina línea y está tensa por la angustia.

—¿Por eso no nos has visitado tanto últimamente? —le pregunta a Anders, levantando la barbilla hacia mí.

—Kelly... —empieza a decir Anders, negando con la cabeza.

—¡En la salud y en la enfermedad! —sisea ella y él retrocede visiblemente—. ¡Lo juraste, Anders!

Me mira fijamente y a mí me da escalofríos la ferocidad de esos ojos azules.

—Y a ti todo te parece bien ¿no es cierto?

—Por favor, Kelly —suplica Anders—. No lo sabe.

—¿Qué es lo que no sé? —le pregunto.

—¡Que está casado! —grita Kelly con tono de incredulidad—. ¡Está casado! ¡Con mi hija Laurie!

Un sudor frío me recorre la piel. Anders se ha puesto pálido.

—Creía que Laurie había muerto en un accidente de *karting*.

Mi voz suena como si no fuera la mía.

—No. Mi hija, su mujer —dice Kelly, señalando con la cabeza al hombre que tengo enfrente—, está muy viva.

Ella sacude la cabeza como acusándolo y sus ojos azules empiezan a humedecerse.

—Te llamaré mañana —le promete Anders con tono sereno mientras aparta su silla de la mesa y se levanta. Le pone la mano en el brazo, pero ella se la quita y se le tensa la mandíbula mientras saca la cartera y pone unos billetes sobre la mesa.

—Wren, tenemos que irnos —me dice.

Aparto mi silla y me levanto. Me tiemblan las piernas.

¿Qué coño está pasando?

—Me has decepcionado tanto —le dice Kelly a Anders cuando pasa a su lado.

Se estremece mientras me lleva hacia la salida del bar.

Capítulo treinta y tres

—¿Qué acaba de pasar? –le pregunto en cuanto salimos.
—Hablemos cuando estemos en mi casa.
—¿Anders? ¿Laurie está viva? ¿Estás casado?
—Por favor, Wren, te lo explicaré en casa.
—¿Está en coma o algo así? ¿Anders?
—Por favor –me suplica, y me lanza una mirada tan desesperada que mis labios se sellan de golpe.

Es el viaje de cinco minutos más largo de mi vida. Los pensamientos y las preguntas se agolpan contra las paredes de mi cerebro, desesperados por ser escuchados. Tengo escalofríos, aunque la temperatura es agradable y Anders está pálido y silencioso, con los hombros encorvados y las manos metidas en lo más profundo de los bolsillos.

Abre la puerta de su piso y señala con la cabeza, impasible, hacia el salón. Siento náuseas cuando me dirijo al sofá y me siento.

Anders aparta la mesita, coloca una silla en su lugar y se sienta frente a mí. Se inclina hacia delante, con los codos sobre las rodillas y las manos entrelazadas mientras me mira fijamente.

–Laurie está viva –me dice con firmeza, y creo que me muero un poco ahí mismo delante de él.

–¿Y sigues casado con ella?

–Sí.

–Me has mentido –susurro horrorizada mientras el dolor me atraviesa el corazón. Niega con la cabeza con fervor–. Dijiste que llevabas casado un año y medio.

–Antes del accidente.

–¡Pero hablabas de ella en pasado!

–Solo cuando era necesario, para no engañarte –responde.

–¡No me lo dijiste! Eso es mentir por omisión.

Inclina la cabeza y asiente una vez, aceptando la culpa.

–¿Lo sabe Jonas? –le digo, y percibo que he levantado la voz–. Claro que lo sabe –digo con amargura. Sus padres también.

–No me gusta hablar de ello, pero no es un secreto –responde–. Hay gente en el pueblo que también lo sabe, pero no es asunto de nadie más que mío... y de la familia de Laurie, por supuesto, pero ellos viven aquí en Indianápolis.

–¿Está en coma? –pregunto sin aliento, incapaz de deshacerme de este sentimiento de traición. Me he enamorado de un mentiroso.

—No. Está en un estado de inconsciencia y de falta de respuesta.

—No sé qué significa eso.

—Está en estado vegetativo permanente.

—¿Qué significa eso?

—Está despierta, pero no sabe lo que está pasando.

—¿Está despierta? —pregunto y realmente siento que voy a vomitar—. ¿Dónde está?

—En casa con sus padres.

Traga saliva y se le llenan los ojos de lágrimas.

—Puede que Laurie esté viva, pero se ha ido, Wren. Mi esposa se ha ido. Su madre todavía tiene la esperanza de que ella pueda recuperar la conciencia, pero es extremadamente improbable.

—¿Es algo que podría suceder? ¿Podría volver a ti?

Esto es una pesadilla.

—No es imposible. Hay un caso de una mujer que recuperó la conciencia después de casi tres décadas, pero para la mayoría, la posibilidad de recuperación es inexistente.

—¿Cómo es ella? Quiero decir, ahora.

Toma aire antes de empezar a explicar.

—Parpadea si haces mucho ruido y aparta la mano si la aprietas demasiado. Tiene reflejos básicos como toser y tragar, pero no tiene respuestas significativas. No te escucha cuando le hablas, no te sigue con los ojos cuando caminas por la habitación y no muestra ningún signo de emoción. No sabe quién eres o lo que puedes significar para ella.

—¿Cómo estás tan seguro?

—Los médicos están seguros. Es desgarrador, pero es así.

Las lágrimas que han estado nadando en sus ojos se sueltan y le caen por las mejillas, y yo las miro como si estuviera soñando.

—Ella no querría vivir así —dice Anders—. Pero cuando los médicos hablaron al principio de retirarle el soporte vital, Kelly se volvió un poco loca. La decisión final era mía, como cónyuge de Laurie, y lo consideré, no solo por el bien de Laurie, sino también por el de sus padres. Estábamos todos en el limbo, incapaces de hacer el duelo o de seguir adelante, pero no me atrevía a tomar la decisión. Kelly no lo habría permitido, en cualquier caso. Ella me habría llevado a juicio, sé que lo habría hecho. No estaba preparada para dejar ir a Laurie y yo tampoco lo estaba, así que cuando Kelly dijo que quería llevar a Laurie a casa y cuidarla, estuve de acuerdo.

Exhaló otro largo y tembloroso suspiro antes de continuar.

—Pero creo que cometí el error más terrible de mi vida.

—¿Cuál?

—Kelly renunció a su trabajo y puso toda su vida entre paréntesis para cuidar a Laurie, y eso es lo que hace cada día. Le da de comer, la baña, le cepilla los dientes, le vacía el catéter. Lo hace todo. Todo. Ir al bar alemán habrá sido una salida muy inusual para ella, y su marido, Brian, el padre de Laurie, debe haberse quedado en casa porque Kelly nunca dejaría a Laurie sola. Brian está de acuerdo con lo que quiere Kelly, pero está poniendo una enorme tensión en el matrimonio. Lo veo enfadado y amargado cada vez que voy a visitarlos. Laurie no sobreviviría sin los cuidados de Kelly, pero podría vivir durante años en ese estado. Décadas, incluso.

—¿Y crees que Laurie no querría eso?

—Sé que no.

—¿Podrías...? ¿Hay algo que...? ¿Podrías hacer algo al respecto?

Dice que quiere lo mejor para Laurie, para su familia, pero me odio a mí misma por preguntárselo.

Anders me mira fijamente y espero que en su rostro se adivine repulsión y asco, pero en cambio lo que veo es arrepentimiento.

—Nunca podré liberarla si me enamoro de otra persona.

Y entonces me inunda esta oscuridad, esta ola fría de miseria y desesperación.

No tiene salida. Mostrar compasión por su mujer sería destruir a su madre, pero él podría haber estado dispuesto a tomar esa insoportable decisión en algún momento en el futuro si realmente creyera en su corazón que era lo mejor para todos.

Pero si se enamora de otra mujer, si se permite amarme como sospecho que quiere, nunca podrá retirar el soporte vital a su esposa. Sería considerado un acto egoísta, despreciable y asesino.

Todo el mundo diría que la ha matado para estar conmigo.

Se pasa la mano por la cara y se estremece y no puedo hacer otra cosa más que quedarme ahí mirándolo atónita.

Capítulo treinta y cuatro

Doy vueltas en la cama toda la noche. Al final, tuve que dejar a Anders solo en el salón, demasiado movilizado como para seguir hablando. Él lo aceptó y, creo, lo agradeció. Teníamos mucho que digerir, los dos.

"Laurie puede estar viva, pero se ha ido, Wren. Mi esposa se ha ido".

Así es como Jonas describió a Laurie también. Dijo que se había ido. No que se había muerto. Que se había ido.

Hasta yo misma lo expresé así: "Casey dijo que perdiste a tu esposa...".

Usar la palabra "murió" habría sonado insensible, pero... ¿y si lo hubiera dicho de otra manera? ¿Y si hubiera dicho "Casey dijo que tu esposa murió en un accidente de coche hace unos años"? ¿Me habría corregido de la misma manera que corrigió el momento y las circunstancias?

¿Cómo voy a saberlo? ¿Cómo voy a saber si me habría hablado de ella o cuándo? ¿Pensó que volvería a Inglaterra sin saberlo? ¿Que me olvidaría de él? ¿Es eso lo que quería?

Cuando pienso en la cara que puso cuando escuchó que yo podría mudarme a Estados Unidos y aceptar el trabajo con Dean, pienso que tal vez sí era lo que quería.

Es mucho peor que Scott. Al menos Scott fue honesto conmigo. Scott nunca mintió, nunca tomó el camino fácil. Él tomaba decisiones difíciles, pero creía que eran las correctas.

Siento un repentino respeto por él, que de alguna manera hace que esta situación se sienta peor.

Pensé que Anders era honorable. Él habría estado dispuesto a renunciar a su trabajo, un trabajo que ama, para hacer lo correcto por su familia, su hermano.

Es un hombre de honor.

Me duele la cabeza. Me duele el corazón. No sé qué estoy haciendo aquí todavía, pero la idea de levantarme e irme, de dejarlo... No creo que pueda hacerlo, todavía no.

***

Me despierto sobresaltada, desorientada. Debo haberme quedado dormida. Alguien llama a la puerta del piso, pero se detiene, y lo que pasó anoche me llega todo junto, como una inundación.

"¿Dónde está Anders?", me pregunto cuando vuelven a llamar.

Esta vez no dejan de tocar, así que salto de la cama y salgo de mi habitación con mi pijama de seda negra puesto.

En la mesita hay una nota con mi nombre. La levanto, miro hacia la habitación de Anders y veo que su cama está hecha y vacía.

"Tuve que ir al trabajo", dice la nota. *"Por favor, llámame cuando te despiertes"*.

Cruzo la habitación apresurada, pensando que tal vez se ha olvidado la llave y, de repente, tengo muchas ganas de verlo, muchas. Pero cuando abro la puerta me encuentro a Kelly allí parada y casi me da un infarto.

—Anders está trabajando —le digo.

—Lo sé —responde. Lo acabo de ver cuando salía. Es contigo con quien quiero hablar.

—¿Qué quiere? —pregunto, y no quería que sonara tan grosero como suena—. Pase —añado, en un intento por compensar mis modales.

—No —responde—. Quiero que tú vengas conmigo.

—¿Cómo dice?

—Quiero que vengas a conocer a Laurie.

Un escalofrío me recorre la espalda.

—¿Por qué?

—Porque quiero que conozcas a mi hija. Quiero que conozcas a la mujer de Anders. Creo que es lo correcto. Y creo que es lo menos que puedes hacer, dadas las circunstancias.

Trago saliva y niego con la cabeza.

—Llama a Anders —me ordena—. Llámalo si es necesario. Pero sé que estará de acuerdo.

La miro incrédula.

–Llámalo –insiste–. Esperaré aquí.

Mi corazón se acelera cuando empujo la puerta y la dejo apenas entreabierta. Vuelvo a la habitación de huéspedes y tomo el teléfono. Lo miro un momento antes de marcar su número.

–Wren –contesta.

–Kelly está aquí –le digo.

–¿Qué? –parece alterado.

–Quiere que la acompañe a ver a Laurie.

No dice nada, pero oigo un ruido de fondo. Parece como si estuviera en el coche y yo en el altavoz.

–¿Anders? –pregunto.

–¿Tú qué quieres hacer? –me pregunta con tono sereno.

–¿Qué quieres decir con qué quiero hacer?

–¿Serviría de algo? –me pregunta–. ¿Conocerla, entender?

–¿Hablas en serio?

–Por favor, haz lo que creas conveniente –dice con un tono dolorido y a la vez resignado–. Lo que decidas estará bien para mí.

Maldigo y corto.

¿Puedo hacer esto? ¿Podría ayudar ver a Laurie? ¿Podría ayudarme a alejarme? ¿Quiero alejarme?

No sé la respuesta a ninguna de esas preguntas, pero de repente me veo quitándome el pijama y poniéndome la ropa.

Sigo a Kelly en el coche de papá, aliviada por tener una vía de escape si todo se vuelve demasiado pesado. Ella conduce hacia el norte por un suburbio arbolado cuyas calles están pobladas por casas de todos los tamaños y colores.

¿Cuántas veces hace Anders este viaje? ¿Una vez por mes? ¿Por semana? ¿Todos los días?

Veo un cartel que indica la salida hacia Broad Ripple y me pregunto cuán cerca vivirían él y Laurie de sus padres.

Parece como si el tiempo avanzara en cámara lenta, pero solo hemos estado conduciendo durante unos quince minutos cuando Kelly penetra en el camino de entrada de una casa blanca de tamaño mediano con ventanas negras, tejado de pizarra gris y columnas dóricas que recorren la fachada de una pequeña galería.

Mis nervios son como serpientes en mis entrañas, enroscándose y retorciéndose y haciendo nudos en mi interior. No puedo creer que estoy haciendo esto y todavía no estoy muy segura de por qué lo estoy haciendo, pero estoy estirando la mano para mover la manija y salir y enseguida estoy cerrando la puerta del coche detrás de mí.

¿Qué hay detrás de la brillante puerta negra de esta bonita casa? ¿Qué estoy a punto de ver que nunca podré olvidar? Tengo la sensación de que este momento se quedará conmigo para siempre, ya sea que Anders esté en mi vida o no.

Kelly abre la puerta y me conduce al pasillo de entrada. Tiene los labios apretados del disgusto y de la determinación. Pero luego se produce un cambio en ella y se ilumina su expresión y dice "¡Estoy en casa, Laurie, cariño!".

Oigo movimiento en la habitación contigua al pasillo y

mi corazón da un vuelco, pero entonces aparece un hombre mayor, que se ve agotado. Me ve y sus pobladas cejas casi llegan al nacimiento del pelo.

—Ha venido —dice en voz alta, mirándome boquiabierto.

—Brian, ella es... Wren, ¿verdad? —me pregunta Kelly sin rodeos.

Asiento y recuerdo que anoche lo oyó a Anders cuando pronunciaba mi nombre.

—Este es mi marido, Brian, el padre de Laurie —continúa, presentándolo—. Y esta —dice con un tono forzado y alegre mientras entra en la habitación contigua—, ¡esta es Laurie! Hola, cariño —le oigo decir con calidez.

Mi corazón late tan fuerte que no me sorprendería si Brian pudiera oírlo.

Él me mira con fijeza, con la cara marcada por la tristeza, y señala con la cabeza hacia la habitación de al lado.

Pongo un pie delante del otro y atravieso la puerta arqueada hacia el salón. Es espacioso y está bien iluminado, con suelos de madera brillante, paredes blancas y arreglos de plantas frondosas. Pero eso es todo lo que puedo absorber. Mi atención se ha centrado en la rubia que está en la silla de ruedas.

Está de espaldas a mí, con la cabeza ligeramente inclinada hacia la derecha. La larga y frondosa melena que vi en las fotografías se ha cortado a la altura de la mandíbula y cae sin fuerza sobre su delgado cuello. Las puntas del pelo son desiguales, un poco irregulares, como si alguien hubiera hecho lo posible por rebajarlas sin mucho éxito. Lleva una camiseta azul claro con manguitas cortas de encaje.

Kelly da la vuelta hasta el otro lado de la silla de ruedas y saca de debajo de la mesa una delgada silla de madera.

−¿Cómo estás, cariño?

Le habla a Laurie como si yo no estuviera allí.

Parece que no puedo dar un paso más en la habitación. Me quedo mirando mientras Kelly toma crema de manos de la mesa y aprieta un poco el envase antes de acercarlo a la mano derecha de Laurie.

−Esta es tu crema de manos favorita, ¿no es cierto? −le pregunta a su hija mientras le pone la crema, antes de mirarme y dejar que la sonrisa se le escape de los labios−. Y escuchamos tus canciones favoritas y vemos tus programas de televisión favoritos, ¿verdad? −Aparta la mirada de mí para sonreírle a su hija−. Estás ahí, ¿verdad, Laurie? Vas a volver con nosotros, lo sé −murmura atormentada antes de volver a mirarme−. No te quedes ahí, ven a conocer a mi niña.

Trago saliva, más nerviosa de lo que nunca estuve en mi vida.

Es la esposa de Anders. Se casó con ella hace casi seis años y prometió amarla en la salud y en la enfermedad.

Hasta que la muerte los separara.

Cobro fuerzas, porque le debo esto a Laurie. Me he enamorado de su marido y lo siento tanto.

Pero yo no lo sabía, le digo en silencio. *Nunca habría intentado quitártelo si hubiera sabido que estabas viva. Nunca me habría enamorado de él.*

¿Estoy enamorada?

No estoy segura, de pie, aquí, en la casa de los padres de Laurie, en territorio enemigo con una mujer que odia hasta mi sola presencia.

¿Cómo podría?

¿Cómo podría perdonarlo por esto?

No quiero volver a pasar por algo así nunca más. Solo tengo que aguantar los próximos minutos y luego puedo irme.

Mientras me obligo a caminar alrededor de la silla, empiezo a ver, medio ocultas por una falda amarillo girasol, las piernas de Laurie. Kelly sigue masajeando las manos de su hija mientras le habla cariñosamente, como una madre devota. El aroma del perfume de Laurie se mezcla con el de la crema de manos y reconozco el aroma que probé en la tienda del pueblo. No me extraña que Anders reaccionara así al olerlo en mí. Kelly probablemente se lo aplica a las muñecas de su hija todos los días.

Con esfuerzo, dirijo la mirada hacia abajo desde la parte superior de la cabeza de Laurie hasta su cara, la de la mujer que vi en una fotografía de boda sonriendo al hombre que yo había puesto en un pedestal. Me preparo para ver su hermoso rostro, el rostro que he visto en las fotos, un rostro iluminado con amor y alegría.

Pero no es eso lo que encuentro cuando mis ojos alcanzan por fin su objetivo.

Sus mejillas están demacradas y descoloridas, un poco caídas hacia el lado en que se ha inclinado su cabeza. Sus ojos azules están apagados y sin vida, mirando sin ver el regazo de su madre. Sus labios son delgados y pálidos, con las comisuras hacia abajo.

Estoy conmocionada y horrorizada. Porque no se parece a la mujer que he visto en las fotografías. Apenas se parece a una persona. Hay un cuerpo humano sentado ante mí, carne, sangre y hueso. Pero el alma que existía en su interior parece haber desaparecido hace tiempo.

Ahora entiendo por qué Anders no puede dejar de ver videos de ella. Quiere recordarla así, como la mujer con la que se casó, la chica risueña y feliz de sus sueños. La persona con la que pensó que pasaría el resto de su vida, con la que tendría hijos, con la que envejecería.

Y me pregunto, mientras el hielo inunda mis venas, cómo hace para venir aquí. Cómo puede ver a su amada esposa así, día tras día, semana tras semana, mes tras mes, año tras año. ¿Cómo puede soportar el hecho de saber que puede haber muchos años más de esta existencia en el futuro? Y entiendo por qué debe haberse sentido mucho más contento cuando estaba en la granja. Con cuánta urgencia necesitaba alejarse de la ciudad y la aplastante presión que debe sentir para visitarla. Apuesto a que viene aquí todos los días que puede. Porque ese es Anders. Es un hombre de honor, de deber.

Él habría venido, sintiéndose culpable porque su suegra había puesto su propia vida en pausa para cuidar a su hija. Él habría venido, sabiendo que su suegro estaba enfadado, tal vez incluso con él porque no había asumido la responsabilidad de cuidar de su esposa. Vino cuando debía de sentirse agobiado por la carga, por la angustia, por la desesperación. Vino y nunca habría dejado de venir.

Nunca dejará de venir.

Nunca la abandonará.

Mientras veo cómo trata Kelly a su hija, con tanto amor y atento cuidado, se me rompe el corazón en un millón de pedazos.

Y se rompe por ella, por esta pobre mujer, la madre de Laurie. Lo siento muchísimo por ella. Es una situación espantosa, trágica, porque Anders tiene razón. Laurie se ha ido. La han perdido. Y no creo que vuelva nunca. Sin embargo, van a vivir así, todos, hasta que el cuerpo de Laurie se rinda y esta vez sí se vaya para siempre.

Pero en este momento, ella es la esposa de Anders y él está atado a ella.

Capítulo treinta y cinco

Estoy llorando tanto que tengo que detenerme a un costado del camino. Emito sollozos estremecedores, desgarradores, de sonido animal. Pasa un rato antes de que pueda encontrar el camino de vuelta al piso de Anders sin ser un peligro para mí o para los demás.

Anders me ha estado llamando, pero he estado demasiado alterada para responder. Me pregunto si ha hablado con Kelly o Brian, si sabe que he visto a Laurie.

Mi cabeza me dice que regrese a su casa, empaque mis cosas y me vaya. Que lo deje en paz. Ya es hora de que me aparte de su vida para que no tenga que tomarse la molestia de expulsarme de nuevo. Pero no puedo alejarme hasta que le diga que lo entiendo. Se merece eso, mi comprensión. Y ahora lo entiendo.

Ya no lo culpo por no haberme contado lo de Laurie.

Tiene todo el derecho del mundo a no querer hablar de ella. No es culpa suya que yo me haya enamorado. Intentó durante mucho tiempo no darme ninguna razón para pensar que él podría estar enamorado de mí también.

Lo imagino esforzándose por mantener viva la memoria de su esposa mientras luchaba por mantener sus muros infranqueables y la idea me destruye. Debió de sentirse desgarrado.

Vuelvo a entrar en su piso y empaco mis cosas, pero luego desempaco todo de nuevo, prendo una ducha y me cepillo los dientes. Apenas puedo pensar con claridad. Cuando estoy lista, vuelvo a empacar y voy a tumbarme en el sofá. Me siento totalmente agotada y desesperadamente triste.

Debo de haberme dormido, porque me despierta un ligero roce en el brazo. Cuando abro los ojos, Anders está allí.

—¿Estás bien? —me pregunta en voz baja.

Tiene los ojos arrugados por el dolor. Está sufriendo, profundamente, y me duele verlo en ese estado.

Me incorporo. Aún me hormiguea el brazo en el lugar en que me tocó.

—Lo siento —murmura, y retrocede unos pasos cuando me pongo de pie.

Lleva unos pantalones negros ajustados y una camiseta polo negra de manga corta con el logotipo de su equipo de carreras impreso en el bolsillo del pecho.

—No —le digo mientras me mira a la cara—. No hace falta que me pidas perdón.

Doy un paso hacia él y le rodeo la cintura con los brazos,

y su respiración se entrecorta cuando recuesto mi cara contra su pecho. Enseguida, sus manos buscan mis caderas. Pasar del contacto de las manos, ayer, al de nuestros cuerpos enteros, hoy, es casi demasiado. Pero lo aprieto más y él, a su vez, me acerca con los brazos.

Estamos uno pegado al otro, nuestros pechos, estómagos, caderas y muslos están alineados, y mi corazón se ha inflado con tanta compasión y pena que creo que voy a estallar. Quiero envolverlo en mi amor, intentar quitarle parte de su dolor.

—Siento mucho por lo que has pasado —le susurro.

Sacude la cabeza y empieza a alejarse.

—Lo que has hecho por Laurie y sus padres, por tu hermano y tus padres. Eres un buen hombre —le digo—. Intentaste mantener la distancia conmigo y no has hecho nada malo.

Ha dejado de intentar alejarse de mí, pero no estamos tan juntos como antes.

—Tienes razón sobre Laurie —le digo—. Se ha ido. Y siento mucho que la hayas perdido.

Su pecho se hincha mientras toma aire temblorosamente.

—Lo siento mucho —repito mientras se me llenan los ojos de lágrimas—. No es culpa tuya que yo no pudiera evitar enamorarme de ti.

El aliento que inspira esta vez es agudo y espontáneo.

—Pero ahora me voy, te dejo en paz. No quiero ser otro problema del que tengas que ocuparte.

Cuando voy a alejarme, jadea y se aferra a mí, y es un movimiento desesperado y angustioso. Y entonces su cuerpo empieza a temblar y es lo más doloroso que he oído nunca, el sonido de sus sollozos.

Después de eso estoy perdida. Lo aprieto en un abrazo, pero no tengo fuerzas para evitar unirme a él.

Ver a este hombre fuerte que ha aguantado tanto y durante tanto tiempo, por su familia, por la familia de Laurie, por mí, verlo dejarse llevar así… Me destroza.

Finalmente, deja de llorar, pero se le sigue sacudiendo el pecho con profundas respiraciones temblorosas. Sus brazos se aflojan alrededor de mi cintura, así que capto la indirecta y deslizo mis manos hasta sus estrechas caderas antes de dar un último paso atrás. Mira hacia el sofá, con los ojos enrojecidos, la nariz hinchada, las mejillas húmedas y el pelo rubio oscuro todo revuelto.

—Me vendría bien ese puto pañuelo ahora, por favor —le digo, y él suelta una pequeña carcajada y me mira a los ojos un momento, recordando que Jonas se enfadó con él porque no se atrevió a consolarme aquella vez.

Parece que fue hace toda una vida. La vida parecía mucho más pequeña que ahora.

Se da la vuelta y sube los escalones hasta su dormitorio. Abre la puerta del baño. Le oigo sonarse la nariz antes de volver con un puñado de pañuelos. Me acomodo la ropa y vuelvo al sofá.

Viene y se sienta a mi lado.

Tal vez no debería, pero me acerco y subo las rodillas para que se apoyen de lado en su regazo. No se tensa, así que creo que está bien.

–¿Me enseñas un video de ella? –le pregunto.

Me mira sorprendido.

–Me gustaría ver cómo era cuando estaba viva.

No ha sido un lapsus. Puede que no esté muerta, pero tampoco está viva.

–¿Estás segura? –pregunta con recelo.

–Sí.

Sin prisa, saca el teléfono del bolsillo y mira su colección de fotos. Desde mi posición a su lado, veo un álbum titulado "Laurie", pero no me doy cuenta de que estoy aguantando la respiración hasta que pulsa "Play" y me pasa el teléfono.

La pantalla cobra vida y muestra a Laurie y Peggy en el salón de la granja. Hay globos multicolores en las paredes de pino color jengibre y tanto Laurie como Peggy sostienen copas de champán. El ruido de fondo es de gente hablando.

–Feliz cumpleaños, mamá –oigo decir a Anders desde fuera de la pantalla.

–Gracias, cariño –contesta Peggy alegremente, alzando su copa hacia él.

Laurie sonríe más allá de la cámara, a su marido, con sus alegres ojos azules. Entonces, de repente, ella mueve la cabeza mientras da comienzo un coro de feliz cumpleaños.

Anders desvía la cámara hacia Jonas, que trae una tarta llena de velas desde la cocina. La sala está llena de gente y tengo la sensación de que es un cumpleaños importante. Peggy cumplió setenta años hace seis años. Todo el mundo se queda en silencio mientras Peggy se prepara para soplar las velas y, entonces, Laurie aparece de nuevo en el borde del encuadre y Anders ajusta su ángulo para que ella comparta el espacio de la pantalla con su madre. Peggy solo consigue soplar un tercio de las velas en su primer intento, y observo la cara de Laurie mientras ella, a su vez, mira a su suegra, riéndose mientras Peggy sopla y sopla y sopla.

—Oh, hazlo tú, Laurie —suelta con buen humor, dándose por vencida en su cuarto intento.

—¿Estás segura? —le pregunta Laurie riendo.

—Solo si no me robas el deseo —se burla Peggy.

—Es todo tuyo —responde Laurie con cariño, da un paso adelante y sopla las últimas velas que quedan.

Todos en la sala aplauden, pero el grito de Jonas es el más fuerte. Todavía está sosteniendo el pastel a un lado de la toma, pero la atención de Anders se centra en su esposa.

Ella lo mira y la película termina, en un plano de su cara risueña.

Miro fijamente a la pantalla.

—Es tan hermosa, Anders.

Suelta un suspiro y me quita el teléfono.

—Creo que me habría caído bien.

Asiente.

—Y tú también le habrías caído bien.

Ciertamente no le hubiera caído bien si supiera lo que siento por su marido. Entiendo perfectamente por qué Kelly está tan furiosa, está defendiendo a su hija porque su pobre hija no puede defenderse sola.

Mi corazón se contrae y mi determinación se endurece. Necesito hacer lo correcto. Ya he causado tanto dolor a la familia de Laurie.... y a Anders también, que es lo último que quería hacer. No soy tan egoísta como para elegir hacer sus vidas aún más complicadas y perturbadoras.

—Oh —dice Anders de repente, levantándose bruscamente del sofá, y siento frío sin el contacto con el calor de su cuerpo—. No estaba seguro de si habías comido desde ayer.

Me mira por encima del hombro y yo niego con la cabeza.

—Pasé por el Rathskeller de camino a casa. Te compré esas patatas fritas cargadas y pretzels.

Me quedo ahí sentada aturdida mientras le oigo abrir y cerrar el microondas, el tintineo de platos, vasos y cubiertos. Y quiero quedarme, pero me duele todo el cuerpo porque acabo de enamorarme un poco más y si no me voy ahora, no estoy segura de si alguna vez voy a encontrar las fuerzas necesarias.

Me obligo a levantarme del sofá. Me obligo a entrar al dormitorio. Me obligo a recoger mis cosas. Y me obligo a atravesar el salón hasta la cocina, donde él me da la espalda, tirando las patatas fritas en un cuenco en la encimera. Y esto es mucho más difícil de lo que fue entrar en casa de Laurie y enfrentarme a su madre, a su padre, a ella. Esto es lo más difícil que he tenido que hacer en mi vida.

—Anders —digo en voz baja.

Se da la vuelta, me ve allí de pie con mi bolso, y parece totalmente devastado.

—Por favor, no te vayas.

—Tengo que hacerlo —le respondo.

—En sus ojos brillan nuevas lágrimas. Quizá piense que

me voy porque es demasiado duro para mí, porque soy tan insegura que me siento amenazada por su bella esposa o que simplemente no puedo soportar estas terribles circunstancias. Probablemente él no tiene ni idea de que me voy porque no quiero ser otra carga para él.

En realidad, no importa lo que él piense. Lo importante es que me vaya.

Empiezan a brotar lágrimas de sus ojos y mueve la cabeza implorante. Quiero alejarme, pero él se me acerca antes de que pueda mover los pies, me quita el bolso del hombro y lo tira al suelo. Me toma la cara con las manos y me mira fijamente a los ojos, angustiado, pidiéndome en silencio que no me vaya.

Levanto lentamente la mano y le rozo el pómulo con el pulgar. Su piel es tibia y su barba áspera. Miro fijamente sus ojos desconsolados.

—Está bien —susurro, parpadeando para soltar mis lágrimas—. Siempre seremos amigos, ¿verdad? ¿Si me sigues queriendo?

Traga saliva. Luego asiente, me suelta y baja la cabeza.

Me alejo, recojo mi bolso y salgo por la puerta.

Capítulo treinta y seis

Anoche soñé que estaba en el piso de Anders. Estaba sentada en su silla Eames en la terraza acristalada, y el calor y la luz se derramaban sobre mi cara desde las gigantescas ventanas estilo Crittall. Podía oír a Anders en la cocina, preparando la cena, y se me ocurrió con una descarga de alegría que yo vivía allí, que era nuestro piso, que él y yo estábamos juntos. Luego me miré el vientre y tenía un bulto y sentí un torrente de amor por el bebé que íbamos a tener juntos.

Me desperté sobresaltada y me quedé mirando la oscuridad durante mucho tiempo, con el corazón desbocado mientras intentaba cerrar esa imagen de un futuro imposible.

¿Pero es imposible? Me pregunto ahora, despierta. ¿Cuánto tiempo estaría dispuesta a esperarlo?

De repente siento una intensa añoranza por el niño de

mi sueño. Estaba dispuesta a formar una familia con Scott. ¿Cuántos años podrían pasar, en teoría, con mi vida en suspenso? ¿Sería demasiado vieja para tener un bebé? ¿Cuánto estaría dispuesta a sacrificar, arriesgarme a sacrificar, para estar con Anders? ¿No sería mejor para mí seguir adelante, superarlo, con la esperanza de que el verdadero amor de mi vida esté a la vuelta de la esquina?

Me duele el corazón si pienso que esa persona sea cualquiera que no sea él.

Estar aquí no ayuda. Sé que no puedo aceptar el trabajo que me ofreció Dean, no ahora. Cuando vuele de vuelta a Inglaterra el próximo fin de semana, será para quedarme. La idea trae consigo una nueva ola de dolor, no porque finalmente me vaya a casa, sino porque me voy. Hui del Reino Unido para poner distancia entre Scott y yo y ahora estoy huyendo de Estados Unidos para escapar de Anders.

Un pie delante del otro, un día a la vez. Lo más acuciante en este momento es sobrevivir a la noche de cine.

La última semana y media ha sido un torbellino de actividad. El laberinto abrió el fin de semana pasado y he estado ayudando a papá y Sheryl a darles la bienvenida a los clientes, y en el medio hacer mi propio trabajo, por supuesto. El sonido de las risas de los niños mientras tratan de encontrar el camino hacia el centro y luego a la salida de nuevo ha sido una de las pocas cosas que ha puesto una sonrisa en mi cara.

Jonas ha estado en los campos con Zack, el peón que contrató para ayudarlo con la cosecha. Ha estado lloviendo de a ratos, pero las pausas que le ha impuesto al clima le han dado tiempo para terminar de alistar el granero. Ha traído todos los fardos de henos, menos cuarenta, y estamos esperando que el clima nos acompañe porque, idealmente, nos gustaría hacer la proyección al aire libre. Los fardos de heno funcionarán como sillas improvisadas para la gente que se olvide de traer las propias. Pensamos colocarlos en un semicírculo esta tarde, mirando a la pantalla que traerá la empresa de cine móvil.

Bailey ha tenido el papel estelar. Lo ha organizado todo. Estoy muy orgullosa de ella. Ella y yo vamos a servir palomitas y bebidas desde Bambi esta noche. Bailey ha alquilado máquinas para eso. El Airstream aún no está equipado con muebles o armarios, así que usaremos estanterías de apoyo y mesas. Estará un poco apretado dentro, pero me entusiasma mucho la idea de usar a Bambi por fin.

Jonas vendió una gran cantidad de maíz que había cosechado a una empresa de palomitas de maíz y llevó el resto a una fábrica donde lo empaquetaron y lo dejaron listo para que lo venda. Cumplió con los pedidos de las tiendas de Bloomington y otras más lejanas, y piensa vender lo que no usemos esta noche en los mercados de granjeros.

Ayer por la tarde, llegaron a casa Peggy y Patrik mientras Bailey y yo estábamos en la granja. Hemos estado ayudando a Jonas a barrer el granero y colgar luces, adentro y afuera.

Al ver a su padre, estoy bastante segura de que Jonas tomó aire y que todavía está conteniéndolo, pero Peggy estaba tan feliz de ver a su hijo que le dio el abrazo más largo del mundo. Patrik fue más reservado y un poco arisco, pero no fue descortés. Bailey y yo los dejamos solos, pero los veremos hoy, por supuesto.

Hablé con Jonas después de volver de Indianápolis. No estaba lista para hablar, pero vino a buscarme, así que me obligué a salir de la casa y fuimos a dar un paseo hasta el río.

Quería saber qué había pasado, y, cuando le conté que había conocido a Laurie, se le cayó la cara de vergüenza.

—Me habría gustado que alguno de ustedes dos me lo hubiera dicho.

Traté de impedir que se reflejara amargura en mi tono.

Se disculpó, pero dijo que pensó que no le correspondía a él decírmelo.

—Puede que sigan casados, pero en realidad, no lo están —dijo.

—¿Cómo puedes decir eso? —pregunté con incredulidad.

—Están casados, no hay más que hablar.

—¿Y si se divorcia de ella? —preguntó, volviéndose para mirarme.

Yo palidecí.

—Nunca lo hará y lo sabes.

—Pero ¿y si lo hiciera?

Sus ojos recorrieron mi rostro.

—Basta, Jonas —le dije, enfadada—. A pesar de lo que has dicho, él todavía la ama, y nunca lastimaría a sus padres de esa manera.

Caminamos en silencio durante un rato, y luego preguntó:

—¿Qué aspecto tiene ahora?

—¿Por qué? ¿Cuándo fue la última vez que la viste? —respondí por interés.

—Cuando estaba en el hospital. Mamá la visitaba mucho al principio, pero hace un par de años que no va.

—¿Por qué no?

No esperaba eso de su madre, ni de él.

—Cuando abrió los ojos y quedó claro que las luces estaban apagadas y no había nadie en casa, no le vi sentido.

—Eso parece un poco insensible —murmuré, pero me arrepentí enseguida cuando se enfadó y se puso a la defensiva.

—¡Está muerta, Wren! O como muerta, que es lo mismo —añadió, monocorde—. Pero da igual, carajo, no es problema tuyo.

Entonces, me alejé de él, gritándole por encima del hombro que no quería que me siguiera.

No hemos vuelto a hablar de Laurie ni de Anders.

***

Bailey ya está en la granja y yo me dirigiré hacia allí en breve. La película no empezará hasta la puesta de sol, que es alrededor de las siete y media, pero vamos a recibir gente desde las cinco y media y ya son las tres y media.

Jonas piensa hacer hamburguesas a la parrilla, y la amiga de Bailey, Tyler, ha arreglado que venga un bar móvil desde Bloomington. Trabaja en una empresa de eventos, que es donde la conoció Bailey cuando mi hermana era solo una pasante. Cuando Bailey la llamó, asustada porque el permiso para vender alcohol no había llegado a tiempo, Tyler tiró de algunos hilos. Vendrá esta noche. Será agradable conocerla por fin.

Es muy probable que venga Anders también, pero estoy tratando de no pensar en eso. Estaré muy triste si no viene.

***

Papá está terminando de decirle a una familia de cuatro dónde encontrar el laberinto y el huerto de zapallos cuando me asomo al granero para decir que estoy en camino.

Le sonrío a la familia cuando sale.

—¡Diviértanse!

—Gracias —responden al unísono con un tono dulce.

Al menos la mayoría de la gente de por aquí tiene buenos modales.

—Me voy a la granja —le digo a papá—. Nos vemos allí más tarde.

—¡Aquí estás! —exclama, saliendo de detrás del mostrador y abriendo los brazos.

Llevo puesto el vestido de flores rojas y negras que Bailey me convenció de comprar cuando fuimos de compras a Bloomington, el que me aprieta en los lugares correctos y que se ensancha a la altura de las rodillas. También ha tenido que convencerme para que me lo ponga esta noche. Sabe que los dos vestidos que me compré aún no han hecho su aparición, pero las noches se acercan y se me acaban las oportunidades de ponérmelos.

–¿Me veo bien? –le pregunto insegura.

–Estás preciosa –responde papá.

No es que esté desesperada porque me digan que estoy linda, o hermosa, o que me importe demasiado mi aspecto. Estoy bien como soy, de verdad. Pero, ay, es la forma en que lo dijo, mi padre, como si me lo hubiera dicho toda la vida. La naturalidad hace que se me humedezcan los ojos.

Porque no importa lo que piense el resto del mundo, todos los padres del mundo deberían decirles a sus hijos que son hermosos.

–No llegaremos tarde –promete papá mientras me abraza–. ¡No vemos la hora!

Nos soltamos y empiezo a darme la vuelta, pero me detengo y me vuelvo para arrancarle una ramita del pelo.

Se ríe cuando se la enseño y yo sigo sonriendo cuando salgo del granero.

***

Intento prepararme para no ver el coche de Anders en la entrada, pero estoy tan nerviosa cuando salgo por el maizal que casi no registro el sonido de su risa. Y entonces lo veo más adelante, caminando codo con codo con una llamativa pelirroja hacia el granero.

No puedo verle la cara, pero el pelo ondulado le cae en cascada por la espalda y sus piernas se extienden por kilómetros, y cuando Jonas aparece, el deleite en su rostro es visible desde aquí. ¿Quién es ella?

Quienquiera que sea, apuesto a que está exultante al estar flanqueada por estos dos hermanos. ¿Cómo podría no estarlo?

Mis celos son irracionales y lo sé, por supuesto, pero me hace preguntarme cuántos lances ha tenido que esquivar Anders. Debe estar muy cansado.

Un pie delante del otro, Wren. Es mi nuevo mantra.

Jonas me ve y levanta la mano. La pelirroja se da la vuelta para ver a quién está saludando, pero mi atención está centrada en Anders.

Me ha visto.

Y se le ha borrado la sonrisa.

Siento como si mi caja torácica se hubiera cerrado alrededor de mi corazón, apretándolo en un torno. Odio que le duela mirarme.

—¡Wren! —grita Bailey, distrayéndome. Corre hacia mí, con esos ojos grandes y redondos, y luego baja la velocidad de sus pasos a unos metros de distancia—. Estás matadora con ese vestido. —Se acerca para darme un abrazo—. ¿Estás bien? —me pregunta al oído.

Asiento contra su hombro. Sabe todo lo que pasó con Anders, y le regañó a Casey por no estar más informado sobre Laurie, como si el pobre tipo tuviera algún control sobre lo que sabía y lo que no sabía.

Me suelta y sonríe con empatía.

—Ven a conocer a Tyler —me insta, y enlaza su brazo con el mío.

—¿Es la pelirroja?

—Sí. ¿Has visto la cara de Jonas? No para de babear.

Me río.

—¿Es soltera?

—Sí. Apuesto a que ella también estará interesada.

—¿Cómo no iba a estarlo?

Bailey me sonríe.

—Tú no lo estabas.

—Sí, pero estaba Anders —respondo encogiéndome de hombros.

—Yo tampoco.

—Sí, pero estaba Casey —le digo encogiéndome de hombros otra vez, porque cuanto más los veo juntos, más convencida estoy de que son perfectos el uno para el otro.

Bailey sonríe.

—Se está dejando crecer el bigote otra vez, ¿sabes? —me dice con indiferencia.

—¿En serio?

—Sí. Así que ahora todo está bien en el mundo.

Suelto una risita, aunque mi corazón sigue latiendo con fuerza mientras caminamos por el polvoriento corral hacia los demás.

Creo que ella es feliz, pero yo la conozco a Bailey, al menos ahora, después de este verano. Ella no es el tipo de persona que deja que la vida le suceda. Agarrará la vida por los cuernos y hará lo que ella quiera, y si no va bien aquí, si ella y Jonas no siguen planeando eventos que a ella le gusta organizar, si sigue aburrida de la vida en el club de golf, entonces hará otra cosa. Sé que lo hará. Ya sea aquí en la ciudad, en Bloomington o más lejos, y Casey moverá montañas para estar con ella. Él no será feliz a menos que ella lo sea, eso es un hecho. Así que estarán bien. De eso estoy segura.

—¡Tyler, esta es mi hermana! —exclama Bailey cuando nos acercamos.

—¡Hola! —responde Tyler, y avanza hasta medio camino para darme un abrazo—. He oído hablar mucho de ti.

Es impresionante, con ojos azules brillantes, la cara llena de pecas y una sonrisa que podría iluminar una habitación.

—Yo también. Me alegro mucho de conocerte. Muchas gracias por dejarnos quedar en tu casa el mes pasado.

—Tendrás que volver para que podamos salir juntas una noche —responde.

—Me encantaría.

Jonas se acerca y me levanta del suelo del abrazo que me da, me gruñe un saludo en el oído y me planta al lado de su hermano.

Sutil, Jonas, sutil.

Miro a Anders, el corazón me da vueltas y vueltas y vueltas.

—Hola —dice en voz baja, con una pequeña sonrisa en los labios, dos arrugas entre sus cejas perfectas, sus ojos asombrosamente imperfectos posados en los míos.

—Hola —respondo, y lo que más deseo en el mundo es estirar la mano y alisar esas arrugas de una vez por todas.

Sé fuerte, me recuerda la voz de mi cabeza. *Tienes que ser fuerte por él.*

Pero entonces Anders da un paso adelante y me toma en sus brazos. Hago una inhalación profunda y apenas percibo el aroma a cítricos o el pecho duro presionando contra el mío antes de que me suelte. Se me revuelve el estómago y mi sonrisa vacila cuando me doy cuenta de que me acaba de abrazar y yo estaba tan tensa que ni siquiera le devolví el abrazo.

–Bien, vamos, Wren –me dice Bailey, y sé que intenta rescatarme porque no creo que pudiera ser más incómoda la situación–. ¿Puedes sacar el Airstream del cobertizo, Jonas? Tenemos que instalarnos.

–Yo lo saco –ofrece Anders.

–Bailey, ¿puedes decirme dónde quieres el bar móvil? –le pregunta Tyler.

–Mierda –murmura Bailey. Se detiene y gira hacia mí–. ¿Todo bien?

–Sí, tranquila.

Anders y yo caminamos solos hacia el cobertizo para escapar de la incomodidad de la situación.

–¿Cómo has estado? –me pregunta.

–Bien –respondo, asintiendo. ¿Y tú?

–Bien –dice, y su respuesta está claramente lejos de la verdad–. Siento que fuera un poco raro el abrazo de recién –dice tras un momento de doloroso silencio. Intentaba ser... –niega con la cabeza– amigable.

Su tono es irónico, autocrítico.

Me muerdo el labio y vuelvo a mirarlo, y sonríe. Su mirada se posa en mis labios antes de apartarse.

—Bien, ¿dónde está la Airstream? A ver qué le has hecho.
—El Airstream.
—El Airstream —me concede.

Pasa unos minutos revisando a Bambi, sonriendo mientras pasa los dedos sobre el contrachapado de abedul que papá y yo colocamos sobre las paredes interiores.

—Tiene muy buena pinta —dice, y enciende las luces de los años sesenta que compré en el almacén de antigüedades—. La rueda retráctil ¿funciona bien?

—Sí, muy bien.

—Tienes que acordarte siempre de guardarla antes de remolcar esto a cualquier sitio —me advierte.

Asiento con la cabeza. Ya me ha advertido de lo importante que es eso.

—¿Cuándo vas a hacer tu viaje por Estados Unidos? —me pregunta mientras revisa el precinto de la puerta trasera.

—No lo sé —respondo encogiéndome de hombros—. Quizá el verano que viene.

—¿No irás antes?

—Dudo que pueda volver aquí antes.

—¿A dónde vas? —dice paralizado.

—De regreso al Reino Unido.

Me mira fijamente.

—¿Te vas?

Asiento con la cabeza.

—Dentro de una semana.

—¿Para siempre?

—Creo que tengo que hacerlo.

Capto su mirada devastada mientras aparta la vista.

—¿Vas a guardarla? ¡Guardarlo! —se corrige mientras se aleja—. Daré marcha atrás al tractor.

***

No llego a hablar con Anders mientras preparamos todo, al menos no más que unas palabras aquí y allá.

Peggy se acerca a saludar cuando Bailey y yo estamos en el proceso de poner en marcha las máquinas de bebidas y palomitas, y parece encantada con el logotipo de la Granja de la Familia Fredrickson que había diseñado Jonas para los envases de las palomitas.

Bailey tiene que retirarse cuando llega la compañía del cine móvil, pero Peggy se queda un rato charlando conmigo de Wisconsin y de lo bien que lo han pasado. No me extrañaría nada que considerasen retirarse allí.

Como el clima de la tarde es tan agradable, he abierto la puerta trasera y puse mesas afuera. Anders ayudó a Jonas a traer su parrilla de carbón desde el lago y los olores de la carne asada colman el aire. Llega una banda local de *bluegrass* de cinco músicos, amigos de Brett, el hermano de Casey, y se acomodan. Bailey me habló de ellos, ni esperaban que les pagaran. Solo pensaban que sería una noche divertida y que les daría visibilidad. Incluso la música que tocan mientras se preparan contribuye al buen ambiente.

Cuando Bailey enciende las tiras de luces, salgo del Airstream para ver cómo brillan las luces en el exterior plateado mientras el interior brilla cálidamente. No puedo evitar sonreír mientras lo observo todo.

Bailey tiene que seguir retirándose para organizar varias cosas, así que me quedo sola un rato, y cuando empiezan a llegar clientes, se forma una cola fuera de Bambi.

—¿Necesitas ayuda? —pregunta Anders, asomando la cabeza por la puerta.

—Por favor —respondo sin pensar. Estoy que me salgo de mí misma.

Trabajamos codo a codo, sirviendo palomitas, bebidas y caramelos.

—Tu madre está en su salsa —le digo una vez que tenemos todo bajo control.

Él la mira. Se ha ubicado al lado de Jonas, que está volteando hamburguesas mientras ella toma los pagos y ofrece aderezos.

—Es más feliz cuando está en la cocina.

—Quizá abra una cafetería en Wisconsin.

—Me la puedo imaginar —dice Anders sonriéndome de lado.

Me deja sin aliento cada vez que hace eso.

—¿Dónde está tu padre? —le pregunto, armándome de valor.

—Aquí está —responde con el ceño fruncido, señalando con la cabeza al otro lado del patio.

Su padre se dirige directamente hacia Jonas. Todavía tiene una renguera, pero su herida no lo frena. Anders está tenso a mi lado.

—Deberías seguir, hijo —le dice Patrik con brusquedad—.

Deberías ir recibiendo a la gente a medida que llega. Yo puedo encargarme de esto.

Jonas se lo queda mirando, sin decir nada.

—Tiene razón —interviene Peggy, dándole un codazo a Jonas—. Tú eres el anfitrión. Nosotros podemos arreglarnos solos aquí.

Patrik tiende la mano hacia la gran espátula de plata que tiene Jonas.

Jonas mira aturdido la mano de Patrik, luego la espátula, antes de entregarla lentamente.

Patrik le da una palmada en la espalda y se marcha.

—No puede ser —murmura Anders con asombro.

—El hecho de que tu padre se ofreciera a ayudar o el hecho de que Jonas se apartara de la parrilla.

—Las dos cosas —responde con una sonrisa.

Tenemos un gran aluvión de pedidos antes de que empiece la película y luego Bailey viene a preguntarle a Anders si puede reubicar algunos fardos de heno para que las familias puedan sentarse juntas. Ella se queda para ayudarme y cuando papá y Sheryl llegan a la primera fila, los cuatro nos miramos y nos reímos.

—¿Puedes tomar una foto? —le pregunto a papá, entregándole mi teléfono.

Bailey y yo nos abrazamos y saludamos a la cámara. Papá saca una foto y yo suelto a Bailey, pero ella se gira y me besa en la mejilla.

—Te quiero, hermanita.

—Yo también te quiero —respondo cariñosamente.

—Chicas —dice Sheryl, con lágrimas en los ojos mientras nos sonríe—. Mira a nuestras niñas —le dice a papá.

—Son increíbles —responde él con asombro, moviendo la cabeza.

—Hay otros clientes esperando, ¿saben? —suelta Bailey, pasándose subrepticiamente la mano por los ojos—. Luego habrá tiempo para ponerse sentimental.

Sheryl le sonríe con complicidad antes de llevarse a papá. Me inclino y le doy un beso en la mejilla a mi hermana.

***

Cuando los colores del cielo se oscurecen, las luces se apagan y empieza la película. Yo tomo asiento y absorbo el ambiente. Debe haber más de doscientas personas sentadas aquí afuera, bajo las estrellas, y la mayoría han traído sus propias sillas y mantas. El aire huele a heno, palomitas y rocío fresco de la tarde, y a pesar de mi melancolía subyacente, es imposible no sentir chispas de felicidad por lo bien que ha salido todo.

Peggy y Patrik están sentados con papá y Sheryl al fondo. Bailey y Casey están apretaditos por aquí cerca. Jonas y Tyler siguen de pie junto al bar móvil, prestándose más atención el uno al otro que a la película, por lo que parece. Y yo estoy pegada a Bambi así estoy lista para abrir de nuevo cuando llegue el intervalo.

No estoy segura de dónde está Anders y no puedo evitar preocuparme. Supongo que está en algún lugar cerca de su hermano, pero estaré más tranquila cuando lo sepa.

Me olvidé por completo de traer una silla o una manta para mí, así que estoy trepada a un fardo de heno, y tiemblo un poco. La compañía de cine móvil trajo auriculares, por lo que el audio de la película se reproduce directamente en los oídos de la gente en lugar de a todo volumen por medio de altavoces.

Me sobresalto cuando me ponen una manta sobre los hombros. Levanto la vista y veo a Anders. Viene a sentarse en el fardo de heno a mi lado.

No sabía que fuera posible amar tan plenamente y sentir un dolor tan profundo al mismo tiempo.

—Gracias —susurro.

Asiente con la cabeza, mirando al frente. Su rostro está iluminado por la luz de la gran pantalla y me doy cuenta de que no lleva auriculares.

—¿Dónde están tus auriculares? —le pregunto mientras me quito uno.

—Creo que se les han acabado —responde, encogiéndose de hombros—. No pasa nada. He visto esta película montones de veces.

—Yo también, pero *Un experto en diversión* nunca pasa de moda.

Le paso el auricular derecho. Me mira.

—¿Estás segura?

—Por supuesto.

Lo toma y nos sentamos uno al lado del otro, compartiendo el audio. Deseo acurrucarme junto a él, como hace Bailey con Casey, como hace Sheryl con papá.

Me invade una sensación de soledad y me siento enferma de tristeza y confusión. A medida que avanza la película, apenas esbozo una sonrisa, y ni hablar de reírme a carcajadas.

Anders se mueve para ponerse más cómodo y apoya la mano justo detrás de mi espalda. Siento una línea recta de calor desde donde está su brazo estirado, que apenas me toca. No puedo evitarlo. Me apoyo en él. Un momento después, me rodea la cintura con la mano y me acerca a su lado. Mi corazón se contrae mientras apoyo la mejilla en el hombro, intensamente consciente de cada milímetro de piel donde estamos conectados.

Esto es lo más cerca que vamos a estar.

Es verdad lo que le dije a papá hace ya varias semanas, cuando me recogió en el aeropuerto: no eliges de quien te enamoras.

Papá no eligió enamorarse de Sheryl.

Scott no eligió enamorarse de Nadine.

Yo no elegí enamorarme de Anders.

Pero puedo elegir lo que hago al respecto.

Llega el intervalo y siento el fantasma de un beso que alguien me da en la parte superior de mi cabeza. Cuando se encienden las tiras de luces de festón y la gente empieza a levantarse, me quito apresuradamente mi auricular y se lo paso a Anders.

—Gracias por la manta.

La dejo sobre el fardo de heno.

—¿Quieres que te ayude?

—No, está bien.

Mientras me alejo de él en dirección a Bambi, no puedo evitar pensar en todas las veces que se alejó de mí sin siquiera mirar hacia atrás. Quiero ser así de fuerte, tan decidida, pero la curiosidad se apodera de mí y echo una mirada por encima del hombro.

Está sentado donde lo dejé, con los codos apoyados en las rodillas, mirándome, y se ve totalmente devastado.

Siento un sobresalto en todo el cuerpo cuando se cruzan nuestras miradas. Pero cuando llego al Airstream y vuelvo a mirar, ya se ha ido.

Y entonces se me ocurre preguntarme: ¿acaba de darme un beso de despedida?

Mis manos empiezan a temblar violentamente.

De repente, veo a Jonas caminando hacia mí, abriéndose paso entre la multitud.

—Esto es una mierda —dice enfadado cuando llega hasta mí, mirándome fijamente.

—¿Qué pasa?

—Bailey —dice por encima de mi hombro—. ¿Puedes reemplazar a Wren? Tengo que hablar con ella.

Me arrastra hasta la parte trasera del granero.

Capítulo treinta y siete

—¿Jonas? ¿Qué pasa?
—Como dije, esto es una mierda.
—¿Qué estás diciendo?
—¡Lo quieres! —me grita. Me suelta y me tira el cuerpo encima.
Retrocedo.
—Y él te quiere a ti.
Me doy cuenta de que no está enfadado, sino disgustado. Estos hermanos Fredrickson son difíciles de entender a veces.
—¿Y qué? —respondo levantando la voz—. ¿De qué le sirve a nadie?
—Si no estuvieras enamorada, entendería que no quisieras tener nada que ver con él. Tiene una vida complicada. Pero tú sí lo quieres. Te lo acabo de ver escrito en toda la cara.

–¡Pero su vida sí que es complicada, Jonas!

–Y eso es demasiado problema para ti, ¿verdad?

Exige una respuesta y puedo ver que está decepcionado conmigo.

–¡No es demasiado problema para mí! ¡Me preocupo por él! ¡Por los padres de Laurie! ¡Por lo mucho que les va a doler!

Duda un momento.

–¿Es verdad? –pregunta–. ¿Te vas porque te importa demasiado, no porque te importe poco?

–¡Sí! –grito.

Sacude la cabeza con desesperación.

–Estás haciendo todo mal. Tienes que luchar por él, no alejarte.

–¿Qué sentido tiene? ¡Eso le hará más daño! Estará dividido entre Laurie y yo, entre los padres de Laurie y yo.

–¡Laurie ya no está! ¡Y no me digas que no lo sabes! Anders está vivo y aquí y tienes que convencerlo de que vale la pena luchar por él. No digo que vaya a ser fácil. Pero alguien tiene que ir a la batalla por él, para alejarlo de los padres de Laurie. Se está ahogando, Wren. Lo están tirando para abajo. Este no es el momento de alejarse, este es el momento de luchar. Eres la única que puede hacerlo. Dios lo sabe, lo he intentado. Mi madre lo ha intentado. Todos hemos intentado convencerlo de que se divorcie de Laurie y viva su vida, y si no quiere divorciarse de ella, al menos vivir como él quiere. Ha hecho sacrificios de sobra por ella y por sus padres a lo largo de los años. El año pasado, lo llamaron para un puesto importante en Ferrari, por el amor de Dios. ¡Y dijo que no! Renunció a la oportunidad de trabajar en Fórmula 1 y viajar por el mundo porque se sentía demasiado culpable. Pero tiene que dejar de sentirse en deuda con Kelly y Brian. No tiene control sobre lo que hacen, ellos sabrán lo que hacen. A este paso, estará atrapado en esta media vida hasta que Laurie por fin pueda descansar, y no quiero ni pensar en qué estado llegará a aquel día.

Da un paso y me pone las manos sobre los hombros.

—Pero tú puedes ayudarlo, Wren. Puedes darle algo por lo que luchar. Tú eres alguien por quien vale la pena luchar. Muéstrale que tú también estás dispuesta a luchar por él.

Me da vueltas la cabeza cuando Jonas me deja ahí parada detrás del granero. ¿Tiene razón? ¿En todo? Pensé que me estaba sacrificando al retirarme de la situación, pero me doy cuenta de que todo lo que he hecho es hacer que Anders se sienta aún más solo. Lo abandoné, lo abandoné cuando más me necesitaba. Creía que me sentía sola. ¿Cómo debe sentirse él?

El asunto es que Anders lucharía por cualquier otra persona. Lo que no hace es luchar por sí mismo.

Jonas tiene razón. Tengo que ponerme de su lado.

La idea de ser la otra mujer, la persona de la que los padres de Laurie van a querer vengarse, me hace estremecer. Pero tal vez, adoptando ese papel, pueda quitar algo de presión sobre su yerno.

Lo pensaré más tarde. Lo más importante ahora es encontrar a Anders.

Y Anders no aparece por ninguna parte.

Comienza la segunda mitad de la película y él no vuelve a nuestro fardo de heno. De ninguna manera me quedaré quieta a esperarlo, así que saco mi teléfono y le mando un mensaje: "¿A dónde has ido?".

No contesta y, al cabo de veinte minutos, tomo la decisión de ir a buscarlo a la granja. Me escabullo y pruebo la puerta lateral. Esperaba encontrarla cerrada, porque ¿qué clase de familia deja su casa abierta cuando hay unas doscientas personas dando vueltas por ahí?

Resulta que es una familia confiada. La puerta no está con llave, así que me aventuro al interior, gritando el nombre de Anders. Reviso la cocina, la sala de estar, el comedor y el escritorio, y cuando no hay ni rastro de él, subo las escaleras hasta el primer piso. Grito su nombre de nuevo mientras camino por el pasillo, pero no oigo ningún movimiento detrás de ninguna de las puertas. No me atrevo a abrirlas, ya me siento bastante mal por haber entrado sin autorización.

Después, busco por todo el predio, desde la cabaña de Jonas hasta cada fila de coches aparcados detrás del granero. La película termina y la gente empieza a recoger sus cosas y a caminar o conducir de vuelta a la ciudad. Me quedo parada en el camino y miro hacia los campos que se extienden en la oscuridad. Los tallos de maíz secos y crujientes se mecen con la brisa, susurrando.

Podría estar en cualquier parte.

Se acerca Jonas.

—Siempre hay un mañana.

–¿Y si vuelve a Indianápolis?

–No lo hará. Prometió desgranar maíz conmigo.

–¿Desgranar maíz?

–Estamos cosechando los campos, Wren –dice en tono burlón, como si ya me lo hubiera dicho cientos de veces–. Se dice así. Eso es lo que decimos: cortamos judías y desgranamos maíz.

–Cortar judías y desgranar maíz. Entendido.

Me sonríe.

–Te convertiremos en la mujer de un granjero.

–No si Tyler se me adelanta –le respondo.

Se le levantan las cejas y suelta una carcajada.

–Parecías muy cómodo en el bar.

–Es una chica agradable –responde encogiéndose de hombros.

Sonrío y vuelvo a echar un vistazo a los campos oscuros. Me pongo seria y me vuelvo hacia él.

–¿Puedes esconder las llaves de su coche, por si acaso?

–Las pondré debajo de mi almohada –responde.

–No estoy bromeando.

–Yo tampoco.

Jonas nos manda a Bailey y a mí a preparar todo para irnos con el resto de la familia, y nos dice que se ocupará de la limpieza por la mañana. No puede empezar a "desgranar maíz" hasta la tarde, cuando haya salido el sol y se haya evaporado el rocío. El nivel de humedad tiene que ser el correcto o se podría arruinar la cosecha.

Cierro a Bambi con llave y echo un último vistazo en

busca de Anders, pero donde quiera que esté, no quiere que lo encuentre.

***

Cuando me estoy quedando dormida, recibo un mensaje que me despierta de un salto: "Lo siento, necesitaba un poco de aire fresco y luego me puse a hablar con mi madre".

"¿Aire fresco? Estábamos sentados afuera".

Tipeo con una sonrisa, muy aliviada de que haya contestado: "Irónico, ¿verdad?".

"Espero que estés bien" y, como no contesta, añado: "Jonas dice que mañana lo ayudarás con la cosecha. ¡¿Puedo ir a dar esa vuelta en tractor contigo?!".

Espero y espero su respuesta. "Está bien".

Me pregunto si podré volver a dormirme.

Capítulo treinta y ocho

Me pongo el otro vestido de flores que compré en Bloomington, el azul, amarillo y blanco con botones por todo el frente. Es un día espléndido, así que es el clima adecuado para que me lo ponga.

También es un día perfecto para desgranar maíz. Después de pasar casi tres meses viendo cómo los tallos pasaban de verde a dorado, me emociona ver lo que implica la cosecha. Apenas puedo creer que voy a estar sentada junto a Anders durante horas en el espacio confinado de un tractor. No veo la hora.

En la mochila llevo algo para comer, agua y un abrigo en caso de que refresque más tarde. Cuando Jonas sale a cosechar los campos, a veces se queda hasta bien entrada la noche, y yo hoy quiero quedarme hasta el final.

Lo digo en todos los sentidos.

A decir verdad, me carcome la ansiedad ante la idea de exponerme ahí y que me rechace. Si Jonas no hubiera hablado con tanta claridad, con tanta pasión, no estoy segura de que tendría el coraje para luchar. Anders tiene razón, soy insegura. Pero es hora de que me ponga los pantalones largos.

***

Encuentro a Anders con su madre y su hermano en el primer gran cobertizo. Los tres giran para mirarme mientras me acerco y no podría sentirme más cohibida.

—Vaya, ¡qué guapa estás! —dice Peggy, radiante.

Creo que me ruborizo de pies a cabeza. Ni siquiera puedo mirar a Jonas, y mucho menos a Anders.

—¿Estás lista? —me pregunta Anders.

—Mmmm.

Lo miro y veo que sonríe, pero aparto los ojos otra vez.

—Hay un picnic en la conservadora, debajo de tu asiento —me dice Peggy.

—Vaya, gracias. Espera, ¿tienen una conservadora en el tractor?

—No vamos en el tractor, vamos en la cosechadora —dice Anders—. Pensé que sería más divertido.

Jonas le da un puñetazo en el brazo, sonriendo.

Cuando Anders se da la vuelta, capto la mirada de Jonas. Imaginé que le divertiría mi incomodidad, pero su expresión es seria.

Le hago un gesto con la cabeza. Él asiente y seguimos a Anders al cobertizo.

La cosechadora es gigantesca, de color verde militar con tapacubos de un amarillo brillante y ruedas más altas que yo. El cabezal para maíz está acoplado a la parte delantera, un dispositivo verde y ancho equipado con lo que parece una hilera de cohetes verdes.

Anders sube varios peldaños anchos de una escalera hasta la puerta, la abre de par en par, entra y se vuelve hacia mí.

—Ten cuidado —me advierte y me toma del antebrazo mientras subo lentamente.

Cierra la puerta y se sienta en el asiento del conductor. Me siento a su lado y me arde la piel donde me tocó.

Hay ventanillas en los cuatro lados de la cabina y son enormes. Es como una caja de cristal sobre ruedas.

Una vez, al principio de mi carrera, cometí el error de diseñar ventanas de pared a pared y de suelo a techo en un estudio londinense orientado al sur. Cuando más tarde me encontré con los propietarios, se quejaron de que era como vivir en un invernadero.

Pero cuando la cosechadora se pone en marcha, se enciende el aire acondicionado. Menos mal.

Peggy y Jonas se apartan del camino y Anders se gira para mirar por la enorme ventanilla trasera. Se aferra al respaldo de mi asiento mientras hace retroceder la gigantesca máquina y sale del cobertizo.

No puedo evitar observarlo mientras se concentra en la

maniobra. Lleva puesta una camiseta verde musgo que resalta el color de sus ojos y la torsión de su cuerpo ha provocado que se le estire el cuello, lo que exhibe su piel lisa y suave y el contorno de su clavícula. Siento el calor de su brazo sobre mis hombros mientras mis ojos recorren sus músculos fibrosos. Ni siquiera intento dejar de mirarlo porque hoy me juego el corazón. Tengo todo y nada que perder, y pienso jugarme entera.

Anders me mira a los ojos antes de seguir adelante.

—¿Qué estás pensando? —murmura.

—Te lo diré cuando estemos solos —le respondo.

Desvía la mirada y observa a su madre y a su hermano.

—Te llevaré al campo más lejano que encuentre.

Al oír su tono grave, se me forma un enjambre de mariposas en el estómago.

Avanzamos por el camino polvoriento y giramos a la derecha por la carretera iluminada por el sol. Un cielo azul esparce su bruma sobre nosotros y los campos dorados se extienden a nuestro alrededor. Al cabo de un rato, Anders se sale de la carretera, penetra el borde cubierto de hierba y luego estamos avanzando sobre hectáreas y hectáreas de maíz seco que se mece con la brisa, como las olas del océano.

Pulsa unos botones en una pantalla digital y avanzamos lentamente por el maizal. Los dientes verdes con forma de cohete se entierran en los tallos. Se da vuelta para mirar por la ventanilla trasera y yo hago lo mismo. Para mi asombro, detrás de nosotros, en la cosechadora, van cayendo los granos de maíz, completamente pelados y sin paja.

—¿Vas a decirme en qué estabas pensando?

—Estoy entrando en calor —respondo.

Levanta una ceja y vuelve a mirar hacia delante, dirigiendo su atención a la pantalla digital.

—Bueno, tal y como están saliendo las cosas, tenemos unos doce minutos antes de que venga Jonas con el carro para los granos.

—¿Doce minutos? ¿Tan poco?

—Sip.

—¿Qué es un carro para los granos?

—Es un remolque arrastrado por el tractor. Voy a descargar este lote en él y él lo llevará de vuelta a la granja para vaciarlo en el depósito de granos.

No es todo tan ruidoso como imaginé. Solo se oye el zumbido del motor mientras nos movemos a un ritmo pausado, recogiendo los tallos de maíz y dejando atrás un campo aplanado de paja crujiente y triturada.

—Esto es algo adictivo —digo mientras vuelvo a mirar atrás por encima del hombro.

—Apuesto a que no te sentirías así si estuvieras aquí a las dos de la mañana —bromea.

—¿Hay veces en que te lleva ese tiempo?

—Cuando las condiciones son las adecuadas, podemos estar toda la noche. Pero, por supuesto, puedes volver a casa cuando quieras.

—Ni hablar. Si tú te quedas, yo también. ¿Pero no tienes que ir a trabajar mañana?

—Puedo llegar tarde.

Me vuelvo hacia él y apoyo el hombro en el respaldo cruzando las piernas. Me mira las rodillas, las zapatillas blancas en mis pies, y luego gira para mirar hacia atrás.

—A veces creo que paso más tiempo mirando hacia atrás que hacia delante —dice.

—¿En más de un sentido?

Me mira a los ojos. Pasa un momento antes de que responda.

—Supongo que se podría decir eso.

Estoy muy nerviosa mientras le devuelvo la mirada. Tengo tanto que decir y no sé por dónde empezar. Menos mal que vamos a estar aquí todo el día.

—¿Ya has entrado en calor? —me pregunta.

Niego con la cabeza.

Entorna los ojos, desconcertado.

—¿Cómo estaban tus padres después de lo de anoche? —le pregunto.

Sonríe y vuelve a mirar hacia delante.

—Bien. Anoche estuve hasta tarde hablando con mamá y Jonas. También tuvimos otra larga charla esta mañana con papá.

—¿Sobre qué?

—Mamá y papá van a retirarse.

Jadeo de alegría y él sonríe ante mi reacción.

—Han estado de acuerdo en que ya es hora de que le pasen las riendas a Jonas. Papá le dijo que estaba orgulloso de él, que hubiera querido tener esas agallas para intentar algo diferente.

—Caramba. Eso es increíble.

—Hasta mamá se sorprendió.

Se queda mirando un rato hacia delante y luego suspira en voz baja.

—Anoche, nos dijo a Jonas y a mí algo que no sabíamos, que papá había sufrido depresión toda su vida. Dijo que antes de que naciéramos, hubo un tiempo en que estaba muy preocupada por él. Cuando vio que Jonas se retraía y bebía más, y luego se dio cuenta que había estado ordenando la cabaña, se asustó porque eran cosas que papá también hacía. Por suerte, tenía una amiga terapeuta en aquellos años que tenía bastante idea sobre la depresión. Mamá no sabe lo que habría hecho sin ella.

Exhala pesadamente y yo me acerco y le aprieto la rodilla. Me mira la mano un momento antes de continuar.

—Papá ha llevado un gran peso sobre sus hombros durante muchos años, tratando de proteger a mamá, a Jonas y a mí, pero no lo hizo de la manera correcta. Y escuchar todo esto de mamá arrojó una luz diferente sobre todo. Jonas y yo sentimos mucha pena por él.

Lo suelto mientras busca una radio con un cable negro rizado y se la lleva a los labios.

—¿Puedes venir ahora?

—*Voy para allá* —contesta Jonas, con la voz crepitando en el aire.

—Estamos casi llenos —me dice.

—¿Ya?

—Sí.

—¿Qué te pareció Tyler? —pregunta Anders, dejando atrás la oscuridad del pasado de sus padres.

—Me pareció muy simpática. A Jonas parecía gustarle.

—Le pidió su número.

—¿En serio? ¡Genial! Me imaginé que iba a aparecer Heather y le robaría su atención.

—Ella trató de comprar una entrada, solo una para ella, pero Jonas le dijo que era mejor que se mantuviera alejada.

—¡No puede ser! ¿En serio?

Asiente.

—Sí —doy un puñetazo al aire y él se ríe.

—No creo que Jonas vuelva a tomar ese camino.

—Espero que no.

***

Jonas no tarda en llegar con el carro para los granos, y avanza a nuestro lado mientras se extiende un gran brazo desde la cosechadora y descarga el maíz en su remolque. Jonas se coloca perfectamente en línea con nosotros y Anders no disminuye la velocidad. Hasta doblan al final del campo sin perder ningún grano.

—Eso fue tan cuidadoso —digo con asombro mientras Jonas conduce de vuelta a la granja.

—¿Vas a contarme lo que ronda en tu cabeza en los próximos doce minutos? —me pregunta con una sonrisa juguetona que de repente se transforma en un ceño fruncido—. Algo anda mal —dice mientras estudia la pantalla digital.

Nos detenemos y apaga el motor.

—Disculpa.

Pasa por encima mío y me choca las rodillas con las piernas. Abre la puerta y baja por la escalera con la agilidad de alguien que lleva haciéndolo toda su vida.

Me asomo y observo con preocupación cómo abre un panel polvoriento en el lateral de la cosechadora.

—No te caigas —me dice.

—Me agarro fuerte —respondo, y me gusta que se preocupe lo suficiente como para recordármelo—. ¿Puedes ver cuál es el problema?

—Se cortó la correa de transmisión del cilindro desgranador —responde distraído. Sube de nuevo a la cabina y toma la radio CB para informárselo a Jonas.

—Entiendo, espera —responde Jonas, resignado—. *Me fijo si tenemos una de repuesto cuando termine de descargar, pero creo que tendré que encargar una nueva. Podría tardar un par de horas. ¿Quieres que envíe a mamá en el Gator a buscarlos?*

Anders me mira, y me pide en silencio una respuesta. Digo que no con la cabeza.

—No, aquí estamos bien —dice por el auricular, con los ojos fijos en los míos.

—*Bien*, responde Jonas, y se hace un silencio.

Anders frunce el ceño ante la radio CB mientras la coloca en su lugar.

—¿Y bien? —murmura, antes de encogerse de hombros y volver a mirarme—. ¿Sale un picnic junto al río?

Una ráfaga de nervios me sopla en el estómago.

Me bajo de la cosechadora y me quedo parada bajo el cálido sol, esperando a que Anders saque la comida y un par de latas de refrescos de la conservadora. Me lanza una manta y me la echo al hombro.

El río está al pie de la colina, bordeado de frondosos árboles que están empezando a cambiar de color. En unas semanas estarán inundados de rojos, naranjas y amarillos. Ojalá pudiera estar aquí para verlos.

Caminamos por la parte del campo que ya hemos cosechado, pateando paja y algún que otro trozo de maíz amarillo que la cosechadora ha pasado por alto.

Cuando llegamos al río, Anders tiende la manta a la sombra de un árbol y me invita con la mano a sentarme. Una vez instalada, se sienta conmigo, me pasa una lata y abre una para él. Bebe un sorbo y saca unos sándwiches de una bolsa.

—Tenemos de pollo o de jamón y queso. Tú elige.

—Elige tú primero. No tengo tanta hambre.

—¿No?

—Estoy demasiado nerviosa para comer —admito.

Deja de hacer lo que está haciendo y me mira.

—¿Por qué estás nerviosa? Wren —me pregunta al ver que me tiemblan las manos.

—Lo siento. Estoy hecha un despojo humano.

—¿Por qué?

—Porque tengo algo que decir y me da miedo decirlo.

—Dilo —me insta con suavidad.

Respiro hondo y me obligo a mirarlo a los ojos.

—Cuando te dejé en tu piso, fue porque pensé que si me

quedaba les haría daño a ti y a los padres de Laurie. Pude ver lo destrozado y culpable que te sentías. Kelly y Brian odiarían que te alejaras de Laurie, pero creo que, con el tiempo, podrían entenderlo.

Sacude la cabeza en rotundo desacuerdo y clava los ojos en el río.

¿Cómo demonios voy a poder llegar a él?

—Sé que no quieres herir a los padres de Laurie, pero no te casaste con ellos, Anders. No es a ellos a quien les hiciste promesas. Su hija se ha ido y es una tragedia terrible, pero no puedes renunciar a tu propia vida para hacerlos felices. Porque nunca los harás felices, no importa lo que hagas. Vivirán con dolor por el resto de sus vidas, pase lo que pase. Y eso no es culpa tuya. Ni es tu responsabilidad. Nada de lo que hagas aliviará su dolor. Te das cuenta de eso, ¿verdad? ¿Anders?

Espero hasta que me mira, con los ojos húmedos y esas dos malditas arrugas entre las cejas. Me acerco y me arrodillo directamente frente a él, con los latidos de mi corazón reverberando por todo mi cuerpo.

—Puedes seguir queriendo a Laurie en la salud y en la enfermedad el resto de tu vida —le digo con seriedad—. Pero ama su recuerdo —le imploro, con un nudo en la garganta.

Esta mañana he estado investigando sobre los estados vegetativos, así que sé un poco más acerca del estado de Laurie.

—Su cuerpo no siente nada. Ni dolor, ni sufrimiento. No hay nada que puedas hacer que la ayude o la lastime.

Me siento como si estuviera girando, como si fuera una cometa atrapada en un tornado. Creo que se da cuenta de lo angustiada que estoy, porque de repente me toma la mano. Mi piel se estremece cuando me toca, pero el contacto me da ánimos para seguir adelante.

—No quiero alejarme de ti —susurro, con los ojos llenos de lágrimas—. Laurie se ha ido, pero yo estoy aquí, y te pido que te permitas amarme.

Las lágrimas resbalan por mis mejillas y lo siguiente que sé es que me las está apartando con las ásperas yemas de los dedos mientras caen.

—Yo sí te quiero, Wren —dice en voz baja e insistente, tomando mi cara con ambas manos—. He estado haciendo esfuerzos tan grandes, durante tanto tiempo, para no enamorarme de ti. Pero es imposible.

Mi estómago era un Slinky apretado, esos resortes de juguete que toman forma de puente, pero ahora empieza a bajar una y otra vez por una escalera imaginaria.

Aún no ha terminado.

—Pero no puedo dejarla. No me divorciaré de ella.

Sus palabras son como balas que me atraviesan las tripas. Me recuerdo a mí misma que me esperaba algo así.

Le hago un gesto con la cabeza.

—No te estoy pidiendo eso. Pero, por favor... ¿Podrías permitirte imaginar cómo podría ser? ¿Entre nosotros? ¿Si volviera a Estados Unidos después de la boda de mis amigos y aceptara la propuesta de Dean? ¿Si yo fuera la persona a la que encuentras cuando llegas a casa? No es que espere irme a vivir contigo –murmuro–. Al menos, no de inmediato. –Me tapo la cara con la mano–. Esto es muy embarazoso.

Sé que le estoy pidiendo mucho. Ha estado atrapado en esta vida durante tanto tiempo que no creo que pueda concebir cómo sería si no tuviera que vivir así.

Me rodea la muñeca con los dedos y suavemente aleja mi mano de mi cara.

–He imaginado esa vida –dice con los ojos llorosos–. Deseo tanto que las cosas fueran diferentes.

Se me ocurre una idea, un último recurso.

–Dame el día de hoy –le pido–. Sé libre, solo por un día. Le has dedicado años a Laurie y a sus padres, años. Yo te pido un solo día. Te pido, no, te ruego, que no pienses en ellos por hoy. Deja a un lado tu culpa y tus responsabilidades por un solo día y quédate aquí, conmigo, completamente. Me vuelvo a Inglaterra el sábado. No tienes que volver a verme después si no quieres. Pero por favor, Anders, déjame el día hoy. Me lo debes.

Me detesto absolutamente por recurrir al chantaje emocional. No me debe nada, pero hacer que este pobre hombre se sienta como si él también tiene algún tipo de deber para conmigo podría ser la única manera de persuadirlo.

Es por su propio bien, me recuerdo mientras las palabras de Jonas vuelven a perseguirme: *Se está ahogando, Wren*.

Anders me estudia, con la mandíbula tensa, y el corazón empieza a llenarse de esperanza porque está claro que lo está pensando.

Lo he presionado mucho, lo que no es propio de mí. Pero no quiero irme sabiendo que podría haber luchado más. Prefiero vivir avergonzada que arrepentida.

—Hoy —repito—. Solos tú y yo. Aquí y ahora. Sin culpa, ni remordimientos. Solo franqueza y honestidad entre nosotros. Por favor.

Sigue mirándome, y por impulso, extiendo la mano y le paso el pulgar por el entrecejo.

—¿Qué haces? —me pregunta con una media sonrisa, un poco divertido a pesar de la intensidad de la situación.

—Quiero quitarte las arrugas de preocupación.

Me toma la mano y aprieta los labios contra mi muñeca. Se me contrae el estómago, se me entrecorta la respiración y abro los ojos de par en par.

—Hoy —susurra con decisión.

El corazón me da un vuelco.

Hoy.

Capítulo treinta y nueve

—¿Qué pensaste la primera vez que me viste? Estamos tumbados boca arriba, con las manos entrelazadas, felices, mientras miramos los árboles. El aire que nos rodea está lleno del sonido de los pájaros y del agua que cae sobre las rocas del río cercano.

Siento un hormigueo en todo el cuerpo, la sangre saca chispas en las venas, pero mi corazón aún no se ha recuperado del estrés de la última media hora. No sé bien cuándo lo superaré, si es que alguna vez lo haré, pero he puesto mi malestar en una caja junto con la culpa de Anders. Ya veré más adelante que hago con esa emoción. Y él hará lo mismo con la suya. Será mucho peor para él, por supuesto.

–Pensé: "¿Quién es esa chica gótica emo sexy bailando al ritmo de Stevie Nicks en el bar?".

Giro la cabeza y me río con lo que acaba de decir.

—No pensaste eso.

—Sí —insiste y me sonríe—. Bueno, sin la parte "gótica emo".

Me pongo de lado, sin soltarle la mano.

No puedo creer que le esté tomando la mano.

—¿Por qué me preguntas? ¿Qué pensaste de mí?

Te vi de reojo cuando entraste en el bar. Me di cuenta de que había algo diferente en ti. Tú y Jonas los dos llamaban la atención, y yo seguía intentando verles las caras. Por fin, lo vi a Jonas cuando estaban los dos jugando al *pool*, pero tú seguías siendo esquivo. Hasta que te acomodaste para hacer un tiro y tus ojos se encontraron con los míos y sentí como si el mundo entero se hubiera detenido.

Me sonríe y me ruborizo.

—Lo siento, eso fue cursi.

Se pone de lado y me suelta la mano para apoyar en ella la cabeza.

—Y luego nos conocimos y pensaste que yo era un imbécil —bromea, y se acerca para acomodarme un mechón de pelo detrás de la oreja. Me zumba la piel al contacto de las yemas de sus dedos.

—Eras un poco imbécil —le doy la razón, riendo—. Pero yo estaba borracha y fastidiosa, así que creo que estábamos a mano.

—Estabas bastante borracha —reconoce con una sonrisa—. Pero me gustabas.

Ahora estamos en una especie de universo paralelo. Se

ha pasado todo el verano esquivándome y ahora yo por fin puedo mirarle los defectuosos ojos verdes sin interrupciones. Es indescriptible lo emocionante que se siente. Nunca me acostumbraré. Ningún espacio de tiempo será suficiente. Desearía poder decirle a Jonas que no venga nunca con esa pieza de repuesto para la cosechadora.

Una ráfaga de pánico me recuerda que no tenemos todo el tiempo del mundo. O al menos, no lo tendremos si no puedo abrirme paso hasta él de una vez por todas.

–No sé cuándo me enamoré de ti –le digo.

Sus ojos se ablandan.

–Yo sé cuándo me di cuenta de que estaba perdido.

–Creo que vi el momento en tu cara –admito.

Levanta una ceja, inquisitivo.

–¿Fue en el bar alemán?

–No, fue en la pista de bolos. Cuando hiciste un *strike*. Estabas tan contento y luego me miraste...

Su sonrisa se desvanece y frunzo el ceño.

–Pero te estremeciste y apartaste la mirada como si te doliera.

Asiente con la cabeza.

–Me dolía quererte.

Me acerco y aliso esas arrugas.

–Hoy no –murmuro–. No dejes que te duela hoy. Nos miramos fijamente durante un largo momento y entonces él desliza su mano alrededor de mi cintura y lentamente me acerca a su cuerpo. La distancia entre nosotros se reduce a unos centímetros y todo parece quedarse muy quieto, yo me quedo muy quieta, hasta parece que se me frena el corazón por un instante.

Su mirada se detiene en mi boca y todos mis sentidos se agudizan, el aire a nuestro alrededor empieza a crujir. Cuando por fin sus labios se encuentran con los míos, siento una descarga eléctrica que me recorre de pies a cabeza.

El mundo se acelera de nuevo y me dejo llevar por las sensaciones. Me bajan temblores por el cuerpo cuando me acerca a sus caderas. Nuestro beso se intensifica y profundiza, las lenguas se entrelazan y chocan, y me late el corazón frenéticamente, y ya no queda razonamiento alguno en mi mente.

Entonces me levanta sobre él y nos sienta a los dos. Sus manos se deslizan a lo largo de la parte posterior de mis piernas desnudas y acomodan mis rodillas a ambos lados de sus caderas. Mis dedos patinan por sus hombros anchos y me inclino para presionar con mis labios el hueco en la base de su cuello. Se agita debajo de mí cuando mis dientes rozan su piel. La fricción entre nosotros es insoportable. Lo deseo como nunca he deseado a nadie ni a nada, y puedo sentirlo y es imposible negar que él también me desea.

Nuestros besos se vuelven hambrientos y desesperados y él me aferra, soltando un gruñido que vibra por todo mi cuerpo. Es lo más sexy que he oído nunca. Pero entonces aparta la boca y me jadea en el cuello. Mis escalofríos son incontrolables.

—Wren. Estoy perdiendo el control.

—Yo también. Por favor. Te necesito.

No sé si algo de eso era inteligible, pero de repente ambos estamos en un frenesí. Mis dedos están en sus caderas, en su cinturón. Sus manos están bajo el dobladillo de mi vestido, bordeándolo hasta la parte superior de mis muslos. No me detiene cuando le desabrocho el cinturón ni yo lo detengo cuando tira de la endeble tela que nos separa. Me levanto rápidamente para librarme de la obstrucción y luego me hundo lentamente, y, oh, es completamente abrumador.

Juro que tendré moretones en las caderas en los lugares en los que me clavó los dedos, y querré tatuármelos para recordar este momento el resto de mi vida.

No es que vaya a olvidarlo nunca.

Empezamos a movernos juntos y siento tanto, tan intensamente. Las luciérnagas de mi estómago se han multiplicado y estoy tan llena de luz y amor que creo que voy a explotar. No puedo imaginar lo que es para él, han pasado cuatro años y medio.

—No me esperes —digo contra sus labios.

—Acaba conmigo —responde.

Y el calor se extiende por mi cuerpo, trayendo consigo intensas olas de placer y, cuando estallo, me sujeta fuerte y me mira fijamente a los ojos antes de que caigamos los dos.

***

Estoy segura de que en cuanto Jonas nos ve, adivina lo que ha pasado. Tarda mucho en borrarse la sonrisa de la cara, y eso solo ocurre cuando él y Anders están en plena concentración mecánica, sacando la pieza rota y sustituyéndola por una nueva correa de transmisión. Parece complicado desde donde estoy.

Ya casi es de noche cuando nos ponemos en marcha. Los rayos de un sol bajo proyectan la luz más hermosa a través de los campos, haciéndolos parecer aún más dorados.

Anders estira la mano y la entrelaza con la mía, y mientras el sol se pone y aparecen las estrellas, y Jonas va y viene vaciando la cosechadora en su carro de grano, estoy más y más enamorada.

Hablamos de todo y de nada, escuchamos música y nos sentamos en un silencio agradable. Y deseo tan desesperadamente esta vida. Una vida con él. La idea de que él no la quiera me aterroriza. Pero sigo reprimiendo estos momentos de temor, viviendo el momento, como le he pedido a él que lo haga.

Cuando, a las tres de la mañana, Jonas finalmente nos dice que da por terminado el día de trabajo, Anders vuelve a la granja y guarda la cosechadora en el cobertizo.

—Te llevaré de vuelta en el Gator —dice.

—¿No en tu moto? —le respondo con una sonrisa.

—Es demasiado ruidosa. Despertaría a tu padre y a tu madrastra.

—¿Por eso la llevaste del manubrio esa noche?

Asiente.

—Oh... —me lo preguntaba—. En realidad, ¿podemos ir caminando?

—Lo que tú quieras.

Vamos despacio, cogidos del brazo, y cuando llegamos a Wetherill, me besa profundamente y sin prisas bajo las estrellas en el umbral.

—No quiero que se termine esta noche —le susurro en los labios.

Mira más allá de mí, hacia el asiento mecedor, y ladea la cabeza. Se me acelera el corazón.

Nos quedamos sentados, abrazados, hasta que el cielo empieza a clarear y las estrellas se apagan.

—¿Vendrás a quedarte en Indy conmigo el viernes por la noche? —me pregunta, pasándome la mano por el pelo—. Te llevaré al aeropuerto el sábado por la mañana.

—Me encantaría —le respondo, y mi interior se inunda de calor y alegría al darme cuenta de lo que esto significa, de que no es el fin, es el principio. Me siento llena de felicidad y de esperanza en el futuro.

Mientras se aleja bajo un cielo inundado de rosas y morados como telón de fondo, me quedo en la escalera y espero. Como esperaba, mira por sobre el hombro y me saluda con la mano antes de desaparecer de mi vista.

Sigo sonriendo mientras me meto en la cama y me sumerjo en un sueño profundo y tranquilo.

***

Al día siguiente, me despierto con un mensaje de texto que debe de haber enviado de camino a casa: "Nos vemos el viernes. TQ.".

"Me muero de ganas. Ya te echo de menos", le respondo.

No contesta.

Le doy un día antes de preguntar: "¿Estás bien?".

No responde.

Pruebo llamándolo.

No contesta.

Y me asusto, me asusto mucho, me asusta que haya caído de vuelta en esa vida, la vida que lo estaba ahogando, me asusta que los padres de Laurie lo estén hundiendo de nuevo, me asusta que esté solo, sin nadie que luche por él. Me siento como si estuviera en el agua, tratando de salir por una orilla resbaladiza, pero sigo cayendo. Ya no estoy en tierra firme.

Sigo llamando mientras empaco mis cosas. Llamo cuando Bailey, Casey y Jonas vienen a una cena de despedida el jueves por la noche y Jonas me dice que tampoco sabe nada de él.

Y entro en pánico y no sé qué hacer, pero lo veré mañana y espero que me diga que solo necesitaba unos días para despejarse.

Pero entonces llega un mensaje suyo: "¿A qué hora vienes?".

"A las cinco, si te parece bien".

"Sí, volveré del trabajo más temprano".

"¿Te encuentras bien? ¿Dónde has estado? He estado preocupada".

Pasan dos horas más antes de que responda: "Nos vemos mañana".

Papá me lleva en coche a Indianápolis, y me charla todo

el camino, pero no puedo escapar de esta horrible sensación de que algo está terriblemente mal. Ni siquiera pude despedirme de Sheryl y darle las gracias por todo lo que ha hecho por mí sin sentir que iba a vomitar. Me hizo prometer que volvería pronto y le dije que lo intentaría, pero depende mucho de lo que pase cuando vea a Anders.

¿Me va a llevar a su piso solo para poder decirme cara a cara que se acabó?

En cuanto me asalta este pensamiento, intuyo que es verdad.

Mi corazón se acelera cuando papá se detiene frente a los *lofts* de seda. Me obligo a permanecer en el momento con él mientras saca mi equipaje del maletero.

—A partir de ahora me encargo yo, papá —le digo con una sonrisa radiante. Trato de mantener la compostura y finjo que no pasa nada.

Y aunque hemos progresado mucho este verano, todavía no me conoce lo suficiente como para saber cuándo estoy actuando.

Me toma en sus brazos y se me saltan las lágrimas al abrazarlo a él, mi padre.

—Te quiero —le digo al oído.

—Yo también te quiero, pajarito. Vuelve a casa en cuanto puedas.

Cuando ha sacado su coche del predio, saco mi teléfono y llamo a Anders. No contesta.

Le mando un mensaje: "Estoy en la puerta de tu piso".

"Te abro".

"No. Contesta al teléfono". Lo llamo de nuevo y esta vez contesta.

–¿Wren? –pregunta confundido.

–¿Se acabó? –le pregunto–. Tú y yo. ¿Se ha acabado?

–Wren, entra –dice en voz baja.

–No, Anders. Dímelo ahora –le ordeno–. Quiero saber si ha terminado.

–Por favor, entra –me ruega.

–No puedes hacerlo, ¿verdad? No puedes estar conmigo si todavía estás casado con ella. Y no la dejarás, no te divorciarás de ella, no causarás dolor a sus padres, aunque esta vida te esté destrozando.

Se hace el silencio al otro lado de la línea.

Lo oigo suspirar y sé que lo he perdido.

–No puedo –dice–. Por favor, entra para que podamos hablar.

–No –le respondo con tristeza–. No. No hay nada más que decir.

Termino la llamada y arrastro la maleta hasta la calle, buscando un taxi a diestra y siniestra. Se activaron los instintos y sé exactamente lo que tengo que hacer. Iré directo al aeropuerto, a ver si puedo tomar un vuelo más temprano, y si no, me quedo en la terminal hasta la mañana.

Pero no quiero verle la cara, ni una vez más, nunca, nunca más.

Un taxi se detiene y el conductor baja la ventanilla.

–Al aeropuerto, por favor.

Sale del coche, mete mi equipaje en el maletero, me

siento atrás y me abrocho el cinturón. Miro el piso de Anders, preguntándome si viene hacia aquí, preguntándome si ha cambiado de opinión e intentará detenerme.

¿A quién quiero engañar? Sé que no lo hará. Y ahora ni siquiera quiero que lo haga.

En lo que a mí respecta, se terminó.

El taxi se aleja del cordón.

Capítulo cuarenta

Es el día de la boda de Sabrina y Lance. He pasado la última semana en piloto automático, sin sentir nada. Ni siquiera puedo llorar.

Ayer, me encontré con mamá para comer. Ella sabía que yo estaba muy mal, pero todo lo que pude decirle fue que me había enamorado del hombre equivocado. Prometí contarle más en algún momento, pero yo misma no puedo encontrarle el sentido. Debo estar en shock.

Mamá quería saber con quién iba a venir a la boda de hoy. Le dije que con nadie. Me preguntó si Scott iba a llevar a Nadine. Le dije que suponía que sí, pero que no había hablado con él y no quería molestar a Sabrina preguntándole. Ni siquiera es que me importe. Tampoco me importa cómo me veo, pero hago un esfuerzo por los novios porque nadie quiere ver a un fantasma desteñido en su boda.

El negro me llama, pero opto por encaje azul marino. Es un vestido sin mangas que me llega justo por encima de las rodillas y se ciñe a mis curvas. Lo llevo con zapatos de tacón azul marino y el pelo suelto. Me llega casi hasta los hombros y el sol lo aclara.

Me siento sola en la iglesia, del lado de Sabrina. Scott está dos filas delante de mí, del lado de Lance. Nadine no está con él y no sé ni me importa qué significa eso. Estoy como anestesiada.

El único momento en que me quiebro es cuando Sabrina y Lance se dicen sus votos en el altar. Mi amiga está preciosa. Lleva su pelo oscuro trenzado sobre la cabeza. Viste un traje de novia blanco largo y al cuerpo y Lance está guapo con un traje color carbón.

Estoy con ellos en ese momento, pero cuando oigo "En la salud y en la enfermedad, hasta que la muerte los separe" no puedo evitar pensar en Anders.

Se paró en un altar y escuchó a un sacerdote decir esas palabras a él y a su novia, pidiéndoles una promesa, un compromiso de por vida.

Y puedo imaginarme su cara mientras decía: "Sí, quiero". Habría mirado a Laurie con tanto amor, y apuesto a que ni siquiera sonrió. Apuesto a que estaba serio, dándole a la situación la importancia que tenía. Y tal vez ella le sonrió mientras lo decía, tal vez se le llenaron los ojos de lágrimas.

Pero da igual. Ya no me importa una mierda. Mis entrañas son de acero frío.

Ni siquiera sé si ha intentado llamarme porque bloqueé

su número de camino al aeropuerto, y luego apagué mi teléfono como precaución extra. Quizá en el futuro me permita pensar en aquel día en la granja, cuando los moretones se hayan borrado, y no me refiero a los de mi piel.

Pero ahora quiero borrar cualquier cosa relacionada con Anders de mi memoria.

Scott viene a buscarme después de cenar. Ya he tomado unas cuantas copas y me he ablandado lo suficiente para charlar con las amigas de Sabrina acerca de la universidad. Son un grupo encantador y lo estoy pasando bien. Realmente estaría disfrutando si no fuera por ese bastardo en Indianápolis.

Oh Dios, no es un bastardo. No quise decir eso. Le pedí un día; él me dio un día. Nunca dio menos de lo que prometió.

Estos pensamientos son peligrosos así que trato de dejar de pensarlos.

—Ey —dice Scott y me pone la mano en el hombro.

Lo miro, miro su cara abierta y sonriente, y pienso, qué hombre tan encantador eres, y tan poco complicado.

—Hola —respondo, mi voz se suaviza y me levanto para darle un abrazo.

Su abrazo me resulta extrañamente familiar y, a la vez, completamente extraño.

La chica que estaba sentada a mi lado se dirige a la barra con su amiga, así que Scott toma su asiento.

—¿Cómo estás? —me pregunta, y sus ojos marrones escrutan los míos.

–Estoy bien, ¿y tú?

–Estoy bien.

–Veo que te has cortado el pelo.

Sus rizos castaños están más cerca del cuero cabelludo que antes. Apenas son rizos.

Yo le cortaba el pelo de vez en cuando. Recuerdo una vez en que lo comparé con el color rico y oscuro de la turba, a lo que me respondió, bromeando, "¿Me estás llamando monstruo del pantano?".

Tengo que decir que me gustaba más largo.

–Tuve que buscarme otro peluquero –me responde con una media risa incómoda.

–Ja. Te lo mereces.

No sé de dónde saco la fuerza para hacer chistes.

–Estás muy guapa –dice.

–Es un vestido viejo. –Me encojo de hombros–. Tú también te ves bien.

Lleva un traje azul marino y una camisa blanca desabotonada en la parte superior. Antes llevaba corbata, también azul marino. Sin querer, combinamos.

–¿Vienes con alguien? –pregunta.

–Nop. –No le pregunto a él si está con alguien. Ya veo que no.

–¿Qué tal Estados Unidos?

–Bien.

–¿Terminaste el Airstream?

–Sí.

–Esperaba que me enviaras más fotos.

—Lo siento, quise hacerlo. —De verdad quise—. ¿Quieres ver algunas ahora? —le ofrezco.

—Me encantaría.

Saco el teléfono.

***

No sé cómo ocurre, pero dos horas después, estamos riendo y hablando como viejos amigos. Y lo estoy pasando bien, lo que me sorprende. Todavía no sé si está con Nadine o si se han separado, pero no importa. Yo ya no lo amo, él ya no me ama, y me siento en paz con su decisión de terminar nuestro compromiso. Quiero que sea feliz y, con suerte, algún día, yo también encontraré la felicidad con la persona adecuada.

—¿Dónde está Nadine esta noche? —pregunto para distraerme del recuerdo de Anders.

Por fin me gana la curiosidad.

—Se está quedando con sus padres en Norfolk.

—Ah. ¿Va todo bien?

Asiente con la cabeza y, lo admito, se me estruja un poco el corazón. Soy un ser humano.

—¿Por qué no ha venido esta noche?

—Pensé que sería mejor que viniera solo.

—Espero que no sea por mí —digo con brusquedad. No quiero su lástima. ¿Es eso lo que siente por mí?

—No, la verdad es que no. Quiero decir, pensé que sería lindo verte sin ella. Por los viejos tiempos. Estar aquí con Sabrina y Lance... No sé —murmura incómodo.

Eso fue muy decente de su parte. Pero yo ya sabía que era un buen hombre. Nadine tiene suerte.

—Me alegra que hayamos podido ponernos al día —le digo.

Me sonríe, me mira durante un largo rato, y luego su sonrisa desaparece.

—Siento mucho todo lo que ha pasado.

—No pasa nada, Scott. De verdad, no pasa nada. —Alargo la mano y le toco el antebrazo mientras sus ojos oscuros brillan bajo la luz baja—. Tenías razón. Sobre mí, sobre todo. He reflexionado mucho en Estados Unidos y no te di el respeto que merecías. Lo siento. —Lo he dejado atónito. Se encorva hacia delante y se lleva la mano a la boca—. Y también siento haberte menospreciado. No era mi intención.

Se recupera y sacude la cabeza.

—Nunca lo hiciste directamente. Y no hay nada malo en saber lo que quieres en una pareja y esforzarte por conseguirlo. La vida es demasiado corta. Tienes que ser honesta contigo misma sobre el tipo de vida que quieres y el tipo de persona con la que te gustaría pasarla. Mientras seas amable con la gente que te rodea, que ya lo que eres, deberías ser fiel a ti misma.

Estaba equivocada. Todavía amo a Scott, aunque de una manera diferente a como lo hacía antes. Una pequeña parte de mí siempre lo hará.

—Gracias —murmuro, acercándome y deslizando mi brazo alrededor de su cuello. Apoyamos nuestras frentes en los hombros del otro durante un breve y tierno momento, antes de soltarnos.

—Me voy a casa —le digo, parpadeando mientras salen algunas lágrimas.

—¿Estás bien? —me pregunta preocupado.

Asiento con la cabeza.

—Lo estaré. No te preocupes, no se trata de ti. Borra esa mirada de culpabilidad, por favor. No la soporto.

Se ríe de mí, yo le sonrío, luego recojo mis cosas y voy a despedirme de Sabrina y de Lance.

Mi mente se acelera mientras camino a casa, y todos los sentimientos que he estado reprimiendo durante la última semana están brotando de nuevo y amenazan con consumirme. Le di la bienvenida a la sensación de anestesia, esa horrible sensación de vacío. Estoy realmente aterrorizada frente al dolor que puedo sentir ahora. Acelero el paso, desesperada por llegar a casa antes de que me engulla.

Nunca prometió más de lo que me dio. Es un hombre honorable. Y yo sigo abrumadoramente, devastadoramente, demoledoramente enamorada de él.

Debería llamarlo. Debería decirle que lo perdono. Que no fue su culpa lo que pasó. Lo presioné demasiado. Sí, yo estaba haciendo lo que pensé que era mejor para él, pero él se culpará a sí mismo por cómo resultó.

¿Cómo fue para él volver a Indianápolis después de lo que habíamos hecho? La culpa debe haber sido insoportable. ¿Fue directamente a ver a Laurie? ¿Se lo confesó a sus padres? Me imagino a su madre perdiendo la cabeza, haciéndole sentir vergüenza. Debió sentirse tan lleno de odio contra sí mismo y de arrepentimiento.

Oh, Anders. ¿Cómo pude pensar que un buen día conmigo podría deshacer cuatro años y medio de represión? Por supuesto que iba a necesitar más tiempo. Debería haber sido más paciente.

¿Se acabó? ¿Se acabó del todo y para siempre? ¿Podría volver a ser su amiga, al menos? ¿Alguien que lo apoye y lo ame, pase lo que pase?

Si soy sincera conmigo misma, no sé si puedo. Creo que no tengo la fuerza. Al darme cuenta, me derrumbo.

Tengo que llegar a casa antes de volverme loca aquí mismo en la acera. Me pregunto si estará sufriendo tanto como yo. Me aterroriza que pueda estar sufriendo aún más.

Capítulo cuarenta y uno

Una semana antes
Anders

Avanzo por el camino de entrada de Kelly y Brian y me quedo sentado un rato antes de apagar el motor. La sensación de pesadez que tengo en el pecho es mucho mayor que de costumbre.

No sé si podré hacerlo. Ese pensamiento me ronda la cabeza.

Pero les dije que vendría hoy, así que estoy aquí.

Miro la casa, la casa en la que creció mi mujer, preguntándome cómo hacen los padres para soportarlo. Hay recuerdos de Laurie impresos en cada pulgada de este lugar. Ella me dijo que su infancia fue solitaria a veces, sin hermanos, pero sus padres la adoraban.

¿Con qué frecuencia se sentaba en esa sala de estar cuando era niña, armando un rompecabezas con su madre o haciendo que su padre viera uno de sus espectáculos de marionetas? ¿Cuántas meriendas después de la escuela se prepararon en esa cocina, cuántos juegos de pelota se practicaron en ese patio?

Sus padres habrán pasado cientos de veces por delante de su habitación cuando era adolescente y la vieron hablando por teléfono con su mejor amiga, Katy, tumbada boca abajo en su cama con las piernas levantadas. En realidad, probablemente habría cerrado la puerta, pero habrían oído su voz, el sonido de su risa.

Me entristece tanto por ellos que todos sus recuerdos ya no sean puros e inmaculados. Porque ¿cómo pueden recordarla como era cuando viven con ella como es ahora?

Salgo del coche antes de desmoronarme.

Cuando Kelly abre la puerta, el peso de mi interior se densifica. Solía mirarla y ver partes de Laurie y me gustaba imaginar la clase de mujer en la que podría convertirse mi esposa. Solía hacerme sentir optimista.

Ahora, verla me llena de temor.

—Hola —me dice con una sonrisa apenas esbozada, y me da un rápido abrazo—. ¿Cómo estás?

Aparta los ojos de mí casi tan pronto como me hace esta pregunta. Últimamente no quiere saber la respuesta, no ha querido ver mi cara mientras mentía y le decía que estaba bien.

Hoy no me atrevo a decirle que estoy bien.

No después de esta semana, cuando cada minuto se ha sentido como una pesadilla. No después de ayer, cuando Wren se subió a un taxi frente a mi piso y se fue al aeropuerto porque no podía soportar verme.

Y definitivamente no hoy, ahora que sé que se ha ido. Pensar en su dolor me paraliza.

***

Todo era tan intenso cuando me fui el lunes por la mañana. No le dije a Wren que volvía directamente a Indy porque sabía que le preocuparía que me pusiera al volante cuando había estado despierto toda la noche, pero no estaba cansado.

He visto películas en las que la gente dice "Me siento tan vivo" y a mí me parecía una estupidez. Pero esa mañana lo sentí. Estaba muy consciente de cada cosa.

Podía ver el sol brillando en las ventanas de la habitación de Wren, brillando como gemas, y la imaginé adentro, la imaginé quedándose dormida en cuanto su cabeza tocara la almohada y sentí tanto amor por ella.

Podía ver telarañas enredadas en la hierba al borde del camino, millones de hilos plateados entrecruzados, relucientes en el rocío.

Y me detuve a mirar hacia el granero a través de los campos que aún no se habían cosechado y que brillaban con el rojo intenso del amanecer. Me di un minuto para permitirme sentirlo, todo. Me sentía feliz. Hacía tanto tiempo que no me sentía feliz.

Le envié un mensaje a Wren, "Nos vemos el viernes", con un beso, ya preguntándome cómo iba a pasar la semana. Odiaba dejarla. Quería volverme.

Pero no lo hice. Y cuanto más me alejaba de ella, más

pesado me sentía. Planeaba ir a mi piso a darme una ducha antes de ir a trabajar, pero empecé a sentirme raro y tembloroso. Pensé que tal vez era la falta de sueño o de comida, pero cuando entré y vi el espacio vacío junto a mi cama donde debería haber estado la fotografía de Laurie, este pánico comenzó a subir dentro de mí. Fui al cajón y la saqué, y entonces tuve que sentarme porque la imagen de la cara sonriente de mi esposa me hizo sentir débil.

¿Cómo la había guardado, cómo me había olvidado de que existía, cómo había disfrutado haciéndolo?

Sentí que el cielo se me venía encima, así que me metí en el coche y fui directamente a verla.

Brian ya se había ido a trabajar y, como un cobarde, me sentí aliviado de haber escapado de él, pero desde el momento en que vio mi cara de culpabilidad, Kelly sospechó que había cruzado una línea.

—¿Qué has hecho? —me preguntó.

—Lo siento —susurré.

Y entonces supo que la línea que había cruzado era reprensible.

—¿Cómo has podido?

Nunca olvidaré esa mirada en su cara mientras viva.

—No te quiero aquí —dijo—. Laurie no te quiere aquí. Vete a casa y límpiate. Me das asco.

—Necesito verla. Por favor —le supliqué.

—Adiós, Anders.

Me cerró la puerta en las narices.

Y ahí sí que me volví loco.

Nunca había sentido tanta rabia, tanta furia. No estaba enfadado con ella, estaba enojado conmigo mismo, pero casi tiro la puerta abajo. Uno de los vecinos salió a gritarme y otros debieron preguntarse qué demonios estaba pasando, pero no me importó una mierda.

Kelly por fin me dejó entrar, aunque solo fuera para hacerme callar. Me gritó que me calmara y tenía la cara roja y llena de repulsión.

Brian ya había llevado a Laurie a su silla de ruedas, así que caí de rodillas frente a ella y sollocé. Y ella miró sin ver, sin sentir, mientras yo lo sentía todo.

Kelly entró en la habitación e intentó ponerme de pie, intentó sentarme en una silla, pero se dio por vencida al cabo de un minuto y se sentó ella misma.

Mientras me frotaba la espalda, pensé que tal vez me perdonaría, pero sabía que yo nunca me lo perdonaría.

He vuelto todas las noches de esta semana, con la excepción de anoche, tratando de hacer las paces, tratando de arreglar lo que hice. Cada vez que me acordaba de Wren, la echaba fuera de mi mente. Cada vez que me llamó o me escribió, tuve ganas de vomitar.

A medida que han pasado los días, me he desapegado cada vez más de ella. Quiero olvidar todo lo que hicimos, borrarlo, distanciarme de ella. El domingo parece irreal.

Ayer por la mañana, consideré llamarla para decirle que no viniera, pero me pareció muy cobarde decírselo por teléfono. Pensé que sería mejor decírselo en persona, pero eso fue un error. No sé en qué estaba pensando.

Tampoco me perdonaré nunca lo que le he hecho a ella. Pero desecho ese pensamiento también, porque estoy aquí con Laurie. Y no debería estar pensando en Wren. Ni ahora, ni nunca.

—Anders —dice Brian al bajar las escaleras, con el rostro duro, adusto, que es su saludo habitual.

—Hola. —Me obligo a mirarlo a los ojos, pero no puedo evitar apartar antes la mirada.

Lo vi el miércoles, brevemente, pero se quedó en la cocina durante la mayor parte de mi visita. Kelly sin duda le había dicho lo que hice. También le doy asco a él.

—¿Te traigo un café? —me pregunta Kelly, y su tono es más suave de lo que estoy acostumbrado.

—Sí, por favor —respondo.

Todo se siente tan tenso, pero estoy tratando de forzarme a volver a nuestra rutina.

Camino hasta el salón y me siento frente a Laurie.

—Hola. —Le levanto la mano, y detesto lo hueca que suena mi voz—. Está tan fría.

Siempre tiene frío. Pienso en Wren, en lo cálida que era, y cierro esa puerta de un golpe.

Aprieto la mano de Laurie, tratando de calentarla, y luego siento esta horrible compulsión de apretarle la mano tan fuerte que ella la apartará de mí, solo para que pueda obtener algún tipo de respuesta humana. Por supuesto, no lo hago. Me siento cruel por siquiera pensar que podría. Pero a veces desearía que se esforzara más en demostrarme que todavía está con nosotros.

—Laurie —susurro, entrelazando mis dedos con los suyos. Fría.

Me viene la imagen de cuando estábamos tumbados en la manta con Wren, con las manos entrelazadas y el dolor es tan agudo que dejo de respirar.

Laurie tose y me sobresalta.

—¿Estás bien, cariño? —le pregunta Kelly a Laurie con dos cafés, uno para mí y otro para ella. Le frota la espalda y veo cómo tose de nuevo.

Mis ojos se dirigen a los suyos, pero están vacíos, apagados, y tengo que apartar la mirada de nuevo.

Recuerdo a Wren mirándome a los ojos mientras la tenía encima de mí, la expresión de su cara mientras nos movíamos juntos. Se me pone la carne de gallina antes de que pueda bloquear el recuerdo. Me siento vivo de nuevo, solo por unos segundos, y sigo intentando borrar el pensamiento, pero no puedo dejar de ver su cara. Así que me obligo a mirar a Laurie, a mi esposa, y quiero que ella también me mire, para que vea lo que he hecho.

Está volviendo a Inglaterra. Le he hecho tanto daño. Lo siento tanto, tanto.

¡Mírame, maldita sea!

Agacho la cabeza, y siento que me estoy volviendo loco porque estoy tratando de entrar en el campo visual de Laurie, para que ella me mire a los ojos.

—¿Qué haces, Anders? —pregunta Kelly, con tono brusco.

—No lo sé —murmuro, sentándome y frotándome la cara con la mano.

—Entonces, ¿se ha ido?

Se refiere a Wren. Asiento con la cabeza y desvío la mirada hacia la pared.

—Sí. Se fue hoy.

—Bien.

Y no puedo evitarlo. Me doy vuelta para mirarla a ella, a la madre de Laurie, y siento un odio tan intenso hacia ella que me asalta un terror mortal.

Ella no se da cuenta, bebe un sorbo de café, pero antes de que pueda apartar la mirada, me mira a los ojos y retrocede visiblemente.

Me miro las manos y me invade la vergüenza, y la culpa se convierte en la emoción más dominante.

—¿La viste ayer? —pregunta Kelly, y yo deseo que deje de tocar ese tema, porque honestamente, no sé cuánto más voy a ser capaz de soportar.

—No. No quiso verme.

—¿Le dijiste por teléfono que lo de ustedes se había terminado?

Suena desaprobadora, y casi no puedo creer que pueda odiar a Wren y al mismo tiempo ponerse a la defensiva con ella.

Nadie debería odiar a Wren.

Y ahí me doy cuenta, con la fuerza de un camión, que la he alejado esta vez para siempre y que nunca volverá.

Ante ese pensamiento, la pena me traga entero.

Brian entra corriendo.

—¿Qué demonios está pasando?

—¡Anders! —grita Kelly—. ¡Anders!

Me sacude el brazo.

—¿Qué demonios le has dicho? —le pregunta Brian.

—No he dicho nada.

—¡Anders! Vamos, hijo. No pasa nada.

Los percibo solo de lejos.

Y todo el tiempo, Laurie está allí sentada, inmóvil, y mira fijamente más allá de mí al suelo.

***

Estoy en el sofá, acurrucado de lado, y no puedo dejar de llorar. Están en la cocina, discutiendo, y quiero sentir pena por ello, pena por haberles causado dolor, pero estoy demasiado triste.

—Toma, no pasa nada —dice Brian, acercándose a mí.

Lo dice con tanta suavidad, con más suavidad de la que le he conocido en dos años, pero es embarazoso y empeora el dolor.

—Lo siento —murmuro.

—No te preocupes —responde Brian, dándome palmaditas en la espalda como si fuera un niño pequeño.

—¿Kelly está bien?

—Está bien.

Por la forma en que lo dice, no creo que lo esté.

—Siento haberla alterado.

—Está bien —repite, pero sé que tengo que recomponerme, irme a casa, salir de su espacio.

Me siento como si tuviera cemento en las venas. Laurie está en su silla, de espaldas a mí.

–Toma.

Brian me da un pañuelo.

"Me vendría bien ese puto pañuelo ahora, por favor". El recuerdo de Wren es como otro puñetazo en las tripas.

–Vamos, hijo –me dice Brian mientras me encorvo–. Vamos, hijo. –No sabe qué otra cosa decir, así que sigue diciendo lo mismo una y otra vez mientras lloro como un bebé en su sofá.

Tengo que disculparme veinte veces o más antes de poder entrar en mi coche y conducir a casa. Y quiero llamar a Wren, lo deseo tanto. Quiero ver si está bien, si llegó bien a casa, pero me doy cuenta de que probablemente todavía está en el aire.

Se me ocurre que podría llamarla y escuchar su voz en el buzón de voz, pero conociendo a Wren, es difícil que haya grabado uno. De todos modos, marco su número y tengo razón: es un mensaje grabado estándar.

Lucho contra la parte racional de mi cerebro que me dice que la deje en paz, me detengo y escribo un mensaje de texto: "Lo siento mucho. Espero que llegues bien a casa".

Es patético, pero pulso enviar de todos modos. La respuesta, "mensaje no entregado", me dice que aún está en tránsito. Eso significa que estuvo en el aeropuerto toda la noche, esperando su avión.

La idea me provoca una nueva oleada de tristeza.

Es eso o me ha bloqueado.

No sé qué es peor.

***

Kelly me llama el lunes por la noche, pero yo desvío su llamada y le digo que la veré mañana después del trabajo. Pero el martes, no me atrevo a ir a ningún sitio que no sea mi casa, a la cama. El miércoles, ya me persigue.

"Iré esta noche", le digo.

"Nos gustaría hablar contigo. Ven, por favor", responde.

Mi temor se multiplica.

Me está costando todas mis fuerzas entrar en la pista de carreras cada día, pero al menos el trabajo me distrae. He pasado la mayor parte de mi tiempo en mi oficina, trabajando en el diseño para el coche del próximo año y tratando de mantener las interacciones humanas a un mínimo.

Traté de enviar otro mensaje de texto a Wren, pero recibí otro "mensaje no entregado". Estoy bastante seguro de que me ha bloqueado y no la culpo, pero la idea me hace sentir como si estuviera de pie al borde de un precipicio, y pendo solo de un delgado hilo que me impide caer. Creo que me estoy volviendo un poco loco.

Ese sentimiento se intensifica en el camino de entrada a la casa de Kelly y Brian el miércoles por la noche. Se me eriza la piel, se me revuelven las tripas.

Kelly abre la puerta, con una compasión en el rostro que no quiero ni merezco. Al menos no me pregunta cómo estoy.

–Hola, Anders –dice Brian, en un tono que me sorprende.

Es raro que me salude con amabilidad.

Hace un gesto con la mano hacia el salón y yo sigo a Kelly, pero no veo a Laurie en su silla de ruedas.

–¿Dónde está Laurie?

–No pasa nada, está arriba –me tranquiliza Brian, pero no antes de que el miedo se apodere de mi pecho.

–¿Está bien? –le pregunto mientras me lleva al sofá.

–Sí, solo que hemos decidido acostarla temprano.

Miro a Kelly mientras se sienta, pero parece estar evitando mi mirada. Brian la mira y luego me mira a mí.

–Queríamos hablarte de Wren –dice.

–No, por favor –digo y niego con la cabeza–. No puedo hablar de ella.

No con ustedes. Con nadie.

–Está bien.

Extiende la mano y me aprieta el hombro.

Kelly me mira entonces, con los labios apretados.

Niego con la cabeza, como una forma de rogarle en silencio que no empiece.

–Creemos que deberías divorciarte de Laurie –dice.

Me quedo paralizado y la miro atónito. Se le llenan los ojos de lágrimas y se me revuelven las tripas.

–Lo siento mucho –digo y apenas me oigo hablar–. Por favor, nunca volveré a serle infiel. Lo juro.

–Anders, para –dice Brian, y me corta en seco–. No se trata de eso.

Solo cuando me toca para que me quede quieto me doy cuenta de que me he estado balanceando.

—No queremos ver cómo desperdicias tu vida —dice—. Eres un buen hombre. Has estado al lado de nuestra hija en las buenas y en las malas. Sabemos lo que has sacrificado por ella. Pero hemos perdido de vista cuánto te duele. Queremos que salgas y vivas ahora. Queremos que dejes ir a Laurie.

Me encorvo y empiezo a temblar. El sofá se hunde a mi lado cuando Kelly se mueve para sentarse más cerca.

—Eres como un hijo para nosotros, Anders —dice Kelly—. Te queremos. Laurie ya ha perdido mucho. No queremos que tú también lo pierdas todo.

—No quiero divorciarme de ella —logro decir.

—Es lo que hay que hacer —responde Kelly con voz ronca—. Es mejor que empieces de nuevo.

Me aprieta la mano con fuerza y creo que está intentando disimular el hecho de que está temblando también, porque el dolor le está sacudiendo el cuerpo entero.

—Y mientras sigas casado con Laurie —añade vacilante—, tú tienes la última palabra sobre su cuidado —inhala entrecortadamente—. Y yo quiero recuperar a mi hija.

—Nunca te la quitaré —juro mientras empieza a sollozar.

—Vamos.

Brian pasa junto a mí para frotar la espalda de su mujer.

—Tenemos mucho de qué hablar —me dice.

—No voy a ingresarla en un asilo —le grita Kelly.

—Entiendo, entiendo —la tranquiliza.

Pero tengo la sensación de que la discusión no ha terminado.

Me gustaría que ingresaran a Laurie en un asilo, que recuperaran un poco de su vida. Entonces me imagino a Kelly de pie sola en esta casa, mirando el espacio vacío, preguntándose qué es lo que se ha olvidado de hacer, y no creo que lo haga nunca.

No dejará que su hija salga de esta casa hasta que esté lista para irse en un ataúd.

Y empiezo a llorar tan fuerte que siento como si mi pecho se estuviera hundiendo. La imagen de Kelly y de todo el dolor que siente y cómo se las arregla para hablar con Laurie de la misma manera en que siempre lo ha hecho... Cómo todavía mantiene la esperanza de que Laurie vuelva con nosotros... Me mata presenciarlo.

A veces, me imagino a mamá en el lugar de Kelly y me pregunto si ella seguiría esperando también, incluso cuando todos los demás se han dado por vencidos, y la idea de su sufrimiento me ha mantenido despierto por la noche.

—Tienes que ir a buscar a Wren —dice Brian.

—No puedo —sollozo—. Se ha ido.

—Entonces tienes que recuperarla.

—No puedo.

—Puedes —dice Kelly con firmeza, apenas controlando el temblor en su voz—. Estaba muy enfadada y decepcionada de ustedes al principio, pero he tenido tiempo para pensarlo. Wren vino aquí cuando no tenía por qué hacerlo y eso debe haber sido muy duro para ella. Es una buena persona. Puedo verlo. A pesar de todo, me cayó bien. Y a Laurie también le habría caído bien. Laurie querría que fueras tras ella.

—Laurie querría que fueras feliz —interviene Brian con voz ronca.

Busca un sobre en la mesa y me lo pasa.

—Pensamos que esto es lo menos que podíamos hacer. Queremos que sepas cuánto creemos en lo que decimos.

Abro el sobre con dedos temblorosos y saco un papel. Lo miro fijamente. Es un billete de avión para el viernes por la noche. Este viernes por la noche.

—Ve a buscarla —insiste Brian.

Resoplo y sacudo la cabeza, atónito.

—Nunca me perdonará.

—Sí, lo hará —dice Kelly con absoluta certeza—. Pero primero tienes que despedirte de Laurie.

Por eso la acostaron temprano, me doy cuenta aturdido mientras subo las escaleras. Querían hablar conmigo sin que ella estuviera allí sentada.

Y ahora quieren que tenga algo de privacidad mientras me despido.

Me quedo fuera de la habitación de la infancia de mi mujer durante un minuto, intentando serenarme, antes de entrar y cerrar la puerta detrás de mí.

Está tumbada en su cama, bajo el edredón de lunares amarillos que tenía cuando era niña, boca arriba, y ronca ligeramente. Su habitación sigue igual a como era entonces. Sus padres nunca tuvieron necesidad de redecorarla y a Laurie le gustaba venir y verla así, con todos los recuerdos que guardaba.

Así que sus libros siguen en las estanterías, las luces de

hadas todavía decoran su cabecera, sus fotografías todavía están en la pared en un collage gigante, con su cara sonriendo en muchas de ellas.

Respiro entrecortadamente, incapaz de llevar suficiente aire a mis pulmones mientras voy a sentarme en su cama. El movimiento del colchón cambia ligeramente su posición y deja de roncar. Le tomo la mano y miro su cara. Me alegro de que esté dormida porque es mejor que ver esa mirada vacía en sus ojos.

Sin pensarlo, me tumbo a su lado y apoyo la cabeza en el borde de su almohada, aún con su mano entre las mías. Entrelazo los dedos y veo como su pecho sube y baja, su corazón sigue latiendo aunque ya no sienta dolor, ni amor.

—Te quiero —susurro.

Y su corazón sigue latiendo.

***

Tardo casi dos días completos en recomponerme, pero el viernes por la tarde siento que gran parte del peso se me ha quitado de encima. Ayer dije que estaba enfermo, y anoche, mamá se apareció en mi piso. Kelly la había puesto al corriente y llegó cuando yo estaba en mi punto más bajo, cuando me sentía como si hubiera sido transportado en el tiempo a cuando los médicos nos comunicaron el primer diagnóstico de Laurie. Era como si la hubiera perdido otra vez.

Mamá se sentó al lado mío y me dijo que mi dolor era algo bueno, que me permitiría sanar. No le creí —mis sentimientos eran demasiado abrumadores–, pero tenía razón. Creo que necesitaba reconocer el dolor, dejarme sentirlo de verdad y luego darme permiso para desprenderme de él.

No me di cuenta del poder que han tenido Kelly y Brian sobre mí estos últimos años. Cuánto necesitaba que fueran ellos los que me liberaran. Eran las únicas personas que podían, aparte de Laurie, y ella no tiene ninguna participación en el asunto.

No me despedí de ella. La veré de nuevo, y a sus padres también. Siempre serán parte de mi vida. Pero de alguna manera, creo que estoy encontrando la manera de dejar ir a Laurie.

Y ahora voy a buscar a Wren.

He intentado llamarla, sentí que debía advertirle que estoy yendo, pero mis llamadas van directamente al buzón de voz. Los mensajes de textos vuelven con el mismo cartel de "mensaje no entregado" así que estoy noventa y nueve por ciento seguro de que me ha bloqueado.

Cuando llamo a Jonas para pedirle que me ayude a darle un mensaje, me dice que debería subirme al puto avión y decirle lo que siento cara a cara.

–Eso no funcionó muy bien la última vez.

–Es la única manera de convencerla de que lo dices en serio –insiste.

Pero necesito su dirección.

–Te la conseguiré. Bailey está muy enfadada contigo, así que no sé cómo lo haré. Ya me las arreglaré. Solo... ve al aeropuerto. Ve a buscarla. Y buena suerte.

Me encuentro con otro obstáculo cuando mi vuelo se retrasa debido a una falla técnica. Ha habido sobreventa de boletos de modo que la terminal está llena de pasajeros descontentos, pero perderé mi conexión internacional si no llego a Chicago a tiempo, así que decido alquilar un coche y conducir.

El viaje me da tiempo para pensar en cómo voy a convencerla de que me dé otra oportunidad.

Tiempo para pensar en cómo le demostraré que la quiero... tantísimo.

Tiempo para pensar en cómo la convenceré de que nunca la apartaré de nuevo, de que estoy comprometido, con ella, para siempre.

Y pienso en Wren, en la primera vez que la vi bailando en el bar, en la forma en que más tarde me llamó la atención y me costó apartar la mirada, y mucho más resistirme a mirarla una y otra vez.

Pienso en la primera vez que hablamos, en cómo su acento inglés me hizo sentir extrañamente nervioso, y lo divertida que era cuando estaba borracha, afirmando que tenía un buen sentido de la orientación porque era arquitecta.

Pienso en sus chillidos de alegría cuando marcaba un *strike* en los bolos. Pienso en la pequeña y reservada sonrisa mientras me miraba soldar las piezas del armazón de Bambi juntos, y su mirada de concentración en los días antes de que nos sentamos en la mesa de la cocina y trabajó en el ángulo que necesitaríamos.

Me la imagino en el lago de la granja, con el sol brillando

en el agua e iluminando sus grandes ojos color avellana. Y me permito recordar aquel día perfecto de hace casi dos semanas que parece otra vida.

Ese día me da esperanza para el futuro, por el que no renunciaré a luchar.

Solo tengo que hacer que ella también lo vea, lo crea y lo sienta.

Conduzco directamente a Chicago y llego en menos de tres horas, dejo el coche de alquiler y corro al mostrador para hacer el *check in*. No puedo creerlo cuando me revelan que este vuelo también está demorado por fallas mecánicas y cuando la aerolínea toma la decisión de cancelar el vuelo, entierro la cabeza entre las manos y trato decirme a mí mismo que estos obstáculos no son una señal; son simplemente un obstáculo más que saltar en mi camino para llegar a Wren.

Me las arreglo para tomar un vuelo el sábado por la mañana temprano y, mientras tanto, Jonas me da una dirección. Me recuerda –y no puedo creer que lo haya olvidado, pero mi cabeza es un desastre– que Wren está en una boda hoy.

Para cuando llego a Heathrow, recojo mi coche de alquiler y conduzco hasta Bury St Edmunds, son casi las once de la noche.

He estado en el Reino Unido un par de veces, una de vacaciones y otra por trabajo, y me encanta lo diferente que es todo aquí. Miro por el parabrisas las casas georgianas con hiedra creciendo en la fachada y edificios medievales extravagantes con paredes torcidas y vigas expuestas. Al final doblo en una calle flanqueada por casas adosadas de dos plantas.

Wren vive en la única casa con fachada blanca en una hilera de ladrillo gris. Tiene una pequeña ventana salediza y una puerta verde con una cesta colgante llena de flores. Es dulce, pero no es lo que yo habría imaginado. No sé cómo ha acabado viviendo aquí, ni si le gusta tanto como yo quiero que le guste el lugar al que vuelva a casa por la noche, pero tengo muchas ganas de averiguarlo. Tengo muchas ganas de conocerla, conocerla de verdad, a todos los niveles. Quiero quedarme despierto hasta tarde hablando con ella toda la noche, tomarla de la mano mientras se pone el sol y brillan las estrellas, y seguir con ella cuando el mundo gire y el sol vuelva a salir. Y mientras estoy aquí sentado en el umbral de su puerta y espero a que vuelva de la boda de sus amigos, ya no siento miedo.

Porque sé que está bien. Somos lo que está bien. Y ella es demasiado lista para pensar otra cosa.

Espero que me deje abrazarla. Espero que me deje compensarla por haberla lastimado. Espero que...

Y entonces la veo, caminando por la acera con tacones altísimos, la cabeza gacha, los brazos cruzados sobre el pecho y contoneando las caderas, y mi corazón se expande, aunque el resto de mí se queda inmóvil.

Me pongo de pie temblando. No quiero asustarla. Llega al portón del edificio antes de mirar hacia la puerta, y se me revuelve el estómago cuando veo la mirada de devastación en su cara una fracción de segundo antes de que casi salte del susto.

—Lo siento mucho —le digo, tendiéndole la mano.

Me disculpo por asustarla, no por todo lo otro que le he hecho. Eso me va a llevar mucho más trabajo.

Me mira fijamente. Varias emociones le cruzan la cara, una tras otra: vulnerabilidad, incredulidad, dolor... y luego su expresión se detiene en algo que reconozco: amor.

Me acerco a ella y la envuelvo en mis brazos. Su cuerpo es blando, cálido contra el mío, y la abrazo. Ella me aprieta con la misma intensidad. Es más fuerte de lo que parece.

Y me doy cuenta: no la he roto. No nos he roto. Esta es Wren. Wren no se rinde.

Y yo tampoco lo haré. No con ella. Nunca más.

Epílogo

La expresión en su rostro... Quiero besarlo, pero no puedo apartar los ojos. Es tan hermoso, y tiene las pupilas dilatadas, aquí en las sombras, bajo estos árboles. El negro casi se traga el ámbar de sus ojos.

Esto es tan intenso. Me recuerda la primera vez que hicimos el amor, justo aquí, bajo estos mismos árboles, junto a este mismo río. Hojas nuevas, agua nueva, ningún atisbo de culpa o arrepentimiento.

Pero no todo es igual.

Me estrecha contra él y noto que está cerca. Así que asiento con la cabeza para hacerle saber que estoy con él y me mira a los ojos con tanta intensidad, viéndome, toda yo, mientras caemos juntos.

***

Después, se deja caer sobre su espalda, sosteniéndome sobre él, mientras las yemas de sus dedos recorren perezosamente la fina tela de mi vestido.

Estamos a mediados de junio y esta tarde hemos estado "ayudando" a Jonas a cosechar el primer trigo del invierno. Me he puesto este vestido especialmente, tan pronto como supe que veníamos a este campo. Es el que tiene flores rojas y negras, es igual al que tiene flores azules, blancas y amarillas que usé el septiembre pasado, pero diferente.

Es claro que él tenía las mismas intenciones que yo, porque trajo la misma manta de picnic.

Se ríe ligeramente, así que levanto la cabeza para mirarlo.

—Debería haberle dicho a Jonas que la correa de transmisión se había cortado otra vez. Eso nos habría dado más tiempo. No, quédate —murmura cuando empiezo a levantarme.

Me tira de nuevo hacia abajo y me atrapa la boca en un beso. Sus manos suben para agarrarme la cara mientras profundiza el contacto, lento y seguro.

—No empieces otra vez —le advierto sobre sus labios con una sonrisa, y me cuesta un gran esfuerzo apartarme—. Estará aquí en un minuto, a ver si estamos bien, preguntándose por qué nos hemos detenido.

—Creo que adivinará que ahora no queremos su compañía.

Me da un tierno beso en el hombro.

—No me arriesgaré.

—Oiremos el tractor —protesta mientras me pongo en pie a regañadientes.

—Quieta.

Empiezo a abrocharme los pequeños botones de la parte delantera del vestido.

Los desabrochó esta vez, hasta el fondo de mi caja torácica. Casi me devora.

Un escalofrío me recorre el cuerpo y sonrío al recordarlo, aunque haya sido reciente.

—¿A dónde vas? —me dice mientras camino hacia el río.

—A bañarme —respondo con una sonrisa.

—¿Con el vestido puesto? —me pregunta sorprendido.

—Lo sujetaré y me meteré hasta la cintura. No me lo quitaré si Jonas está a punto de llegar.

—No, vamos, démonos un baño. Le diré que nos deje solos.

Miro por encima del hombro y veo a Anders sacándose la camiseta por encima de la cabeza y al mismo tiempo enviando un mensaje de texto.

Me río de él mientras camina desnudo hacia mí.

—Quítatelo —me ordena, señalándome el vestido con la barbilla.

—¡Me lo acabo de subir! —le contesto fingiendo indignación.

Y entonces sus labios están en mi cuello y sus dedos se ocupan de mis botones y mis rodillas tiemblan tanto que apenas puedo mantenerme erguida.

Por suerte, hoy hace un calor sofocante porque no estoy segura de que hubiera querido meterme en este río en otoño.

Solo he estado viviendo aquí durante un año y medio, pero a veces parece más tiempo. Otras veces, mis recuerdos son tan vívidos que es como si hubieran ocurrido ayer.

El día de hoy me trae recuerdos, buenos y malos. En la medida de lo posible, intento absorber los buenos y descartar los malos, incluso Anders parece estar aquí, conmigo, en el momento.

Pero no siempre es así. Cuando le aparecen esas arrugas en la frente, habrá momentos en los que querré subirme a su regazo para frotarlas y hacerlas desaparecer, pero también sé que a veces necesita sentir el dolor. Y siempre sale más fuerte, más en paz consigo mismo y con el mundo.

***

—Deberíamos irnos —murmuro después de la segunda vez.

Sueno adormecida, borracha.

—¿Estás bien? —me pregunta, el calor de su cuerpo me penetra la espalda, sus cálidos brazos me rodean por detrás mientras estamos ahí parados en la orilla, y el sol se derrama sobre nosotros desde lo alto y hace brillar las rocas cercanas.

—Estoy bien. Mejor que bien. Te quiero.

—Yo también te quiero. Oh, no, no me digas... —Su cuerpo se tensa y presta atención con los oídos, y entonces lo oigo: el tractor.

Me abalanzo tras él, chillando de risa mientras le grita una sarta de palabrotas a su hermano y me ayuda a vestirme antes de vestirse él.

—¿No pueden dejar esas cosas para la luna de miel? —nos grita Jonas cuando salimos de las sombras de los árboles.

Está apoyado en el volante del tractor, dando golpecitos con el pie, esperándonos.

Anders sacude la cabeza, poco impresionado.

Jonas se ríe.

—Entiendo que no quieras trabajar hoy, pero ¿puedes decírmelo para que llame a Zack? No quiero perderme un día entero de cosecha antes del fin de semana.

—No te pongas así, lo tenemos todo bajo control —contesta Anders con severidad, tendiéndome la mano y dedicándome una de sus sonrisas infartantes mientras me apresuro a alcanzarlo.

Me río mientras caminamos juntos hacia la cosechadora.

Lo que estamos haciendo es una locura. Cualquier otra novia probablemente estaría corriendo de un lado a otro estresada, pero esa chica no tiene a Torbellino Bailey organizando su boda.

***

Nos despertamos esta mañana con la luz del sol entrando a raudales en la cabaña. Es donde nos quedamos cuando venimos de visita, ahora que Jonas está viviendo en la casa. Anders le preguntó si podíamos hacerle algunos cambios al lugar y Jonas no se opuso —no es del tipo sentimental— así que ampliamos las aberturas en la pared para crear un ventanal gigante que da al lago desde el dormitorio y pusimos un par de ventanas más pequeñas, a cierta altura, con vistas a los árboles.

Luego fuimos a comprar muebles modernos de mediados de siglo al Mercado Artes y Antigüedades de Midland. Nos divertimos mucho ese día.

Jonas sigue interesado en construir las cabañas sobre pilotes alrededor del lago, pero ha estado un poco preocupado últimamente. Imagino que se pondrá manos a la obra dentro de un año o dos y espero poder ayudarlo.

Venimos aquí casi todos los fines de semana, cuando Anders no está en una carrera. Lo he acompañado a alguna que otra, papá también, pero por lo general me quedo descansando en casa en Indy o vengo aquí para pasar tiempo en familia. Papá y Sheryl todavía se refieren a la habitación de huéspedes como mi habitación. Tienen otra, más pequeña, que usan si vienen amigos a quedarse.

Me encanta el hecho de que todavía tenga un lugar en su casa, de que todavía me sienta tan bienvenida. Me quedaré allí más tarde, una vez que hayamos terminado con estos dos campos.

De todos modos, esta mañana, después de despertar a un día tan hermoso, fuimos a la casa de campo para desayunar con Jonas y Tyler, y tan pronto como Jonas mencionó que quería empezar con la cosecha de hoy, Anders me miró y levantó una ceja.

–Te ayudaremos –propuse en el acto.

Jonas, Tyler e incluso la pequeña Astrid me miraron como si me hubiera vuelto loca, pero probablemente me estoy imaginando la expresión de Astrid porque solo tiene ocho meses.

Es tan tierna. Es el bebé más tierno que hayas visto en tu vida.

Me preocupaba que Anders y yo estuviéramos apurando demasiado las cosas cuando nos fuimos a vivir juntos después de salir del Reino Unido, pero más o menos al mismo tiempo, Jonas estaba dejando embarazada a Tyler.

Anders me contó más tarde que su hermano la llamó a la mañana siguiente de la noche de cine y le pidió que saliera con él. Ella aceptó y nunca miraron atrás.

Tanto Anders como Bailey me iban poniendo al tanto de lo rápido que iban las cosas entre ellos. A Bailey se lo contaban tanto Tyler como Jonas, y ella estaba tan encantada como yo al oír que se habían enamorado completamente.

Si el embarazo fue un accidente, fue un accidente feliz. Jonas le propuso matrimonio y Bailey se puso a organizar su segunda boda.

Nos agradeció a Anders y a mí que le diéramos un poco más de tiempo para organizar las cosas.

***

Cuando llegué a casa esa noche de la boda de Sabrina y Lance y me encontré a Anders esperándome en mi puerta, apenas podía creer lo que veían mis ojos. Había estado luchando con tantas emociones camino a casa, pero acababa de decidir que iba a desbloquear su número de teléfono y que lo iba a llamar.

Sabía que habría intentado ponerse en contacto conmigo,

que estaría preocupado, y quería tranquilizarlo. Quería decirle que lo entendía, que había sido demasiado para él y demasiado pronto, y que si me hubiera pedido perdón, se lo habría concedido. Dios sabe que no necesitaba otro motivo para sentir culpa.

Pero yo también quería pedirle perdón. No debería haberlo presionado tanto, y no debería haberlo abandonado.

Pensé que tal vez todavía podría ser alguien en quien él pudiera apoyarse, alguien que le quitara el peso de encima si necesitaba hablar. Sabía que no sería fácil, pero quería hacerlo. Mi último pensamiento mientras me acercaba a casa fue que tal vez sí podía esperarlo.

Así que cuando lo vi en mi puerta...

No sabía qué estaba pasando, por qué estaba allí, si había venido a buscarme o estaba de visita por trabajo. Pero cuando se me acercó y me susurró que me amaba, cuando me pidió que por favor lo perdonara, cuando juró que se esforzaría por no volver a hacerme daño mientras viviera, sentí que había ocurrido algo de proporciones sísmicas.

Entramos y me contó todo lo que había pasado con Kelly y Brian, cómo le habían comprado el billete de avión y lo habían enviado hacia mí con su bendición. Y el alivio fue tan inmenso. Me sentí tan ligera cuando vi la expresión de paz en su rostro como no me había sentido jamás.

Hablamos y nos abrazamos hasta la madrugada del domingo, y luego lo llevé a desayunar a mi café favorito, en el N.º 5 de Angel Hill. Nos sentamos en mi mesa habitual, junto a la ventana, en un banco de cuero color café que perteneció a un carruaje antiguo, y mientras miraba con asombro la imponente y ornamentada puerta de la abadía, al otro lado de la calle, yo lo miré a él y sentí una pura alegría desenfrenada.

Por primera vez en más de seis meses, fui capaz de pasear por Bury St Edmunds sin sentir ningún dolor. Visitamos las ruinas de los jardines de la abadía y terminamos en el pequeño pub Nutshell del que les hablé a él y a Wilson hace tanto tiempo en el lugar de bolos. Anders estaba encantado con el tamaño diminuto del pub y con todas las curiosidades que contenía, y confesó, mientras tomaba una pinta de cerveza, que le encantaría pasar algún tiempo en el Reino Unido. Sentí que intentaba decirme entonces, así de rápido, que podíamos hacer que lo nuestro funcionara, pasara lo que pasara, que si yo quería quedarme en Inglaterra o mudarme a Estados Unidos, o si cambiaba de opinión en algún momento, entonces teníamos opciones.

Creo que algún día volveremos al Reino Unido. Anders podría aceptar un trabajo en la Fórmula 1, aunque no sería con Ferrari, el equipo que una vez lo quiso contratar. Ese equipo tiene su sede en Italia, pero a fin de cuentas, ¿quién dice que no podríamos ir y pasar algún tiempo allí también? He estado haciendo bocetos de perspectivas como trabajadora autónoma además de tener un empleo a tiempo completo, por lo que podría trabajar desde cualquier sitio.

Me siento muy optimista sobre el futuro y, lo que es más importante para mí, Anders también es optimista.

Pero cuando estábamos decidiendo dónde vivir, le

pregunté si todavía le gustaba Indy y disfrutaba trabajando con su equipo, cosa que sí, y si él estaría feliz si yo aceptara el trabajo con Dean, cosa que sí también.

Así que eso fue lo que decidimos hacer.

Sabíamos que, para cuando yo terminara el trabajo en la escuela primaria y entregara mi renuncia a Graham, ya estaría cerca la Navidad, por no hablar de las maletas y la mudanza, así que decidimos retrasar las cosas hasta Año Nuevo para poder pasar algún tiempo con mamá y su novio, Keith.

Anders regresó –ya que también había venido para el Día de Acción de Gracias a finales de noviembre, cuando le dieron licencia a todo su equipo– y fue perfecto. Lo vi estrechar lazos con mamá y luego los dos experimentamos juntos una Navidad británica antes de irnos a echar raíces en otro país.

Entrar en el piso de Anders en Indy con él fue uno de los momentos más felices de mi vida. Ha sido muy divertido conocer la ciudad y sus lugares favoritos, hacerme amiga de sus amigos y hacer algunos míos. Y adoro lo que hago. Sí, todavía hay aspectos negativos, como los tienen todos los trabajos, pero me siento mucho más motivada cuando voy a trabajar cada día, y Dean es el jefe más *cool* del mundo. Es más un amigo, en realidad. Toqué el cielo con las manos cuando me dijo que me daba el puesto en forma permanente.

Scott se entristeció al enterarse de que me iba. Hemos mantenido el contacto, aunque esporádicamente. Él y

Nadine nos enviaron una tarjeta de felicitación por la boda, con buenos deseos. Dudo que tarden mucho en casarse ellos también. Les está yendo muy bien. Todavía viven en Bury St Edmunds. Ahora son amigos de Sabrina y Lance y no me duele, no como me había imaginado. Me alegro de que sean felices.

Echo de menos Bury y sus viejos edificios retorcidos, las ruinas de cuento de hadas y los pintorescos pubs y cafés, pero vamos a volver el Día de Acción de Gracias, y entonces llevaré a Anders al mercado navideño, y sé que nunca estaremos lejos demasiado tiempo.

Mamá ha venido a vernos un par de veces también, y ella y Keith están aquí ahora, por supuesto.

***

Nos quedamos en el campo hasta el anochecer, cuando salen las luciérnagas y luego vamos a andar en moto al lugar en el que nos conocimos. Nos tumbamos en la hierba y vemos cómo el sol se hunde en el horizonte y las luces verdes que se mueven sobre los campos se hacen más brillantes.

Al final, de mala gana, Anders me lleva de vuelta a Wetherill y me da un beso de buenas noches en la puerta.

Papá y Sheryl han invitado a mamá, a Keith, a Bailey y a Casey a cenar. Dijeron que mamá y Keith que podían quedarse en la habitación de huéspedes —intuyo que Sheryl quería suavizar las cosas por ese lado— pero optaron por quedarse en un hotel de la ciudad. Cada persona conoce sus límites personales, lo que es capaz de soportar y, para mamá, quedarse con papá y Sheryl habría sido demasiado.

Sintieron lo mismo Kelly y Brian, me imagino, cuando declinaron nuestra invitación a la boda. Kelly me llamó directamente para decirme que agradecía la invitación y que esperaba sinceramente que fuera el más feliz de los días, pero sentía que no sería apropiado que ellos vinieran. Ella y Brian no podían dejar a Laurie, para empezar, pero también le preocupaba que su presencia pudiera quitarle brillo al día de Anders. Me sentí aliviada cuando me dijeron que no iban a venir, para ser honesta, pero agradecida con Kelly por haberme llamado y haberme explicado sus motivos.

Anders todavía va a verlos a ellos y a Laurie una vez por mes, más o menos, pero ya no le pesa tanto como antes. Lo he acompañado en algunas ocasiones cuando Kelly y Brian le pidieron que me llevara. Nunca es fácil, pero son amables conmigo y sé que eso ayuda a Anders a sentirse más en paz con la situación.

Al principio le preocupaba que me amargara el hecho de que fueran sus suegros quienes finalmente lo convencieran de divorciarse de Laurie, pero lo entendí. Él necesitaba que fueran ellos quienes lo liberaran de sus obligaciones. Un hombre tan honorable como Anders no puede liberarse de sus cadenas por sí mismo.

***

El sábado por la mañana, Bailey llega temprano para

arreglarse conmigo. Está tan hermosa con su vestido de satén dorado mate, su pelo castaño recogido en un rodete despeinado.

En cuanto a mi traje, es un diseño que alterna telas yuxtapuestas: seda y satén mate. Es arquitectónico y me encanta. Pensé que nunca me vestiría de blanco, o en este caso de color crema, pero cuando vi este vestido no pude imaginarme con otra prenda.

Aunque algunos viejos amigos han sido tan adorables como para cruzar el océano y venir a la boda, Bailey es mi única dama de honor. Recuerdo cuando solía referirme a ella como mi medio hermana. No sé cuándo dejé de hacerlo, cuando simplemente se convirtió en mi hermana, pero ahora también es mi amiga. Mi mejor amiga. Es la que quiero tener a mi lado hoy.

Aparte de Anders, por supuesto.

Jonas estará a su lado.

Los hermanos Fredrickson y las hermanas Elmont.

Bailey y Casey están muy felices, siguen viviendo en la ciudad, y Bailey sigue empleada en el club de golf, aunque ahora a tiempo parcial. El resto del tiempo, trabaja con Tyler para organizar eventos en la granja. Han estado hablando acerca de crear su propia empresa, pero Tyler quiere que Astrid crezca un poco antes. Me encanta que ella y Jonas le pusieran un nombre sueco a su hija.

Jonas se pregunta si algún día ella querrá hacerse cargo de la granja.

—¿Quién dice que tiene que ser el hermano mayor?

–preguntó en voz alta hace unas semanas, cuando se había tomado unas cervezas.

Pase lo que pase, sé que estará bien. Le encanta lo que hace, pero si la agricultura no es el camino que eligen sus hijos, no forzará la situación.

Patrik y Peggy vienen esta noche desde Wisconsin, que es adonde se retiraron. Creo que ha sido bueno para ellos tomar un poco de distancia. No estoy segura de que Patrik se hubiera retirado si siguiera viviendo aquí.

Les va bien. Patrik va a conducir el tractor que traerá la fiesta de bodas a la granja en un remolque cubierto que hemos contratado especialmente. Fue idea de Jonas, más como un chiste que otra cosa, pero me encantó la idea. Se ofreció a llevarnos él mismo, pero me pareció mejor que estuviera con Anders hoy. Anders me dijo que su padre tenía muchas ganas de volver a ponerse al volante.

***

Ya es hora. Estoy nerviosa y no sé por qué. Nunca estuve tan segura de algo en mi vida. Creo que es porque va a haber mucha gente y nunca me ha gustado ser el centro de atención.

Me siento entre mamá y papá de camino a la granja y les tomo las manos mientras el viento caliente azota la funda de plástico del remolque. El tiempo es despiadado, pero podría ser peor. Al menos no es un tornado.

Me sudan las palmas de las manos. Me alegro de que nos

casemos dentro del granero. El techo alto hace que nunca haga demasiado calor allí dentro.

Todo el mundo está callado durante el viaje, incluso Bailey. Me sonríe a mí y a su mamá. Miro a Sheryl y le sonrío también. Lo pasamos bien anoche, hasta mamá parecía bastante relajada. Sheryl la llevó afuera para mostrarle los huertos y creo que hicieron una especie de tregua.

Patrik se detiene fuera del granero y un par de rezagados se vuelven a mirar. Me pregunto dónde estará Anders. Ya en el altar, imagino.

Papá me ayuda a bajar del remolque y caminamos juntos hasta el granero, pero luego me suelta.

—Nos vemos dentro de un rato, pajarito —me dice, me da un beso en la mejilla y le sonríe a mamá.

Me giro y la tomo del brazo.

No podría caminar hacia el altar sin ella, no después de todo lo que ha hecho por mí. Prácticamente me ha criado ella sola. Pero tampoco quería caminar hacia el altar sin papá, así que llevará a Bailey hasta la mitad y luego me esperará para acompañarme el resto del camino. Es poco convencional, pero me parece apropiado.

La banda comienza a tocar un número acústico suave, con guitarras y otras cuerdas. El cantante principal suena como Sufjan Stevens. Wilson nos puso en contacto con ellos, pero él y su banda de blues tocarán más tarde.

Todo el mundo entra y nos deja a Bailey, a papá, a mamá y a mí solos.

Bailey me mira.

–Te quiero, hermanita.

–Yo también te quiero.

–Te desearía suerte, pero no la necesitas. Solo diviértete.

Asiento con la cabeza, luchando por controlar mis emociones.

Enlaza su brazo con el de papá y atraviesa las grandes puertas dobles.

Nos quedamos solas mamá y yo.

–Gracias por hacer esto –le digo, con los ojos llenos de lágrimas.

–Gracias por pedírmelo. Estoy tan orgullosa de ti, Wren.

–No lo hagas, se me va a arruinar el maquillaje.

Se ríe.

–¿Estás lista?

–Absolutamente.

Soy consciente de esto, las cabezas se giran hacia mí, pero al único que veo es a Anders. Mi amor. Allí en el altar con su ajustado traje negro. Esperándome.

Hay tanta luz y amor y esperanza y felicidad en su expresión. Sé que verá las mismas emociones reflejadas en la mía.

Le sonrío y él me sonríe con dulzura, y suelto a mamá, me agarro de papá y voy hacia él.

No decimos los votos tradicionales. No mencionamos la muerte o la despedida. Simplemente prometemos amarnos y honrarnos y estar siempre para el otro mientras nos necesitemos. Así es como lo expresamos. Y sé que Anders habrá pensado en Laurie cuando me dijo esas palabras, y que nunca tendré todo su corazón, no mientras el suyo siga latiendo.

Ella siempre será parte de nuestra relación, de nuestro matrimonio, hasta el día en que ya no viva.

Pero lo acepto. Amo a Anders y todo lo que viene con él. Quiero estar con él de la mano en cada puente que tenga que cruzar y espero que nunca más se sienta solo.

***

Estamos en Phoenix, ocho días después, cuando recibimos la noticia. Al pie de las Camelback Mountain, mirando por la puerta abierta de Bambi en el paisaje desértico, Anders acepta una llamada de Brian. Y tan pronto como contesta sé que Laurie se ha ido.

–¿Nos esperas? –pregunta Anders con voz ronca.

Cuando termina la llamada, lo abrazo mientras solloza. Por fin ha terminado.

Laurie murió de un fallo orgánico, eso dijo Brian. ¿Había una pequeña parte de mí llena de miedo que se preguntaba si había muerto de un corazón roto? Mentiría si dijera que no. Pero en el fondo, creo que Laurie estaba lista para irse, para ser liberada. Y ahora, con suerte, sus padres serán capaces de recuperar algo parecido a una vida.

Kelly nunca permitió que Laurie fuera a un asilo. La amó y cuidó hasta que dio su último suspiro. Espero que esto le dé algo de paz, que pueda vivir el resto de su vida sin remordimientos, sabiendo que hizo todo lo que pudo por su bebé.

Acortamos nuestra luna de miel para volver a casa para el

funeral, pero estos días nos deparan muchos momentos de amor y alegría. Anders está afectado, pero no destrozado, e intuyo que también siente un gran alivio.

Estoy a su lado en el funeral, y le doy la mano mientras se despide de Laurie por última vez y luego volvemos a casa.

Volvemos a casa, a nuestro piso, y vemos brillar el sol a través de los grandes ventanales, y nos sentamos en nuestro sofá juntos, con las piernas entrelazadas hasta que Anders tiene hambre y se dirige a la cocina para prepararnos algo de comer.

Me levanto y entro en la terraza acristalada.

–¿Quieres una cerveza? –me dice Anders.

–No, mejor no.

Me mira extrañado. Es raro que rechace una bebida a esta hora de un viernes, y especialmente después del día que hemos tenido, pero no es este el momento de dar explicaciones.

Puede esperar hasta mañana para descubrir que nuestras vidas están a punto de cambiar para siempre. Por ahora, seguirá siendo mi pequeño secreto.

Me siento en la silla Eames, me pongo la mano en el vientre y miro al sol.

Agradecimientos

Nunca he empezado mis agradecimientos sin mencionar antes a mis lectores, y eso me parece ahora más importante que nunca. Mis lectores de siempre han tenido que esperar un año más por este libro, ¡así que confío en que la espera haya valido la pena! Me ha encantado escribir esta historia, aunque me haya hecho llorar cada vez que la releía durante el proceso de edición. Anders, Wren, Jonas y Bailey vivirán en mi corazón durante mucho tiempo. Espero que hayan encontrado un lugar en el suyo también, tanto si mis libros son nuevos como si me han seguido durante años.

Si no conocen mis libros, no duden en saludarme en Instagram / Facebook / Twitter / TikTok @PaigeToonAuthor. También pueden suscribirse para recibir mi boletín #TheHiddenPaige a través de www.paigetoon.com. A veces envío historias cortas y contenido exclusivo.

Por cierto, los aficionados a la IndyCar se preguntarán quién demonios es Luis Castro, el piloto de carreras que menciono en el capítulo diecisiete. No se están volviendo locos: es una referencia a un personaje que apareció en mi tercer libro, *Persiguiendo a Daisy*. A veces hago pequeños cruces en mis novelas, así que tal vez en un libro futuro aparezcan Wren, Anders, Bailey y Jonas.

Estoy en deuda con todo el equipo de Century / Cornerstone / Penguin Random House por inundar *Solo el amor puede doler así* –¡y a mí!– con tanto amor, cuidado y atención desde el principio, pero gracias en especial a Venetia Butterfield por confiar en mí en el verano de 2021 y por todas las palabras de aliento desde entonces, y a mi excelente editora Emily Griffin, ¡me encanta trabajar contigo! También, –en orden alfabético porque todos son increíbles–: Charlotte Bush, Claire Bush, Briana Bywater, Monique Corless, Amelia Evans, Emma Grey Gelder, Rebecca Ikin, Laurie Ip Fung Chun, Rachel Kennedy, Roisin O'Shea, Richard Rowlands, Claire Simmonds, Selina Walker y Becca Wright. Gracias también a mi correctora Caroline Johnson.

Muchísimas gracias a mi increíble editora Tara Singh Carlson de GP Putnam's Sons / Penguin Random House, y también a Ashley Di Dio, Emily Mileham, Maija Baldauf, Claire Winecoff, Tiffany Estreicher, Hannah Dragone, Monica Cordova, Anthony Ramondo, Chandra Wohleber, Ashley McClay, Ashley Hewlett, Alexis Welby, Brennin Cummings, Samantha Bryant, Jazmin Miller y todos los demás de mi equipo de Estados Unidos. Me siento muy privilegiada de poder incluirlos en los agradecimientos de este libro ¡y me ilusiona mucho trabajar con ustedes en el siguiente!

Me gustaría dar las gracias a todos mis editores extranjeros, pero en especial al equipo de S Fischer Verlage, que acercó mi primera novela, *Lucy en el cielo*, a los lectores alemanes y han estado conmigo desde entonces. Gracias especialmente a mi encantadora editora Lexa Rost.

Gracias a todos y cada uno de los *bookstagrammers*, *booktokker*, *blogger* y lector que alguna vez se ha tomado la molestia de escribir una reseña o mencionar alguna de mis novelas en sus publicaciones en las redes sociales. Sinceramente, me hace sonreír mucho verlos y no sé cómo agradecerles el apoyo que me han brindado.

Por su ayuda en mi investigación sobre la agricultura, estoy muy agradecida a Sam Clear y a su padre, James, por llevarme entre bastidores a su granja. Y gracias a Sam por permitirme acosarlo después con un sinfín de preguntas. Gracias a Regan Herr, del Departamento de Agricultura de Indiana, y a Dennis Carnahan, que realmente ayudaron a darle vida a la agricultura de Indiana.

Para todo lo relacionado con el mundo de las carreras, gracias a Phil Zielinski, y también a mi padre Vern Schuppan, que no solo corrieron en IndyCar y la Indy 500 en los años 70 y 80, sino que también más tarde dirigieron un equipo de Indianápolis. Gran parte de este libro está inspirado en el tiempo que pasé tanto en Phoenix como en Indianápolis con mi familia, así que gracias a mi madre, Jen, y a mi hermano, Kerrin, por esos recuerdos.

Muchísimas gracias a Susan y Dean Rains, especialmente a Susan por leer y ayudar a editar un primer borrador de este libro, pero también porque ustedes me presentaron muchos de los lugares sobre los que he escrito. Greg y yo tenemos tan buenos recuerdos de nuestra estancia allí con ustedes. Gracias también a Wendy Davis, Sequoia Davis, Chelsea Davis y Paul Ehrstein por su ayuda en la investigación sobre Bloomington.

Muchas gracias a Katherine Reid por sus dotes de

correctora, y a todos los demás amigos que me han ayudado o escuchado parlotear sobre este libro en algún momento del proceso de escritura, especialmente a Lucy, Jane, Katherine S, Kim, Bex, Femke, Sarah, Chen, Mark, Georgie, Colette, Ali Harris, Dani Atkins y Zoë Folbigg. Gracias también a mis encantadores suegros Ian y Helga Toon.

Gracias a mi marido, Greg, que ha estado conmigo durante cada paso de mi carrera como escritora y me ha ayudado de mil maneras, pero nunca tanto como en el último año. Sinceramente, no sé qué haría, ni dónde estaría, sin ti. Me siento muy afortunada de tenerte en mi vida. ¡Gracias también por toda tu ayuda en mi investigación sobre arquitectura! Ha resultado muy conveniente que tú mismo seas arquitecto...

Por último, pero no por ello menos importante, gracias a mis hijos, Indy e Idha. Gracias por aguantarme cuando tengo que cumplir un plazo y por hacerme sonreír cada día. Los quiero xxx

Elegí esta historia pensando en **ti**
y en todo lo que las mujeres románticas
guardamos en lo más profundo
de **nuestro corazón** y solo en contadas
ocasiones nos atrevemos a compartir.

Y hablando de compartir, me gustaría
saber qué te pareció el libro...

Escríbeme a
vera@vreditoras.com
con el título de esta novela
en el asunto.

VeRa

yo también
creo en el amor